金環日蝕

阿部暁子

知人の老女がひったくりに遭う瞬間を目にした大学生の春風（はるか）は、その場に居合わせた高校生の錬とともに咄嗟に犯人を追ったが、間一髪で取り逃がす。犯人の落とし物に心当たりがあった春風は、ひとりで犯人捜しをしようとするが、錬に押し切られて二日間だけの探偵コンビを組むことに。かくして大学で犯人の正体を突き止め、ここですべては終わるはずだったが——いったい春風は何に巻き込まれたのか？　『パラ・スター』『カフネ』の俊英が、〈犯罪と私たち〉を切実に描き上げた、いま読まれるべき傑作長編。

金　環　日　蝕

阿　部　暁　子

創元推理文庫

ANNULAR SOLAR ECLIPSE

by

Abe Akiko

2022

目次

金環日蝕

序章　発端

何の変哲もない木曜日の帰り道に、引ったくりを目撃するとは思わなかった。しかも昔からよく知る人が標的にされる瞬間を。

「――きゃあっ！」

　空が暗いオレンジに染まった午後四時半、アルバイトの出勤時間を気にしながら自宅に向かっていた春風（はるか）は悲鳴を聞いた。

　不時着した宇宙船のような札幌ドームが鼻先にそびえる住宅地の、無落雪屋根の箱形住宅が建ちならぶ一角で、老婦人が転倒するのが目に飛びこんだ。見間違えるはずもない、斜向（はすむ）かいの家にひとりで暮らしている小佐田（おさだ）サヨ子だ。七十歳の彼女を突きとばし、小ぶりの紙袋のようなものを奪いとったのはベースボールキャップとマスクで顔を隠した黒ジャンパーの男で、食べ物をかすめ取った猫みたいな敏捷（びんしょう）さで身をひるがえした。

「サヨ子さん！」

　たった今起きたことが信じられないまま春風はサヨ子に駆けよった。うめきながら身体を起こしたサヨ子は、湯葉のようにしわの寄った手を押さえて顔をゆがめた。手のひらに生々しい擦過傷ができていて、親指の下のふくらみの傷には土が入り込んでいる。

春風はテキスト入りのトートバッグを投げ捨てて走り出した。

住宅地の狭い道路を、男はがむしゃらなフォームで走っていく。一見ひょろっとした体格だがバネが利いていて足は速い。距離が縮まらず、歯噛みしながら春風はブルーのチェスターコートを脱ぎ捨てた。

ほぼ同時に、黒い影が視界の左端をすり抜けた。

驚いた時には影はもう春風のずっと先を走り、さらにしなやかに加速して男を追跡していく。まるで狩り場に放たれた黒い猟犬みたいだった。そう、黒いのだ。

スモーキーブルーのマフラーが映える、真っ黒な詰襟の学生服。

「あっちから回ってください！」

少年が横手の路地を指した。春風は意図を察して方向転換した。

生まれた時から住んでいる住宅地なので地図は完璧に頭に入っている。男の走っていく方向からして、幹線道路に出るつもりだということはわかった。男の進路に合流するルートの中から最短のものを選んで速度を上げる。人が通るたびに吠えかかる犬がいる住宅の前を通りすぎ、仲の悪い老姉妹が住む家の左手から、対向車が来たら端に寄らなければいけない細い脇道に入ってまっすぐ北へ。十字路に出ると同時に、左手の道路から小ぶりの袋を脇に抱えた黒ジャンパーの男が走ってきた。

帽子とマスクのせいで人相がよくわからない男は、いきなりとび出してきた春風に目を剝くと立ちすくんだ。反対側からは少年があざやかな速さで迫ってくる。挟み撃ちを悟って目に動揺を走らせた男は春風をにらみつけて突進してきた。女が相手なら振り切れると考えたのだろう。春風は鋭く息を吸いながら踏み込み、右手で男の黒いジャンパーの鎖骨付近を、左手で右腕袖口をつかんだ。腕と胸を引っ張られた男が前のめりになってバランスを崩した隙(すき)に、右ひじを体幹に引きつけながら全身を回転させて相手の右脇に入り込む。いける。

足を踏みこみ、いっきに男を背負う寸前、心臓が止まるようなクラクションが鳴り響いた。

反射的に顔を上げると、ボックス型の軽自動車が近づいてきていた。男に集中しすぎて車の接近に気づかなかった。次の瞬間ドンと突き飛ばされて、春風はアスファルトに倒れ込んだ。逃げようとする男のジャンパーの裾(すそ)をかろうじてつかんだが、男はがむしゃらに身体をねじってふり払う。その拍子に何か光るものがポケットからとび出した。男は軽自動車の脇をすり抜けて一目散に駆け去っていく。

「大丈夫ですか」

「私はいいから追っ――」

駆けよってきた少年に手をふりかけて、春風は続きの言葉を呑みこんだ。

目を離した隙に男は入り組んだ道のどこかに飛びこんだらしく、もう姿がない。

春風は改めて、手をさし出している少年を見上げた。

詰襟の学生服の金ボタンに彫られた校章は、春風が二年前に卒業した市内の道立高校のものだ。高校生に引ったくり犯を追わせるような危険なことはさせられない。春風は小さく息を吐いて、ありがたく彼の手を借りて立ち上がった。

「今の何なの？　どうしたんですか？　大丈夫ですか？」

路肩に軽自動車を停めた女性がおずおずと声をかけてきた。春風はアスファルトに打ち付けた右腕をさすりながら「大丈夫です」と答えた。

目の端で、何かが光った。

道路のほぼ真ん中に転がっているのは、パトローネ——写真用フィルムをおさめる円筒形の遮光（しゃこう）ケースを飾りにしたストラップだった。あざやかな黄色のフィルムケースに、焦げ茶色の革紐と、カメラを模したレジン製の小さなチャームがついている。

さっき、男のジャンパーのポケットからとび出したものはこれだったのだ。

い、い、い、い、い、

どうしてあの男がこれを？

第一章　探　偵

1

平日でも、休日でも、朝は六時半に起床する。子供の頃からずっとそうなので春風は大学二年生の現在まで学校でもプライベートでも一度も遅刻したことがない。友人には「まじめだねー」と笑われるが、まじめとかではなく、単にそういう性分（しょうぶん）なのだ。

六時十五分にセットしたスマートフォンのアラームを止めたら、少しぼんやりしたままネットニュースと天気予報、友人や心理学研究者と交流しているSNSをながめてまわる。一日のスケジュールを確認し、起床して軽くストレッチ。いつもと同じ手順をすませて春風はカーテンを開けた。すぐ近くの電線では、スズメの群れがにぎやかに鳴きかわしている。春風はそっと笑って、五線譜に並んだ音符の連なりみたいな小鳥たちをしばらくながめた。

十月の終わりの札幌は朝の気温が一桁台（ひとけただい）まで冷え込むが、日中はまだ十五度前後まで上がる。寒暖の変化に対応できるように、クローゼットから出したブラウスにニットカーディガンを重ねた。ボトムはチノパン。たいてい大学に行く時はこんな服装だ。

最後にパンツのポケットにペンを差して、一階の洗面所に向かう。うがいをしてから鎖骨までのばした髪をヘアターバンでまとめて洗顔した。化粧水とクリームで保湿してから、BBクリームを手早く塗っていく。ポーチにはアイシャドウやグロスも入っているのだが、アルバイトがない日はよくサボってしまう。

ヘアターバンを取ると髪が雄ライオン状態になっているので、ヘアオイルをなじませ、ドライヤーをかけながらセットしていく。前髪はとくに念入りに。毎朝の作業がひと通り終わったあと、春風は鏡の中の自分を見つめながら前髪をかき上げた。

過去に何があったかは関係ない、肝心なのはこれから何を為すかである――とは心理学者アドラーの言葉だ。高校生の時、たまたま書店で平積みされていた心理学の入門書を手に取ったらその文章が目に入った。徹夜して本を読み終えた朝、大学で心理学を学ぼうと決めた。

過去に何があったかは関係ない。肝心なのは、これから何を為し、どんな自分となるかだ。

いつものように深呼吸し、前髪を手ぐしで直してから、春風はキッチンに向かった。

森川家の食事は長年父が担当していた。父は家族と料理が何より好きという温和な人で、春風と兄が病気ひとつせず健康体に育ったのは間違いなく父のおかげだ。

ただ、その父が四月にタイ支社に単身赴任してから、朝食作りは春風の担当になった。一食だけとはいえ毎日欠かさず食事を作るのはやってみれば大変で、父親のこれまでの苦労とありがたみをしみじみと感じている。

正直料理は得意ではないので、朝食係に就任して以来、目玉焼き、卵焼き、ゆで卵、スクランブルエッグ、ひたすらこのローテーションだ。あとはウィンナーやベーコン、ミニトマトを添える。今日は卵焼きの日なので、春風はボウルに卵を三つ割り入れた。やわらかく焼きあがるように冷蔵庫から出した牛乳を加えていたところで、リビングのドアが開いてスーツ姿の母が入ってきた。

「おはよ」

「おはよう。毎日ありがとね」

この朝の最初の挨拶(あいさつ)で、その日の母の機嫌(きげん)がわかる。今日は上々のようで声のトーンが明るいし、表情もほがらかだ。ほっとして春風も頬がゆるんだ。

「もう少しでできるから待って。あ、パン焼いてくれる?」

「一枚でいい? 二枚にする?」

「二枚で」

炊飯器のとなりに置いてあるトースターに食パンを二枚セットし、インスタントコーヒーをいれた母が、リビングのテレビを点(つ)けた。おなじみの地元局の男性アナウンサーが道内各地の出来事を伝えている。紅葉の見ごろを迎えた道南の風景。動物園で生まれたトラの赤ちゃんの名前が決まったこと。アナウンサーの美声に耳を傾けながら、春風は熱くなったフライパンに卵液を流しこんだ。

『次のニュースです。札幌市東区の清掃会社〈クリーンライフ〉の元社長、鹿又新造(かまたしんぞう)、六十三歳が、破産法違反で札幌地検に起訴されました。鹿又被告は今年八月、自身が経営するクリーンライフの債務超過を理由に札幌地方裁判所に自己破産を申請しましたが、その後、申請直前に自身が保有する現金四千万円余りを他人名義の口座に移すなど資産を隠匿したことが発覚し、九月に破産法違反容疑で逮捕されました』

薄く広げた卵を慎重に巻いてから、春風はカウンター越しにテレビを観た。アナウンサーがくり返す会社の名前に聞き覚えがあった。

「この事件、お母さんのところでも大変だったんだよね」

「そう。でもこれね、単に破産うんぬんじゃなく、もっとややこしくて……ああ、ほら」

母に促され、春風は明瞭な発音で原稿を読み続けるアナウンサーの声に耳を澄ました。

『鹿又被告は調べに対し「弁護士や会計士を名乗る男女数名に〝自己破産の前に財産を守る方法を教える〟と持ちかけられ約二千万円の相談料を払った」とも話しており、道警は特殊詐欺グループが関与していると見て、捜査を進めています』

母は道内の地銀最大手H銀行で中小企業への融資を担当しているが、例の清掃会社は融資先のひとつだったらしい。直接の担当者ではない母でさえ、クリーンライフが倒産した当時はしばらく疲れた顔をしていたものだ。地元企業の事件なので強く印象に残っていたが、元社長がついに起訴され、特殊詐欺などという物騒な展開まで見せ始めたことに驚いてしまった。母がため息をついた。まったく嘆かわしい、というニュアンスで。

「借りたものはチャラにしてほしいけど財産を全部持っていかれるのは嫌、っていう根性だけでも不誠実なのに、資産隠しのために大枚はたいた相手が詐欺師だったなんてね。笑っちゃうわよ」

「こういうケースって、どうなるの？」

「もちろん借金の免責は取り消しだし、刑罰も受けることになるでしょうね。自己破産の時に資産を隠すのは詐欺破産っていうれっきとした犯罪なのよ。詐欺破産を働いた人間が詐欺に引っかかるなんて皮肉なものだけど」

　母は眉をひそめながらコーヒーをひと口飲んだ。

「おまけにあの会社、確か何年か前にも詐欺被害にあったのよね。今となるとあれも自作自演だったんじゃないかって気もするけど……ともかく自業自得ね。騙(だま)されたそもそもの原因は自分の心根なんだから、同情は一切できない」

　母は白黒をはっきりつけたがる性格で、自分が白と判断したものには何と敵対しようとも味方するが、黒と見なしたものには容赦ないところがある。そこまで言わなくても、と春風からすると思ってしまうこともしばしばだ。

「確かにこの人のしたことは法律違反だし、よくないけど、どんな人でも騙されたって仕方ないということはないと思うよ」

「私だって仕方ないなんて思ってないわよ。でも、自分の欲望に負けてしまう弱さがあるから、詐欺師なんかにつけ込まれたわけでしょう？　突き詰めれば自分が蒔(ま)いた種だって言いたいのよ。まあいいわ。やめましょ、朝からこんな気分の悪い話」

　母が煙を追い払うように手を振り、春風も黙ってミニトマトのヘタを取って洗った。「ねえ、ところで」と母が明るい声を出した。

「今夜は外食しない？　仕事、早く上がれそうなの。夏夜（なつや）も今日から旭川だし、たまには二人でゆっくりしましょ。大通のあのフレンチのお店、春風も好きでしょ。大学が終わったら買い物でもしてあのへんで待っててよ」

「あ……ごめん。今日はちょっと人と会う約束があるんだ。ごはんも食べてくる」

　冷蔵庫からジャムの瓶（びん）を出そうとしていた母が手を止めた。潮（しお）が引くように笑みが消える。あ、と胃が縮んだ。機嫌レベル、マイナス２。

「何それ、聞いてないわよ」

「ごめん、言うの遅れた。急に決まったことだったから」

「誰と？　皐月（さつき）ちゃん？」

「ううん。昨日の件でお世話になった人——」

　馬鹿正直に打ち明けたことをすぐさま後悔した。昨日と聞いた母の眉間（みけん）に険しい線が刻まれる。機嫌レベル、さらにマイナス３。

「それって引ったくりを追いかけてけがした時にいた人？」

「けがって、大げさだよ。ちょっと打ち身になっただけで」

「立派なけがでしょ、だから打ち身って名称が存在してるんでしょ、違う？　お世話になったって何なの？　どういうこと？」

「その……一緒に犯人を追いかけてくれて」

「一緒に？　犯人を？　追いかけた？　どうしてそんな人とまた会うのよ。しかもごはんまで食べるってどういうこと？　その人、まさか男？」

確かに男といえば男なのだが、どう答えたものだろう。一瞬返答が遅れると母はいよいよ眉を吊り上げた。警報発令域に到達。

「その人、まさかあんたにちょっかい出してきてるの？」

「何言ってるの、そんなんじゃないよ。ただ少しお礼っていうか」

「お礼って何、どうしてあんたがそんなことする必要があるの。そんな人と関わるのはやめなさい。だいたいね、私はまだ昨日のことをゆるしたわけじゃないのよ。引ったくりを追いかけるなんて、どうしてあんたはそう無鉄砲なの」

昨日の夜に散々話し合ったはずのことがまた蒸し返された。春風は腹に力をこめて、ゆっくりと深く息を吐いた。感情を乱した母に引きずられてはいけない。落ち着いて、相手の考えを尊重しながら、はっきりと自分の主張を伝えるのだ。

「昨日のこと、お母さんに心配をかけたのは申し訳なかったと思ってる。でもサヨ子さんには小さい頃からお世話になってるし、そんな人が目の前で引ったくりにあったのを見て、盗られたものを取り返してあげたいって私は思った。あの時はそれも不可能じゃない状況だった。私が考えてとった行動を、頭ごなしに否定しないでほしい」

「否定なんてしてないでしょ。危ないことをしないでほしいって、私はそう言ってるだけじゃない。どうしてわかってくれないの？　あんたのそういう時にとっさにとび出しちゃうところは美徳だとは思うけど、あんたはただの大学生なんだから、そういう物騒なことを見かけたら警察を呼べばいいのよ。女の子は危ないことをしなくていいの」

「女の子とか、そんなことは関係ないよ。それに警察の人が駆けつけてくれるまで待ってたら犯人は逃げちゃうし、そうしたら」

「どうしてあんたはそう理屈っぽいの？　どうして素直に『はい』って言ってくれないのよ」

母がこめかみに指を当てながら荒いため息をついた。ほかの人間が相手だったら、もっと冷静に話し合えるはずだ。でも母が相手だと、そんな態度をとられた途端、何もかも自分が悪いような気になって立ちつくしてしまう。小学四年生の女児みたいに。

「はよーっす」

のんきにあくびしながらリビングに入ってきたのは六歳上の兄だった。よれよれのスウェット姿で、髪も寝ぐせでぼさぼさだ。あきれるほどだらしない姿なのだが、息子を見た母は尖り（とが）きっていた表情をふっとゆるめた。

「おはよう。なんなの夏夜、その寝ぐせ」

「寝ぐせじゃないですって、最新のスタイリングですって。ところで俺のコートどこだっけ？グレーのあったかいやつ。今日着たいから出してくんない？」

「あんたね、もういい歳した大人なんだからそういうことは自分でしなさい」

文句を言いながらも母はすぐにリビングを出ていった。息子に甘い母親の話はよく聞くが、森川家も例外ではない。母は春風をないがしろにするわけではないし、愛情深く育ててもらったとも思うが、母が兄に接する時は、娘に対してたびたび見せる包丁を突きつけるような厳しさが消えるのだ。不公平とまでは思わないが、もやっとはする。

「おはよ。お兄、ウィンナー何本？」

「四本、いや五本。すげー腹へった」

裸足にはいたスリッパをペタペタいわせてキッチンに入ってきた兄は、冷蔵庫を開けてコップに牛乳を注いだ。春風はフライパンにウィンナーを十本放りこんだが、動作が乱暴になってしまい自分を恥じた。

「おまえさ」

と牛乳を飲み干した兄が言った。

「もう二十歳(はたち)なんだし、年齢イコール彼氏いない歴に終止符打って同棲でもしたら？」

「いきなり何？　ウィンナーと一緒に焼かれたいの？」

「母さんのおまえに対する過干渉はもう直んねえから、おまえか母さんが死ぬまで。身体の距離と心の距離は比例するもんだから、少し離れたほうが母さんもおまえに対して冷静になれるだろうし、おまえも楽になるんじゃないの」

春風はコップを水洗いする兄の横顔を見た。

「……過干渉っていうか、お母さんは、私のこと心配して」

「そりゃそうだよ。おまえのことが心配だし、かわいいし、その気持ちがいきすぎておまえの首絞めてる感じになってんじゃん。なまじああいう『命よりも子供が大事』って人だから余計にさ。だから、母さんのほうを直すのは無理だから、しんどいならおまえが物理的に距離置くことを考えたほうがいいって話」

兄は卵焼きに添えたミニトマトを勝手に口に放りこんだ。

「じゃなかったら、おまえももう少し、かわすとか流すとかの技を覚えろよ。真正面からいってもあの人はヒートアップするだけだし、それでおまえも毎回負傷してたんじゃ身が持たないって。せっかく心理学やってんだろ？　使いたまえよ、何かそういう人間関係攻略法を」

「心理学はそういう学問じゃありません」

「そうなの？　使えねぇな、なんでそんなの勉強してんの？」

心理学を冒瀆（ぼうとく）する不届き者の足を踏んづけようとしたが、ひらりとかわされた。すかさずフライ返しの柄（え）をわき腹に叩きこむと兄は「ぐぉ……」とよろめいた。

「さっきのは、私のやり方がよくなかったから。お母さんの性格はわかってるのに、ちゃんと落ち着いて話ができなかったから」

「どうしてそんなクソまじめかな。母さん過干渉でマジうざいわー、って腹立てときゃいいじゃん。そうだ、今年入ってきた後輩紹介してやろうか？　若干うかつなとこあるけど、元気でよく食っていつも笑ってる丸顔のいいやつだぜ？」

「いりません、お兄の同僚とか絶対やだ。お兄こそ、ミサキさんとどうなってるの？　一緒に住むかもって言ってたくせに全然出てかないし」

「あー、それな。あいつ今忙しいし、俺も俺で掃除洗濯食事付きの実家暮らしは手放しがたいし。まあいいんだって、別に焦ることじゃないから」

市内の食品メーカーで営業職についている兄は、数年前から同期の研究職の女性と付き合っており、春風も彼女と何度か会ったことがある。要領がいいゆえに何事も中途半端になりがちな兄をしっかり受け止めてくれる、知的でやさしい人だ。結婚を考えているので部屋を借りて二人で住むと、父の単身赴任が決まる前に兄は宣言していた。

けれど思いついたら即行動する兄が、一度宣言したことを延ばし延ばしにしている。それは家族のことを気にしているからではないか。父が海外赴任中の今、兄まで家を出たら男手がなくなる。そうすると母が余計に神経を尖らせるのは目に見えていて、兄は兄なりに妹と母親のことを案じているのではないか。

「私とかお母さんに気を遣ってるなら大丈夫だから。お兄はお兄のしたいようにしてよ」

「何言ってんの？　俺はいつだって俺のためにしたいことだけして生きてるぜ？」

外国人でもそこまではやらないだろうというオーバージェスチャーで両手を広げながら兄はほほえんだ。その笑顔に胸がつまる寸前、兄が「隙あり！」と置きっぱなしだった菜箸(さいばし)を握ってフライパンのウィンナーに突き刺したので、春風は手刀を兄の鼻に叩きこんだ。

「何すんだよこの愚妹⁉　俺のきれいな鼻がつぶれたらどうするべさ！」「いっそごみ処理場のアルミ缶みたいにつぶれてしまうがいい、この愚兄！」スリッパをはいた足で蹴(け)り合っていると、兄のコートを腕にかけた母が戻ってきて、ぎゃあぎゃあ騒ぐ成人済みの息子と娘に心底あきれた顔をしながら「どっちもやめなさいバカ兄妹！」と一喝した。

＊

自宅の最寄り駅から地下鉄東豊線に乗り、さっぽろ駅までは十五分弱。ここで南北線に乗り換えて北十二条駅で降りるのが最短ルートなのだが、春風は十分ほどかけて駅から大学まで歩くのが日課だ。季節ごとの景色をながめるのが好きだし、身体を鍛えておきたい。いつ何が起きてもちゃんと自分の肉体を使いこなせるように。

「ハル、おはよ」

大学の正門を抜けたところでいきなりわき腹をくすぐられ、そこが本当に弱い春風はおかしな声をもらして飛びのいた。狼藉を働いた張本人、春風よりも頭ひとつ分背の低い友人は、猫みたいな目を細めてにんまりと笑っていた。

「皐月くん、朝からセクハラはやめたまえ」

「セクハラじゃないよ、愛情表現。どう？　けがの具合」

学生の波にのって歩きながら、春風はコート越しに右ひじをぽんぽんと叩いてみせた。皐月は「そ、よかった」と語尾にスタッカートがついた調子で言うと、ずんずん石畳の道を歩いていく。皐月はベリーショートの髪からくっきりとのぞくきれいな耳に、いつも雪の結晶形のピアスをつけている。去年の誕生日に春風が贈ったものだ。

「昨日は、かたじけない」

「いいって、こういうのはお互いさまだから。とくにトラブルもなかったし」

皐月とは市内の大型書店で一緒にアルバイトをしているのだが、ちょうどシフトが入っていた昨日、例の事件があってサヨ子を病院につれて行かなければいけなくなった。それで急遽、皐月に事情を話し、シフトを代わってもらえないかと頼んだのだ。

「でもほんとびっくりした。引ったくり犯追いかけるとか」

「目の前で起きたから、なんか思わず……結局逃がしちゃったけど」

「ハルっていきなりスイッチ入る時あるよね。夏休みに一緒に旅行した時もさ……あんまり危ないことするんじゃないよ。こっちは心配なんだから」

「はい、気をつけます」

「転んだおばあさんは大丈夫だったの？」

「うん。今朝も様子見てきたけど、けがもたいしたことないし、わりと元気だった」

「そっか、よかった。まあ、誰かを助けるのは立派なことだよ。えらいな」

背中を叩かれて、母には昨夜も今朝も責められるばかりだったからか、ねぎらいの言葉が妙に胸にしみた。高校生の時に決めたように地元の国立大に進学して、文学部で心理学を学ぶようになった。そこで皐月という友人と出会えたことは、四葉のクローバーを見つけたみたいな幸運だとひそかに思っている。

今の季節、キャンパスはどこを見ても絵画のような色彩だ。地面はイチョウの落ち葉に覆われて黄金色の絨毯を敷いたようになり、あちこちでナナカマドが小さく燃える火のような実をつけている。緑地を流れる小川の水面には色づいたもみじの葉が点々と散って、赤い星が浮かんでいるようだ。「きれいだなー」と皐月が愛用の小さなデジカメをとり出して風景を撮り始めたので、春風は笑ってしまった。昨日も、一昨日も、皐月はこのへんの風景を「きれいだ」と言って撮ったのだ。と、落ち葉の甘い匂いを含んだ風が吹きつけてきて、春風はとっさに舞い上がりかけた前髪を押さえた。次の瞬間、シャッターを切る音が聞こえた。

「え、撮った?」

「私さぁ、あんたが風吹くたびにそうやっておでこ押さえるの好きなんだよね。かわいくて」

「皐月くん、本人の了承を得ない撮影は肖像権の侵害に当たり、場合によっては罰金も」

「わかったわかった、十秒ニヤニヤながめたら消しますから」

ひとしきり騒いだところで、皐月に確認したかったことを思い出した。法学部の講義棟を通りすぎながら、春風はトートバッグの内ファスナーにとりつけた、黄色いパトローネのストラップを外して手のひらにのせた。

「ちょっといい? このストラップ、このまえの写真展のオリジナルグッズだって言ってたよね。写真部のみんなで作ったって」

「え? うん。部長の家で、お祖父さんが集めてたパトローネがごっそり見つかってさ。せっかくだから、みんなで記念品みたいなの作ろうかって話になって」

「このストラップ、誰が買ったか、わかるかな」

皐月は大きな目をさらにまるくした。前方から歩いてきた女子学生とぶつかりそうになり、身軽によけたあと、眉根をよせた。

「誰がって、それストラップ買った人全員ってこと？」

「できれば」

「ハル、写真展に来た人はざっと百人を超えるし、学外の来場者だっているし、買った人の名前いちいち聞いたりしないし」

「……だよね」

「なんで？　そのストラップがどうかしたの？」

どう答えるべきだろう。文系研究棟の入り口を通り抜けながら、春風は慎重に言葉を選んだ。

「ちょっと、人捜しをしてて。でもこのストラップしか手掛かりがないの」

「人捜しねぇ……まあ、今日写真部行くから、部長とかに訊いてみるけど」

「かたじけない」

リノリウムの階段を上り、一講時目の講義がある大教室に到着した。春風と皐月の定位置は中央の前から五列目だ。トートバッグから出したテキストを、ところどころに落書きのある長机の上に置いたところで、春風はもうひとつやるべきことを思い出してスマートフォンを手に取った。飲食店の予約サイトを開き、目星をつけていた回転ずし店に二名分の予約を入れる。無事に予約完了のメッセージが表示されてほっとしたところで、担当の准教授が教室に入ってきた。

社会心理学の講義に集中しようとするが、意識は常にトートバッグの中のストラップに引っ張られる。昨日、逃げ去る男のジャンパーのポケットからそれが落ちた瞬間の映像が、くり返し頭の中に再生される。

罪を犯す時、人はどんな気分なんだろうか。

あの男は、一夜明けた今どこにいて、何を思っているのだろう。

2

待ち合わせは午後五時、地下鉄大通駅の南北線改札前にしていた。

春風は図書館でレポートを片付けたあと、四時半頃に大学を出た。徒歩で待ち合わせ場所に向かいながら頭上を仰ぐと、太陽がほぼ沈んだ空は深い青に染まり、西の低い空だけが蜂蜜を流したような金色にかがやいていた。大通公園を通り抜けつつ札幌テレビ塔の巨大なデジタル時計をながめると、『4:46』と発光する数字が表示されていた。

大通駅に到着すると、帰宅ラッシュの時間帯とあって地下通路は行き交う人でごった返していた。金曜日の夕方の混雑は予想以上で、春風は心配になってきた。この人ごみから待ち合わせ相手をうまく見つけられるだろうか。彼とは昨日のドタバタの中でひと言ふた言交わしたくらいで、じっくり顔を見たわけではないのだ。

「森川春風さん」

低すぎず、高すぎもしない、なめらかな声だった。

大げさに肩をゆらしてしまい、首をめぐらせると背後に立っていた相手と目が合う。春風は背すじをのばしながら、彼と向き合った。

「──北原錬くん」

はい、と少年は落ち着いた声で返事をした。

スモーキーブルーのマフラーと黒い詰襟の学生服の恰好は昨日とそっくり同じだ。改めて向かい合ってみると、身長はのっぽの父親似で百七十センチの春風とほとんど変わらなかった。くせのない髪はシンプルにカットしてあるだけで、黒フレームの眼鏡にも飾り気はまるでない。はっきり言ってしまうとこれといって目立つところのない少年なのだが、聡明そうな黒い瞳を見た瞬間、そうだ、こんな子だったと曖昧だったイメージが結晶化した。

「早かったね。もしかして待たせた？」

「ちょうど今の地下鉄に乗ってきました」

「そっか。今日はありがとう。わざわざ出てきてもらっちゃって」

「いえ、高校のそばに南北線の駅があって、そこから地下鉄で一本なので」

「その制服、K高のだよね。じつは私も卒業生なの」

最初はこの話題から始めよう、とあらかじめ考えていた。とくに親しくなる必要はないのだが、今夜の食事会をなごやかに終えられる程度には打ち解けておきたい。

北原錬も、それなりの人付き合いをする用意はあるという笑みを浮かべた。

「そうなんですか。じゃあ先輩ですね」

「うん。二年前に卒業して今、大学二年生」

「俺も二年生です」

「そっか。……えっと、じゃあ行こうか」

「はい」

地下通路を歩き出しながら、春風はひそかに息をついた。我ながら、ぎこちない。男子高校生って、何を話せばいいんだろう。

地下鉄東豊線に乗り換え、下車駅からすっかり暗くなった空の下を歩いて、回転ずし店に到着した。北の港から直送される新鮮なネタが自慢の、地元民に人気の店だ。

「回ってるおすしで申し訳ないけど」

「逆に回ってないすし屋でごちそうするって言われたら、何か裏がありそうで嫌です」

真顔の切り返しがなかなか面白くて、春風は笑った。

「メールでも伝えたけど、サヨ子さんが昨日のお礼にってスポンサーになってくれたから、今日は遠慮しないで。ここでなら好きなだけ食べてもらっても大丈夫だと思う」

「別にお礼とかされる覚えないんですけど……」

「そこも含めて説明するから、まずは入りましょう。寒いし」

店内に入ると、暖かい空気が毛布みたいに全身をくるんだ。金曜日の夕方なだけあって席はほぼ埋まっている。「いらっしゃいませ」とにこやかに出迎えてくれた店員に予約名を告げると、奥のボックス席に案内された。

春風がコートを脱いでトートバッグと一緒にまとめる間に、向かい側に座った錬はマフラーをはずし、きちんとたたんだ。きれいに切りそろえられた爪など身なりも清潔で、彼がある程度安定した家庭で暮らしていることがうかがえた。

この時期の北海道は、なんといっても秋鮭だ。「本日は鮭のアラ汁がおすすめです」と薦められたので、テーブルに設置してあるタッチパネルでまずアラ汁を二人分注文し、それからおのおの食べたいネタを入力していった。秋鮭の季節はすなわちイクラの季節。春風がタップしようとした「盛りすぎイクラ軍艦」に錬も同時に人さし指をのばしてきたので、二人で顔を見合わせたあと、春風が代表して数量を打ち込み、注文ボタンを押した。

「イクラってロシア語だって知ってた？」

「本当は『魚の卵』って意味なんですよね。ロシア人が鮭の卵をイクラって呼んでるのを見て、日本人が『これイクラっていうのか』って使い始めたって」

「そうそう。詳しいね」

「春風さんは、大学でそういう勉強してるんですか？　ロシア語とか」

「ううん、今のはテレビで見ただけ。専攻は心理学」

いきなり下の名前で呼んでくるとは距離の詰め方が早いな、と思いつつ彼と自分の箸(はし)と醤油皿を用意していると、錬も粉末の緑茶を二人分いれて「どうぞ」と春風の手もとに置いてくれた。

　すしを待つ間、ぽつんと宙ぶらりんの時間ができる。春風は喉が渇いているわけでもないのにお茶をすすり、テーブルの向かい側で学ランの少年も同じようにお茶で沈黙をとり繕っているのを見て、本題に入ることにした。

「それで、昨日のことだけど」

　北原錬が湯飲みを置いて居住まいを正した。

「はい」

「サヨ子さんのけがは打ち身が少しとすり傷で、足もただの捻挫だった。お医者さんの話だと、一週間もすればよくなるみたい。もちろん精神的なショックはまだ残ってると思うけど、今朝大学に行く途中でお宅に寄ってみたら、だいぶ落ち着いたみたいだった」

　錬は「そうですか」と安心したように笑みを浮かべた。心配していたのだろう。昨日サヨ子を病院につれて行くために別れる間際、「あとで容体を教えてください」と彼はスマートフォンを出しながら言ったのだ。その場で連絡先を交換し、ひとまず彼には家に帰ってもらった。

「こちらアラ汁になりますー」

　店員がふた付きの大きな椀を運んできたので、話を中断し、二人ともいそいそと箸を握った。漆塗りのふたをとると、かぐわしい香りが湯気と一緒に立ちのぼる。味噌をといた汁には鮭のぶつ切りとネギ、大根、人参、こんにゃくが宝石のように沈んでいて、ひと口含むと秋鮭のあふれんばかりの旨味が全身にしみ渡った。「北海道万歳……」「汁めちゃくちゃうまい……」とひとしきり夢中でアラ汁をすすったあと、今度口を開いたのは錬のほうだった。

「警察には知らせたんですか？　早いほうがいいと思うんですけど」

「いえ――警察には届け出てない。サヨ子さんは、そういうつもりがないらしくて」

錬が眼鏡の奥で目をまるくした。

「けど、被害届みたいなのを警察に出さないと、捜査してもらえないんじゃないですか？」

「うん。でもサヨ子さんは『警察には届け出るつもりはないし、もうこの話は忘れてほしい』と言ってるの。忘れてほしいというのは、つまり、私とあなたにということだけど」

よくわからないという顔をする錬に、春風は昨日、彼と別れてからの顚末(てんまつ)を話した。

昨日の夕方四時半すぎ、引ったくり犯を取り逃した春風が錬とともに現場に戻ると、サヨ子は春風が脱ぎ捨てたブルーのチェスターコートを抱えて待っていた。

「春風ちゃん」

サヨ子は寒そうに唇(くちびる)を震わせながら、コートをさし出して弱々しく笑った。春風はその姿に胸が痛くなった。受け取ったコートを彼女の肩にかけると「そんな、いいわよ」とサヨ子はあわてたように言ったが、いいですから、と答えた。ショックに青ざめたサヨ子が、さらに夕方の冷気に鞭(むち)打たれている様子を見ていられなかったのだ。

ありがとう、とささやきコートの前をかき合わせたサヨ子は、学ランの少年に目をやり、上品な口調で言った。

「あなたも、あの男を追いかけてくださったのね。どうもありがとう。けがはない？」

「いえ、俺は全然。あの、ここがお宅なんですか？」

錬は、壁が白とグレーのしゃれたツートーンになっている無落雪屋根の住宅を見上げた。

「ええ、そうよ」

「さっき、あの男に紙袋みたいなのを盗られたのも、この家の前でしたよね」

それは春風も見ていた。住宅地の中でもあか抜けたサヨ子の家、まさにその門前で、例の男はサヨ子から紙袋らしきものを奪いとり、彼女を突きとばして逃走したのだ。

「ええ、ちょっと用事があって出かけようとしたら、突然あの男が襲ってきて……あ、痛っ」

サヨ子が悲痛な声をもらしてくずおれかけたので、春風はあわててかぼそい老婦人を抱きとめた。顔をゆがめたサヨ子は右の足首を押さえている。春風は早口で錬に、サヨ子を病院につれて行くことを話した。「あとで容体を教えてください」と言う錬と連絡先を交換して、ひとまず別れた。ここまでは錬も知っている通りだ。

その後、春風はタクシーを呼び、最寄りの病院に向かった。後部座席でコートにくるまりながらじっとうつむくサヨ子に、春風はストレスを与えない口調を心がけながら声をかけた。

「サヨ子さん、少しでも早く警察に通報したほうがいいと思うんです。電話は私のがあるし、途中までの段取りも私がつけます」

サヨ子は憔悴(しょうすい)した目でこちらを見て、あるかなきかに首を横に振った。

「ごめんなさい。今は、とてもそんなことはできそうにないわ」

サヨ子が疲れ果てたように目をつむったため、春風もそれ以上は何も言わなかった。病院の窓口で事情を話すと、病院側の配慮でサヨ子はすぐに診察室に呼ばれた。待ち時間に春風は皐月にアルバイトのシフトを代わってほしいと頼み、バイト先の店長にも連絡を入れ、母にも「かくかくしかじかで帰りが遅くなるかもしれない」とメールを打った。帰宅後、待ちかまえていた母に「引ったくり犯を追いかけるなんてあんたはどうしてそう無鉄砲なの⁉」と散々説教されることになるのだが、それは錬には関係のない話だ。

診察の結果、足首の痛みは捻挫によるもので、靭帯や骨には異状なしとわかった。テーピングされた足首や、擦過傷の手当てを受けて包帯を巻かれた手は痛々しかったが、処置室から出てきたサヨ子はだいぶ落ち着いた様子だった。病院にいたのは二時間ほどで、すべてが済んだ頃には完全に夜になっていた。春風はサヨ子を自宅まで送るために再度タクシーを呼び、到着するまでのあいだに再び切り出した。今日のうちに警察に届け出るべきだと思う、と。

しかしサヨ子は長いこと沈黙した末に、こう答えたのだ。

「警察には、言わなくていいわ」

え、と思わず訊き返すと、サヨ子は続けた。

「盗られたのは、別にたいしたものじゃないのよ。だから、きっとあの男は捕まったとしても軽い罪にしかならないと思うの。起訴というの？　私は詳しくないけれど、そういうこともされないで無罪放免になるかもしれない。それから、あの男はどうするかしら？——通報した私のことを恨んで、仕返しに来るかもしれないわ」

「それは……でも、サヨ子さん」

「ないって言える？　だって私はあの男がどこの誰なのか知らないけれど、あの男のほうはもう私の顔も家も知ってるのよ。あんな男には、もう一切関わりたくないの」

　両腕を掻き抱くサヨ子は、本当におびえている様子だった。春風が肩をさすろうとすると、サヨ子はすばやくその手を握った。必死な力、そして切実な表情だった。

「お願い、春風ちゃんもこのことは忘れてちょうだい。もう何もしなくていいわ。たいしたものを盗られたわけじゃないし、けがも軽く済んだ。だからもういいの」

　自宅に帰りつくとサヨ子は「春風ちゃん、ちょっと」と言って春風を家に上げた。サヨ子の家を訪れるのはこれが初めてではない。サヨ子は春風が保育園児の頃から「おはよう」「おかえりなさい」と笑顔で声をかけてくれたし、サヨ子の手作りのお菓子をごちそうになったり、家庭科の裁縫の宿題を手伝ってもらったりしたこともある。

　奥に引っ込んで戻ってきたサヨ子は、機嫌をとるようにほほえみ二封の封筒をさし出した。

「こんな時間まで付き合わせてしまって本当にごめんなさいね。お詫びといってはなんだけど、これでおいしいものでも食べてちょうだい。こっちは、あの男の子に」

　中身を察して春風は固辞した。そんなものを受け取る理由はない。しかしサヨ子も「受け取ってちょうだい、せめてものお礼だから」と穏やかな彼女らしからぬ迫力でせまり、長い押し問答の末、春風はねじ込まれるようにして封筒を受け取った。

「それで『お礼』ですか」

鍊は眼鏡のフレームにふれ、話している間に運ばれてきた色とりどりのすしをながめた。

「犯人の仕返しが怖いっていうの、わからなくはないですけど――本当にいいんですか？」

「サヨ子さんは、何年か前にだんなさんを亡くして、あの家でひとり暮らしをしているの。息子さんもいるんだけど東京で家庭を持ってるから、めったに会えないみたい。だから心細いだろうし、もし逆恨みされたらと思うと不安も大きいんだと思う」

「そうですか。おばあさん本人がそうしたいっていうなら、まあ……」

決してすっきりとはしないし心配ではあるものの何とか納得することにした、という表情で鍊は頷いた。春風は今日の本題である花柄の封筒をトートバッグからとり出し、テーブル上をすべらせて鍊の前にまっすぐに置いた。

「ということで、これがサヨ子さんからあなたへの感謝の気持ちです」

「……諭吉が透けて見えてるんですけど。こんなのもらう理由ないですよ」

「でもあなたがサヨ子さんの力になってくれたのは確かだし、サヨ子さんもお礼をすることで気持ちが楽になる部分があるんだと思う」

ちなみに春風は、鍊と同じにやはりこの『お礼』が不本意ではあるので、一緒に犯人を追跡した彼とパッと使ってしまおうと思って今日の食事会を計画した。鍊は、まだ抵抗があるという顔で手を出さずにいる。その潔癖さを好ましく思って、春風は小さく笑った。

「何か欲しいものとかないの？」

「それは正直百個くらいありますけど」

「それなら、おすしを食べながら考えてみたら？　これ以上イクラを乾燥させるのは大罪だと思う」

「そうですね、現行犯逮捕されても文句は言えないです」

再びいそいそと箸を握り、どちらもまっ先に「盛りすぎイクラ軍艦」に取りかかった。その名のとおり軍艦にはおさまり切らず、皿の上までこんもりとこぼれ落ちた赤い粒々は、さながらルビーの輝きだ。ひと口ですしを頬張ると、幸福あるいは恍惚(こうこつ)と名付けたい美味なる汁がプチプチと卵を噛むごとにあふれ出してくる。「北海道万歳……」「それさっきも言ってましたよね」などと言い合いながら、しばし夢中ですしを食べた。

現役の男子高校生がほんの数皿で満足するわけがなく、錬は「ほんとにいいんですね？」と確認してからタッチパネルで追加注文をした。「大トロ」「うに」「たまご」という何ともすこやかなチョイスだ。春風も「炙(あぶ)りえんがわ」「活ホッキ」「ボタンえび」「とろたく手巻き」と好きなすしネタ四天王を入力し、ついでに砂糖醤油で味付けした芋もちと、秋鮭アラ汁のお代わりも二人分頼んだ。

「春風さん、見かけによらずけっこう食いますね」

「え？　標準だと思うけど。むしろあなたが小食なのでは。男子高校生って、いつもお腹をすかせてるものでしょ」

「みんな男子高校生っていうと食い物のこととエロいことで頭いっぱいみたいに言いますけど、それ偏見ですから。もっといっぱい大変なことあって俺たちも毎日必死ですから」

ほとんど初対面と変わりのない男子高校生との食事会はすぐに話が続かなくなって気まずいのではないかと心配していたが、気がつけば思いがけないほど楽しくすしを食べていた。というのも、錬は非常にコミュニケーション能力が高いのだ。春風が話している間は心地よい相槌(あいづち)で聞き手にまわり、会話がとぎれそうになるとごく自然に話し手にまわる。またそのトークも、少年っぽいちょっとひねくれた物の見方とウィットに富んでいて面白い。決して番組中に沈黙を生じさせない手練(てだ)れの司会タレントみたいだ。

豊富な語彙(ごい)と明晰(めいせき)な話し方からして、成績は優秀だろう。このバランス感覚なら学校内の人付き合いも良好に違いない。歳のわりに大人びた雰囲気があるのは、下にきょうだいがいるのだろうか。あるいは保護者が多忙な職業についているのかもしれない。早い時期から自分のことは自分でやってきたような自立心の強さを感じる。ガリを刷毛(はけ)がわりにして大トロに醤油を塗る手つきは几帳面(きちょうめん)で、合理的かつ慎重な性格がうかがえる。

「心理学って、心を研究するんですよね」

え、と春風は目を上げた。夜の海のような瞳とまともに視線がぶつかって、小さく息を呑む。観察していたことを見透かされたのかと思った。錬は、好奇心の強そうな笑みを浮かべて続けた。

「心理学を勉強してると、人の心が読めるようになったりするんですか?」

「ん……自分は心が読める、と言っている人がいたら、その人は少なくとも心理学者ではない。心理学は科学的に人間を理解しようとする学問なの。とても不確かで目には見えない心について、データを集めて、分析して、少なくともこういうことは言える、という傾向を見つける。心は、読んだり言い当てたりする対象ではなくて、輪郭や性質をさぐっていくものなの」

へえ、と相槌を打つ錬が少しつまらなそうな顔をしたので、春風は笑った。

「錬くんは、他人の心を読みたいと思ったりするの？」

「どうかな……できたらできたで疲れたり嫌な思いばっかりしそうですけど。ただ」

「ただ？」

「それができたら、防げることもたくさんあるんだろうなって思います。人間は嘘をつくから。本当は全然そんなこと思ってないのに、そうだねって笑ったり、無害な人間みたいな顔して歩いてても頭の中じゃ物騒なこと考えてたり――もしそういう嘘が心を読んで全部わかったら、昨日のおばあさんみたいにひどい目にあわされる人もいなくなるのにって思う」

昨日、目の前で行われた暴力と、それを止められなかった悔しさを思い出したように、錬は眉根をくもらせる。春風は引ったくり犯を追っていく少年の後ろ姿を思い出した。

「そういえば、あのストラップってどうしたんですか？」

「……ストラップ？」

「みたいに、俺には見えたんですけど。犯人が逃げていく時に何か落として、それ、春風さん拾ってましたよね」

見ていたのか。春風は緑茶をひと口飲んで、トートバッグからそれを出した。ストラップをおさめたジッパー付きのビニール袋をテーブルに置くと、錬は目をまるくした。

「警察が押収した証拠品みたいですね」

「一応犯人の所有物だから、傷や指紋をつけないようにと思ったの」

もっとも、それも今となっては意味のないことだが。

「サヨ子さんに、このストラップも『処分してちょうだい』と言われてる。確かに警察に届け出ないのならもう必要ないし、とにかく引ったくりのことは思い出したくないみたいで」

半透明の袋の中、円筒形のパトローネは照明の光を受けて、あざやかな黄色がより際立っている。錬はストラップを見つめてから「いいですか?」と訊ねた。春風が頷くと、細かい作業を器用にこなしそうな指で袋をとりあげる。

「なんかこれ、カメラのフィルムを入れるケースに似てますよね」

「本当にフィルムケースなの。パトローネと呼ぶそうだけど」

「そうなんですか? ならあの男、カメラとかそういうのが好きなのかな」

錬はしばらくストラップを見つめ、春風に顔を向けた。

「これ、俺がもらっていいですか」

「え?」

「処分するんですよね、これ。だったら俺にください」

錬はストラップを袋ごと握りこむ。引っ込めようとした手をすかさずつかむと、錬は目をみはって身動きを止めた。

「……握力強いですね」

「筋トレが趣味なの」

袋を錬の手から抜きとり、春風は自分と彼の間に置いた。ストラップを保護する袋に、人さし指の先を当てる。

「これをどうする気なのか訊いてもいい？　もし警察に届ける気なら、昨日起きたことを話さなければいけなくなる」

「警察には行かないです。おばあさん本人が嫌だって言ってるのにそんなことしない」

錬が心外そうに眉をひそめる。

「それなら、あなたは、もしかしてこれを手掛かりに犯人を捜すつもりなの？」

今度は錬は唇を引き結んで沈黙した。それなりの理由があって傷だらけで帰ってきた子供が、子供の仁義を知らずに叱りつける母親に、じっと耐えて何も語らないみたいに。

「どうして？」

「理由って必要ですか」

錬は冴え冴えとしたまなざしで切り返した。

「昨日、たまたまだけど俺はあそこにいて、おばあさんがひどい目にあうのを見たし、ひどい目にあわせたそいつを捕まえようとしたけど結局失敗した。おばあさんは怖いからもういいって言うけど、あいつが今も何の罰も受けないでそのへんを歩いてるなんておかしいし、できるかどうかは別として、何とかしたい。そう思うのはおかしいですか」

今さらながらに、この少年がとても整った顔立ちをしていることに気づいた。まるでシンプルすぎて地味にさえ見える服が、じつは上質の布と丹念な縫製によって仕立てられていることがわかってくるように。

春風は数秒考えてから、となりの座席に置いていたトートバッグをとり上げた。膝にのせたバッグの、内ポケットのファスナーにとりつけていたストラップを外す。それを手のひらにのせて見せると、錬が眼鏡の奥で目を大きくした。

「――同じストラップ？」

「断言はできないけど、私が比べてみた限りはそっくりだった。パトローネも、紐の材質も、紐についてるチャームも。これは私が友達からもらったものなの。今月の九日と十日に大学で写真展があって、このストラップはその時に販売された、写真部の手作りグッズ」

「つまりこのストラップは、写真展に行った人間しか手に入れられない。写真展でストラップを買った人間の中に、あの犯人がいるってことですか？」

打てば響くように反応した錬に、春風は首を横に振った。

「いえ、そこまで断定することはできない。写真展に行ってこれを買った人が家族や知り合いにあげたということもあるだろうし、ネットで転売されたものを誰かが買ったとか、とにかく可能性はいくらでも考えられるから」

ただ、と胸の中で続けた言葉に少年の声が重なった。

「ストラップを買った人間の中に、あの男がいる可能性もゼロじゃない」

錬は犯人が落としたほうのストラップを指さした。

「ちなみに、その写真展ってどのくらいの人が来場したんですか？」

「写真部の友達の話では、土日の二日間で百人くらい」

「……多いな。でも、その全員がストラップを買ったわけじゃないですよね」

「うん、確かに。友達の話だと、ストラップは四十個しか作らなかったそうだから、実質的に対象になるのは来場者の四割に絞られる。ただ、誰がストラップを買ったか、それを把握するのはかなり難しい」

有名な写真家の個展などであれば来場者に記帳を求めるだろうが、学生サークルの写真展なのでそういうこともなく、会場は出入り口が常に開放されて誰でも出入りが自由だった。ストラップの購入者についても、数人程度なら販売当番の部員と知り合いだったなどの理由でわかるらしいが、全員を把握することは「無理」と表現してもさしつかえない。

「会場に防犯カメラとかは？」

「大学内のことだから、残念だけど。あったとしても個人での確認は難しいと思うし」

「ストラップについた指紋を民間機関で調べ……ても照合する犯人の指紋がないと意味ないか」

「残念ながら」

錬がため息をついて座席にもたれ、腕組みした。気持ちはわかる。彼が今列挙した可能性を春風も昨日のうちに考え、検討し、同じようにどん詰まりになったのだ。春風は男子高校生を励ます気持ちでタッチパネルにふれた。

「気をとり直して、デザートでもどう？」

「すし屋に来たら、すし以外は食べない主義です」

「さっき、アラ汁と芋もちを食べていたのは誰だっただろう？」

「……あれは、すし科シル属とすし科モチ属だからいいんです」

結局「かんぴょう巻き」と「タコ飯いなり」と二度目の「盛りすぎイクラ軍艦」を二人分頼み、テーブルに置いたストラップをにらみながら二人で黙々とすしを食べた。ヴー、とくぐもったヴァイブレーションが響いたのはそんな時だ。

春風と錬は同時にパンツと学ランのポケットを押さえたが、振動しているのは春風のスマートフォンだった。液晶画面に表示された名前は『工藤皐月』。向かい側をうかがうと「気にしないで出てください」と言ってくれたので、春風は通話ボタンを押した。

「もしもし？」

『ハル、いま大丈夫？……あれ、なんか外にいる？　もしかしてデート中？』

「ううん、違う。どうしたの？」

『ストラップ、誰が買ったか知りたいって言ってたでしょ。確認なんだけど、あんたが言ってるストラップって革紐タイプのストラップだよね？　チェーンタイプじゃなくて』

チェーンタイプ？　ストラップに別の種類が存在していたなんて初耳だ。春風は早口になりながら答えた。

「そう、革紐タイプ。焦げ茶色の革紐でできてる」

『私、ストラップ係じゃなかったからよくわかってなかったんだけどさ、確認してみたら、写真展で販売したストラップは二種類あったらしいの。ストラップは最初チェーンタイプしかなくて、これが二十個。でも写真展初日で予想以上に売れたから、追加を二十個作った。でもその時はチェーンがなくなっちゃってたから、近所の手芸店で買ってきた革紐を使ったんだって。でも結局、追加の革紐タイプは売れたのが八個だけで、残りは部員で山分けってことになった。それで私もあんたの分までもらってきたんだけど――革紐タイプなら、どこの誰が買ったか何とかわかりそう』

春風は高揚をなんとか抑えた。――その中にいるかもしれない。あの男が。

「ありがとう。本当に助かる」

『どこの誰がストラップを持ってるかは、確認しなきゃいけないから月曜日まで待って。じゃ、デートがんばってね』

最後はいたずらっぽく言って、皐月は通話を切った。

急展開だ。春風がスマートフォンをテーブルに置くなり、錬は強い口調で言った。

「月曜日、俺も一緒に話を聞きたいです」

通話の内容が聞こえていたらしい。耳のいい少年だ。

「でも月曜日は学校があるでしょう？　気になるのはわかるけど――」

「サボったりしません。来週の月曜日は休みです」

月曜日なのに休み？　眉をよせる春風に錬は続けた。

「うちの高校、明日の土曜日から二日間、文化祭なんです」

文化祭。なんとも懐かしい響きに面食らった。春風の代には文化祭といえば六月の行事だったが、時代の流れとともに日程も変更になったらしい。

「え、今こんなところにいて大丈夫なの？　文化祭の前日なんてすごく忙しいんじゃ」

「そういうクラスもあるみたいですけど、うちのクラスは展示の準備も昨日で終わってるから平気です。それで土日の文化祭が終わったら、月曜日と火曜日は代休になるんです。一緒に話、聞かせてください」

春風は黙ってすっかり冷めた緑茶を含んだ。錬とストラップをはさんでうなっていたさっきまでは、犯人捜しはあまり現実味のない話だった。しかしここにきて、もしかすると本当に犯人にたどり着けるかもしれない可能性が出てきた。

「いえ、それでもあなたは、これ以上この件には関わらないでほしい」

錬が眉を吊り上げた。

「関わるなってどういう意味ですか？」

「そのままの意味。サヨ子さんが『もういい』と言う以上、本当はもう終わらせるのが筋だと思う。これはサヨ子さんの意思を無視する行為だし、何より錬くん、あなたはまだ高校生よ。これ以上、物騒なことに関わるべきじゃない」

犯人にたどり着ける可能性とたどり着けない可能性、どちらが高いかといえば後者だろう。

けれど万に一つ、本当に犯人を突き止められたとしたら、男にこちらの身元を知られる恐れも出てくる。この少年が危ない目にあうことは決してあってはならない。

「俺がまだ高校生なのは俺のせいじゃない。それを引き合いに出すのは卑怯です」

錬の静かな声には妙な凄みがあって、春風は口をつぐんだ。錬はパトローネのストラップを入れた袋をつかんで、春風に向けて突き出した。それこそ刑事が犯人に証拠品を突きつけるように。

「春風さんは、あのおばあさんにこれを『処分してほしい』って言われたんですよね。でも今も捨てないで、こんなふうに厳重に保管して持って歩いてる。俺がこのストラップから犯人を捜す方法を考えてた時も、春風さんはそういうことはもう考えたみたいに返事してた。つまり春風さんも、ひとりで犯人を捜そうとしてたんですよね」

どうしてですか？　さっき自分が問うたことを、今度は彼に問いかけられる。

どうして、たいしたものを盗られたわけでもないのだからもういいだろうと思えないのか。なぜ、サヨ子本人が「もういい」と言うのだからもういいのだと呑みこめないのか。なぜこんなにもこだわってしまうのか、忘れられないのか、まちがっていると思えてならないのか。

「俺は、あいつを捕まえられなくて悔しかった」

昨日の光景を思い出すように、錬が目を細める。

「何も悪いことをしてない人が、いきなりひどい目にあわされたのに、何もできないことが悔しかったです。今も。そんなのおかしいし、今から少しでも何かできるならそうしたい。俺はそう思ってます。春風さんも、そうなんじゃないですか?」

もともと心地よさを感じさせる彼の声質が、より深くなった呼吸に裏打ちされて厚みを増し、青い言葉をまっすぐに投げ込んでくる。彼にはおそらく演説の才能がある。自分という存在を使って、相手の心を自分と共振させる力が。

「一緒にあいつを捜してください。俺だけじゃできない。でも春風さんとならできると思う」

なにより、彼の瞳は澄んでいるのだ。

年月を経るにつれて失いがちだからこそ人が惹かれてやまないものを、彼の瞳は持っている。見つめられた者に、力を貸したい、という欲求を抱かせる。

春風は深くため息をつき、悪あがきするような気分で残り少ない緑茶を飲んだ。不本意だ。こっちは曲がりなりにも心について学び、そのコントロールもいくらかは心得た二十歳の大学生で、向こうは三つも年下の高校生なのに。

「錬くん、将来就きたい職業ってもう考えてる?」

「え。……今のところは道職員ですけど。なんでですか?」

「教育者と、宗教家、あと政治家の適性がありそうだと思って」

「教師は残業が多いし、宗教は信じないし、政治家は胡散くさいから嫌です」

眉をひそめる少年に、春風は正面から目を合わせた。

「キャンパスには誰でも出入りできるけど講義棟は原則として学外者は立ち入り禁止なの。だからひとりで歩き回ったりしないで。そして調べが進もうと進むまいと、あなたは代休が終わった時点でこの件からは手を引く。約束してもらえる?」

「はい」

素直に返事をした錬は、それまで手をふれなかったサヨ子からの謝礼をとり上げた。立ち上がったかと思うとすたすたとレジのほうへ歩いていくので、自分が支払いをするつもりだった春風はあわてて腰を浮かしたが、錬はレジの手前で立ち止まって封筒を開けると、備え付けの台に置かれた盲導犬支援の募金箱に一万円札をためらいなく突っ込んだ。

席に戻ってきた錬は、あっけにとられる春風に涼しい顔を向けた。

「もらう理由のない金って気持ち悪いので。あと、盲導犬は尊敬してるんです」

3

三日後、十一月最初の月曜日。春風はいつも通りの時間に自宅を出た。

大学の敷地に入ると、落ち葉が土に還る匂いを感じた。駐輪場には切り絵のようなイチョウの葉が散らばり、道路と歩道の隙間にも絵筆を走らせたような黄色の帯ができている。

一講時目の講義が終わったあと、春風は早足で図書館に向かった。本館の正面玄関に十時半、と約束していた。五分前に到着した春風はあたりを見回した。目に入るのは、駐輪場でおしゃべりをする女子学生二人と、玄関前の柱にもたれてスマートフォンをいじる男子学生がひとりだけ。どうやらまだ来ていないようだ。

「……通りすぎるってひどくないですか？」

石段を上っていた春風は足を止めた。柱にもたれている男子学生と目が合った。それでも気づくまでにたっぷり五秒はかかった。

「錬くんっ？」

「そんな、ツチノコ目撃したみたいな顔しなくても」

「だって——」

今日の錬はもちろん制服ではなく私服姿だ。ロング丈の白いTシャツにブラウンのモックネックニットを重ね着して、その上にステンカラーコート。下はジーンズに、キャラメル色の紐がおしゃれなキャンバスシューズ。髪はワックスでほどよくスタイリングしている。いかにも「勉強も遊びもそつなくこなす学生」という風情で、とてもあの学ラン眼鏡の地味な男子高校生と同一人物とは思えなかった。

「眼鏡は？」

「去年の文化祭の時に作ったコンタクト、まだ余ってたから使いました。クラスで『走れメロス』の劇をやることになって、俺はメロスの妹の夫の役だったんですけど、古代ギリシャ人が眼鏡かけてちゃだめだろって言われてコンタクト作らなくちゃいけなかったんで」

「普段からそんなに……おしゃれなの？」

「いえ全然。俺そんなに服持ってないから、となりのマンションの友達に借りたんです。『大学生に見えるようにしたい』って言ったら、なんか張り切って髪までやってくれました」

その友達とやらはずいぶん優秀なスタイリストだ。ものすごい化けっぷりである。

「でもこの中は、入れるものがないからいつも通りです」

錬が肩から下ろして開いたリュックをのぞきこむと『数学B』の教科書が見えた。『現代文』と『生物』もある。ふき出してから、春風は咳払いをした。

「行きましょう」

「はい」

向かったのは正門からほど近いところにあるマルシェだった。学内の畑や牧場でとれた野菜、牛乳、肉を使ったメニューをそろえている店で、学外の利用客も多い。開店まもない今は客の数もさほどではなく、待ち合わせの相手はすぐに見つかった。

「ハル、ここ」

窓際の席で手をふる皐月に春風も手をふり返し、向かいの椅子に腰を下ろした。

「ごめんね、空き時間に」

「いいよ。ちょうどここのソフトクリーム食べたかったし」

サクサクのコーンに白い雲をしぼったようなソフトクリームを舐めて皐月はご満悦だ。店のドアが開き「いらっしゃいませ」とスタッフの声がした。入ってきた男子学生——しかし中身は高校生——は皐月の背後の席に腰を下ろす。同席すると皐月に「なになに、どこで知り合ったの、どこまでいってるの?」とザクザク切り込まれること請け合いなので、別の席に座ってくれと言っておいたのだ。春風は注文を取りにきたスタッフにココアを頼んだ。

「で、例のストラップね」

コーンの最後のひと口を食べると、皐月はスマートフォンのメモ帳アプリを開いてみせた。

「写真部員とあんた以外で、革紐タイプのストラップを持ってるはずなんだけど確認がとれてないのは、この人たち」

- 落語研究会の女子（今年の学祭公演のステージ上で思いきり転んだ）……二個購入
- 演劇部の男子（今年の学祭公演でドＳ執事の役をやっていた）……二個購入
- 大磯（理学部三年／奇術研究会）……一個購入
- 宇野（理学部三年／推理小説研究会）……二個購入
- 姫川（理学部三年／美術部）……一個購入

皐月は土日の間にストラップを所持する人間を把握するため動いてくれていた。まず合計二十個作られた革紐タイプのうち、写真部員が山分けした売れ残り分について、部内連絡用のＳＮＳを使って確認したのだそうだ。

その結果、十人の写真部員がそれぞれ一個ずつストラップを持ちかえったことがわかった。ちなみに皐月は現在も全員がそのストラップを持っていることを、ＳＮＳ上に写真を投稿してもらって確認している。この十個に、皐月が持っている一個と、春風が皐月からもらったものとで、全二十個のうち十二個の行方は確認された。残りの八個は、実際に写真展に来場し、そこでストラップを購入した人が持っているはずだった。

「この理学部三年の三人は、みんなうちの部長の友達なの。部長が会場の受付当番になった時に『見に来てよ』って声かけたんだって。それで来てくれた時にストラップも買ったと」

「なるほど……残りの二人は、名前も学部もわからないんだね」

「うん。その二人は部長の次に受付当番になった人……院生の先輩なんだけど、その人が売ったんだよね。で、どっちのお客さんも顔に見覚えがあったらしくて、たぶんこの人たちじゃないかって。その院生の先輩、記憶力すさまじいから、全然当てにならないってことはないと思う」

砂漠に落とした大豆を見つけろと言われているようだった金曜日までに比べれば、目覚ましい前進だ。春風は深々と頭を下げた。

「ほんとにありがとう。この恩は近いうちに必ず」

「大げさだなー、あんたは。ていうか、恩はいいからそろそろ教えてよ」

顔を上げると、皐月は眉間に小さな線を刻んでいた。

「なんで突然ストラップのこと気にし始めたの？　人捜しって言うけど、あんたの気合いの入れ方、半端じゃないよ。まさか、また危ないことしようとしてるんじゃないだろうね」

「そんな、人をいつも危ないことをしてるみたいに」

「その点ではまったく信用ないから、あなた。つい最近も引ったくり犯追いかけたばっかりだし――って、なに、もしかして引ったくりと関係あったりしないよね？」

　ぎくりとしつつも春風は「ううん、全然」と首を横にふったが、皐月は疑り深い刑事のように目を細めた。テーブル越しに腕をのばして、春風の両手首をとる。反応に困っていると、左右の手首に指先を当てた皐月がニヤーと笑った。

「覚えてる？　生理心理学で嘘発見器（ポリグラフ）の実験やった時、あんた面白いくらい反応出てたよね。もうグループみんな大笑いで」

「え、ちょ、やめて」

「あんたは根本的に嘘が下手だ。単純な正直っていうよりも、虚偽を憎んでるから自分がそれを行った時に矛盾ゆえの葛藤が生じるわけだね。ほら、さっそく脈が速くなって――」

「森川先輩。遅くなってすみません」

　テーブルの横に細身の男性が立った。遅くなってすみませんも何も、彼は今まですぐそこの席でこちらの話に聞き耳を立てていたわけだが、それが背後の死角であったために彼の存在に気づいていなかった皐月には、確かに彼が今このマルシェにやってきたというように見えたかもしれない。皐月は突然登場した、やたらとあか抜けた男子学生を目をまんまるくして見上げていた。偽の大学生はさわやかに笑った。

「工藤先輩ですか？　ありがとうございます」

「え？　は……？」

「俺が森川先輩に頼んだストラップのこと、調べてくださったんですよね。俺、あのストラップを落とした人にすごくお世話になったんです。財布落として困ってたらお金を貸してくれたんですけど、名前を聞き忘れちゃって、金を返してお礼言いたいのにどこの誰かもわからないんですよ。それで困ってたら、森川先輩が協力してくれて」

なんだ、この別人格のような豹変ぶりは。春風は屈託のない笑顔で話す錬をうすら寒い思いで見上げた。一方、皐月は触角をつつかれたカタツムリのように硬直している。いつも明るいこの友人は、一度気心が知れると無邪気に自分を見せるのだが、見知らぬ相手の前ではとたんに縮こまる内弁慶なところがあるのだ。皐月がおびえる視線を送ってきたので「高校の後輩なの」と春風は答えた。嘘ではない。

「ストラップ、誰が持ってるかわかったんですか？　そうですか、じゃあ先輩、俺先に出てますね。工藤先輩、本当にありがとうございます」

まぶしいばかりの笑顔で礼儀正しく一礼し、錬はマルシェを出て行った。春風はあっけにとられたが、彼が助けに入ってくれたことはわかったし、実際に助かった。

「何あのさわやかさ……散弾銃みたい……レモンとミントしか食べないみたいな顔してた……」

「その、なかなか計り知れない子で。ともかく、そういう事情だから」

そういうことで押し通すと、錬がいなくなって落ち着きをとり戻した皐月は「まあ、そういうことなら」と、まだ釈然としない様子ながらも頷いた。

「でもさっきも言ったけど、危ないことはするんじゃないよ」

「うん、わかってる」

「ほんとに？　引ったくりのこともそうだけどさ、夏休みに痴漢捕まえた時だって。……助けてくれたのはうれしかったけど、怖かったよ。あんなでかい男に食ってかかるんだもん。あんたが殴られそうになった時、ほんと、怖かったんだから」

マルシェのガラス張りの壁の向こうで、錬がこちらをうかがっている。ちゃんとわかってる、ありがとう。皐月の手に自分の手を重ねてから、春風もマルシェを出た。

各学部の講義棟や研究施設が建ちならぶ大学の中心部に戻った春風は、錬とキャンパス北にあるサークル棟をめざした。その名のとおり学内のサークルの部室が集まる建物で、先ほどマルシェを出る時に皐月がこんな情報をくれたのだ。

「うちの部長もだけど、理学部の三年生は今日午前の講義はないみたいだから、部室でのんびりしてる人もいるかも。行ってみたら？」

引ったくり犯はストラップを落としていった。ということは、購入者の中に犯人がいると仮定すれば、その人物は現在ストラップを紛失しているはずだ。購入したストラップを別の人間に譲渡した人もいるかもしれないので、そこも確認しなければならない。とくにストラップを複数購入した人にはそれぞれどこの誰にあげたのか、贈られた相手が現在ストラップを持っているかの確認も必要だ。

「まだ歩くんですか？」

「まだまだ歩く。サークル棟はちょっと遠いの」

色あざやかな落ち葉がそこかしこに散った道を歩いて十分ほど、キャンパスの北部エリアに入る。ポプラの大樹が並ぶ道に入り、野球場やサッカー兼ラグビー場、陸上競技用グラウンドなどの前を通りすぎて、やっと見えてきた古びた四階建ての白い箱形施設がサークル棟だ。

「じつはサークル棟ってほとんど来たことがなくて。案内板を探さないと」

「春風さん、サークルとか入ってないんですか？」

「うん――帰りが遅くなると家族が心配するから。錬くんは、部活は？」

「俺は帰宅部です」

意外だ。陸上部に入ったら活躍しそうなのに、と思いながら春風は正面玄関に向かった。玄関の石段前にあるコンクリート敷きの空き地では、数人の学生が赤茶色の煉瓦を運んだり、土を詰めた大袋を運んだりしている。何だろうと思っていると、学生の一人が頭を下げた。

「あ、すみません。園芸部です。ご迷惑おかけします」

園芸部員たちはサークル棟の建屋に沿って作られた花壇の修繕を行っているらしい。煉瓦は花壇の外縁部に使うようで、煉瓦をセメントでつなぎ重ねていく手際は本職のように見事だ。

「案内板、あれですね」

玄関に入ってすぐのところに階別の案内板があった。訪ねる予定のサークルのうち、美術部と演劇部は一階、奇術研究会は二階、落語研究会と推理小説研究会は四階にある。まずは一番近いところから当たってみようと、春風は錬と美術部の部室に向かった。

長い年月を吸いこみ、シミや黒ずみができたリノリウムの廊下を東側に向かって歩くと、美術部の部室を発見した。『H大美術部　黒薔薇会』と墨字で書かれた看板が出ている。

「なんかサバトとかやってそうな名前ですね」

「とりあえず行ってみましょう。――失礼します」

ノックしながら声をかけ、ゆっくりとドアを開けると、テレピン油や絵の具の匂いがあふれ出てきた。ドアのすぐそばには備品を入れる棚があり、プリントやファイルや画集などが乱雑に押し込まれている。散らかり具合は部屋の内部も同様で、イーゼルがあちこちに出しっぱなしになっており、奥の壁際にはミロ島のヴィーナスやマルスなどの石膏像がずらりと並べられていた。誰もいない。ひと気のない部屋を見渡していると、

「――何かご用？」

至近距離からささやかれ、春風はぎょっとふり向いた。ドアのかげに女子学生が立っていた。黒いワンピースに黒のタイツ、真っ黒な髪に黒のベレー帽を合わせ、うつむき加減の顔を長い髪が覆い隠している。春風は動揺をしずめつつ、なんとも独特のオーラを放つ彼女に一礼した。

「失礼しました。理学部三年の姫川さんはいらっしゃいますか？」

「ええ――あなたの目の前に」

本人だった。

「突然うかがってすみません、文学部二年の森川といいます。おかしなことをお聞きするようですが、先月上旬の写真部の写真展で、パトローネの」

「パトロン？　今はいないわ。支援と支配をはき違えて私の芸術に口を出す輩が嫌になったの」

「パトローネ、です。カメラのフィルムケースを飾りにしたストラップを写真展で買われたと思うのですが、これと同じものを今も持っていらっしゃいますか？」

皐月からもらったストラップを手のひらにのせて出すと、姫川は髪をかき上げながら春風の手もとに顔を近づけた。白い細面（ほそおもて）をあらわにした彼女は「ああ」と呟く。

「これのこと？」

姫川がワンピースのポケットから出したスマートフォンは、保護ケースの下部に黄色いパトローネのストラップが取りつけられていた。焦げ茶色の革紐も、小さなカメラのチャームも、そっくり同じだ。春風が視線を送ると、錬もかすかに頷いた。

「どうもありがとうございます。休み時間におじゃましてしまい、すみませんでした」

「用はそれだけなの？　おかしな人ね」

「このストラップを落とした人を捜していたんです。それでは――」

「待って」

いきなり頰を両手ではさまれ、春風は硬直した。冷たい手で春風の顔を固定したまま、姫川は雪女を連想させる白い顔をずいと寄せてきた。

「あなた、美しいわね。とくにこの頭蓋骨のフォルム、キスしたいくらい完璧だわ。ライフマスクを取らせてもらえない？　タイトルは、そう――凍れる純潔」

「……大変申し訳ありませんが、先を急ぎますので」

「人の命など所詮は一瞬のうたかた、そんなに急いでどうなるというの？　それより今この時に自分の美を刻印するべきだと思わない？　大丈夫よ、怖くない。私にすべてをゆだねて」

「せっかくですが本当に……！」

「今は忙しいので、用事がすんだらまたおじゃまします」

　春風を引っ張り戻した錬が、にこりと姫川に笑いかけた。姫川は錬の頭のてっぺんからつま先までをじっくりと値踏みすると、赤い唇を吊り上げた。

「今日は豊作ね、あなたも神の指が作った人間だわ。あなたはマスクよりも石膏像にしたい。タイトルはそう――ほほえむ欺瞞」

「面白そうですね。じゃあ、失礼します」

　姫川の妖しい迫力にも動じることなく錬は一礼すると「先輩、行きましょう」と春風をうながして黒薔薇会の部室を退出した。

「大丈夫ですか？」

「……次は演劇部に行ってみましょう」

　演劇部の部室は、正面玄関をはさんで美術部とは反対方向、西側の突き当たりにある。サークル棟の内部は間取りもサイズも同じ部屋がいくつも並んでいる構造なので、演劇部の部室も先ほど訪れた美術部の部室と見た目はほぼ変わらない。ただ、ドアの横にかけられた『演劇部』のプレートは至ってシンプルで、かなり古びていた。

　残念ながら部室は無人だった。ドアの鍵はかかっていなかったので「失礼します」とノックしてから開けてみたが、雑然とした室内は先ほどと同じくひと気がない。ただし今度は部屋の照明は点けられたままで、ちょっとした用で留守にしているという雰囲気だ。

しばらく時間をおけば部員が戻ってくるかもしれない。その間に別の部を当たることにして、春風と錬は今さっき来た廊下を戻った。廊下の向こう側から、ひょろっと背の高い男子学生が歩いてくる。キツネを連想させる切れ長の目をした青年で、赤茶色の煉瓦を五個、腕に抱えていることから園芸部員だとわかった。春風たちともう少しですれ違うという時、キツネ目の男子学生は突然忘れ物でも思い出したように立ち止まって、もと来た廊下を戻ろうとした。そこで悲劇というか、事故が起きた。

「うわっ」

「あっ！　ごめんなさい！」

園芸部の男子が方向転換したところに、背丈よりも長い箏(こと)を抱えた女子学生がよたよたと歩いてきており、出合い頭に衝突したのだ。男子学生は尻もちをつき、煉瓦が床に転がる。箏曲部員の女子学生もすってんと転んだものの、楽器は抱きしめたまま死守した。見上げた根性だ。男子学生はすぐに立ち上がって煉瓦を拾い始めたので、春風は日本人形を連想させるおかっぱ頭の女子学生に駆けよって手をさし出した。

「大丈夫ですか？　けがは？」

「ありがとうございます……お尻が二つに割れてしまいましたが何とか……そちらの方もすみません、おけがはありませんか？」

立ち上がった箏曲部の女子がぺこぺこと頭を下げると、園芸部の男子はパンツについた埃を払いながらぶっきらぼうに答えた。

「別に。こっちもよそ見してて悪かった」

彼がすぐに歩き出したので、とっさに春風は「あの、お二人ともすみません」と声をかけた。男子学生が足を止め、箏曲部の女子もこちらを見た。

「演劇部の人を見かけませんでしたか？」

園芸部員は玄関前で花壇の修繕作業をしているため、サークル棟に出入りする学生の姿は自然と目に入るはずだ。部室の電気を点けたままどこかへ行った演劇部員が建物の外に出ていったとしたら、園芸部の彼が見かけているだろう。まだ屋内にいるのであれば、同じ棟内で活動している箏曲部の彼女が何か知っているかもしれない。しかし彼女は眉を八の字にして、

「すみません、私、一年生で、まだほかの部の人たちの顔を覚えてなくて……」

「そうですか……」

「演劇部なら、さっきぞろぞろ出かけていきましたよ。生協に行くとか話してたな」

園芸部の男子学生がぼそっと教えてくれた。「ありがとうございます」と春風は一礼して、錬と歩き出した。演劇部員が戻ってくるまでしばらく時間がかかりそうなので、その間に次の部を訪ねておくことにする。

「失礼します。理学部三年の大磯さんはいらっしゃいますか？」

階段を上がってすぐのところに奇術研究会の部室はあった。ノックをしてドアを開けると、室内では数人の男子学生が談笑していた。そのうちの一人、髪を七三分けにした青年が「僕で

すけど?」と目をまるくしながら立ち上がった。

　春風は思わず錬に視線を向けた。錬も無言でわずかに顎を引く。デニムジャケットを着た大磯は、ひょろっとした痩せ型の長身で、あの引ったくり犯の男と体格が似ているのだ。

「文学部二年の森川といいます。突然うかがっておかしなことを訊くようですが——大磯さん。先月の写真展で、これと同じストラップを買われたと思います。今、お持ちですか?」

　実物を見せたほうが話が早いので、春風は先ほど美術部の姫川にそうしたように、自分のストラップを大磯に見せた。

「んん?　ストラップ?」

　大磯は眉をひそめ、顎に指を当てながら春風の手もとに顔を近づけてくる。「もっとよく見ていいですか?」と手をさし出すので、もちろんですと春風は彼の大きな手のひらにストラップを置いた。難しい顔をした大磯は「うーん」とうなりながらストラップを顔の前に吊るし、横からのぞきこんだりしている。写真展があったのは三週間ほど前のことだ。もう忘れてしまったんだろうか、と少し心配になってきた頃、

「ううーん」

　ひときわ悩ましくうなった大磯がストラップを握りこみ、そのこぶしでトントンと頭を叩いたかと思うと、春風の前でパッとこぶしを開いた。目を疑った。ストラップがない⁉

「ちょっと思い出せないですねー」

「え、あの、ストラップはどこに」

「いやあ、どこでしょう。困ったものだ。僕の記憶と一緒に行方不明ですね、はっはっは」

クイッと眼鏡のブリッジを上げる大磯は、驚愕する春風の反応が気に入ったのか頰をゆるませている。さすがは奇術を研究する者、こんな技を使えるとは感服する。しかしそれはそれとして質問には答えてほしいし、皐月からもらった大事なストラップを行方不明にされては困るのだ。焦る春風に、大磯は鷹揚に笑った。

「まあまあ、そんなに心配することはありませんよ。ストラップは少しばかり異空間に遊びに行っただけですから。そろそろ帰っ——あれ？」

デニムジャケットの内側に手を入れた大磯が急に眉根をよせた。とまどいを次第に焦りに変えながら大磯は「え？　あれ？」となおもジャケットの内側をさぐり、しまいには顔をねじこむようにしてのぞきこむ。何がどうしたのか、春風がとまどっていたその時だ。

横合いからこぶしが二つ突き出された。

春風と大磯は驚きながら「どっちに入ってる？」と訊ねるように左右のこぶしを並べている錬を見つめた。錬は謎めいた微笑を浮かべながら、くるりと優雅に両の手を返して指を開いた。

春風は再び目を疑った。

錬の右手には銀色の鍵を取り付けた黄色のパトローネのストラップ。そして左手には、何もついていないまったく同じデザインのストラップ。こちらは春風が大磯に渡したものだ。

絶句する大磯に、錬はにこりとしながら鍵付きのストラップを渡した。

「ご協力ありがとうございました。僕たちはこれで失礼します。行きましょう、先輩」

「え？　あ、はい……」

「待って！　君、奇研に入らないか？」

あわてて錬の行く手をさえぎった大磯は、がっしと錬の両手を握った。

「今の手ぎわはすばらしかった。感動したよ。君には才能がある。僕たちと一緒に奇術を極め、いつか札幌テレビ塔を消そう！」

「すみません、帰宅部道を極めるのが僕の使命です」

やわらかく、しかしにべもなく錬は大磯の手をふり払った。「待ってくれー！」という大磯の必死な声を背中に聞きながら、春風はまじまじと錬の横顔を見つめた。

「マジックが得意なの？」

「得意ってほどじゃないですけど、小さい頃にちょっと習ったことあるんです。それにあの人のやり方、横から見てるとわりとバレバレだったから」

「私にはまったくわかりませんでしたが……」

「春風さんは相手の目をまっすぐに見るじゃないですか。『ほら』って何か出されると素直に注目する。だから視線をコントロールしやすいんです。あの人も春風さんが面白いくらい驚いてくれるから春風さんに視線が釘付けになって、俺からは完全に注意が逸れてたし」

「その隙に私と大磯さんのストラップを――？　でも、どうやって？」

「秘密です」

錬は足を止め、人さし指を斜め上に向かって立てた。いつの間にか階段の前に来ていたのだ。

けれど完全に錬に気を取られていた春風には、ついさっき不可思議な技を使ってみせた少年が、今この階段も出現させたように見えてしまった。

「推理小説研究会と落語研究会にも行ってみますか？」

軽やかに階段を上がっていく男子高校生のあとに続きながら、春風は思わずうなった。

北原錬、あなどりがたし。

4

「そうです。わたしが学祭のステージですっ転んで生き恥をさらした落研の落伍者、甘利（あまり）ちゆきです。余り物の余りじゃなくて、甘酒の甘に、お神酒徳利（みきどつくり）の利で甘利です……」

サークル棟四階にある落語研究会の部室を訪ね、今年の学祭公演の時にステージ上で転んでしまった女子部員はいるだろうかと声をかけると、尋ね人である一年生の甘利ちゆきは戸口でうなだれた。髪を三つ編みにした、洋服よりも着物が似合いそうな雰囲気の女子学生だ。

「本当にごめんなさい、失礼な呼び出し方をしてしまって……私は文学部二年の森川といいます。甘利さん、三週間前の写真展でこれと同じストラップを買われましたよね。二個。今、そのストラップを持っていますか？」

大正の女学生のような甘利ちゆきは、まばたきした。

「いったい全体どうしてそのようなことをお聞きになるんですか？」

「少し事情がありまして。もしできたら、見せてもらえますか？」

ちゆきはとまどった顔をしつつも、部室の奥から和柄の巾着形バッグを持ってきた。持ち手にとりつけたそれを手のひらですくい、春風と錬に見せる。

「これですよね？」

黄色いパトローネのストラップ。革紐も、カメラのチャームも同じだ。

「ちなみに、もう一個は？」

「それは——人にあげようとしたものの事情があってできなくなったので、ジュゲムの首輪につけてあげました。この子です、世界一愛らしいわたしのジュゲム」

ちゆきがスマートフォンをとり出し、春風と錬に液晶画面を向けた。写っているのは、確かに愛らしいピンクのミニブタだった。首輪に黄色のパトローネと小さなカメラのチャームが飾られている。春風は錬と目を合わせ、ちゆきに小さく頭を下げた。

「どうもありがとうございます。すみません、お時間をとらせてしまって」

「もういいんですか……？　いったい全体なんだっていうんですか？」

「その、これと同じストラップを拾ったもので、落とした人を捜してるんです」

「落とした……そうですか。ではわたしも落研の名にかけてここを落とさねばなりませんね」

いや、落とす必要はないのだが——と止める間もなく甘利ちゆきは語り始めた。

「わたしがストラップを二個買ったのは、じつは一つを同じ学年のMくんにあげるためでした。

Mくんは、そうとはっきりと約束したことはありませんでしたが、わたしのことを『おさげが可愛い』とよく褒めてくれますし、よくわたしの部屋に来てごはんを食べたり、ゴロゴロして動画を見たりするし、わたしはお付き合いをしていると思っていたんです。だから写真展でこの素敵なストラップを見つけた時、Mくんにあげたくなったんです。自然な乙女心です。わたしはその足でMくんのアパートに向かいましたが、どっこらしょ、なんとMくんはわたしの知らない女とイチャイチャしていました。ちなみにその女もおさげでした」

「……Mくんは、どうやらおさげの女性が好きなようですね」

「ストラップとかけまして、乙女心をもてあそぶおさげ好きの二股野郎と解きます」

朗々(ろうろう)と声を張った彼女に、錬が合いの手を入れた。

「その心は」

「どっちも吊るす」

錬が「座布団三枚ですね」と讃(たた)えると、鼻の頭を赤くしたちゆきはくしゃりと笑った。彼女の未来に幸多かれと祈りつつ、次に春風と錬は同じ階にある推理小説研究会の部室に向かった。しかし残念ながら、またしても部室は無人。ちょうど正午を過ぎた頃だったので、ここでいったん昼食をとることに決めた。

サークル棟の外に出ると、秋のやわらかく澄んだ光が降ってきた。正面玄関前で作業していた園芸部員たちも食事に出かけたのか、煉瓦や土の袋、スコップなどの道具だけが残っていた。

この時間帯の学食は通勤ラッシュ時の地下鉄並みに混雑する。普段なら春風は生協で買ったおにぎりやサンドイッチで昼食をすませることが多いのだが、今日は学食に行くことにした。高二男子のリクエストだ。

「オープンキャンパスに応募してたんですけど、風邪ひいて行けなかったので」

「オープンキャンパス？　ということはうちの大学に進学希望なの？」

「今のところは」

そういうことなら先輩としては後輩のために協力しなくてはならない。春風は学食に向かいがてら、各学部の施設や、睡蓮(すいれん)が茂る池、歴史的建物などを案内してまわった。

「そしてこちらが、かの高名なクラーク博士の胸像です」

「観光客が見て『これじゃない』って思うやつですね」

「『博士が遠くを指している例の像は羊ヶ丘展望台にあります』という説明を私も二回したことがある」

「実は近くでちゃんと見るの初めてなんですけど……思ったよりデカい」

「この像は全長約二・五メートル。錬くんは上の台座の真ん中あたりに頭がきてるから、だいたいの身長は――」

「勝手に個人情報を暴こうとするのやめてもらっていいですか」

軽くにらみながらクラーク像から距離をとった男子高校生は、身長について若干思うところがあるようだ。わりと年相応な面を発見して、春風は笑った。

学生がぎゅうぎゅうに列を作る学食に到着すると、錬は予想を超える混雑にたじろいだようだった。「やめる?」と訊ねると「行きます」と勇敢な答えが返ったので二人で列の最後尾に並んだ。満員のライヴ会場に入る時のように、時間をかけて少しずつ通路を進んでいく。

「錬くんは、文系? 理系?」

「理系です」

「どの学部に入りたいとか、どんな勉強がしたいとか、もう決まってるの?」

「正直まだあまり。ただうちは母子家庭で下に弟と妹もいるから、国公立で家から通えるところって考えると、ここが一番よくて」

春風は思わず人波の中で足を止めた。すぐに後ろがつかえて、あわてて足を動かす。

「そうなんだ。弟さんと妹さんは何歳?」

「どっちも十三歳です。中学二年」

「え、もしかして双子?」

「二卵性だから顔はそこまで似てないですけど。……ときどき、すげーうるさい」

最後にぼそっと付け足された本音がおかしくて春風はふき出した。なるほど、と思う。

「納得した」

「何がですか?」

「錬くん、すごく大人びてるでしょう。それって弟さんや妹さんの面倒を見て家族を支えてるお兄ちゃん』だからなんだなって」

錬は黙りこむと、壁に貼られたメニュー表のほうに顔をそむけた。春風はまた笑った。

食堂の中は飾り気のないテーブルと椅子が、ひたすら効率よく大人数を収容することを目的に配置されている。学生で埋めつくされた騒がしい食堂で、奇跡的に見つかった空席に春風と錬は腰を落ち着けた。錬はスープカレーセット、春風はとんかつセットにした。

「春風さんは、二人きょうだいの下って感じがしますね」

春風はごはんを口に運ぶ箸を止めた。

「……どうしてそう思うの？」

「手をかけて育てられたって雰囲気があるから。でも人に合わせるのに慣れてる感じもあるからひとりっ子じゃないっぽいし、二人くらいのきょうだいの下のほうかなって」

春風は努めて表情を変えないようにしながら味噌汁を飲んだ。やはり、あなどれない少年だ。

「そうね。兄に該当する果てしなくしょうもない男が一頭、家の中にいるのは確かです」

「『人』って助数詞を使ってもらえないほどなんですか、お兄さん」

「講義の空き時間にたまたま札幌駅前を歩いてたら、お店のテラスでビールを飲んでるヤツを発見したことがある。平日の、あきらかに就業時間内に、スーツのままで」

「それは、だめですね」

「ほんとにだめな男なの」

スープカレーをすくいながら、錬が小さく声をたてて笑った。意外なくらい人懐（ひとなつ）っこい笑顔で、春風は思わず見入った。――ふしぎな子だ。

大人びているかと思えば、青くさいほどの正義感を見せる。屈託のない笑顔から余裕たっぷりの振る舞いまで、時と場所と相手に合わせ自在に変化する。まるで光の加減によって無限に色を変えるシャボン玉みたいに。

手早く昼食をすまし、春風は再び錬とともにサークル棟に戻った。昼休み中はサークル棟に滞在する学生が多く、目的の人物に接触できる確率も高くなるはずだ。できれば午後の講義が始まる前に、演劇部と推理小説研究会をもう一度訪ねておきたかった。正面玄関まで来るとすでに園芸部員たちが作業を再開していて、また春風たちに「すみません、ご迷惑おかけします」と頭を下げた。

錬が「あ」と声を上げたのは、玄関から一階の廊下に入ってすぐだ。

「演劇部、人いますよ」

確かに突き当たりの演劇部の部室のドアは全開になっていて、室内で複数人が動き回っているのが見えた。

「あの、失礼します」

「はぁーい」

戸口で声をかけると、歌うような返事があった。ひょっこりと顔を出したのは愛らしい女子学生で、髪は豪華な縦ロール、きらきらしいドレスまでまとっている。ベルサイユから来たのか？　と目を疑う春風に、彼女はきらめく瞳をずいと寄せてきた。

「まあ、なんてすらりとして衣装映えのしそうなおねえさま！　はじめまして、ご機嫌よう。

わたくしたちのお城の一員になりに来てくださいましたの？　うれしいわ、おねえさま！」

「いえすみません、入部希望ではないんです。今年の学祭の公演で執事を演じた方にお会いしたいんですが、いらっしゃいますか？」

「執事？　まあ、おねえさま、まさかその者をお慕いに……？　身分違いのかなしい恋ですのね。ところでその執事はＭ？　ドＭ？　それともＳ？　ドＳ？」

「えっ――ここには執事がそんなに？」

「こらジャンヌ、稽古もせずにそんなところで立ち話とは何事だ。まったくおまえときたら、すぐにひらひらといなくなって移り気な蝶のようだな」

よく通る声で叱りながら男子学生が現れた。台詞は芝居がかっているものの服装は普通のパーカーとジーンズで、ジョン・レノンを連想させるような丸眼鏡をかけている。

「ごめんあそばせ、部長。こちらのおねえさまが執事に会いたいとおっしゃるの」

「突然すみません。その……学祭公演でドＳ執事の役をやった方を捜しているのですが」

「ドＳ？　ああ、カネシタのこと？」

カネシタ。それが写真展で革紐タイプのストラップを購入した人物なのだろうか。

「カネシタさんは、今日はこちらに来ていますか？」

「うん、来てますよ。……ってあれ？　ジャンヌ、カネやんは？」

「先ほどまで塗り作業をしてたんですけど、急用ができたとかで帰ってしまって」

ドレスの女子学生は眉を八の字にしながら、部室の中央に人さし指を向けた。演劇部の部室は机や椅子や本棚、あらゆる備品を壁際に寄せて配置しており、部屋の中央にぽっかりと板敷きの空間が広がっている。そこは稽古や作業のためのスペースらしい。中世の城のような煉瓦を重ねた大きな壁のセットが置かれており、その周囲にペンキ缶や筆、パレット、水入れなどが散乱していた。塗り作業というのは、あのセットのことなのだろう。

「帰った？　なんだよ、やっと顔出したと思ったらあいつはもう」

「でも、ちゃんとお仕事はしてくれましたのよ。事務連絡なんかも」

「あの、カネシタさんの写真はありませんか？　あったら見せていただきたいんですが」

女子学生と部長の会話に、錬がなめらかな声で割って入った。いい質問だ。カネシタと今すぐ会うのは難しそうだが、本人の顔を確認しておけば今後構内で見つけやすくなる。

演劇部の部長は「集合写真でいいなら」とジーンズのポケットからスマートフォンをとり出した。少し操作をし、春風と錬に液晶画面を向けてくれた。

「さっき言ってた学祭公演のやつね。こいつがカネシタ」

おそらく終演直後に撮られたものなのだろう。ドレスを着た貴婦人や身なりのいい紳士、使用人風の男女や、ヴェールを被った謎めく雰囲気の女性など、目にもあざやかな衣装を身に着けた部員たちが写っている。前列の中央では、執事の服を身に着けた四人の男子部員が『執事たちの沈黙』という看板を掲げていた。カネシタは、四人のうち向かって左端に立っている痩せ型長身の男性だった。切れ長の目をしていて、唇の片端を上げたシニカルな笑みを浮かべている。

春風が息を呑んで錬を見るのと、錬が硬い表情で春風を見たのは同時だった。

「この人が、カネシタさんなんですか？」

「え？　そうだけど。こいつ以外にカネシタっていないから」

記憶を巻き戻す。美術部の姫川を訪ねたそのすぐあとだ。

『演劇部の人を見かけませんでしたか？』

『演劇部なら、さっきぞろぞろ出かけていきましたよ。生協に行くとか話してたな』

写真のカネシタは、あの園芸部員の男子学生にそっくりだった。

ついと腕を引かれ、春風が顔を上げると、錬は部室の中央の広い空間を指さした。

「春風さん、あれ」

錬が指し示す先には、塗装作業中のセットがある。煉瓦を重ねた外壁は、遠目にも真に迫った出来栄えだ。思わず声がもれた。

「すみません、あの煉瓦の壁は」

「クリスマス公演のセットですよ。中世劇やるんで、城壁作ってるんです」

「近くで見てもいいですか？」

演劇部の部長は目をまるくしつつも春風と錬を室内に入れてくれた。製作中の外壁は、すぐそばで見てもやはり見事だった。本物の煉瓦のような硬さと重量を感じさせる風合いなのだ。その要因のひとつは、実物の煉瓦と同じ大きさに作ったブロックを実際に積み上げて作ってあることだろう。

「この煉瓦は、何でできているんですか？」

「発泡スチロールです。軽くないと動かす時に大変だから。よくできてるでしょ？」

そう、本当によくできている。だからわからなかったのだ。あの時彼が持っていた煉瓦は、じつは作り物だということが。

思い返せば心当たりはある。あの時、彼は箏曲部の女子部員とぶつかって、彼が抱えていた煉瓦はそこらじゅうに散らばった。けれど重い煉瓦が床に落ちたらするだろう衝撃音はまったく聞こえなかったのだ。それに彼は、本物ならば二、三キロ程度あるはずの煉瓦を軽々と拾い上げていた。

彼は園芸部員ではない。演劇部員だったのだ。

では、なぜ彼は演劇部員を見かけなかったかと訊ねた時にあんな答えを返したのか？　あの返答は、どう考えても不自然だ。

春風さん、と錬が声をひそめて呼んだ。

「あの男、俺と春風さんが最初にここを訪ねた時、廊下の向こう側から歩いてきたのに、いきなり背中向けて引き返そうとしましたよね」

あの時、春風はとくに彼の行動に違和感は持たず、忘れ物でも思い出したのかもしれないと感じていた。けれど——

「私たちに見覚えがあった？」

数日前の、十月最後の木曜日。錬と引ったくり犯を挟み撃ちしようとして、春風は犯人と正面から向かい合ったし、錬も後方から犯人に肉薄していた。犯人は帽子とマスクで顔を隠していたので、こちらからあの男の人相は確認できなかったが、相手からはこちらの顔が見えていたはずだ。今の錬は大学生に変装しているので気づかなかった可能性があるが、春風はあの時と服装や雰囲気もほぼ変わらない。サークル棟の廊下で偶然行き会った女子が、あの時自分を追いかけた二人のうちの一人だと気づいたのだとしたら。

「……あのー、どうしたの？　カネやんが何かした？」

部長が怪訝（けげん）そうに眉をよせている。——まだ何もはっきりとはしていない。うかつなことは口にできない。春風は努めて冷静に部長に訊ねた。

「じつはカネシタさんに少し話があるんです。彼の下の名前をうかがえますか？」

「みのる、ですけど。漢字はこう」

彼はスマートフォンのメモ機能を使って、手早く文字を打ちこみ、こちらに見せてくれた。

『鐘下実』

春風は錬と視線を交わし、胸の中で復唱した。

かねした、みのる。

第二章　家　族

1

スマートフォンの震動を感じた理緒(りお)は、コートのポケットに手を入れた。

電話は待ち望んだ人からのものではなく、鐘下からだった。しつこい男。顔をしかめて電源ボタンを押し、スマートフォンをポケットにしまい直す。

「あら、お電話いいの？」

「はい。最近多いんです、いたずら電話。困っちゃって」

いかにも裕福な老婦人といった風情の松園(まつぞの)シゲ子に笑いかけ、理緒はカフェの扉を押し開けた。札幌市内の高級住宅街にある、コーヒー一杯が千円以上する店だ。自分ではまず利用しないが、通いなれているという顔をして理緒は奥のテーブルに松園シゲ子をうながした。

「素敵なお店ねぇ。あまり一人でこういうところには入らないから」

「それならよかったです、ご一緒できて」

松園シゲ子は強い主張を持たず、相手に同調して安心するタイプだ。理緒がシフォンケーキと紅茶のセットを選ぶと「私もそうしようかしら」と予想どおりに言い出した。理緒は注文を取りにきたスタッフに、シフォンケーキセットを二人分頼んだ。

「今日は本当にごめんなさいね。初めて会ったあなたにいろいろとご面倒をかけて」

「やめてください、全然たいしたことしてません。でも、お役に立てたならよかったです」

高校生の頃にバイトしていた居酒屋では「笑顔がいい」と何度も褒められたことがあるが、今は心からのほほえみが浮かんだ。思った以上に簡単に、そして首尾よく事が運んだ。

十一月最初の月曜日、午後四時前。理緒は円山にある松園シゲ子の自宅——高級住宅街の中でもひときわ大きな邸宅——のチャイムを鳴らした。シゲ子はすぐには玄関に出てこず、インターフォンに備え付けのマイクで『どなた?』と訊ねてきた。

理緒はまず、自分が市内の大学の学生であることを告げてから説明を始めた。お宅の前を通りかかったら門扉に不審な貼り紙がしてありました。内容も物騒で心配になったので、余計なお世話かもしれないとは思いつつも、お教えしようとした次第です。

話を聞いて気にかかったらしく、玄関まで出てきたシゲ子は、太いゴシック体の文章が印刷されたA4サイズの紙を見るといっきに青ざめた。

『次はおまえだ』

内容に心当たりがあるかと理緒が訊ねると、ないと首を横に振る。それでも不穏な文面は、彼女を大いに不安にさせたらしい。それはそうだろう。夫に先立たれ、息子夫婦とも離れて暮らす高齢の彼女なら不安になって当然だ。理緒は気の毒になり——本当におびえるシゲ子を見ていたら気の毒で胸が痛くなったのだ——彼女に提案した。

「警察に相談してみたらどうでしょう。これだけじゃ犯人を捜したりするのは難しいと思いますけど、パトロールを強化するとか、そういう対応はしてくれるかもしれません」

シゲ子は口ごもった。警察に電話するということに気後れしているのが見て取れた。理緒は肩にさげていた通学用のバッグから、名刺をとり出して彼女に一枚渡した。

「私、大学でボランティアサークルに入ってるんです。前にもひとり暮らしの方に頼まれて、そういう窓口に電話したことがあるので、よければ代わりにお電話します」

名刺には市内の国立大学の名称と氏名のほかに、『ボランティアサークル〈スマイル〉』と印刷してある。シゲ子はここで目に見えて打ち解けた。国立大の学生という身分と、ボランティアサークルという響きが警戒心を解いたのだろう。それに理緒は外見にも気を配っている。華美ではないが質のいい、つまりそれなりの家庭の娘に見える服を身に着け、髪も手入れを欠かさない。「見かけは大事だ。結局人間は見かけで判断する」とあの人が教えてくれたのだ。

シゲ子は「そんな悪いわ」と遠慮したが、理緒が電話をかけるのは止めなかった。理緒はシゲ子の前で自分のスマートフォンを使って電話をかけた。不審な貼り紙のことを相談しているように話しつつも、本当のところ、電話した先は株式投資の有料情報サービスだったのだが。単にしゃべるふりをしてもおそらく気づかれはしないだろうが、回線の向こう側の声がもれ聞こえたほうが信憑性は増す。細部まで手を抜かない。それが理緒の信条だ。

貼り紙もその信条にのっとって作った。スマートフォンで作成してコンビニでプリントアウトしたあと、ちゃんと紙の四隅にセロハンテープを貼り、さらに一度松園家の門扉に接触させて、できる限りのリアリティを追求した。おかげでシゲ子もちゃんと信じてくれた。

なにも彼女に恨みがあってこんなことをしているわけではない。必要なのだ。名簿に記載されている名前と住所と電話番号しか知らない彼女と、目を見て言葉を交わし、心をゆるさせ、「気分転換にお茶でもいかがですか？」という誘いに応じさせるためには。

「ケーキ、おいしいわねぇ。ふわふわだわ」

「ほんとだ。私、お菓子作りが好きなんですけど、こんなにしっとり焼けないんです。どうしたらこんなふうになるのかな」

「あら、ミナミさん、お菓子作るの？　今どきのお嬢さんにはめずらしいんじゃない？」

松園シゲ子は渡した名刺に刷られた名前で呼んでくる。偽名だとはみじんも疑っていないようだ。理緒は確かに名刺にある大学の学生ではあるし、ボランティアサークルも実在するが、そこに所属してはいない。興味もない。

「シゲ子さんは、お孫さんはいらっしゃるんですか？　一緒にお菓子を作ったりは？」

「……孫娘が一人いるのだけどね、息子夫婦と東京にいて、会うのはお正月と夏休みくらいなのよ。でも今年は大学受験の勉強が忙しいって、顔も見せてくれなかったの。まあ年頃だからこんなおばあちゃんと会ったって楽しくないんでしょうけどね」

「そんな。そんなことないですよ。本当はお孫さんだって……お名前は何ていうんですか？」

「ふうか、っていうの。楓（かえで）に花で楓花。最近の子の名前ってよくわからないでしょう」

「そんなことないです、かわいい名前でうらやましい。息子さん、センスがいいんですね」

「そんな、センスなんて全然。離れて暮らしてる母親にめったに電話も寄こさないし、お嫁さんもなんだかいつまでもよそよそしいし」

愚痴が止まらなくなってきたシゲ子に、理緒は真心をこめて相槌を打ち、頷き続ける。こういう時、こちらも本心でなくてはだめだ。こちらが真摯だからこそ、相手も気をゆるし、心の深い場所を開いて見せてくれるようになる。

「でも、きっと息子さんもシゲ子さんのことを気にかけていますよ。忙しくてうまく時間を作れないだけなんだと思います。シゲ子さんの息子さんなら優秀だから、職場でも頼りにされてるんでしょう?」

「ええ……まあね。一応I商事っていう大手に勤めていて、そこの部長をしているのだけど」

「すごい！　I商事でどんなお仕事をされてるんですか?」

「そういうことは、あまり話さない子だからよくわからないのよ。そういうところ、亡くなった主人にそっくりでね」

「だんなさま、寡黙な方だったんですか?　どんなお仕事をされてたんですか?」

「あなたみたいに若い人から見たら、古臭い人よ。頑固で仕事ばかりで、H銀行に勤めていたのだけど、家にはほとんどいなかったわねぇ。子育ても私にまかせっきりで」

「それは……シゲ子さん、大変だったでしょうね」

同情し、共感し、もっと情報を吐き出してとうながしながら、データを余さず頭の中に書き込む。

松園シゲ子、七十八歳。趣味、手芸とボランティア。持病、糖尿病。

夫は二年前に他界。生前はH銀行に勤務。最終役職、常務取締役。

長男は康弘、五十歳。東京在住。I商事勤務。業務内容、未確認。役職、部長。

孫、楓花、高校三年生。部活動は吹奏楽。

長男家族とはめったに会わず。連絡もほとんどなし。家族と疎遠であることに不満。

「……本当のことを言うと、ああいう嫌がらせは初めてではないのよ」

シゲ子がぽつりと言った。理緒は彼女と会ってから、初めて本当に驚いた。

「そうなんですか?」

「たまにね、無言電話があったり、家の外で妙な物音が続いたり、外の鉢植えが倒されていたり。じつは主人が、よく敵を作ってしまうタイプで、あの人を嫌っている人も多かったのよ。だから、もしかしたら、まだ主人を悪く思っている人が、主人の身代わりに私をおどしてるんじゃないかって……」

無言電話はまだしも、物音や鉢植えが倒れているのは偶然ではないかと思ったが、亡き夫に敵が多かったというのは重要な情報だった。家族の名前や勤務先のような表層から、さらに深く分け入ったところにある情報。それを聞き出すためにこの調査をしているのだ。

「それは――怖いですね。敵が多いというのは、どういう……」

「恥ずかしいんだけれど、職場で仲間の人を蹴落としたりしてたみたい。冷たいところのある人だったから、同僚が家に怒鳴りこんできたことも……いやね、あなたに話すことじゃないわね」

「いえ、いいんです。話してください。それでもしシゲ子さんの心が少しでも軽くなったら、うれしいです。……私、大好きだった祖母を去年亡くしていて。だからシゲ子さんとこうしてお話ししていると、おばあちゃんといるみたいで、うれしいんです」

シゲ子の瞳がゆれた。理緒は彼女の懐に入ったことを感じた。本当は父方であれ母方であれ、祖父母には会ったことがなく、だから生死も知らない。

「あなたはやさしいわねぇ。息子も、あなたの半分でもやさしかったら――物音がして怖いと言っても、取り合ってくれないのよ。ホームセキュリティというの？　勝手にああいうものを契約して『これで大丈夫だろう』って冷たくて……」

「でもそういう安全を考えてくれるの、とても大事ですよ。息子さんは息子さんなりにシゲ子さんのことを想ってるんだと思います」

「ええ、まあね……生活費やそういうものは、不足なく渡してくれるけれど。でも、お金なんてね、いくらあってもさびしいものよ」

一瞬、頬がこわばった。すぐにとり繕ってシゲ子にほほえみながら、やわらかなケーキにフォークを深く、深く、突き刺す。

確かにあなたはお金があってもさびしいのかもしれない。でも、お金がないことのみじめさを知らないから、そんな生ぬるいことが平気で言えるのだ。

さびしくたって人は死なない。でも、お金がなければ確実に破滅する。

　小さな頃から、よそと比べて自分の家が経済的に苦しいことは何となくわかっていた。理緒はスーパーで母にお菓子をねだった記憶が一度しかない。母がかなしい顔をしたから、それきりやめた。妹の奈緒が同じことをしそうになったら、きれいな生花コーナーにつれて行ったりして気をそらした。奈緒も、いつの間にか何かを察したようで、わがままを言わなくなった。

　理緒が小学五年生の頃、父と母が離婚した。よそに女をつくった父は、ある日、離婚届だけを残して一方的に妻子を捨てた。よくある話だ。

　まだ幼い娘を二人も抱えた母は、それでも小さな会社の正社員だったから、最初の数年はどうにかやっていけた。でも理緒が中学二年の時、会社が倒産し、それから昼間は不動産会社の事務のパート、夜はスナックでアルバイトをするようになった。

『今日も遅くなるから奈緒のことお願いね。いつもいろいろまかせちゃってごめんなさい。とても助かってます、ありがとう。今度のお休み、みんなでお弁当作って出かけようね』

　学校から帰ると、狭いアパートのテーブルには必ずラップをかけた夕ご飯と母からの手紙が置いてあって、それを見るといつも母への感謝と愛しさと尊敬で胸が苦しくなった。奈緒と作り置きの夕飯を食べたあと、なるべく母が何もしなくてもいいように洗濯や掃除、翌朝のごはんと弁当の準備をして、寝る前には奈緒と一緒に返事の手紙を書く。毎日おつかれさま。お仕事がんばってくれてありがとう。先に寝るね、おやすみなさい。そんな簡単な内容だったが、母はすべての手紙をお気に入りのきれいな缶に大切にしまっていた。

そういう母を見て育ったので、家から一番近い道立高校に無事合格した理緒は、すぐにアルバイトを探した。少しでもお金を稼いで、母の苦労を減らしたかったのだ。

バイト先はアパートから歩いて数分の居酒屋に決まった。『ちどり』は昔ながらの居酒屋といった風情の小さな店で、面接してくれた店長は、理緒の話を聞くと「なんていい子だ」と涙目になってその場で採用を決めた。職場が近いから仕事が終わったら一人で待っている妹のもとにすぐに帰れるのがうれしかったし、夕食には店長が作ってくれるまかないが出るから、一食分の食費が浮くのもありがたかった。

毎朝五時に起きて、家事をして、奈緒と一緒に登校して勉強。家に帰ってきたら、洗濯物を畳んで、夕方五時から十時まで立ち仕事。毎日アパートに帰る頃にはくたくただったが、それでも働くことができるのは、母を少しでも助けられるのは、本当にうれしかった。高校生になる奈緒に、誰かに頼みこんで譲ってもらったお古ではない、ちゃんと新品の制服を買ってあげられたことも。

働くことは好きだった。家族のためなら何もつらくない。高校は進学校だったから、友人たちがみんなそうであるように卒業したら大学に行きたい気持ちもあったが、母の苦労と奈緒の将来を考えると、やっぱり卒業後は就職したかった。区役所で働けたら一番うれしい。昼間は働いて、夜は家の仕事ができる。それに奈緒が卒業するまであと二年、一生懸命お金をためたら、奈緒は大学に行かせてあげられるだろう。

そんなふうに勉強とアルバイトに明け暮れていた高校三年の夏、彼に出会ったのだ。

カガヤに。


八月上旬のその日は、記録的な大雨が降った。札幌では目立った被害はなかったが、留萌や旭川、網走や紋別などの北部では洪水や土砂災害の警報も発令されたほどだった。

理緒が夏期講習を終えて『ちどり』に出勤し、夕方五時にのれんを出して間もなく、地面をめった打ちにするような雨が降り出した。おかしなものでそんな天気でも店にやってくる常連客はいて、こぢんまりした『ちどり』は六時半をまわる頃にはおじさんたちでいっぱいになった。みんなどこか台風の夜の子供みたいにはしゃいでいて、テレビでしょっちゅう更新される気象情報を見ては北の地方を心配したり、店長や顔なじみとしゃべって笑い声を響かせたりしながら、酒や肴がなくなるたびに「理緒ちゃーん」と甘えた声で呼びつけた。

カガヤは、そのなごやかな空間に差しこんだ影のように、音もなく現れた。

店の引き戸が開いた気配を感じて「いらっしゃいませ」と笑顔でふり向いた理緒は、ぎくりとした。全身ずぶ濡れでうつむきがちに立つ、黒いシャツを着た細身の男が、なにか不穏な存在に見えたのだ。何が、どこが、とうまく説明はできないが、異質で危険なものがやってきたという気がした。カガヤに気づいた何人かの常連客も、そろって息を呑むような顔をしていた。

「ありゃー、派手に濡れて。なんだよ、こんな雨なのに傘持ってなかったの?」

どんな客にも昔からの知り合いのように接する店長だけは、野太い声でカウンターの内側から話しかけた。カガヤはかすれた中低音の声で呟いた。

「傘、盗られて」

その少し間の抜けた返事に、はりつめた空気がふわっとゆるんだ。「そりゃひでぇな」「俺もこの前やられたよ」とおじさんたちが口々に言うなか、理緒は急いでカウンターの下からタオルを出した。

「どうぞ」

タオルをさし出すと、カガヤは小さく顎を引きながら額に貼りつく髪をかき上げた。あらわになったカガヤの顔を見て、理緒は高校の美術室に置いてあるマルスの石膏像を思い出した。すみずみまで整った彫刻のような顔だった。タオルを受け取る手も、薄幸な女のように白くて指が細かった。

奥の席に座ったカガヤは酒ばかり注文した。日本酒を速いピッチで三杯。次に焼酎(しょうちゅう)を三杯、しかもストレートで。でも酒を楽しんでいる様子は皆無で、病人が苦い薬を飲むみたいに眉間に険しい線を刻んでいた。「おにいさん、何か腹に入れたら？　うち何でもうまいよ」と店長が声をかけても、カガヤは苦行僧のように黙々とグラスを空にした。彼はとても静かだったが、うかつに近づいた瞬間に刺されそうな空気をまとっていた。

理緒はおじさんたちの間を忙しく行ったり来たりしながら、視界の端でカガヤをうかがっていた。彼に呼ばれて注文を受けに行くたびに息苦しくなるのに、同時に気になって仕方なかった。当時のカガヤはとにかく痩せすぎで、これじゃ病気になったらすぐ死ぬんじゃないかと思えたし、酒を飲むたびに顔が赤らんで陽気になっていくおじさんたちとは正反対に、どんどん青白くなっていくのも気がかりだった。

追加の焼酎を運んでいく時、白湯を一緒に持っていくと、あまり酔ったようにも見えないカガヤは物憂げに眉をひそめた。理緒は身体をこわばらせつつ言った。

「お酒だけじゃなく、水分もとったほうがいいと思います。あと、何か食べたほうが――」

言い終わるかどうかのうちにカガヤが神経に障ったように顔をしかめたので、理緒は血の気の引く思いをしたが、手を出されることはなかった。

「なら、何か適当に持ってきて」

これ以上うるさくされないために注文した、というのがまるわかりだった。適当って、と理緒は困ったが、何が好きだとかどんな料理が食べたいかなんて質問できる空気でもなかったので、あれこれ頭をしぼりながらカウンターに向かい、店長に料理を頼んだ。

「お待たせいたしました」

しばらくして理緒が戻ると、カガヤはそれは面倒くさそうな目つきをしたが、理緒が料理を並べると意表をつかれた顔をした。温かい豚汁と、大根おろしを添えたほかほかのだし巻き卵、それと小松菜と油揚げの煮びたし。理緒がそそくさと立ち去ろうとすると「これ」とカガヤが呼び止める調子で言ったので、ぎくりと立ち止まった。

「なんでこの三つ？　刺身とか、もっと金取れるやつがあるだろ」

「それは、そうですけど、でもお刺身って冷たいし」

カガヤが眉をひそめるので、理緒はひるみながら説明した。

「ずぶ濡れだったし、きっと身体が冷えてると思うので、あったかいものを食べたほうがいいんじゃないかと……店長の豚汁とだし巻き卵、私も食べたことありますけど、ものすごくおいしいんです。それに小松菜は、ミネラルとビタミンが豊富ですごく栄養があるから……」

急にカガヤがむせたような音を立てたので、理緒はびっくりした。笑ったのだ、と一拍置いて気がついた。カガヤはさらに喉を鳴らす。

「栄養とか、給食かよ」

「でも、大事なことですよ」

「そうですか。いいお父さんとお母さんに育てられたんですね、お嬢さんは」

「父はいませんけど、母はすごくいいお母さんです」

余計なことを言った、と口にしてしまったあとで思った。カガヤは笑みを消し、店に来てから初めて、まともに目を合わせた。

「……ふうん」

それだけ呟いたカガヤはすぐに目を逸らして、嫌いな物を食べる子供みたいに箸でだし巻き卵をつつき始めた。理緒は小さく頭を下げて「理緒ちゃーん」と手招きしている常連客のもとに向かったが、ほんの数秒見つめ合った彼の目が、いつまでも頭から離れなかった。

その後、カガヤはしばらく姿を現さず、理緒がずぶ濡れの男性客のことを忘れかけた頃、またふらっと『ちどり』にやってきた。そこからは週に一、二度の頻度で顔を見せるようになった。最初のあらゆる人間を拒絶するようなオーラがあまりに強烈だったので、カガヤが新入りにかまいたい常連客とそれなりに打ち解けて話すようになったのを見て、理緒は内心びっくりしていた。カガヤはほとんど酒を飲まず、料理だけ食べた。まったく笑わないわけでもなくて、おじさんたちや店長の面白おかしい話に時々ふき出していた。そんな時の表情は、あっと引き込まれるほど人懐っこくて魅力的だった。まだ若く見えるが、おじさんたちの話す昭和の出来事も詳しく知っていたりして「あんた何歳だよ?」と怪訝そうに問われると、いたずらっぽく唇の端を上げるだけで答えない。どこに住んでいるかも、何の仕事をしているかも、とにかく『カガヤ』という名字以外は教えようとしないので、彼は「謎のわけあり色男」と呼ばれるようになった。

「理緒ちゃんはなあ、本当にいい子だよ。お母さんを助けるために学校に行きながら毎日夜遅くまで働いて、妹の面倒まで見て、ほんとにえらい。頭が下がる」

ある日、酔っぱらった顔なじみのおじさんが煙草に火を点けながら話し出して、また始まった、と理緒は思った。理緒が母子家庭育ちで家計を助けるためにアルバイトをしているということは、悪気なく何でもしゃべってしまう店長からとっくに常連客に知れ渡っている。だからなじみ客はみんな理緒に親切だし、こうして「えらい」と事あるごとに褒められる。その気持ちはありがたいのだが、弱ってしまうのが本音だった。

「それに引き換え、うちの娘なんかさぁ」

「なに、佐野さん。今日はご機嫌ななめだな」

「娘も来年受験だからさ、なるべく国立行ってくれって言ったわけよ。下の子もいるからさ。そしたら『経済力のない親のもとに生まれた子供は不幸だ』って言い始めてさー……苦労を知らないと、ありがたみもわかんないんだよな。あいつにも理緒ちゃんのこと見習わせたいよ」

でも、と汚れた皿を片付けながら理緒は思った。この人は、口ではそう言いながら、娘に私を見習わせるようなことはしない。娘が「卒業したら働きたい」と言い出したら、苦労を知らないとありがたみもわからないと言ったその口で、翻意させるために焦って言葉を尽くすだろう。

『ちどり』で二年半働いて、わかったことがある。

大人は苦労している若者が好きだ。父親がいない。母親が昼と夜のダブルワークで必死に働いている。それでも生活は苦しく、家族のために学校に通いながらアルバイトをしている。そんな少し不幸なストーリーを聞くと胸がいっぱいになったように、えらい、がんばれと声をかけてくれる。そのまなざしはとてもやさしい。でも彼らは、励ますことはしても、実際に手をのばして何かしてくれることはないのだ。たぶん、世の中は、そういうものなのだ。

「理緒ちゃんの何がえらいってさ、自分は卒業したら就職して、妹さんのこと大学に行かせてやりたいっていうのがさ。同じ歳だってのに、なんでうちのは思いやりがないのか……」

「大学かぁ。俺の息子も、もうちょいかな」

となりの席に座ったカガヤの呟きに、煙草の灰を落としていたおじさんが手を止めた。ほかの客もいっせいに声の主に注目した。注目された当人は、のんびりとだし巻き卵を口に入れる。

店長が、いかつい顔のわりにつぶらな目を大きくしながら訊いた。

「息子って……おにいさん、息子いるわけ？　大学に行くような歳の？」

「離婚してからずっと会ってないけど、確か今年高校に入ったと思う」

「いやいや高校生の息子って……あんたほんと何歳なんだよ？　つうかバツ一かよ⁉」

たちまちカガヤは質問攻めにされたが、やはり例のいたずらっぽい微笑でかわして何も答えない。「ほんとに謎の男だな……」「今日から謎のバツ一男だ」と常連客はため息をついた。理緒はテーブルの片付けを続けながら、涼しい顔で小松菜の煮びたしを口に運ぶカガヤをうかがった。

助けてくれた、と思うのは勘違いなんだろうか。普段は自分の話をすることがほぼ皆無の彼が、急に息子のことを口にしたのは、話題を逸らそうとしてくれたのではないか。

十時で理緒の勤務は終了する。奥で着がえてくると、カガヤの姿がなかった。けれど椅子の背もたれには彼のジャケットが残っている。店長とお客たちに挨拶しながら外に出ると、カガヤが店の壁にもたれて煙草を吸っていた。

彼がもてあそんでいるライターは、理緒の記憶違いでなければ、しばらく前に帰っていった、娘の愚痴をこぼした例のおじさんが使っているのとそっくりだった。オイルを補充するタイプの、丁寧に使いこまれた美しい銀色のライターだ。「奥さんが昔くれたやつでさ」といつだったか照れくさそうに話していた。

「……そのライターって」

「あんた、今のままでいいの？」

何を問われたのかわからず、理緒は眉をよせた。カガヤはライターに火を灯しては消し、また灯す。オレンジ色の光の明滅に合わせて、彼の白い横顔が照らされたり、翳ったりする。

「学校行きながらバイトして、毎日くたくたになるまで働いて、高校出たら就職して、母親助けて、妹の面倒見て。やりたいことじゃなく、そうしなくちゃならないことばっかり選んでるうちに歳ばっかとって、気がついた時にはあんたの人生の一番いい時間は終わってる」

自分の未来を予言されて、胸がざわりとした。カガヤは何もかも見透かすような瞳でこちらを見つめる。

「昔からそうだったんだろ？　親を困らせないように、わがままのひとつも言わないで、いい子のいいお姉ちゃんでずっと来たんだろ。何の苦労もしてない同い年のやつらに比べたら明らかに不幸なのに、家族のためだから全然平気とか自分に言い聞かせて？　けど今のままいったら、あんた、結局欲しいものなんて何ひとつ手に入らないまま終わ――」

カガヤが言い終える寸前、理緒は衝動のまま彼の手から盗まれたライターを叩き落としていた。いきなり内臓に手をつっこまれて掻きまわされたような気分だった。腹立たしさとくやしさで頭がガンガンして涙すらにじみ、どうしてこんな得体も知れない男が今まで出会った誰よりも自分のことを理解するのかと思った。

本当は、高校を卒業したら、友人たちと同じように大学に行きたい。今では忙しすぎてそんな時間はなくなってしまったけれど、小さな頃は物語が好きで学校の図書室に毎日通っていた。だから文学部に行って好きなだけ本を読み、仲間や先生と研究をしてみたかった。

でも無理だ。

学校の成績はいつも学年十番以内で、試験なら突破する自信がある。でも自信があったところでお金がなければどうにもならない。地元の国立大でさえ三十万円近い入学金と四年間で二百万円を超える授業料が必要なのだ。担任には奨学金を勧められたが、それも結局は借金にすぎず、今でさえギリギリの生活は確実にもっと苦しくなる。卒業したら就職しようと思う、と伝えると、母は沈黙し、かぼそい声で言った。

「ごめんね、理緒。小さい頃から我慢ばかりさせて、情けない母親で、本当にごめんね」

心のどこかに、お金のことは何とかするから好きなことをしなさいと母に言ってもらいたい気持ちがあった。でも母の返事は「ごめん」だった。無理もない。もう十年近く、二人の娘を抱えて、たったひとりで必死に働き続けてきたのだ。そんな母が、ほんの少しだけ楽になりたいと望んだからといって、誰にそれを責められるのだろう。

仕方ない。世の中はそんな仕方ないことばかりだ。ちゃんとそれを受け止めて、家族のためだと諦めようとしていたのに、どうしてこの男は無神経に心を掻き乱すのか。

その夜以来、理緒はカガヤが店に来ても極力目を合わせなかった。でもこんな男のことなんて気にしないと思えば思うほど、目の端ではカガヤの姿ばかり追った。二度と来ないでほしいと思うのに、本当にカガヤが現れなかった日は胸に穴が開いたような気分になって、後日また顔を見ると、どうしようもなく胸が疼いた。

「理緒ちゃん、お母さん倒れたんだって？」

常連客の一人に心配そうに声をかけられたのは、風も冷たくなった十月のことだ。酒を運んできた理緒は、カウンターの内に立つ店長に目をやった。すまなそうに眉を八の字にする店長の顔から、いつものようにしゃべってしまったのだとわかった。

「はい……でも、そんなに深刻なわけじゃなくて。少し、疲れてしまったみたいで」

「そうだよなあ。子供二人抱えて女ひとりで働くんじゃ、ゆるくないよ」

十日ほど前のことだった。母が昼の職場で倒れて、翌朝、身体が動かないと言い出した。奈緒と二人で真っ青になりながら病院へつれて行くと、うつ病と診断された。

母が半年前に異動してきた上司とうまくいっていなかったということを、理緒は初めて知った。医師には「しばらく休養が必要です」と言われたが、アパートに帰ってきた母は、初めて娘たちの前で声をもらして泣いた。

「パートが休養なんて取ったら、辞めさせられて終わりなのに」

大丈夫だからとにかく今は休んで、と必死に笑顔を作って母の背中をさすった。本当は何ひとつ大丈夫ではなかったが、とにかく母を安心させたい一心で明るく言い続けた。

「でも理緒ちゃん、バイトなんてやってて大丈夫なのか？　お母さんについててあげたほうがいいんじゃ――」

「いいえ、本当に大丈夫ですから。妹もいろいろ手伝ってくれてますし」

別の常連客が言い出したことにひやりとして、理緒はことさら明るくさえぎった。ずっと接客をしてきたから笑顔はすぐに作れるが、脈が速くなるのは止められなかった。

この人たちが本当に心配してくれているのはわかる。でも、母についているためにバイトを減らしたら、その分だけ収入は減ってしまうのだ。それをこの人たちはわかっているのだろうか。それとも、数万円の収入が減るだけでだめになってしまう家庭が存在するなんて、この人たちは思いもつかないのだろうか。

母には大丈夫だと言ったが、母が働けなくなったことはやはり打撃だった。高校一年になった奈緒もアルバイトを始めてくれたし、もう少し先までは何とかなるかもしれない。でも、その先も何とかなるとは思えない。行政の補助を受けられないかと考えて、放課後に区役所に足を運んだこともある。けれど「まずはお母さんに来てもらえる？」と言われてしまい、今の母にそれを伝えることはできなかった。授業料を払えなくなれば、二人とも学校を辞めることになる。でも、それでまともな就職なんてできるのだろうか？　自分は母と奈緒を守れるのだろうか？　考えると恐ろしくてたまらなくなる。自分たち親子の歩く道は少し先で崖になっていて、じきにみんなで真っ逆さまに落ちるのではないか。

尖った音が響いた。「あー、すいません」と手を上げるカガヤの足もとでグラスが砕けていた。理緒はすぐにほうきとちりとりを持ってきて、しゃがみこんでガラスの破片を掃きとった。耳のそばに彼の顔が降りてくる気配を感じて、ぞくりとうなじの産毛が逆立つ。

「俺の仕事を手伝わないか」

低くささやく声は、陽気な笑い声をあげるほかの客には聞こえていない。

「あんたに向いてる。あんたは賢いし相手の警戒を解く能力がある。あんたが自由になれるくらいの金を手に入れさせてやる。必ず」

吐息がふれた耳が火傷（やけど）したように熱くなり、理緒は力まかせに残りの破片をちりとりに掃き入れて立ち上がった。カガヤの白い指が、マジシャンのようにさりげなく理緒のエプロンのポケットに何かをすべりこませた。まわりの人たちに聞こえるのではないかと思うほど動悸がしたが、常連客と店長は談笑していて何も気づいていなかった。

店の奥に引っ込んで、ほうきとちりとりを片付けたあと、理緒はエプロンのポケットに手を入れた。とり出してみると、名刺みたいな大きさの白いカードだった。

ただまっ白な紙に、素っ気なく、携帯電話の番号がきれいな筆致で記されていた。

それからしばらくカガヤは『ちどり』に現れなかった。でも、もとから「謎のわけあり色男」なので、店長も常連たちも「来ないなあ」というばかりでさして気にしてはいなかった。

毎晩、疲れ切って布団に入り、眠りにつく前、スマートフォンのカバーに挟んだカードをそっと出して見つめた。俺の仕事を手伝わないか――ささやく声を思い出すと、みぞおちが熱っぽくしめつけられる。カガヤの言う「仕事」を手伝うつもりは一切ないのだ。最初の日に彼がまとっていたあのどうしようもなく危険な空気を考えれば、カガヤの言う「仕事」とは、怖くて絶対によくないことだと思う。でもそういうおびえとは別に、きれいな数字の羅列を見つめていると、窒息しそうな将来への不安が少しだけやわらぐ気がした。

その番号に電話する日が来るとは、みじんも思っていなかったのだ。あの夜までは。

「お姉ちゃん、もしかして具合悪い？」

その日の朝、台所のテーブルでトーストを食べていると、奈緒に心配そうに問いかけられた。

「なんか最近ぼーっとしてるよ。やっぱり無理してる？」

「違う違う、ちょっと……岡部先生の古文の予習まだだから、やばいなって思って」

「あ、わかる！　あの先生、淡々と退路断ってく感じで寒くなるよね。でも岡部先生、うちのクラスで漢文やってるんだけどね、すごくいい声で教科書読むの。ふかーい、ひくーい声で。イケボイスってみっちゃんたちと呼んでるんだ。あ、先生には内緒だよ」

元気な小鳥みたいにしゃべる奈緒はくるくると表情を変え、こっちもつられて口もとがほころんでしまう。姉から見ても奈緒は愛らしい子だ。顔立ちもだけれど、ほがらかで、誰にでもへだてなく心を開く。その明るさに理緒は救われる気持ちになる。奈緒だって不安はあるはずだ。でも「何とかなるよ」と背中を叩いてくれるような笑顔を見ると、そうだ、私はひとりじゃないんだ、と勇気が出る。倒れて以来臥せっていることの多い母も、奈緒の話を聞いている時は笑顔を見せるのだ。

姉妹とも自宅から一番近い公立校を選んだから、毎朝一緒に登校する。まだ部屋で寝ている母に「いってきます」と二人でそっと声をかけてから、外に出た。

「お姉ちゃん、見て見て。あの犬、眉毛ある。西郷さんみたい」

「あ、ほんとだ」

「あの雲、メロンパンに似てる。なんか急にメロンパン食べたいー」

「さっき朝ごはん食べたばっかじゃん」

「今思いついたんだけどね、パンの耳フレンチトーストっておいしそうじゃない？　パン屋さんで安く売ってるし、卵と牛乳に一晩漬けてから焼いたらきっとすっごくおいしいと思う！明日のお弁当に作ってみる」

「でも今日のシフト、遅いでしょ？　無理しなくていいよ。購買でパン買えば安いんだし」

「いいもん、だって食べたいんだもん。それにバイトの帰りにスーパー寄ったら、安くなってる卵と牛乳とバターがありそう。うん、絶対ある。楽しみだなー」

奈緒としゃべっていると学校に着くのはあっという間だ。昇降口で「じゃあね」「お姉ちゃん、がんばってね」と手をふり合って、それぞれの教室に向かった。

その日は一度アパートに帰って洗濯物を畳む必要もなかったから、いつもより身体が楽だった。気合いを入れて働いたら「今日は理緒ちゃん、がんばったな。これ余りもんで悪いけど、よかったら母さんと妹さんとで食ってくれ」と店長が唐揚げをたくさん包んでくれた。店長特製の唐揚げは、魔法がかかったようにおいしいのだ。夜十時になって店を上がったあと、理緒は温かい包みを抱きながら早足でアパートに帰った。

玄関のドアを開けた瞬間、変な感じがした。

黒いローファーが脱ぎ捨てられて、右足が側面を見せて転がっている。いつもなら奈緒はきちんとそろえるのに。

部屋に入ると、母はもう寝ているようで、声をかけても返事がなかった。唐揚げの包みを台所のテーブルに置いて、その時、水音に気づいた。

風呂場に向かうと、水音が大きくなった。ドアにはめられた四角い曇りガラスから、明かりが漏れている。でも変だった。アパートの風呂場には脱衣所がないので、廊下に置いた小さなかごにいつも脱いだ服を入れておく。女だけの暮らしだからできることだ。けれどそのかごに入っているはずの服がない。

「……奈緒？」

ドアを小さくノックする。しばらく待っても、単調な水音しか返ってこない。

いつもだったら開けなかった。でもこの時は耐えられなくて、ノブをひねった。

狭い風呂場に奈緒がうずくまっていた。紺色のセーラー服を着たまま、頭からシャワーを浴びている。室内に熱気がまったくこもっていない。水なのだ。もう夜は寒いくらいの時期なのに、冷たい水を、服のまま、どうして。

「奈緒」

かすれる声でもう一度呼ぶと、奈緒が緩慢にこちらに顔を向けた。

最初に左頰がうっすらと赤くなっているのが目に入った。セーラー服の片側に、乱暴にむしられたようにスカーフがぶら下がっている。両側の耳の後ろで結った髪は、左側が不自然に乱れて、右側はゴムがとれかかっている。

全身の血液が凍りついた。

頭の中で踏切の警戒音が鳴り響く。脈がどんどん速くなって吐き気がする。

こわばりきった腕を無理やりのばして、理緒はシャワーを止めた。奈緒のそばに自分も膝をついた。冷たかった。奈緒の両手を握る。この手を放してはいけない。頭がまっ白で何もまとまらないがとにかく放してはいけない。

何を言えばいいのか、どう訊けばいいのか、気が遠くなりながら考えた。

「だれ、に?」

やっと、針のかたまりを吐き出すような気持ちで、それだけ訊ねた。最悪な問いだった。

奈緒は、ぽたぽたと髪の先から水滴をしたたらせながら、口を開いた。出てきた声は、別の誰かの真似をしているみたいに平坦だった。

「バイトの、このまえ、入ってきた人」

「……うん」

「悪い人じゃ、ないと思ってたの。頭いいし、お客さんにはちゃんと丁寧だし。ただ、よく肩とか、さわってきて。お店の中で気まずくなるの嫌だから、やめてくださいって、笑って言ってたんだけど——今日、お客さんからクレームが出て、それで、バイトが終わるの、いつもより遅くなって……その人が『車で送ってくよ』って、言って。そしたら、途中で——」

語尾が大きく震えた。振り払われそうになり、必死の思いで理緒は妹の手を握り返した。奈緒は酸欠の金魚のようにしばらく口を開け閉めする。

「スーパーに、行きたかったの。卵と牛乳、切れてたし、パンの耳フレンチトースト、作りたかったから。お店が閉まる前に着きたくて——大丈夫かなって、少し思ったけど、でも、毎日一緒に働いてるのに、ひどいことするはずないって、わたし——」

「わかった。わかったもういい」

それ以上しゃべらせないためにきつく奈緒を抱きしめた。濡れた制服がへばりついた身体は冷え切っていて、奈緒と二人きり、氷原で遭難しているような気がした。

落ち着け。落ち着け。自分に必死に言い聞かせて、考える。どうすればいいのか。

「——けいさつ」

腕の中で奈緒の身体が震えた。

「警察に、行こう。大丈夫。こういう時、女の人が応対してくれて、いろいろちゃんと考えてくれるって、聞いたから。すぐそこだから、ね？　お姉ちゃんも一緒だから」

「やだ」

思いがけない鋭い声に驚いた。奈緒の顔が、くしゃっと崩れた。

「やだ！」

「でも……でもこのままにできないでしょ、黙ってるなんて」

「だって、警察に言ったら、お母さんにも知られちゃう。こんなこと知ったら、お母さん死んじゃう！」

幼児に戻ったような口調で言う奈緒を見て、思い切り殴られた気になった。

それなのか。

まったく突然に踏みにじられて、こんなにぼろぼろにされて、そんな状態でも一番に案じるのは、自分ではなく母のことなのか。

「わたしが悪いの。そうでしょ? わたしが乗んなきゃよかったんだよ。バカだよね、スーパーなんて明日行けばよかったのに。だから、いいの、もういいの、大丈夫だから」

奈緒が笑った。熱があっても無理をして仕事に行っていた時の母とそっくりな笑顔だった。握り合ったままの手は震えている。氷水に浸けたように冷えきっている。

その夜は、奈緒も自分ももう限界で、二人でひとつの布団で眠った。奈緒を抱きしめたまま一睡もできなかった。奈緒も、身体を硬くして浅い呼吸をくり返していた。一度だけ寝息が聞こえてきてほっとしたら、奈緒は突然かすれた悲鳴をあげて、がむしゃらに理緒を突き放そうとした。お姉ちゃんだよ、大丈夫だから。必死でくり返しながら奈緒を抱きしめた。

夜明け前、奈緒がようやく眠りに落ちた頃、理緒は妹を起こさないように注意を払いながら、奈緒と共用のスマートフォンを操作した。決して考えたくはない、でも考えなければならない問題がある。母が病み、奈緒自身も傷つき果てている今、動くことができるのは自分だけだ。

『レボノルゲストレル　八八〇〇円（税込）』

札幌の婦人科を検索し、最初に出てきた病院のホームページで目当てのものを見つけた。ほかの病院も調べてみたが、数百円から千円程度のばらつきはあるもののおおむねこんな値段だ。まったく手が出ないほどの金額ではなくてほっとしたが、それでも大金には違いない。それに、人目の問題もある。知り合いと遭遇する恐れのない遠方の病院へ行くとなると交通費もそれなりにかかるし、何より奈緒が診察されることに耐えられるだろうか。悩むうちに『アフターピルのオンライン処方について』というページを見つけた。電話やビデオ通話で専門医の診察を受けることができ、薬を自宅に送ってもらえるという。これだ。

診察料と薬の配送料を合わせると、金額は一万円を超えてしまう。家賃や水道光熱費の引き落とし日も迫っているから、口座のお金は動かせない。なるべく早く工面しなければいけない。

まず朝八時に高校に電話を入れて、妹が体調を崩したこと、病院へ付き添うから自分も欠席することを担任の女性教諭に伝えた。担任は「妹さんのクラスの先生にも伝えておくわ。お大事にね」と言ってくれた。それから理緒はひとりでアパートを出た。

「どうしたの、こんな朝っぱらから。学校はどうした？」

『ちどり』の裏手にある自宅のベルを鳴らすと、出てきた店長は、いかにも起き抜けのぼさぼさ頭のまま目をまるくした。朝から本当にすみません、と頭を下げ、勇気を振り絞って用件を切り出した。店長は太い眉をよせて困った表情を浮かべた。

「前借りって、何があったんだ？　わけ話してもらわないと」

「……妹が、具合が悪くて。すぐに病院に行かなきゃいけないんですけど、お金が、なくて」

「にしても二万円って、普通そんなにかからないだろ。何かＭＲＩとか、ああいう検査でもするのか？　もしかしてだいぶ悪いのか、妹さん。理緒ちゃんのとこ、お母さんも具合悪いんだろ。子供だけじゃ心配だ、俺がこれから一緒に行ってやるよ」

眉をよせる店長は、本当に善意から言ってくれているのだろう。でも、この人がうちに来て、この大きな声でいろんなことを奈緒に訊く。考えただけで内臓がよじれるようだった。

「やっぱりいいです、すみません」

「あっ、おい！ 理緒ちゃん！」

背中にかけられる店長の声から逃げるように朝の街を走った。でも走ってどうする？ どこに行く？ お金がなければ薬を手に入れられない。奈緒は昨日の夜と同じくらい、いやそれ以上の絶望をこれから味わうことになるかもしれない。やっぱり戻る？ だって店長しか頼める当てなんてない。でも、今戻ったら、きっとまた——

スマートフォンのカバーに小さな秘密のようにはさんだ白いカードが脳裏にひらめいた。すぐに立ち止まってスマートフォンをとり出す。白い紙きれを見ながら、慎重に、でも急いで番号を打ちこむ。ためらわないよう、すぐに発信ボタンを押した。

『——はい？』

四回目のコールの途中で応答した声は、寝起きみたいにかすれて不機嫌だった。涙腺が壊れたみたいに涙があふれ出して、たすけてください、と理緒はささやいた。

「——ふうん」

話を聞き終わったあと、ずっと黙っていたカガヤはひと言だけ呟いた。

指定されたのは新札幌にあるファーストフード店の二階席だった。もう世間の多くの人が学校や会社に出かけた時間帯で、客はまばらだ。カガヤはいつもと同じく目立たないが仕立てのいい服を着ていて、でも少し長くなった髪にはめずらしく小さな寝ぐせが残っていた。

カガヤは、ジャケットの内ポケットからとり出した封筒をテーブルに置いた。

「五万入ってる。妹、早く病院につれてってやれ」

頼んだ金額よりずっと多くて、理緒はあわてて手を振った。

「そんなにお借りできません。あの、オンラインで診察を受けて薬を送ってもらうこともできるみたいで、だから交通費もかからないし——」

「だめだ、ちゃんと病院につれて行け」

黒々とした目に真っ向から見つめられて、理緒は息をつめた。

「あれは早く服用しただけ阻止率が上がるんだ。あんたがいう方法はオンラインの問診を受けて、処方されて、入金してから発送、って時間がかかる。あんたの妹の場合はなるべく急いだほうがいい。感染症の可能性だってあるし、ちゃんと病院で検査してもらえ。札幌にもそういう相談窓口があるから、連絡すれば提携してる医療機関を紹介してもらえるし、警察に申告する時の支援もある」

「いえ、奈緒は警察には絶対に行きたくないって言ってて——相談窓口とかも、きっと……」

「どうしても嫌なら、それでもいいからとにかく病院にだけはつれて行け。すぐにだ」

頷きながら、目の奥が熱くなって視界がかすんだ。今、たったひとりだったら、きっと潰れていた。ぶっきらぼうな彼の声が、痛いくらい胸にしみた。

紙コップ入りのコーヒーをひと口飲んだカガヤが口を開いた。

「妹がされたことは、さっき話したので全部か」

意味がよくわからず、理緒は眉をよせた。

「全部って……？」

「写真撮られたとか、動画撮られたとか、それネタにして脅迫されてるとか、そういうのはないのかってことだよ」

カガヤは眉ひとつ動かさず言ったが、理緒は青ざめた。そんなにも残忍な悪意の形があるなんて、彼に言われるまで想像すらできなかった。

「……わからないです。私、そんなこと考えなくて……それに、とても訊ける状態じゃ……」

もし奈緒がそんな目にあっていたら、どうしたらいいのだろう。どうすれば、これ以上奈緒を傷つけずに守れるのだろう。心が引き裂かれて、苦しくて、それ以上に怖くて、息が止まりそうだった。

「泣くな」

カガヤの声は鞭を振るようだった。

「泣き落としで相手をあやつるつもりならいくらでもやれ、けどそうじゃないなら二度と他人の前で泣くな。わかっただろ、この世じゃいつでもずる賢いやつらが獲物を狙ってんだ。弱みを見せるな、つけ入る隙を与えるな。守りたきゃおまえがやつらを踏みつけろ」

カガヤの言葉はあまりに厳しいのに、ふしぎと打ち据えられたとは感じなかった。理緒は唇を嚙みしめて涙をこらえ、彼をまっすぐに見つめて頷いた。

「妹のバイトしてた店と、その野郎の名前は？」

「……どうして、そんなこと？」

「いいから」

　奈緒のバイト先はもちろん知っているし、そいつの名も昨日の切れぎれの会話からわかっていた。カガヤは残りのコーヒーを飲み干すと立ち上がった。

「さすがに今日はバイト休むんだろ」

「はい。奈緒についててあげたいので」

「妹の様子見て、抜け出してこられそうだったら『ちどり』のそばにある小さい公園、あそこに夜九時に。無理だったらケータイに着信入れておけばいい」

　はい、と理緒が応えると、カガヤはすぐに席を離れて階段を下りていった。

　病院へ行くのを奈緒は涙を流して嫌がったが、本人も不安でならなかったのだろう、お姉ちゃんも一緒に行くからと説得すると、震えながら理緒の手を握って頷いた。生活圏から離れたところにあり、女性医師に診てもらえるクリニックを選んだ。地下鉄にゆられている間も、駅からクリニックまで歩く間も、待合室で名前を呼ばれるのを待つ間も、ずっと二人で手をつないでいた。正午過ぎにやっとすべてを終えて、どうしてそんなに美しいのかわからない秋の空の下を奈緒の手を握って歩き出した時、理緒は十年も歳をとったように思えた。

「二人とも、学校休んだの？　どうしたの、何かあったの？」

アパートに戻ると、母がひどく心配して待っていた。起きてみたら娘たちの姿がないのに高校の制服は残ったまま、しかも奈緒の制服は上着もスカートも重く湿った状態で干してあったので驚いたらしい。奈緒は「昨日掃除の時間に濡れちゃって風邪ひいたみたい」と説明した。奈緒は、こんなにぼろぼろでも、母のためなら笑う。

そんな子が、なぜこんな目にあわなければならないのだろう。

スマートフォンには『ちどり』の店長から着信が入っていた。理緒は折り返し電話をかけて、妹の件はどうにかなったこと、今日だけバイトを休ませてほしいことを伝え、最後に本当にすみませんと謝った。『こっちのことは気にしなくていいから、妹さんのことよく見ててやりなよ』と店長はいつもの野太い声で言ってくれた。

夜八時五十分。コンビニに行ってくると言って、理緒はアパートを出た。

赤ちょうちんの『ちどり』の前を、常連客に出くわさないように気をつけながら通りすぎ、その裏手にある小さな公園に入る。古びた水銀灯と、鎖がさびたブランコ、用を足したいとは思えない公衆トイレ、塗料の剝げた遊具があるだけのさびれた空間だ。昼に見てもわびしい場所だが、夜の今はなおさらだった。この一帯は、お金のない人々が朽ちかけた家や古びた小さなアパートで身を寄せ合うように暮らしている。

暗がりで小さなオレンジ色の光が明滅した。

煙草の火だと、一拍遅れて気がついた。その小さな火をめざして進むと、遊具のパンダの背中に、カガヤが腰かけていた。

理緒に気づくと、カガヤはくわえていた煙草を地面に捨て、革靴の踵（かかと）で踏みにじった。

いきなり紙袋のようなものが突き出された。

理緒は反射的に受け取ってしまったそれを、とまどいながら見つめた。書類でも入れるのに使いそうな大判封筒で、下のほうだけ不恰好に膨らんでいる。見た目ほど重くはない。封筒の口を開けてのぞきこんだが、無造作に突っこまれた中身の正体が最初はよくわからなかった。

理解できた瞬間、心臓が止まるかと思った。

札束。十万とかそんな量ではない。もっと——桁（けた）が違う。

「二百万」

見透かしたようにカガヤが言った。二百万？　そんな大金はさわったこともなくて、愕然（がくぜん）としながら理緒はかすれる声を絞り出した。

「このお金、は……」

「慰謝料っつっても気が晴れるわけじゃねえだろうが、まあ、取っとけよ。金はいくらあっても腐らないし困らない。俺の分け前は抜かせてもらった」

「これ、このお金——？　奈緒にしたこと、謝って——？」

「は、まさか。ああいう野郎は自分のしたことに罪悪感や良心の呵責（かしゃく）なんて感じない。ほかの善人っぽい顔して世の中歩いてるやつらだってみんなそうだ。人間は、置かれた状況によっちゃ簡単に良心なんて手放せる。罪悪感なんて五秒で忘れる。一度欲望を満たす快感を覚えたら、また獲物を探して同じことをする。けど、少なくともあいつは、もうあんたの妹の前に現れることはない。何かをネタに脅迫してくることもないはずだ。もう、それどころじゃないからな」

『ちどり』の客から盗んだ銀色のライターで、次の煙草に火を点けながら愉快そうに喉を鳴らすカガヤを、理緒は身動きもできずに見つめていた。夜風が、うなじを舐めるように吹き抜けていく。

「――あいつに、何をしたんですか?」

闇に煙を吹いたカガヤは、牙を剝くように笑った。

「悪いこと」

ああ、そうだ。

この人を初めて見た時、とても怖かった。危険なにおいがして近づくのもためらわれるのに、まるで火事に見入ってしまうように、どうしても目を離せなかった。その理由が今わかった。

彼が、悪いひとだからだ。

「何が、できますか。私、何をしたら、あなたに返すことができますか? 何でもいいです。何でもします。教えてください」

何でも、という言葉の危険性はわかっていた。全部わかっていてそう言った。身体をよこせと言われたらためらいなく従ったし、内臓をよこせと言われてもその通りにしただろう。

カガヤは細く白い煙を吐きながら、理緒をながめた。

「あんた、もし普通に親が元気で、貧乏でもない家で暮らしてたら、これからどうしたい?」

質問の意図がまったくわからなくてとまどいつつも、言葉は口から出ていた。

「大学に行きたい。文学部に入って、たくさん本を読みたいです。物語が好きなんです。あとは家庭教師とか、今よりもう少し時間に余裕ができるバイトをして、母がちゃんと元気になれるように支えて、奈緒が怖い思いをしないように一緒にいて……」

「ふ、めちゃくちゃ退屈だな。聞いてると眠くなる」

粗野に笑ったカガヤは、火を点けたばかりの煙草を投げ捨てた。

「なら、これからそれを全部やれ。これから猛勉強して大学に入れ。あんた成績はいいんだろ。金もそれだけあれば最初の一年くらいはどうにかなるはずだ」

「……意味が、わかりません。どうしてですか?」

「いい大学の学生って聞けば、世間のやつはだいたい警戒をゆるめる。家庭教師しながら親と妹の面倒見てるとか、そういうのもいい材料になるな。とにかく疑われないこと、次に信用させること、それが大事だ。これからあんたにやってもらう仕事のためには」

俺の仕事を手伝わないか――低くささやいた声が鮮明によみがえった。

「その仕事は、悪いこと、ですか」

「いいことか悪いことかって訊かれれば、そうだな。嫌なら……」

「やります」

即答にカガヤは意表をつかれたようだった。彼の目を見つめ、理緒はもう一度くり返した。

「やります。それが何でも」

2

実家は帯広市で、現在は北区のアパートでひとり暮らし。血液型O型。そばアレルギーあり。
鐘下実。経済学部三年。サークルは演劇部所属。

春風はキャンパスを歩きながら、昨日得られた情報を思い返した。今日の空は清潔な青に染まり、風も肌触りがやわらかい。腕時計を見ると朝八時五十分。約束の時間まで余裕があるので、春風は構内にあるセイコーマートに寄った。温かいココアを二缶買っているところで『返事遅れた。今日は一講時に出る。3番教室』とメールが入ったので『ありがとうございます。一講時目の終了時間に合わせて向かいます』と返信した。

「おはようございます」

図書館本館の二階ラウンジに到着すると、すでに錬は一番奥のテーブルで待っていた。私語や飲食、スマートフォンの利用が禁止されている閲覧室とは違って、このラウンジはもっと自由に利用できる空間だ。錬のほかにも、学生たちが思い思いにソファにもたれてスマートフォンをいじっていたり、ノートパソコンを持ちこんでレポートを作成していたり、菓子パンを頬張ったりしている。昨日のようにマルシェを使おうかとも思ったが、高校生の錬を何度もお金のかかる店に入らせるのも申し訳ないので、このラウンジを利用することにした。春風は椅子に腰を下ろしながら、ココアの缶を錬の前に置いた。

「よかったらどうぞ」

「ありがとうございます。お金……」

「いいの、私が飲みたかっただけだから。甘いのは苦手じゃない？」

「はい。小さい頃、よく作ってもらってたから、好きです」

いただきます、と礼儀正しく頭を下げ、錬はココアの缶を開けた。春風もひと口飲み、牛乳たっぷりのやさしい味にほっと息をついた。勉強しながら待っていたらしく、錬の手もとには英単語帳が伏せてあり、そのカバーを見た春風は懐かしくなった。

「その単語帳、私も使ってた。版は違うけど」

「そうなんですね。まだ覚えてるか、問題出してあげましょうか」

「やりたいのは山々だけど今は忙しいからまたの機会にしておく」

そそくさと話題を打ち切った春風に、錬はいたずらっぽく笑ってまたココアを飲んだ。今日の彼は、ギンガムチェックのシャツにオフホワイトのニットを重ねている。シンプルだが彼の持つ清潔感がよく引きたって、どこぞの良家の子息のようだ。今日も化けている……いや、ここまでくると、逆にあの地味な学ラン眼鏡の高校生のほうが世を忍ぶ仮の姿なのかもしれない。

「そういえば、推理小説研究会の人、どうでしたか？」

「昨日の夜に友達から連絡があって、買ったストラップは二個ともちゃんと持ってることが確認できた。一つは弟さんにあげたみたい」

革紐タイプのストラップの購入者である推理小説研究会の宇野には、結局昨日大学で会うことはできなかった。春風は皐月に相談し、皐月から写真部部長に問い合わせてもらって、宇野が購入したストラップは二個とも彼とその弟の手もとにあることが確認できた。となると、やはり昨日突きとめた演劇部の鐘下実が、目下のところ引ったくり犯である可能性が一番高い。

「昨日言ってた助っ人って、どういう人なんですか？」

「高校の部活の先輩なの。鐘下と同じ経済学部の三年生。昨日その先輩に連絡したら、先輩も鐘下のことを知っていて、彼と同じ講義もいくつか取ってるみたい。ちょうど今日の一講時に鐘下も履修してる講義があるそうだから、彼が来たら連絡をくれることになってる」

もし鐘下が講義を受けに来たら、終了時刻に合わせて教室へ行けば、鐘下に接触することができるはずだ。そう説明すると、錬は表情を引きしめて頷いた。

「高校の部活って、春風さん、何やってたんですか？」

「柔道」

錬はココアの缶を唇に運ぼうとしていた手を止め、まじまじとこちらを見た。

「マネージャーですか？」

「いえ、普通に投げてたし、投げられてた。これでも道大会までいったこともある」

錬が今度こそ心底びっくりした顔を見せたので、少し愉快になって春風は笑った。けれどすぐにほろ苦い気分になり、甘いココアでそれをごまかした。

母校の柔道部は部員が多くなかったため男女の区別はなかった。入部した時には一学年上の女子の先輩がいたので彼女と稽古できたが、その先輩も三年生の夏の高校総体を最後に引退し、女子部員は春風一人になった。当然、練習相手は男子部員になり、一学年下の男子と稽古をしている時にけがをしてしまった。足の甲の骨にひびが入った程度のものだったのだが、それをきっかけに母にはすさまじい勢いで部活を変えろと迫られ、稽古相手だった男子部員も目を合わせてくれなくなってしまい、迷惑になっていると悟って辞めたのだ。

「どうして柔道部に入ろうと思ったんですか？」

「どうしてって訊かれると困るけど……強くなりたかったの」

「強く、ですか」

「うん。いつどこで何が起きても負けないくらい」

春風はテーブルで両手を組み合わせた。

「錬くんが帰宅部なのは、弟さんと妹さんの面倒を見るため？」

「もう面倒見るって歳でもないんですけど、洗濯物畳んだりとか、やることけっこうあるので」

「あなたは、洗濯物を畳むのがすごくうまそうだね」

「そんなことないですよ。せいぜい札幌高校生ランキングでベスト5くらいです」

他愛のないやり取りをしていると、となりの椅子に置いたトートバッグの中からチリンと小さな電子音が聞こえた。スマートフォンをとり出すとメッセージの通知があり、画面をタップすると時代劇の密書のような短い文面が表示された。

『鐘下来ず。引き続き様子を見るが欠席の可能性大』

どうやら、そう簡単に姿を現してはくれないらしい。

春風は『承知しました』と返事を送った。


「結局来なかったんだ、鐘下は」

関口は高校時代とまったく変わらない太い声で言った。講義が終わった教室前の廊下は学生で混雑しているが、その中でも関口の声はよく響く。柔道部の部長だった関口には格技場でもこの頼もしい声で「森川、モタモタしてんな！」とよく叱りとばされたものだ。

「というかな、どうもあいつ、ここんとこあんまり大学来てないらしい。俺も注意払ってなかったんで気づかなかったけど、ここ一週間くらいは全然出てきてないみたいだな」

一週間というと、サヨ子の引ったくり事件が起こった先週の木曜日も含まれる。鐘下は昨日、少なくともサークル棟には足を運んでいたはずだが、講義には出なかったのか。

「休みがちな理由を知ってる人はいないでしょうか？　鐘下さんと親しい人に心当たりは」

「そうだな……なあ、鐘下と仲いいのって誰だっけ？」

関口がそばを通りすぎようとした男子学生にいきなり声をかけた。彼は関口と親しい間柄らしく突然の質問に眉を上げつつも答えてくれた。

「あー……河西さんとか？　たまに一緒に飯食ってたりしてる。二人とも高校から一緒らしいし、ゼミも同じだから。なに、鐘下に用？」

「まあな。けど最近、全然あいつの顔見ないだろ。仲いいやつなら何か知ってっかと思って」

「河西さんなら今日の二講時取ってるぞ。会計監査論。俺これから行くけど」

「おー！　そんならおまえ、こいつのこと河西のとこにつれてってやってくんないか。高校ん時の部活の後輩でさ、鐘下のこと聞きたいらしいんだ」

「高校の部活っておまえ柔道部……えっ、この子が⁉」

関口の友人は春風を凝視したあと「あ、マネージャーってこと？」とさっきの錬と同じことを言った。春風は笑って、

「ちゃんと関口さんに投げられていました」

「ええー……！　君がこんなエゾヒグマみたいな男に」

「いや、こいつ中身はけっこうサムライなんだぞ。男子の中に女子一人でも気迫はほかの連中に負けてなかったし、練習だって人一倍やってたしな。――で、さっきから気になってたんだが、森川の後ろで黙ってるおまえは森川の彼氏か？」

関口に遠慮なく指をさされた錬は、もの静かな笑みを浮かべた。どうも彼は対峙する相手によってキャラクターを調整するらしく、関口には落ち着いた口調で答えた。

「彼氏ではないです。ただ、森川先輩にはいろいろお世話になってます」

「ふーん……名前は？」

「松浦タケシです」

錬がするりと偽名を口にしたので、春風はぎょっとした。そんな名前をいきなりどこから？

関口は「松浦タケシ？」と呟くと、圧力のある目で錬を見据えた。春風も関口と組み合ったこ

とがあるが、こういう時の関口の目は相手を呑みこみそうで恐ろしい。

「――タケシって顔じゃ、ないんだよな。もっと、スッと通る名前が合いそうなんだけどな」

低い呟きに春風はぎくりとした。関口はとても勘が鋭い。

「関口さん、お忙しいところお手間をとらせました。このご恩はいずれ近いうちに必ず」

「あ？　ああ、別にいいって。あいかわらずだな、森川は。じゃハヤシ、こいつのこと頼む」

「おー、頼まれた。じゃ行こう、急がないと二講時目始まるから」

ハヤシのあとに続きながら、春風は先ほどひやりとした分だけ深いため息が出た。しかし正体を見破られかけた当人はまったく涼しい顔をしている。困った鉄仮面高校生だ。

「はい着いた。河西さんはー……あ、よかった来てる。窓際に座ってる人。あの人だよ」

ハヤシが示した人物は、窓際の後ろから二番目の席にいた。

編みこんだ髪をバレッタで留め、紺色のカーディガンを羽織った女子学生だ。「鐘下と仲のいい友人」を勝手に男子だと思いこんでいた春風は意表をつかれた。

直後に講師が入ってきたので、春風と錬は河西のすぐ後ろの座席に移動した。ここで講義が終わるのを待つ。

十二時になり、講師が講義の終了を告げると、教室内の学生たちがいっせいに移動を開始した。にぎやかに話しながらまっ先に教室を出ていくグループもあれば、その場に残って話をしている学生もいる。河西はテキストを見返し、筆記用具を片付けて、チェック柄のバッグを肩にかけながら立ち上がった。同時に春風と錬も立ち上がった。

「河西さん」

足を止めた河西は、まったく知らない人間に名前を呼ばれてとまどったのだろう、八の字ぎみの眉をよせながら春風を、それから錬を見た。

「突然すみません、少しだけお時間をいただいてもよろしいでしょうか。鐘下さんのことで、お聞きしたいことがあるんです」

鐘下と聞いた瞬間、かすかに彼女の瞳がゆれた。

「――話って、何？」

初めて口を開いた河西すみれの声は、カナリアの鳴き声のように細く澄んでいた。

「休みがちになったのは……十月に入ってしばらくしてからかな。夏休み明けはそれなりに会ってたんだけど、そのあとだんだん顔見なくなって、先週からは一度も会ってないと思う」

河西すみれは伏し目がちに語った。睫毛(まつげ)が長く、どこか儚げな彼女の雰囲気から、春風はほっそりとした鹿を連想した。

「鐘下さんが大学にあまり来ない理由は、何か聞いてらっしゃいますか？」

「ううん。実くんがまる一週間休んだ時、心配になって『どうかしたの？』とか『もしかしてインフル？』とか連絡入れてみたの。でも『別に』って感じでそっけなくて、それきり返事も来なくなったから、なんか嫌われるようなことしちゃったかなって思って……」

鐘下がそういう態度であれば、すみれは先週の木曜日の彼のことなど知らないだろう。春風は長机に置かれたすみれのチェック柄のバッグを、もっといえばバッグの外ファスナーに取りつけられたものを見た。本当は、声をかけた時から気づいていたのだ。

「そのストラップ、鐘下さんが持っているものと同じですね」

すみれのバッグにも、革紐に黄色いパトローネが飾られたストラップが取りつけられていた。引ったくり現場で拾ったストラップが鐘下のものであるとはまだ断定できず、少しカマをかけた恰好だったが、すみれは「え？　ああ」とすんなりと頷いた。

「これね。うん。写真展で、実くんが買ってくれて」

「鐘下さんが、ですか？　写真展には二人で行かれたんですか？」

「うん。友達が写真部にいるから、私はもとから行く予定だったんだけど、実くんにも声かけたんだ。でも実くん、約束忘れちゃってたみたいで時間になっても来なかったの。私もトロいから、ずっとぼんやり待っちゃってたんだけど。そしたら会場が閉まるギリギリに実くんがあわてて来て、おわびのつもりだったのかな、これ買ってくれて」

鐘下がストラップを二個購入したのはそういう理由からだったのだ。春風がストラップとすみれを見比べていると、ずっと黙っていた錬が突然口を開いた。

「河西さんと鐘下さんって、付き合ってるんですか？」

春風が会ったばかりで立ち入りすぎかとためらっていたことを、遠慮のえの字もなくズバリと訊いた。すみれはいっきに赤面した。

「え⁉　ちが、違うよ⁉　私たち同じ高校だったんだけど、うちの学校、札幌の国立狙いの人ってそんないなくて、それで自然と一緒に勉強したり受験の時も一緒に行動するようになって。大学に入ってからも、同郷のよしみで困った時は協力し合うことにしてて、つまりそういう相互扶助関係的な、大都会札幌で生き抜くための帯広同盟的な？」

ぶんぶんと両手を振るすみれはもうまっ赤で、少なくとも彼女のほうは鐘下に絆といえるものを感じているのは察することができた。鐘下はどうなのだろうか。考えつつ春風が横目でとなりをうかがうと、高校生は誰かが机に落書きしたあみだくじを指でなぞっていた。何をやっているのか。

春風の視線に気づいた錬は、姿勢を正し、胡散くさいまでに感じのいい笑みを浮かべた。

「仲いいんですね。それなら、もしかして鐘下さんのうちにも遊びに行ったりしますか？　俺、最近鐘下さんにお世話になったんで、直接会ってお礼がしたいんです。よかったら俺たちをつれてってもらえませんか？」

サボっていたと思ったら今度はなんとも攻めた一手を打った。男子高校生、おそるべし。

けれどすみれは、急に苦しげな表情になって目を伏せた。

「ごめんなさい……それは無理。実くん、今どこにいるかわからなくて」

「わからない、というのは？」

「じつは、やっぱり何かあったんじゃないかって心配になって、昨日実くんのアパートに行ってみたんだ。でも、いなかったの。引っ越してて」

引っ越した？

「ドアのベルを押したら、全然知らない女の人が出てきたんだ。実くんの彼女かと思ってびっくりしたんだけど、話を聞いたら『つい最近この部屋に引っ越してきたんです』って言うの。わけがわからなくなっちゃって、アパートの管理人さんに訊いたら『鐘下さんなら少し前に引っ越しましたよ』って言われて」

「それは……鐘下さんの転居先は？」

「すぐに実くんに連絡して訊いてみたよ。夜遅くになってからやっと返事が来たんだけど『今いろいろあって忙しいんで落ち着いたら教える』って言われて、それきり返事なくて」

大学は休みがちで、連絡もとりにくい。極めつけは突然の転居。春風は下唇を軽く嚙んだ。サークル棟でのことも含め、不審な行動が多すぎる。

「鐘下さんは、以前からよく大学を休んだりしていたんでしょうか？」

「ううん。優等生とは言わないし、ちょっと皮肉っぽいところもあるけど、基本はちゃんとした人だから。私もだけど、実くんも奨学金借りて大学に入ったから、勉強はきちんとしてたし。親に仕送りさせなくていいようにって、バイトも一年の時からがんばってて……」

不意にすみれが言葉を切った。目敏い錬が、すばやく訊ねた。

「何か気になることあるんですか？」

「気になるっていうか、実くん、今年の四月から変なバイト始めたみたいで……」

今度は春風のほうが訊ねた。

「それはどんなアルバイトなんですか？」

「……ほんとによくは知らないの。ただ一講時に会ったりすると、いかにも睡眠不足って感じで疲れた顔してることが多くなって、居眠りしてることもあった。それまでは実くんが居眠りすることなんてなかったから、心配になってどうしたのって訊いたら『深夜のバイトに変わった』って。ゼミの先輩から紹介されたらしくて『すごく時給がいい』とも言ってた。それって危ない仕事じゃないよねって訊いても、実くん、はぐらかすだけで……」

ただ、その後は鐘下もバイトと大学生活を両立させるペースをつかんだようで、じょじょに調子をとり戻していった。だからすみれもそれ以上は追及しなかったそうだ。

「夏休みも、去年までは日程を合わせて帯広に帰省してたんだけど、今年は実家にも帰らないでずっとバイトしてたみたい。私が実家から戻ってきて、お土産を渡すために会った日、実くんが夕飯ごちそうしてくれたんだ。そのお店、すごく高いところだから、私びっくりしちゃったの。こんなお店じゃなくていいよって言ったけど『金が入ったからいいんだ』ってすごく機嫌よくて――」

言葉をとぎれさせたすみれは、長い睫毛を伏せた。

「私も週四でバイトしてるけど、講義が終わってから時給千円のところで五時間くらい働いて、それで月に八万くらいで――お金を稼ぐって、大変なことでしょ。だから、実くんのこと見てると怖かった。そんなにお金が手に入るってことは、引き換えに何かをなくしてるんじゃないかって。そしたら最近、なんだか様子が変で――無事なら、何もないなら、いいの、それで。でも、もし何か変なことに巻きこまれてたらって思うと」

すみれの声がかすれ、春風は彼女の胸の痛みを自分のもののように感じた。

「鐘下さんにアルバイトを紹介したのは、ゼミの先輩だとおっしゃってましたよね。その先輩は、どなたですか？」

すみれはしばらく黙りこんだ。

「私が教えたってことは」

「もちろん守秘義務は厳守します」

「同じゼミの、高須(たかす)さん。今日の三講時と四講時、ゼミがあるから、たぶん来ると思う」

あまり時間の余裕がないので、セイコーマートで買ったおにぎりを食べたあと、春風は錬と一緒に経済学部の講義棟に戻り、すみれに教えてもらった教室に向かった。

少人数演習を行うゼミの教室はいずれも小規模だ。経済学部では同じゼミに所属する三、四年生が合同で演習を行うという特徴がある。すみれと同じゼミに籍を置く高須という四年生も、サボりでなければ午後一時からのゼミに参加するはずだった。

午後一時十分前。教室のドアの覗き窓からうかがうと、すでに室内にはちらほらと学生の姿があった。すみれもロの字形に並べた長テーブルの奥の席にいる。窓からのぞきこんでいる春風に気づいたすみれは、さりげなく視線を動かして高須の位置を示してくれた。

ホワイトボードの手前の席でスマートフォンをいじる、焦げ茶色のセーターの男子学生だ。

「失礼します。高須さん、講義の前にすみません。五分だけお時間いただけますか」

ドアを開けて声をかけると、顔を上げた高須は、とまどった表情を浮かべた。無理もない。たとえばサークルが同じだとかの共通点でもなければ、経済学部の四年生は文学部の二年生のことなどまず知らないだろう。それでも高須は廊下まで出てきてくれた。三講時の開始まで時間がないので、春風は前置きなしに本題を切り出した。

「鐘下さんに紹介したアルバイトについて、教えていただきたいんです」

高須は目に見えて顔をこわばらせた。

「こっち来て」

高須は春風と錬を、ゼミの教室が並ぶ廊下の突き当たりまで移動させた。人に聞かれたくないのだろう。高須は険しい面持ちでにらむように春風を見た。

「その話、誰から聞いたの」

「すみません、そこは守秘義務のため言えません」

「はぁ?」

「ただ、鐘下さんがこのところ大学を休んでいるんです。彼が高須さんに紹介されて特殊なアルバイトを今年の春から始めていたという話を聞いたので、もしかしたら関係があるのではないかと詳細をお聞きしに来ました」

高須は苦い液体を飲んだような顔になり、目を逸らした。

「……別に、俺のせいじゃねえよ。つかバイトが関係あるとかわかんないし」

「もちろんです。ただ可能性があるかもしれないと考えてお話をうかがいに来ただけで、高須さんを追及するつもりはありません。そういうつもりはまったくないんです」

「君、鐘下とどういう関係？　なんでそんなにあいつのこと調べてんの？」

「俺が鐘下さんにお世話になったんです。事情があって、少しお金を借りてて。それを返したいんですけど最近大学に来てないみたいだし、連絡もとれないので、何かあったんじゃないかって心配なんです」

鍊がすらすらと作り話を口にした。しかも本当に鐘下が心配で、その気持ちを人前なので抑えている、という絶妙の表情で。高須がうなじをさわりながら、弱ったように息を吐いた。

「……言っとくけど俺はもうとっくに足洗ったし、内定ももらって、あとは卒論仕上げて無事に卒業するだけなんだよ。だから絶対に変なことは広めないでほしいんだけど」

「もちろん秘密は必ず守ります」

「俺が鐘下に紹介したバイトは、いわゆる、サクラ。出会い系のサクラ」

高須は日本語を話しているので言葉の意味はちゃんとわかったのだが、それがどんなバイトであるのかまったくわからず、春風はまばたきをくり返した。高須は出来の悪い生徒に教えるように手ぶりを入れながら説明した。

「つまりさ、女の人と出会いたい男が出会い系サイトに登録するじゃん？　で、プロフィールを見て気に入った女の人にメールを送る。そのメールに返事する仕事なの。二十歳の女子大生とか、五十二歳の主婦とか、いろいろ設定があるから、それにのっとって返事をする」

「……つまり、女性のふりをして、メールに返事をするんですか？」

「そう。それに俺のいたところは、登録料のほかに相手がメールを一通開くごとに三百円が払われるシステムだったから、相手が何回でもやり取りしたくなるように、文章のメリハリとか会話の流れを考える必要がある。これがなかなか難しいんだよ。夜の十時以降のピークは一時間に四十通とかメールが届いたりするから、速さも要求されるし」

「でも、待ってください。女性のふりをして返事をするのは、まずくないですか？　登録した男性は、自分の気になる女性とやり取りしたいからお金を払うわけですよね？　それをアルバイトの男性が女性のふりをしてやり取りするのは、つまり詐欺――」

肘で腕を突かれて、春風は言葉を切った。錬がにらんでいる。春風はしぶしぶ後ろに下がり、代わりに高須の前へ出た錬は、例の化ける力をいかんなく発揮した笑みをたたえた。

「すみません。うちの先輩、ちょっと世間知らずでこういう話に免疫がなくて。そういうの、わりとよくある話ですよね。求人サイトにもそういうの紛れてたりするし」

「そう、そうなんだよ。俺も決して最初からそういう仕事だって知ってて始めたわけじゃないんだよ。『簡単なデータ入力のお仕事です』『ある程度パソコンがさわれればＯＫ』『時給は二千円から』ってすごくいい条件だったからさ、サイトから応募して、面接も速攻で受かったから喜んで会社に行ってみたら、そういうとこだったんだよ」

「でもそれなら、そういうところだとわかった時点でやめるべきでは」

「先輩、これから三分間、口閉じてください。――で、そのバイトを鐘下さんに紹介した」

「うん……俺もいよいよ就活に本気出さなきゃいけない時期だったし、何つうかほら、身ぎれいになっとかないといけないじゃん? つってもバイトやめようとすると、ちょっと怖くて」

「怖いというと?」

「そこ、見た目はきれいなオフィスなんだけど、時々怖そうな人たちが出入りするんだよ。いかにも、あっちの世界の住人っていう……わかるかな、そういうの」

「わかると思います」

「オーナーもそういう人間とつながりがあるみたいだから、単にやめますって言うのが怖くて、後任を探したんだよ。そしたら四月のゼミコンパで、鐘下が『もっと割のいいバイトしたい』ってぼやいてたから、んじゃいい仕事あるぜって紹介した」

「待ってください、それはつまり身代わりでは」

「口を。閉じて。三分間。――でも鐘下さんだって、内容を知ったあとも自分からそのバイトを続けたわけですよね」

「そう。『俺は向いてると思います』『いい仕事紹介してくれてありがとうございます』って礼まで言われたよ。俺はそんなにうまいほうじゃなかったからさ、時給も最初の額止まりだったけど、短時間で大量にメールさばけるやつはどんどん時給上がるし、長く相手を引きつけられるやつも優遇される。向いてるやつなら実際かなり儲けられるバイトなんだよ。鐘下はその点、優秀だったんだと思う。……けどあいつの様子見てて、ちょっとのめり込みすぎかなとは思ってた。なんかあいつ、金に困ってるっぽくて、だからだったんだろうけど」

罪悪感を吐き出すように、高須は長いため息をついた。

講義棟の外に出ると、昼下がりの陽光があたりを照らしていた。今日は少し風が強い。道路と歩道のわずかな段差のところにできた吹きだまりで小さなつむじ風が起きて、赤と黄色の落ち葉がくるくるとダンスをするように舞っていた。

「春風さん、なんでずっと黙ってるんですか」

「まだ三分経っていませんので。世間知らずですし」

「すねるとか大人げない……」

「すねているわけでは」

言い返しかけて、二十歳にもなって何をやっているんだと春風はため息をついた。

「ごめんなさい、少し気が立ってるのかも。ああいう詐欺まがいのことが自分の身近でも当たり前に行われてたんだと知って、ちょっとショックだった」

「でもああいうことって、本当はけっこう普通にそのへんに転がってるんだと思いますよ。じゃなきゃ毎日こんなに誰が騙されたとか、誰が捕まったとかニュースにならないと思うし」

クールに応じた高校生は、キャンパスの中心をつらぬくメインストリートを指さした。

「それより、さっき河西さんから聞いた場所に行ってみませんか？」

先ほど、高須から話を聞き終わって帰ろうとした時に「待って」とすみれが追いかけてきたのだ。そしてこんな情報をくれた。

「実くん、講義がない時はたいてい演劇部の部室か、北図書館の四階フロアにいるの。図書館のフリーブースで仮眠とるみたいで……実くんのこと見かけたら、私にも教えて」

春風は必ずと頷いて、すみれと連絡先を交換した。本音は鐘下の連絡先も知りたかったが、個人情報を勝手に聞き出すのはやはり倫理的にまずいので、もし鐘下について何か動きがあったら連絡してほしいと頼むにとどめた。

北図書館はまだ確かめていない新情報だ。昨日あれから鐘下が姿を現さなかったか演劇部を再訪して確かめる予定でいたので、その後に北図書館にもまわることにした。春風は錬とサークル棟をめざした。広大なキャンパスをひたすら歩き、ポプラ並木を通り抜けると、白い箱形の建物が見えてくる。一階の突き当たりの部室のドアをノックすると、ドアが開いて男子学生が顔を出した。

「あ、昨日のお二人。どもども」

昨日も応対してくれた、ジョン・レノンのような丸眼鏡をかけた演劇部の部長だ。鐘下と同じ三年生なのだという。今日の彼はなぜか髪が銀色にカラーリングされ、赤い口紅を塗り、真っ黒な長いマントをまとっていた。いったいどんな劇の稽古中なのか気になりつつも、春風は単刀直入に切り出した。昨日、あれから鐘下は姿を見せなかったか。

「うん、来てないよ。あのあと連絡入れてみたけど、うんともすんとも反応ないし」

「そうですか……すみませんが、もし鐘下さんがこちらに来たり、鐘下さんから連絡があったら、私にも教えていただけますか？」

「それは、まあ、いいけど……ねえ、カネやんってどうかしたの？」

部長は丸眼鏡の奥から、さぐるような目つきで春風と錬を交互に見た。

「いえ、とくに何かあったわけではないんです。ただ少し、鐘下さんに用があって」

「にしても、あいつ連絡もつかないし、君らもあいつのことさぐってるみたいじゃない？」

「いえ、そういうわけでは……」

「本当に何もないの？　もしかして何かトラブルでも起きてんの？　だったら教えてよ」

深刻な顔で迫られて、春風はたじろぎつつ、とにかくたいしたことではないのだとくり返した。鐘下は引ったくり犯の可能性があるが、事件とは無関係の可能性も同等にある。身近な人間の信頼を損なわせるようなことはできない。「何でもないならいいんだけどさ……」と部長は顔をくもらせながらも何とか引き下がってくれた。春風は部長と連絡先を交換し、部室をあとにした。

「……鐘下って、ちゃんと親しい人たちがいるのね。河西さんも、さっきの部長さんも、すごく彼を心配してた。河西さんの話を聞いてると、まじめな印象も受けるし」

本当に鐘下が例の犯人なのか疑問がわいてきて、春風はサークル棟の玄関を出ながら呟いた。一方、となりを歩く錬はやはりクールだった。

「後ろ暗いところがないなら、昨日春風さんに嘘つく必要はなかったと思いますけど」

「それは、そうだけど」

「人間の顔って、ひとつじゃないですよ。家に帰ったらいい父親のヤクザもいるかもしれないし、友達思いの殺人鬼だっているかもしれない。人間って置かれた状況でいくらでも変わるんだと思います。やさしくなったり、怒りっぽくなったり、ものすごく残酷になったり」

風に吹き散らされた赤い木の葉が、火の粉のように空に舞い上がるのが見えた。

彼の言うとおりだ。人間の顔はひとつではない。

天と地ほどの振り幅で、慈愛から残虐までを同居させている。他者の親切を目にした人間は自分も親切な行動をとりやすくなる、という心理学実験の結果がある。同時に、命令という名分が与えられれば弱い立場の者をどこまでも虐げるという研究結果も。それほどにたやすく人の心はひるがえるのだ。

人間はいくつもの顔を持っている。おそらくは鐘下も。そして、私も。


ポプラ並木を戻り、春風と錬が北図書館に到着した頃には、午後二時半近くになっていた。春風が普段よく利用するのは本館のほうだが、北館も負けず劣らず重厚な建築物だ。石段を上りながら、春風は錬をふり向いた。

「四階フロアは私が見てくるから、錬くんはロビーで待ってて」

「え。どうしてですか」

春風は財布から自分の学生証をとり出し、説明した。

大学の附属図書館は、本館、北館どちらとも入り口にゲートがある。このゲートはＩＣ機能付きの学生証や教員の利用証をかざすことで通過できる。学生証や教員の利用証を持たない学外者は、入館を希望する場合、一日利用証というものを発行してもらう必要がある。

「じゃあ、その一日利用証を発行してもらえば」

「そうなんだけど、一日利用証の発行には身分を証明できるものが必要なの。保険証とか、免許証とか、マイナンバーカードとか、現住所が明記された公的機関発行のもの」

「保険証なら今ありますけど」

「でもそれだと、あなたの本当の年齢がわかってしまうでしょう？　うちの大学の図書館は、本館、北館を問わず、高校生以下は利用できない」

　錬はショックを受けた顔になった。

「……差別だ。教育機関のくせに」

「申し訳ない。そういうシステムになってるので、結論から言ってあなたはこの先に入れない。私が見てくるから、そこで休憩してて。ロビーは飲食も大丈夫だし、できるだけ早く確認してくるから」

「なら俺、さっき通った博物館に行ってきていいですか？　黙って待ってるの嫌だから」

　博物館は、大学が所蔵する数百万点の標本や学術資料、芸術品などを展示する一般来場者も利用可能な施設だ。建物自体も昭和初期に造られた美しいモダンゴシック建築で、観光客にも人気がある。確かにロビーで待っているよりは博物館の見学をするほうが錬にとっても有益だろう。錬が余裕をもって見学できるように、三時半に博物館前で落ち合うことを決めた。

　それにしてもめずらしく思い切りすねてたな、と思い出し笑いをしながら春風は北図書館のゲートに向かった。ＩＣカードリーダーに学生証をかざし、開いたゲートを通過する。閲覧室にある内階段を使って、さらに上階へ向かう。

四階の学習フロアは私語が禁止されているため、物音はほぼ聞こえない。学生たちはパーテーションで区切られた広々としたデスクで、本を読んだり、パソコンを持ちこんで作業したりしている。突っ伏して眠っている学生も、ちらほらいる。春風は個別ブースをさりげなくのぞいてまわった。居眠り中の学生の顔を確認するのは骨が折れたが、男性は三人だけだったのでさほど時間はかからなかった。鐘下は、いない。

ため息をつきつつ、ほかのフロアも見てまわる。仮眠から覚めて閲覧室に足を向けたり、AVブースに寄ったり、そういうこともあるはずだ。

だが一時間近くかけて図書館をすみからすみまで見回ったものの、やはり鐘下らしい人物はいなかった。歩き回った分だけ落胆も大きくて、春風はとぼとぼと図書館を出た。

再びキャンパスを歩き、博物館まで来た春風は、おや、と足を止めた。約束どおりアーチ形の玄関前で錬が待っていたが、一人ではなかったのだ。髪がふわっとしたかわいらしい女子学生が笑顔で話しかけ、錬は曖昧な笑みを浮かべてそれを聞いている。これはもしや、邪魔をしては申し訳ない場面だろうか？　声をかけるのを躊躇していると、

「あ、先輩。遅かったですね」

こちらに気づいた錬が、化ける力もここに極まれりという笑顔で手を振った。錬が軽やかに駆けよってくると、残された女子学生は五寸釘を突きつけるような視線を春風に放ってきた。違うんです、と釈明したかったが、女子学生は立ち去ってしまった。

「よかったの？　私のことは気にしなくていいから、彼女ともう少し話してきたら？」

「いきなり声かけてきた知らない人と何話せっていうんですか？」

真昼の砂漠くらい乾いた口調で言い捨てた錬を、春風は意外な気分でながめた。

「あなたくらいの年頃は、恋愛に興味のある人が多いと思ってた」

「そういうのは歳とか関係なく、あるやつはあるし、ないやつはないんじゃないですか。俺はもっとほかのことで手いっぱいなんで。春風さんだってそうだったんじゃないですか」

「何なの、そのほぼ断定口調は」

「さっきの人みたいに女子アピールしてる空気が一ミリもないから、たぶん高校生の時もそういうのに全然興味示さない変わり者の柔道女子だったんだろうなって。それとも、彼氏いたんですか？　だったらすいません」

「……一度もいたことはありませんけど。というか、彼氏と限定するのはよくないと思う。セクシャリティは多様なもので、私たちは常に配慮を忘れては」

「そうですね気をつけます。それで、いましたか、鐘下」

春風が首を横にふると、そうですか、と呟いて錬も黙った。演劇部の部長からも、河西すみれからも何も連絡はない。梢のゆれる音だけが聞こえる沈黙のあと、錬がため息をついた。

「時間切れ、ですね」

――そうだ。

奇妙な縁で知り合った男子高校生との共同調査は、これで終了だ。

夕方というにはまだ早い午後四時前、春風は錬と地下鉄駅に続く道を歩いた。蜂蜜色の光があちこちに陽だまりを作り、道を囲む林から濃い落ち葉の香りが漂う。

「ありがとう」

それだけ伝えておきたくて、春風はとなりを歩く少年に言った。

「鐘下が犯人かどうか確認できなかったのは残念だけど、想像していたよりずっと調査は進んだ。錬くんが一緒じゃなかったら、ここまではできなかったと思う」

錬は少し唇を曲げて、視線を道のわきの施設に流した。

「春風さんが礼を言うのもおかしい気がするんですけど」

「そう？　でも心強かったのは確かだから」

その後は会話がとぎれて、二人とも無言で歩いた。錬もきっと疲れただろう。土日は文化祭だった上に、代休の二日間もまるまるこの調査に出張っていたのだ。早く帰って休んでほしいし、今日以降この件は忘れて彼の本来の生活に戻ってもらいたい。

と、錬の姿が不意に目の端からすっと消えた。足を止めてふり向くと、錬は三歩ほど後方で立ち止まっていた。

「錬くん？」

「春風さんは、これからどうするんですか」

質問の意図がよくわからなかった。錬もそれを見て取って「鐘下のこと」と付け加える。

「今のところは動きようがないから、河西さんや演劇部の部長さんの連絡を待ってみる」

「それでもし鐘下の居場所がわかったら、ひとりで会いに行こうとか考えてませんか？」

春風は否定も肯定もしなかったが、その反応を見た錬は「やっぱり」とため息をついた。

「お願いがあるんですけど」

お願いなどという殊勝な言葉遣いに面食らっていると、錬は続けて言った。

「結果がどうでも、俺が引ったくり犯のことを調べるのは今日までの二日間って約束でした。約束はちゃんと守ります。だから春風さんも、そうしてくれませんか。鐘下のことからは今日限りで手を引いて、もう関わらない」

「え……どうして」

「どうしてって」

そう問い返したことが非常識であるかのように、錬は顔をしかめた。鉄仮面高校生のずいぶん感情的な顔に、春風はちょっとたじろいだ。

「どうしてって、じゃあ訊きますけど、鐘下に会ってどうするんですか？　あんた引ったくり犯ですかって訊くんですか？　それで本当に鐘下が犯人で、自分のやったことがバレないように春風さんをどうにかしようとしたら、どうする気なんですか」

「もちろん私だってそういうことを何も考えてないわけじゃない。もしその時が来たら、ちゃんと備えをして……」

「備えって、それがちゃんとうまくいくんですか。春風さんだって聞きましたよね、鐘下は出会い系のサクラをやってて、その会社には物騒な人間も関わってるって。もしかしたら鐘下もそういう人間とつながってるのかもしれないし、今回の事件もそういう方面のアレコレがあって起きたことなのかもしれない。あいつ、俺たちが想像してたよりもずっと危ないやつなんだと思う。それでもどうしても鐘下に会うって言うなら、俺もです。これからも調査を続けます」

「それはだめ。あなたはまだ高校生なんだし、あなたがやるべきことはもっとほかにある」

「ずっと思ってたんですけど、春風さんって微妙に俺のこと子供扱いしてますよね。確かに春風さんのほうが年上だけど、たった三歳じゃないですか。三年長く生きれば無敵の超人になるんですか？　んなわけない。俺にとって危ないことは春風さんにとっても危ないんですよ。むしろ春風さんは女で、場合によっては俺より危ないことだってある」

　鞭がしなるような舌鋒（ぜっぽう）に、春風は圧倒されて口をつぐんだ。

「俺は悪いやつが野放しになってるのは嫌だって言ったし、それは今も思ってるけど、この件はもうここまでにしたほうがいいと思います。春風さんも言いましたよね。一番大事なのは、あのサヨ子さんって人の意思だって。あの人は『もう忘れて』って俺たちに言ってる。鐘下のことを調べるのももう手詰まりだし、それならここで手を引いたほうがいいと思う」

「それは私もちゃんとわかってる。本当に、あなたが心配するような無茶をする気はないの。私だって二十歳だし、分別はあるつもりだよ」

「じゃあ言い方変えます。俺が春風さんのこと気になって仕方ないんでやめてください」

　え、と声をもらすと、変装のうまい男子高校生は苦々しい顔をした。

「昨日も言ったけど俺は母子家庭の長男で、これでもいろいろ忙しいんです。それにもう高二の後半だから、そろそろ受験のことも考えなきゃいけなくて学校の課題も増えっぱなしだし、そういう時に、これ以上気になること増やして集中力落としたくないんです。ここで『じゃあ』って別れて帰ったら、絶対今日の夜、数学の課題やりながら『あの人、今に無茶やるんじゃないか』って気になるに決まってる。そういうの、勘弁してほしい」

「いえ、勘弁してほしいって私は何も――」

「とにかく、これ以上ひとりで深入りするのはやめてほしいんです。春風さんは俺に危ないことはさせられないって言うけど、そういうふうに思うの、春風さんだけじゃないんですよ」

真剣な目を向けられ、春風は口をつぐんだ。心配されている、ということは伝わってきた。それも、きっと自分が思っている以上に彼は心配してくれているのだということが。

確かにもともとこの調査は、事件の当事者であるサヨ子の希望に反することだった。鐘下にはたどり着いたものの、今は行き止まりに突き当たった状態で、サヨ子の奪われたものを取り返せる見込みが立たないのなら、サヨ子の意思に従うべきではないのか。

けれど――鐘下という、もしかしたら犯人であるかもしれない人物を捜しあてた。ここまで来たのなら。あともう少しで明らかにできるかもしれないのなら。

長い時間考えこみ、春風は頷いた。

「わかった。あなたの言うとおり、鐘下と単独で会うことは絶対にしない」

表情をやわらげかけた錬に「だから」と春風は続けた。

「もし河西さんたちから連絡があって、鐘下と接触できそうだったら、その場合は信頼できる人の立ち会いのもとで彼と話をする。その場合はあらかじめ錬くんにも一報を入れる。そのほかにも状況が動いたら逐一知らせを入れる。絶対に無茶はしない」

錬はしばらく小さく唇を開けていた。

「……全然わかってねぇ」

「そんなことない。あなたが挙げた懸念事項にはちゃんと対応してると思う。もちろんあなたは、私の言うことは信用できないと思うかもしれない。でも、私は今あなたに約束したことは必ず守る。何かあればすぐにあなたに知らせるし、あなたが心配するような無茶はしない」

誓うわ。まっすぐに錬の目を見つめながら春風は言った。

黙りこんだ錬は、じわじわと顔をしかめた。

「よく頑固者って言われませんか？」

「いいえ、全然。生まれてから十回くらいしか言われたことはないと思う」

「……もういいです」

うんざりした様子で錬がまた歩き出し、春風も小さく笑ってとなりに並んだ。

3

古びた鉄門が見えてきた。その向こうに出ればほんの一、二分で地下鉄南北線の駅に着く。門を通過する寸前で、ヴヴッとくぐもった音が鳴った。誰かから連絡が入ったらしく、錬はコートのポケットからスマートフォンをとり出すと、液晶画面に指をすべらせる。ここで別れるのがいいだろう。春風は、ずっと準備していた言葉をかけた。

「じゃあ、さよなら」

そう口にした時、自分でも意外なほどのさびしさに襲われた。彼とすごした時間はほんの二日程度なのだが、それでもいつしかこの少年に友人のような親しみを感じていたらしい。

春風は感傷をふり払って、ひと足先に立ち去ろうとした。けれどすぐにコートの袖をつかまれて、驚いてふり向くと、たじろぐほど真剣な表情をした錬がいた。

「よかったら、これからうちに来ませんか?」

「……はい?」

「今日、うち親いないんです」

一瞬思考が停止して、冷や汗がにじむ気分で返答の仕方を考えていると、錬がふき出した。

「弟と妹はいますけど。それにもう一人、一緒に夕飯を食べるやつもいるし」

「……あなたね、そういう悪さをするならこっちにだって考えがあるわよ。私はそういう人をおちょくることが好きなダメ男に何度となく鉄槌を下してきたんだから」

「ごめんなさい。うちの今日の夕飯、すき焼きなんです。ふるさと納税の返礼品のすごくいい肉が届いたんで、みんなでそれ食べる予定だったんですけど、今、母親から『トラブルがあったから今日は帰れないかも』って連絡があって。消費期限があるし肉は今日食べないとだめなんです。でも一人分余りそうなので、春風さんどうですか？」

肩から力が抜けて苦笑した。

「気持ちはとてもありがたいけど、それはご家族でゆっくり味わったほうがいいと思う。弟さんと妹さんは中学生でしょ？　それなら量のことだって問題ないと思うし、お肉も加熱しておけば明日お母さんに食べてもらっても大丈夫だと思うよ」

「でも俺、春風さんにココアもごちそうになったし」

「あれは私が飲みたかったついでだし、金額もすごくいいお肉にはまったく及ばないから」

「嫌なら、いいんですけど」

「いえ、嫌というわけではなくて」

三十分後、春風は自分でもよくわからないまま北区のマンションの前に立っていた。

「うちは八階です」

錬が指さす十階建てマンションは外壁がモノトーンで統一されていた。エントランスはオートロックになっており、住人が暗証番号を打ちこまないと自動ドアが開かない仕組みだ。錬は器用な指さばきで番号をすばやく打ちこみ、エレベーターに乗り込んだ。エレベーターを降りると、ビターチョコレート色のドアが並んだ廊下に出る。錬は一番奥のドアの前で立ち止まり、コートのポケットから鍵を出して開錠した。ドアが開く瞬間、春風は少しばかり緊張した。

「ただいま」

錬が声をかけた途端、ものすごい勢いで足音が迫ってきた。

「兄ちゃんおかえり！　すっげ待ってた、すっげ会いたかった！」

子犬がとび出してきた、と思った瞬間、玄関ドアの正面に立っていた春風は腹にけっこうな打撃を受けてよろめき、ガン、と後頭部をどこかにぶつけた。ふっと意識が遠のいて、また戻った時には「大丈夫ですかっ？」と錬に背中を支えられており、なぜか腹には野球部員のように髪の短い少年が抱きついていた。子犬のように活発そうで愛くるしい少年は、春風と見つめ合ったまま目をしばたたかせ、

「え、誰これ？」

「これとか言うな、さっさと離れろ。何やってるんだおまえは」

錬に首根っこをつかまれて引き剝がされると、少年はじろじろと春風をながめ回した。

「おねえさん、何なの？　なんでおれと兄ちゃんのおかえりのハグを邪魔すんの」

「ごめんなさい、お邪魔するつもりはなかったんですが……」

「おまえが間違えて突進したんだろ。春風さん頭、平気ですか？　すごい音しましたけど」

「あ、うん。私、頑丈なので」

「――どうしたの？　なんかすごい音したよ？」

廊下の突き当たりのドアから少女が出てきた。ペンギンの顔つきのふかふかしたスリッパをはいた彼女に、春風は声もなく見とれてしまった。

くせのない黒髪をボブカットにした、大変な美少女だった。少年のほうは太陽の光を身体いっぱいに浴びたようにすこやかな印象だが、こちらの少女は月明かりの下で夜露に濡れる花みたいだ。しっとりと憂い(うれ)を含んだ瞳を見て、錬と似ている、と思った時、ようやく突然のあれこれに混乱していた頭が落ち着いた。

少年と少女はどちらも市立中学の制服のブレザーを着ている。この二人が錬の弟妹、北原家の双子なのだろう。

「だれ？　錬にいの彼女？」

「違う。高校の先輩の森川春風さん」

「先輩？　でも、高校生って感じじゃなくない？」

「私、錬くんと同じ高校の卒業生ではあるけど、今は大学二年生です。錬くんとは、いろいろと事情があって先日知り合って……」

「女子大生⁉　しかも名前呼び⁉　兄ちゃんどういうこと、彼女じゃないならこのおねえさん兄ちゃんの何なの、いろいろって何、おれ何も聞いてな……！」

パン、と錬が手を打ち鳴らすと、双子は瞬時に口をつぐんで「気をつけ」の姿勢になった。まるで怖い上官を前にした新米兵士たちだ。

「俺は、お客さんに挨拶もしない礼儀知らずの弟妹を持った覚えはない」

二人はシンクロした動きで顔を見合わせると、まず少年が「北原陽です」といかにもしぶしぶの口調で言い、次に少女が「北原翠です」と小さく頭を下げ、最後に双子は「中学二年です、こんにちは」と高低差のある声をそろえた。

「春風さんにはお世話になったから、今日のすき焼きに呼んだ。二人とも粗相のないように」

「お世話？　何それ、どんなお世話されたの⁉　だいたい兄ちゃん、なんだよ今日の恰好。ただでさえ世界一かっこいいのに、そんなどっかのモデルみたいな恰好で歩いてたら、兄ちゃんのこと見た人みんな恋に落ちちゃうじゃんか。せっかくおれがかっこよさ四割減になる地味眼鏡プレゼントしたのに、コンタクトなんかしたら意味な……」

永久凍土もかくやという冷ややかな面持ちの錬に頭をつかまれた陽は、口をつぐんで直立不動になった。錬は弟の頭をグリッと春風のほうに向かせた。

「おまえはベラベラとしゃべり散らす前に、春風さんに何か言うことがあるんじゃないか？」

「……サーセン」

「むやみやたらに言葉を略したり崩したりする手合いが嫌いだって、俺は常日頃言ってるよな」

「大変まことに申し訳ございません。心からおわび申し上げます、ごめんなさい」

「弟がすみませんでした。上がってください。陽、おまえは腕立て伏せ三十回、始め」

春風をうながしながら錬が命じると、陽は「ええー！」と不満の声をあげたが、兄の氷のまなざしを食らうとあわててその場で手をついて「いーち、にーい、さーん……」と本当に腕立て伏せを始めた。慣れている。もしや日常的にこうなのだろうか。

「翠、ごはんは？」

「セットした。六時に炊けるよ」

玄関から続く廊下の向こうには、リビングとダイニングが続きになった広い空間があった。右手側のリビングにはテレビがあり、テレビに向かい合う形でローテーブルとアイボリーのソファが置いてある。左手側のダイニングには北欧風のテーブルがあって、同じデザインの椅子が五脚配置されていた。

ソファのクッションは少し変な場所に転がっているし、ローテーブルには漫画や食べかけのスナック菓子の袋が放置されていたりするが、家全体は掃除が行き届いて清潔だった。窓辺に四つ並んだかわいいミニサボテンの鉢や、ごみ箱に貼られた『分別きちんと！』というメモに家族の日常が垣間見えて、春風は口もとをほころばせた。

「バッグとコート、このへんにどうぞ」

錬に勧められたとおり、トートバッグをソファのすみに置き、コートをソファの背にかけさせてもらった。モザイクタイルで縁どられた壁掛け鏡が目に入った。髪が盛大に乱れている自分を目にして、とっさに手ぐしで直す。さっき陽に間違えてハグされた時にバランスを崩した。あの時だろうか。

「着がえてマサトに服返してくるから、翠、鍋とか出しといて」

「うん。錬にい、そのままコンタクトにしたら？　陽が言うからって眼鏡使うことないよ」

「いや、目乾くし、いちいち入れるの面倒だし、やっぱ眼鏡のほうがいい」

錬はコートを脱ぎながらリビングを出ていく。春風は、よしと腕まくりをした。

「私にも、何かさせてください」

リビングの奥には目隠しの役目も果たすカウンターがあり、その奥がキッチンスペースになっていた。鍋を出したりおたまを用意したりしていた翠は、少々ぎこちないに違いない笑顔の春風に小さく首を横に振ってみせた。

「気を遣わなくていいですよ。錬にいのお客さんだし、そっちで休んでてください」

「何もしないのはかえって苦手だから。すき焼きなら野菜が必要だよね？　切らせて」

翠は「じゃあ、お願いします」と冷蔵庫から白菜やネギや春菊やしいたけなどを出してきた。表情がくるくる変わる陽とは違い、彼女はあまり感情が表に出ないようだ。そこも似てるなと思いながら春風は白菜を切った。「じゅうはーち、じゅうきゅーう……」と腕立て伏せの回数をかぞえる陽の必死な声が聞こえてくる。

「錬くんがさっき言ってた、マサトさんというのは？」

「となりのマンションに住んでる人。服の専門学校に行ってて、錬にいのファンなの」

「ほう、ファン……？」

「春風さんは、このへんに住んでるの？　錬にいと仲良くなったのってどういうきっかけ？」

豆腐のパックを開けながら翠が訊いてくる。確かに不可思議に思われても無理はない。春風はどう説明したものか考えた。

「少しトラブルにあった時に、たまたま錬くんもその場にいて協力してくれたの。それから共同調査のようなことをして、まだ終わってはいないけど、錬くんのおかげで成果が出た」

「共同調査って、大学の研究みたいなこと？」

「広義の意味ではそうかも……あと住んでるのは、札幌ドームのそば」

「札幌ドーム？　じゃ、ファイターズの選手見たことある？」

いささか表情にとぼしい翠の瞳が急にかがやいて、おや、と春風は笑みがこぼれた。

「翠ちゃん、ファイターズファンなの？」

「……試合観に行ったことはないけど、テレビはいつも見てる」

「私もファン。小さい頃、選手が入場する場所を突き止めるためにドームのまわりをぐるぐる歩き回ってた。内緒だけど、中に侵入しようとして警備員さんに怒られたこともある」

翠は小さく声をこぼして笑った。ときめいてしまうような笑顔だ。

「おい、翠。そんなちょろっと懐柔されてどうすんだよ。彼女に昇格するためにきょうだいから落としてくなんて、めっちゃよくある手じゃんか」

キッチンに入ってきた陽は、ぜえぜえと肩で息をしていた。腕立て伏せ三十回はハードだったようだ。翠が双子の片われをながめて、ため息をついた。

「ごめんなさい、陽は人間のわりに馬鹿なの」

「あの、陽くん。誤解があるようだけど、私は錬くんの彼女に昇格したい意思は一切ないから安心して」

「え、兄ちゃんの彼女になりたくない……⁉　あんなかっこよくて頭もよくて虫も退治してくれるし制服のシャツも襟まできれいにアイロンしてくれる完璧な兄ちゃんなのに……⁉」

陽はショックを受けた様子でよろめき、弟の複雑な心境に春風は少々困った。

「ごめんなさい、陽は錬にいが絡むと人間なのか疑わしいくらい馬鹿になるの」

「信じらんねー……おれが女子大生だったら絶対兄ちゃんの彼女になりたいのに」

ふらふらと陽は冷蔵庫に近づいて牛乳パックをとり出したが、春風は彼が歩く時に少し右足を引きずっていることに気がついた。

「陽くん、右足はどうしたの？　もしかして腕立て伏せをしていて痛めた？」

そうであればすぐに手当てしなければと思ったのだ。けれど、かたわらで翠が息をつめたのが伝わってきた。陽は牛乳パックを持ったまま、目は笑わせずに唇の片端を吊り上げた。

「違うよ。これはずっと前から。小学生ん時に事故にあって、後遺症ってやつ」

「そう――それなら、大きな事故だったんだね」

「そんなズバッと訊いてきた人、初めてだ。訊いたあとに謝んない人も」

あいかわらず口角の片方をゆがめている陽を見つめて、春風は慎重に答えた。

「もし私の訊き方であなたを傷つけてしまったなら、謝りたいと思ってる」

「別に傷ついてないから謝んなくていいよ。けどさ、だったらおれも訊いていい？　おねえさんの――」

次の瞬間、翠がおたまを握ったかと思うと、つむじ風の速さで陽の頭に振り下ろした。パカンといい音が鳴った。剣豪の居合抜きのごとき目にも留まらぬ一撃で、春風はぎょっとした。

「いでっ⁉　何すんだよ、バカ翠！」

「バカはそっちでしょ。デリカシーのない男って息する価値ない」

双子たちは「バーカバーカ、翠のバカ！」「バカは語彙力のなさ露呈してるそっちでしょバカ」と縄張りで鉢合わせした野良猫みたいに喧嘩を始めた。あわてて春風がつかみ合う二人を引き剝がそうとしていると、パン！　と鋭い音が鳴り響き、双子たちは骨の髄まで叩き込まれた動きで「気をつけ」の姿勢になった。キッチンの入り口に、パーカーに着がえた錬が立っていた。黒フレームの眼鏡の奥の目がとても怖い。

「夕飯の支度もほっぽって何の騒ぎだ？　理由を述べろ」

「だって翠がおたまで殴るから……」

「それは陽が失礼なこと言うから」

「いえ、陽くんは失礼ではなかったし、翠ちゃんも私をおもんぱかってくれたのであって」

「陽はトイレ掃除追加、翠は風呂掃除追加。何があっても暴力はゆるされない。わかったか」

兄の命令に「はいっ」と双子は直立不動で声をそろえた。なんと見事な統率……と感心していると「春風さん、ちょっといいですか」と錬に手招きされ、春風はダイニングに向かった。

「となりのマンションに住んでる辻正人（つじまさと）です。春風さんと同じ歳なので仲良くしてください」

「錬くん、そんな……僕みたいなコミュ障のだめ人間なんかがH大の才女と……」

紹介されたのは、わけもなく周囲に「すみません」と謝っているように背中をまるめた青年だった。両目を隠すほど長い前髪も、他者から自分を守るための防御壁みたいに見える。でもその一方で、彼の服装はとても個性的でおしゃれだった。オーバーサイズのグリーンのシャツを着ているのだが、大ぶりのボタンはすべて愛らしい和柄のちりめんで包まれていて、しかもひとつひとつ柄が違うのだ。彼こそがさっき翠の話していたとなりのマンションの住人、錬のファンだという服飾専門学校生だろう。

「正人のうち農家なんですけど、送られてくる野菜とか食べきれないからってうちに分けてくれて、代わりに時々うちで夕飯食べるんです。今日のすき焼きの野菜も正人の実家ので」

「はじめまして、森川春風です。今日はごちそうになります」

春風が挨拶をすると、正人は「あ、は、こちらこそ……」と蚊の鳴くような声で応じながらそろそろと頭をもたげ、春風と目が合うとまたすぐに顔を伏せた。

「すごく、素敵な人だね……」

「負けんな正人！　おれはおまえの味方だぞ。兄ちゃんの魅力に気づいたのは正人が先だし、この人、兄ちゃんの彼女にはなりたくないとか信じらんないこと言うからな」

「いいんだよ、陽くん……僕なんてしょせん錬くんに拾われた犬だもの……」

「陽、ひまなら廊下と部屋にモップかけてこい。正人はきぬさやの筋とって。春風さんは……」

「春風さんなら野菜、切ってくれたよ」

司令官のように矢継ぎ早に指示をとばしていた錬は、妹の言葉に意表をつかれたようだ。キッチンに来てザルに盛られた各種の野菜を見ると、目を大きくして春風を見た。

「何ですか、そのあからさまに驚いた顔は」

「実家に住んでる女子大生って何もしないんじゃないかって正直思ってました」

「失礼な、これでも料理は毎日してるの。卵焼きとか目玉焼きとかスクランブルエッグとか」

「すごい、シェフですね。そんな凄腕の春風さんにこんな簡単な仕事頼んで申し訳ないですけど、もやしのひげ根とってもらっていいですか。きぬさやとおひたしにするんで」

たっぷり三袋分のもやしとボウルを渡され、春風はダイニングに移動した。テーブルでは正人がちまちまときぬさやの筋をとっており、春風を見ると全身に緊張をみなぎらせた。

「すみません、僕みたいな根暗の負け犬が近くにいたらうっとうしいと思いますが……」

「いえ、そんなことはまったく思ってないから。あの、そのシャツすごく素敵ですね。とくにそのボタン。どこで売ってるんですか？」

素敵な緑のシャツを指さすと、正人は長すぎる前髪の下で顔を赤くした。

「これは、あの……作ったんです……」

「え、自分で？」

「はい、でもそんな難しくないんですよ。ボタンは百均のくるみボタンのキットを買ってきて、お手玉をばらして布をとったんです。お手玉って素敵だなって、ずっと思ってたんで」

確かに正人のシャツのくるみボタンは素敵な和柄のちりめんを張っているが、まさかそれがお手玉の布とは思いもつかなかった。すごいアイディアだ。

「私、技術的にもセンス的にも裁縫は全然だめだから尊敬する」

「そんな……ほんと僕なんてほかにひとつも取り柄がなくて、錬くんに拾われなかったら今ごろ野垂れ死んでたに違いない負け犬だから……」

「『拾われた』って、さっきも言ってたけど、どういうこと？」

細い指できぬさやの筋をとりながら、正人は少しだけ間を開けた。

「僕んち十勝の農家なんですけど、昔から家族とうまくやれなかったんです。服が好きな僕のこと、父親も兄も『めめしい』って言うし、母親も僕をかばってはくれるけど『もっと男らしくしてちょうだい』って言うし、学校ではずっといじめられてました。だから高校を卒業したら家を出ようって決めてたんです。でも服が好きってだけで今の専門に入ったけど、こういう性格だから全然友達できないし、札幌に来たら何か変わるかもって思ってたのに何も変わんなくて。だんだんマンションから出られなくなって、部屋中ゴミだらけで親から送られてきた野菜とかも腐らせちゃって、臭いに耐えられなくなってやっと捨てに行く、みたいなのをくり返してました。それで——錬くんとゴミ置き場で会って」

正人はその時を思い出したように微苦笑した。

「僕、どうせ腐らせるから今のうちに捨てちゃおうって思って、ゴミと一緒に送られてきたばかりの野菜とか米も捨てようとしてたんですよ。それを錬くんに見られて『あんた罰当たりだな』って、それはもう氷のような侮蔑の目で言われて」

「……うん、目に浮かぶ」

「『なんでそんなことするんだ』って訊かれて、僕、全部話したんです。何もうまくできないし、誰にも好かれないし、なんで生まれてきたのかわかんない、って。人と話したのってコンビニの店員さん除けばたぶん半年ぶりくらいで、なんか止まらなくなっちゃって、でも錬くんは黙って聞いてくれた。高校に行くついでにゴミ出しに来てたみたいだから、きっとあの日は遅刻しちゃったと思う。それでも全部聞いてくれたんです。それで『とりあえず授業料払ってるのに学校に行かないのは馬鹿げてる』とか『学校には勉強するために行くんだから友達がいなくても支障ない』とか、一個一個現実的にダメ出しして、最後に『いらないなら食料はうちで引き取るからあんたはご飯を食べにくればいい』って言ってくれたんです」

春風はうまく言葉が出なかった。「びっくりしますよね」と正人も笑う。

「でも錬くんはその日本当に僕をここにつれてきて、夕飯食べさせてくれたんです。陽くんと翠ちゃんと一緒に作ったカレー。そのうちお母さんの由紀乃（ゆきの）さんも帰ってきて五人で。僕、それが本当に久しぶりに食べたちゃんとしたご飯で――次の日から学校に復帰して、今はどうにか進級できて二年生です。自分でも信じられないけどミセス系のアパレルメーカーから内定ももらいました。全部錬くんがあの日僕を拾ってくれたからです。あの日、錬くんが僕を見つけてくれなかったら、僕は死んでたかもしれない。大げさじゃなく、もうあの時はほんと、毎日目を覚まして息をするのがしんどくてたまらなかったから」

春風はキッチンカウンターの向こうを見た。錬は翠とおでこをつき合わせるようにして真剣な顔で調味料を計量スプーンに注いでいる。――彼の持つ顔を、またひとつ知った。

「それで、ファンになったと」

「陽くんが言ったんですか？　それとも翠ちゃん？　でも、ファンっていうより……」

恥ずかしそうに笑いながら、正人はよりふさわしい言葉を探すように宙を仰いだ。

「錬くんは、何ていうか、僕の理想みたいな存在で」

「理想」

「錬くんって僕よりずっと大人で、いろんなことを受け入れてて、でも受け入れすぎるわけでもなく、しっかりノーって言うことも、やさしくすることもできる。僕がこういうふうになりたいって思う人間そのものなんです。もちろん僕が錬くんみたいになれるわけないけど、せめて錬くんに軽蔑されるようなことはしちゃだめだって、つらい時は思うようになりました。そう思うと、どんなことでもがんばれるんです。錬くんのこと考えるだけで、元気が出る」

「――素敵だね」

「いや、錬くんが知ったら、ほんと気持ち悪いだけだろうけど……あと錬くんってすごく身体の均整が取れててジャージからフォーマルまで何でも着こなすので、作った服を着てもらうのが楽しいんですよ。昨日と今日は、大学の見学に行くから大学生に見える恰好がしたいって言うので、そういうコーディネートもさせてもらってすごく面白くて」

「納得した。あなたみたいな専属スタイリストがいるからこその化けっぷりなのね」

「え？」

「こちらの話」

ひげ根をとったもやしと筋をとり終えたきぬさやをキッチンへ持っていくと、錬が湯を沸かしていた鍋に慣れた手つきでそれらを入れた。くつくつと土鍋で煮立つ汁の味見をする翠も、「兄ちゃん、モップ終わったよー」と得意げに報告する陽も、日ごろから家事を分担しているとわかる。こうして三人で、母親を支えてきたのだろう。

父親について気にならないでもなかったが、錬はこれまでただのひと言もそれを口にしていない。きっと、それが訊いていいかどうかの答えだ。

「ごはん炊けた！　ねえ兄ちゃん、もう食おうよ。おれ腹ぺっこぺこ」

「でもまだ六時だよ？　早くない？」

「正人と春風さん、どうですか？」

「私は正直さっきから空腹と闘っています」

「僕も、いい匂いかいでたらお腹が……」

「じゃあ陽、カセットコンロ出して。翠は卵、人数分持ってきて」

北原家の兄と双子がテーブルセッティングをしている間に、春風は母にメールを打った。連絡なしで帰りが遅くなると、あとで血を見ることになる。

テーブルに置いたカセットコンロにすき焼き鍋がセットされると、錬が五人前の高級牛肉を並べた大皿を捧げ持って入場した。霜降りの美しい肉を目にした一同は、おお……と畏怖のこもったどよめきを上げた。厳粛な面持ちの錬が長い菜箸をもって、熱された鍋に一枚一枚肉を並べると、えもいわれぬ香りが立ちのぼる。

「ただいまー」

華やかな声が聞こえた瞬間、錬が肉を入れていた箸を止めた。

「あー、いい匂い！　肉の生命力を感じるわ。これはもう日本酒あけるしかないわね」

早口なのにふしぎと聞き取りやすい声で言いながらリビングに入ってきたのは、黒いパンツスーツ姿の女性だった。四十代半ばという年頃で、ダークブラウンの髪からのぞく耳には小粒のパールのピアスが揺れている。春風は彼女が部屋に入ってきたとたん、周囲がぱっと明るくなったような気がした。それほど彼女の笑顔にはパワーがあった。

菜箸を宙で止めたまま目をまるくしていた錬は、やっと口を開いた。

「母さん、なんで？　仕事忙しいから日付変わってからしか帰れないって今朝」

「ふっふっふ、息子よ、世の中は常に動いてるの。いつまでも古い情報に囚われてちゃだめよ。あっ、正人も来てるわね。いらっしゃい、一緒に日本酒飲みましょ。それで――」

春風に目を留めた彼女はひときわ明るく笑って、大股で近づくなり右手をさし出した。

「どうもこんにちは、あっ違う、こんばんは？　とにかく私がこの子たちの母、北原由紀乃です。市内の会社で建築の仕事をしています」

「森川春風です、今日は突然おじゃましましてすみません。ごちそうになっています」

急いで立ち上がって春風は手を握り返した。初対面で握手を求められたのは初めてだ。由紀乃は手を握ったまま淡い茶色の瞳で春風を見つめ、それからニヤニヤ笑いを錬に向けた。

「ふふふ……やるわね、息子よ」

「は？　何言ってんの？」

眉をひそめた錬は、思い当たった表情になって鋭い動きで陽と翠に顔を向けた。双子は瞬時に新米兵士のように背すじを伸ばして微動だにしなくなる。

「どっちだ？　母さんに連絡したの。しかも何か変なこと言っただろ」

双子は顔を見合わせると、まるで罪のない顔で首をかしげて「何のこと？」と言った。「どっちもか」と錬が怒った。

「まあまあ、せっかくのすき焼きなんだから早く食べましょ。ほら、春風さんも座って座って。そういえば春風さん、もう二十歳？　お酒は飲める？」

「あ、はい、たしなむ程度ですが」

「待って、椅子足りないって。母さん帰ってこないと思ってたし」

「若いくせに頭の固い子ね、足りないものは足せばいいのよ。机の椅子、持ってらっしゃい」

錬は「なんで俺が……」とぼやきながら部屋を出ていった。いそいそとキッチンから日本酒の四合瓶とおちょこを三つ持って戻ってきた由紀乃は、春風のとなり、さっきまで錬が座っていた席にさっさと腰を下ろすと、にっこりと笑って春風におちょこを渡した。

「さ、どうぞどうぞ。もうね、錬が家に女の子をつれてくるなんて前代未聞の大事件だから、今日は奥の手を使って帰ってきちゃったわ。どんな手かは社外秘だから訊かないでね」

「あの、なにか誤解がありそうですが、私と錬くんはそういった方面の要素が介在する間柄では決してなく、今日は私が彼にココアをおごったお返しにすき焼きを……」

「しーっ。いいのよ、いいの。何も言わないで。錬がごはんを食べさせようと思った人をひと目見たかっただけだから。あっ、正人、誤解しないでね。私はあくまでも中立、あなたのことだって同等に応援してるわよ」

「いえ、いいんです、僕は錬くんがしあわせならそれで……」

「もー、あいかわらず愛(う)いやつね。あんな意固地で面倒くさい子を愛してくれてありがとう。そんな正人を私も愛してる。さあ、かんぱーい！」

日本酒を満たしたおちょこを高々と掲げた由紀乃につられて、春風も思わずおちょこを持ち上げた。正人も、麦茶をついだグラスを持った陽と翠もそうだ。春風は圧倒されて笑ってしまった。なんてパワフルで、華やかで、あたたかみにあふれた人だろう。

「なんかもうできあがってるし……」

キャスター付きの椅子を引いて戻ってきた錬は、正人と肩を組んで陽気にどんどん杯を干している母親や、飲んでいるわけでもないのに母親につられてキャタキャタと笑っている双子を見て顔をしかめた。春風と向かい合わせの位置にキャスター付きの椅子を置いて腰を下ろすと、母親や弟妹の皿を見て眉を吊り上げる。

「あのさ、肉だけ食うなよ。野菜も食えよ。栄養偏るだろ」

「あーうるさい。本当に錬はわが家の小姑(こじゅうと)ね」

「違うよ、錬にいは北原家の鬼軍曹だよ」

「やだ翠、うまいこと言う！」

「そんで母ちゃんは北原家の最強元帥(げんすい)。兄ちゃんも母ちゃんには逆らえないから最強」

「陽くん、そういうこと言うとまた腕立て伏せさせられるから……」

「春風さん、肉食ってます?」

しかめ面のまま錬が箸でさし出したきれいな一切れの肉を、ありがとうと言って春風は小鉢に受け取った。

明るい母親と、愛くるしい双子、となりのマンションから時々ごはんを食べにくる専門学校生。彼らといる時の錬は、大人びた高校生である時よりも、すました大学生の顔をして歩いていた時よりも、ずっと表情が豊かだ。

春風は彼の目に映っているであろう光景を写真を撮るようにながめた。

きっと、これが彼の宝物なのだろう。


その夜は九時近くまで錬の家にいた。高級すき焼き肉はすぐになくなって由紀乃が買ってきた豚肉で第二戦が始まり、それもきれいになくなると、錬がスパゲッティを残り汁に投入し、とろけるチーズをからめて締めの一品を作ってくれた。これが驚愕のおいしさだった。

「おやすみ、春風ちゃん。またいつでもいらっしゃい」

玄関まで見送ってくれた由紀乃は笑顔で言った。北原家の双子と正人も玄関に勢ぞろいして「春風さん、ばいばい」「なあほんとに兄ちゃんの彼女になりたくないの?」「また機会があったら話をしてください……」とそれぞれ手をふってくれた。春風も笑って手をふり返した。

錬はマンションのエントランスまで送ってくれた。

「本当に大丈夫ですか。もう暗いし駅まで送りますけど」

「ありがとう。でもすぐそこだし、本当に平気だから。防犯ブザーも携帯してるし」

母に持たされているマッチ箱形の防犯ブザーをコートのポケットから出して見せると、錬はまあそれならという感じで頷いた。春風は言葉を探して、結局シンプルなものを選んだ。

「さよなら。元気で」

錬も、やわらかい笑みを浮かべながらシンプルに返事をした。

「春風さんも」

小さく笑い返して、春風は夜道を歩き出した。骨に響くような冷たい風と一緒にさびしさが胸をすり抜けたが、ふり返らない。夜空に白く乾いたサンゴのような月が浮かんでいた。

4

十一月五日、金曜日。スーパーに寄って帰宅した理緒は、玄関の鍵を開ける前にドアをノックした。鍵を開けられるのは理緒か母だけなのだが、わかっていても突然誰かがドアを開けて入ってくることに恐怖を覚える奈緒のために、合図を出すことが習慣になっていた。

「奈緒。ただいま」

奈緒は居間のすみに置いたケージの前で体育座りしていた。横幅五十センチ程度のケージでは、ミルクティー色の体毛のハムスターが一心不乱に回し車の中を走っている。それを見守っている間ずっとそんな顔をしていたのだろう、ふり向いた奈緒はほほえんでいた。

「おかえり」

その声はあいかわらず細かったけれど、おかえりと言ってもらえただけで胸がつまった。おまけに今日は笑顔まで。理緒はカガヤに心から感謝した。疲弊しきっていた奈緒に笑顔をとり戻してくれた小さなハムスターにも。

夕飯の材料と一緒に奮発して買ってきたケーキを見せると、奈緒は声をあげて喜んでくれた。インスタントのコーヒーをいれて、二人でひまわりの種をかじるハムスターをながめながらケーキを食べる。おいしい、とチョコレートケーキの皿を持った奈緒は笑みをこぼした。

「今日のカレー、お肉ごろごろにするから。安くなってたブロックのお肉買ってきたの」

「じゃあわたし、お肉叩くのやる。そうするとやわらかくなるでしょ？」

「いいの？　助かる。それで……ごめん、今日はお母さんが帰ってきたら出かけるから」

「どうして謝るの？　大学の友達と遊ぶんでしょ、ゆっくりしてきて。お姉ちゃん、毎日うちのために働いてくれてるんだから、たまには自分のために時間使って」

奇跡みたいだと思いながら、ほほえむ奈緒を見つめた。もう少しで泣いていたかもしれない。奈緒のこんなにやすらいだ顔を見られる日が来るなんて、思いもしなかった。

けれどその時、アパートの外で男性の荒っぽい声が聞こえ、奈緒の笑顔が砕けるように消えた。一瞬で真っ青になり、呼吸も忘れたように身体を硬直させる。理緒はとっさに奈緒の肩を抱こうとしたが、思い直して慎重に奈緒の手を握った。以前、落ち着かせようと抱きしめて、悲鳴と一緒に突き飛ばされたことがあるのだ。冷たくなった奈緒の手を握り、細心の注意を払いながら奈緒の背中に手を当て、ゆっくりとさする。ここは安全で、奈緒を脅かすものは何もなくて、だから大丈夫なのだと伝えるために。

奈緒を襲った忌まわしい出来事から、そろそろ一年になる。けれど奈緒の内ではそれは終わっていない、決して終わることはないのだと、奈緒を見守るうちに知った。

奈緒は思い出す。外で男性を見るたびに、学校でふざける男子の大声を聞くたびに、たまま点けていたテレビでわずかでも性的なシーンが流れるたびに、夜眠ろうと身体を横たえるたびに、かつて自分が受けた暴力を。そして奈緒は激しい恐怖と苦痛にまみれたあの時に放り込まれる。何度も、何度も、たとえ奈緒を痛めつけた張本人がいきなり怪物に食べられたみたいに消息を絶って一年近くが経ったとしても。

奈緒の背中をさすっていた理緒は、スカートのポケットでスマートフォンが振動していることに気づいた。あの人だろうか。急いでとり出すとメッセージが届いていて、差出人は鐘下だった。ただでさえ鐘下にはうんざりしているのに、奈緒がこんな状況の時に『いつなら会える？　今日とかどう？』なんて軽薄なメッセージを送りつけられ、不快感が跳ね上がった。

理緒は返信をしないまま、アプリを操作して鐘下をブロックした。これで終わりだ。

やっぱり、連絡先なんて教えるんじゃなかった。

鐘下と知り合ったのはちょうど一週間前、十月の最後の木曜日だった。

その日はとてもめずらしいことにカガヤが食事に誘ってくれたのだ。カガヤとは基本的に仕事以外の付き合いはない。だからいつものように番号非通知で電話がかかってきて、

『今日、空いてるなら飯でも行くか』

そう誘われた時は、二秒くらい頭が真っ白になった。行きます、行きたいです、と急いで返事をしたあと、家にとんで帰り、夕飯を作って、母に夜は家にいてくれるよう頼んだ。奈緒は夜に不安定になりやすいので、ひとりにしたくない。

夕方六時すぎに札幌駅直結のカフェに着くと、カガヤは奥のテーブルにいた。頬杖をついた彼は難しい考え事をしているように眉をひそめていた。理緒は声をかけるのをためらったが、すぐにカガヤが気づいて頷いてくれたので、ほっとして向かいの椅子に腰を下ろした。テーブルには、カガヤの手もとにある紅茶のカップのほかに、底に少しだけコーヒーが残ったカップがあった。急に自分を呼び出したのは、時間が余ったということなのかもしれない。そうだとしても十分すぎるくらいうれしいから気にならなかった。ただ、コーヒーカップに口紅やグロスが付着していないのを見て、少し安堵してしまった。

すぐに店員が来てカップを片付け、理緒の注文を聞いた。しばらくして運ばれてきたカフェオレを、息を吹きかけながら飲んでいると、カガヤが中低音の声で言った。

「妹、どうだ」

理緒は少しためらったが、正直に話した。ちぐはぐなようにも思えるが、奈緒は事件直後の

ほうが元気だった。今から思えばそれは空元気にすぎなかったのだが、前を向いて歩こうと必死だった。でもいくら忘れようとしても奈緒が負った傷は血を流したままで、そんな状態で無理に歩こうとしたから貧血を起こしたのだ。そのうち奈緒は口数が減り、笑顔が消え、理緒がいる間はまだ何とか一緒に通っていた高校も、理緒の卒業後は休みがちになった。とにかく人間とふれ合うこと、この世界で生きることそのものが、奈緒にとってはひどい苦痛のようなのだ。最近では月に一度でも学校に顔を出せればいいほうで、そんな自分を奈緒は責めている。苦しむ妹をそばで見ている理緒も苦しい。学校のことは気にしなくていいし、今はとにかく奈緒がやすらいで毎日をすごすことが一番だと思う。奈緒にもそう言っている。ただ、やはりそれでも、心配ではある。この先、奈緒はどうなるのか。

そんなことを理緒がとつとつと話すのを、カガヤは窓の外の景色をながめながら聞いていた。夕暮れの光の中を、高そうな白い犬をつれた老婦人が通りすぎていった時、ふと口を開いた。

「妹、動物は好きなのか」

カガヤの口から動物なんて平和な言葉が出てくるとは思わなくて驚いてしまった。ただ確かに奈緒は動物が大好きだった。犬でも、猫でも、鳥でも、金魚やカメでも。住んでいるアパートはペット禁止だし、経済的事情もあって動物を飼ったことはないが、テレビにかわいい子犬や子猫が出てくるたびに「いいなぁ」と二人でよく言ったものだ。

それを聞くとカガヤは席を立ち、地下街にあるペットショップに向かった。「こんなもんだったら飼ってもバレねえだろ」とカガヤが指したのがミルクティー色のハムスターだ。カガヤは飼育用のケージにエサ、エサを入れる器に給水器、回し車なんかの玩具まで次々と店員に言って購入し、理緒はあわてた。カガヤにそんなことをしてもらうわけにはいかない。でもカガヤはきれいに無視して、荷物はあとで取りにくると店員に言って店を出た。

「この先がどうなるかなんて誰にもわからねえことだ。考えるだけ無駄だからやめとけ」

地下通路の雑踏の中でも、カガヤの声はくっきりと耳に届く。

「とりあえず今日と明日、生きのびることだけ考えてればいい。自分がどんな目にあったか、誰にも言えないで抱え込んでるやつも世の中には腐るほどいるんだ。その点おまえの妹は、おまえがいて恵まれてる。心配するな」

理緒は視界が水没しそうになるのを懸命にこらえながら、歩くのが速いカガヤのとなりに並んだ。彼の手に自分の指を絡めたい衝動がこみ上げて、でも、できなかった。恋しすぎてふれることさえためらわれる、そんな気持ちがあるんだということを、彼に会って初めて知った。

カガヤが向かった先はホテルの最上階にある高級レストランだった。まさかそんなところで食事をするとは思っていなかった理緒は、青ざめながら自分の身体を見下ろした。一応持っている服の中では一番きれいなワンピースを着てきたが、大丈夫だろうか、こんなので? こんなことなら調査用の服を着てくればよかった、と焦っている間にもスタッフがうやうやしくカガヤを出迎え、席まで先導した。

案内されたのは、曇りガラスで区切られた窓辺の半個室の席だった。理緒は美しい夜景にみとれつつ、こんな席はとんでもなく高いんじゃないかと怖くなったが、カガヤは行きつけの定食屋にでもいるみたいに涼しい顔をしている。席に着く寸前のことだった。

興奮した高い声が響き渡ったかと思うと、小柄な少年が突進してきた。口を開けば手裏剣みたいに憎まれ口がとび出してくる年頃の子だ。親に追いかけられるのを楽しむように前も見ずに走っていた少年は、あっと理緒が声をもらすのと同時にカガヤに衝突し、尻もちをついた。少年は痛い思いをしたのもこんなところに突っ立っているこの男が全部悪いとばかりにカガヤを罵(ののし)り、理緒は血を見る予感にヒヤッとしたが、カガヤは怒り出すことはなかった。

カガヤは少年に顔をよせ、唇の前に人さし指を立てた。それがじつに優雅な仕草で、少年は顔を赤くして黙ると、カガヤに腕を引かれるまま立ち上がった。そして平謝りする母親に手をつかまれ、調教された犬みたいにおとなしく戻っていった。

「……カガヤさん、子供好きなんですか?」

「そう見えるか?」

理緒はふき出して、椅子に腰を下ろした。窓の外には光のクレヨンで描いた絵のような夜景が広がり、テーブルごと空に浮かんでいるような気がする。理緒は窓ガラスに半透明に映るカガヤをひそかに見つめた。『ちどり』で知り合ったのは、もう一年余り前のことだ。ずぶ濡れで手負いの獣のような危うさをまとわりつかせていたカガヤは雰囲気がずいぶん変わった。今のカガヤは、会社員には絶対に見えないが、裁量の大きい仕事でそれなりの成功をおさめている人間に見える。質のいい服を身に着けているせいもあるだろうが、今の彼には余裕と自負が漂っている。きっとどんな事態に直面しても、もうあの日のように神経を剝き出しにした姿をさらすことはないのだろう。彼の望みも、生きる目的も、理緒は何も知らないが、彼が自分の知らないところで着実に何かを為してきたのだろうことはわかる。これからもうまくいけばいいと思う。彼の願いはみんな叶ってほしいと思う。でもそれとは別に、あの日の雨に打たれた彼の姿を思い出すと、もう会えない人を思うように胸が疼いた。

「おまえ何か飲まないのか」

「いえ、まだ十九歳なので」

「そうだっけ?」

「そうですよ」

「けど大学入ったら合コンとかコンパとかあってみんな飲んでんじゃないのか」

「そういうの参加したことないので。興味ないし、たぶんそんなに話も合わせられないし」

「つまんねえ大学生活だな。せっかくなんだからもうちょっと青春しろよ」

「言い方がおじさん……」

「おっさんだよ、実際」

フォークとナイフを面倒そうに使うカガヤを、理緒はまじまじと見つめた。そうだった。すっかり忘れていたし、そんな年齢には見えないが、彼には自分と変わらない年頃の息子がいるのだ。

「カガヤさん、ほんとは何歳なんですか?」と訊いてみると、カガヤは聞こえなかったようにグラスの水を飲む。「息子さん、名前はなんていうんですか?」重ねて訊くと、視線を背けた。

謎のわけあり色男、という懐かしいあだ名を思い出して理緒は笑った。

「ところで、あれはどうだ」

カガヤが声を低めたのは、デザートのケーキと紅茶が運ばれてきたあとのことだった。彼の目に鋭さが宿るのを見て、これが今日の本題だったのだと理緒は悟った。

「あと一週間あればできると思います」

「一週間？　えらく早ぇな」

カガヤから約百名分の名前と住所と電話番号が載った名簿の電子データを渡されたら、二カ月以内にその全員のできる限り詳細な情報を収集する。それが理緒の仕事だ。

名簿に載った人々は、性別も住んでいる場所もまちまちだ。一人の調査に一日かけるようなペースでは期限内に完了できないので、大半は電話で済ます。方法はいろいろだが、クレジットカード会社の社員を名乗って「契約内容についてお知らせしたいことがあるが、本人確認のために登録している生年月日と住所、十二桁のカード番号を教えてほしい」と依頼するのが今までで一番回答率が高かった。

あとは、税務署からのアンケートを装った書類を名簿に記された人物に送ったこともある。もちろん封筒も中の書類も理緒が作ったものなのだが、ちょうど書類が届いただろう日の夕方に電話すれば、みんなかなりの確率で素直にこちらの質問に答えてくれた。人は公的機関、それも自分を罰する権限を持った機関に弱い。

またカガヤの名簿には、Sランクの人物が存在した。

理緒は下のランクの調査はいつも早めに済まし、Sランクの人々にはじかに接触することにしている。やはり生身のその人に接し、言葉を交わすことで得る情報には血肉が通うのだ。小さな頃のあだ名や、他界した親との思い出、亡き伴侶の好きな場所。そんな、その人自身の深い場所にしまわれている情報こそを引き出したい。

「ずいぶん効率の悪いやり方してんだな」

最初に詳細を添えた名簿を返却した時、これを聞いたカガヤは眉をひそめたものだが、次に会った時は黙って頭をぐしゃぐしゃとなでてくれた。役に立てたんだ、と思うと鼻の奥がツンとするくらいうれしかった。それ以降、カガヤは理緒のやり方に口を出さない。

そして、すでに三つ目の名簿をカガヤから預かり、その返却期日が迫っているところだった。残っている対象はSランクの松園シゲ子ほか数名で、間もなく調査を完了することができる。カガヤには余裕を持たせた日数を答えたが、順調にいけばもっと早く彼に名簿を返すことができるはずだ。仕事はクオリティに響かない範囲でできうる限り迅速に。それも理緒の信条だ。

「本当はもうちょっと早くしたかったんですけど、レポートとかがあって……」

「いや、それでも一週間は前倒しだろ。上等だ。助かる」

助かる。その言葉が何度もリフレインして、喉の奥がぎゅっと詰まった。しあわせは、たぶん、こんな苦しくて少し泣きそうな気持ちのことを言う。

「しかもおまえ、毎回頼んだポイント以外のことも聞き出してくるよな。死んだ旦那の好物とか、昔飼ってた犬の名前とか。どうやって引き出すんだよ、あんなの」

「どうって……普通に、その人の話を聞いて」

「怖い女だな」

貴重な晴れ間みたいなカガヤの笑顔を目にして、理緒はこのまま時間が止まればいいと思った。いつまでもこうして彼を見つめていたい。ただそれだけでいい。

だが、ものの一瞬でカガヤは笑みを消した。

「紅茶はいかがでしょうか」

銀色のポットを手にした上品な女性スタッフが、曇りガラスの間から声をかけてきた。カガヤはそつのない微笑を浮かべて自分と理緒のカップにそれを注がせたが、彼が一瞬見せた目は頭に焼きついて消えなかった。

あんな目をする男が、真っ当な人間であるはずがないことはわかっている。名簿を返却するたびに大学生のアルバイトでは到底手に入れられない額の報酬をカガヤが惜しげもなくくれるのは、それほどの経費をかけても惜しくない利益を彼が手にするからだ。

「やる」と自分のデザート皿を押しやってきたカガヤに「太っちゃいますよ」と困ってみせながら、理緒は純白のクリームと苺で飾られたケーキを食べた。罪深いほど甘い。フォークを置いて紅茶を含み、眼下に広がるまばゆい夜の街をながめる。

いい子だ、と昔から言われてきた。母に、家庭の事情を知る教師に、『ちどり』の店長やお客のおじさんたちに。自分でも、そう思っていた。だけどそんなのは嘘だった。

この美しい夜景のどこかで、たった今、自分が情報をかすめ取った誰かが、悪だくみの餌食になっているかもしれない。自分がやっているのはそういうことだと勘づいていながら、彼といられる時間に浮かれ、笑い、甘いお菓子を食べる。

別に、貧しさにおびえたことのない人たちに不幸になってほしいだなんて思わない。むしろ誰もがしあわせであるほうがいいと思っている。けれど自分は、彼の役に立つためなら、苦しめられる人たちを踏みつけて進むことができるのだ。

利用されているのではない。自分で選んだことだ。おまえに向いていると彼は自分を買ってくれた。だから全力で報いる、いつか彼に捨てられるまで。奈緒をつれてこの世界から消えてしまいたいと思っていた時、手をさしのべてくれたのは彼だ。何の罪もない奈緒を痛めつけた悪人に報いを受けさせ、崖のふちで震えていた自分たちを救ってくれたのは彼だ。

彼がどんな人だとしてもかまわない。

この人といられるなら、地獄にだって堕ちていく。


「来週の金曜、また同じところで」

食事を終え、ホテルを出たところでカガヤは言った。はい、と返事をしながら理緒は気持ちが沈むのを止められなかった。食事のあとも一緒にいられないかと、本当は期待していた。

「あの小さいの、忘れないで取りに行けよ」

「ハムスター、ですね」

「寄り道しないで帰れ」

頭に手を無造作に置かれた時、彼がそういう意味での興味を自分に一切持っていないことを痛いほど知った。失恋にさえ届かないやるせなさにうつむきながら歩き出した、その時だ。

「ねえ。すいません」

馴れ馴れしいのかそうでもないのか、よくわからない呼びかけに理緒は足を止めた。ふり向くと細長い身体つきの男が立っていた。髪を短く刈り、黒い革ジャンを着ている。キツネを連想させる切れ長の目から受けた第一印象はあまりよくなかった。だから警戒態勢に入りかけたが、男は先制するように明るく歯切れのいい口調で言ったのだ。

「君さ、カガヤさんの彼女？」

カガヤの名前を出されたことと、彼女という言葉の甘さに、二重に動揺した。

「違い、ますけど」

「あ、違うの？　さっきホテルから二人で出てきたんで、もしかしてそうなのかなって」

「あの――カガヤさんのお知り合いなんですか？」

カガヤの私生活については何も知らない。息子のことを除いて、彼は自分にまつわる一切を口にしない。それがカガヤの流儀だとわかっているから理緒も立ち入ったことはない。

それが突然カガヤの名を口にする人間に会って、そう、抑えようもなく惹かれたのだ。

「単なる知り合いよりは、もうちょい近い間柄かな。立ち話も寒いし、お茶でもどう？」

笑えば彼は最初よりも感じよく思えた。警戒心は消えていなかったが、理緒は頷いた。

鐘下と名乗った男は、駅ビル内にあるカフェに入った。一番奥の席につくと、鐘下はコーヒー、理緒はアイスティーを頼んだ。

「カガヤさんとは、バイトの関係で知り合ってさ」

飲み物が運ばれてくると、鐘下はこちらが訊ねる前に自分から話し出した。

「そのバイトっていうのが、いわゆる出会い系のサクラで」

「サクラ……」

「あ、知らない？　出会い系に登録した人に、女のふりしてメール返す仕事。もう一分間に何十通ってメールが来るから、それになるべく早くたくさん返事しなきゃいけないんだよ。それぞれのキャラ設定がブレないように気をつけなきゃなんないし、結構ハードだったな」

「でも、それって……詐欺なんじゃ？　だって登録した人は、女の人とやり取りしたくて、お金払ってるんですよね？」

咎めるというよりは、そんなカラクリが存在することを知ってとまどっていた。鐘下は面食らったような表情をしてから、皮肉っぽく口角を上げた。

「まあね、詐欺っちゃ詐欺だと思うよ。けどそんなの世の中にいっぱいあるじゃん？　『競馬で絶対勝てる方法教えます』とかああいうたぐいの嘘っぱち迷惑メールとか、そのへんでやってる絶対誰にも届けられない募金とか。それに比べたら、まあ登録した人をそれなりに楽しませてはいるわけだから、まだマシなんじゃないかな」

同意したわけではないが、抗弁して気まずくなるのも嫌なので、理緒は頷いた。

「カガヤさんがその仕事に関わってたんですか？」

「その出会い系仕切ってたボスと、カガヤさんが知り合いだったんだよね。ていってもボスのほうがカガヤさんにぺこぺこしてた感じ。で、俺はカガヤさんにスカウトされて」

そこで鐘下は言葉を切り、意味ありげな笑みを浮かべた。自分では口にしないでこちらに問わせようとする話し方に少し苛立ったが、理緒はおとなしく訊ねた。

「何にスカウトされたんですか？」

「プレイヤー」

その言葉を聞いても、よく意味がわからなかった。単語自体は知っている。でも、それがどういう役割を意味するのかわからない。

鐘下は観察するようにこちらを見つめ、さらに試すように続けた。

「まあ、俺の場合は本職じゃなくて、臨時の穴埋めだけど。スポットプレイヤーってやつ」

ますます意味がわからなくて眉をよせると、鐘下はまた口角を上げた。理緒の反応から自分だけ何かを納得し、何かを決めたような笑みだった。

「でさ、君はカガヤさんと付き合ってんじゃないなら何なの？　どういう関係？」

「……少し、手伝ってるというか」

「手伝ってるって何を」

カガヤから渡される名簿のことや、そこに記された人物たちを調査していること、それは彼に話すべきではないと直感的に悟った。たとえカガヤの知り合いだとしても、この男が信用できる人間だとは思えない。

「すみません、私、ちょっと行かなきゃいけないところがあって」

問いには答えずに立ち上がると、手首をつかまれた。ぞくりとした。カガヤに対して感じる微熱とはまるで違う、寒気だ。

「待って、連絡先交換しようよ」

「どうしてですか」

「どうしてって、それ言わせる? また会いたいんだよ、君に」

鐘下の声は一瞬たじろぐほど情熱的だった。一秒前まではそんなことは考えられなかったのに、メッセージングアプリのIDなら交換してもいいという気にさせられた。それなら、何かあった時すぐに彼をブロックすることができる。

けれど、すぐに後悔した。

『今日はありがとう。さっそくだけど明日また会えない?』

『いつだったら都合いい?』

『どこでも行くから空いてる日教えて』

鐘下は矢継ぎ早に連絡してきた。返事をしかねているとアプリの通話機能を使って電話までかけてくる始末だった。温度差はうっとうしさと苛立ちに変わっていき、結局最初に考えたとおり鐘下とは関わりを断つことになった。

しばらくして奈緒は落ち着いた。ただ、笑顔はすっかり消えてしまい、「疲れた」とかぼそい声で言って寝室に引っ込んだ。今の奈緒は、ずっと鉛色の雲に覆われて、時に嵐に見舞われ、ごくたまに奇跡のような小さな晴れ間が訪れる、そんな空のようだ。

＊

夕飯のカレーを作りながら、理緒は時刻を気にした。もう五時四十五分だ。

昨年の秋に倒れた母は、療養の甲斐あってじょじょに回復した。カガヤがくれたお金のおかげで、当面の生活の不安から解放されたことも大きかったのだろう。もっとも赤の他人の男が大金をくれたとは言えるわけがないから、理緒は高校の先生の協力で自治体の給付型奨学金をもらえることになったと説明した。お金も数万円ずつに分けて家計に入れるようにした。すべてカガヤの指示だ。母は何も疑わずに涙ぐんで喜び、なんとか高校を卒業するまで一家三人の生活を守ることができた。

大学入学後はカガヤから請け負う仕事——家族には家庭教師のアルバイトと話している——で生計を立てていたが、今年の夏から母も「理緒だけに苦労させられないから」と再び働き始めた。今は母の高校の同級生が経営する会社で事務のパートをしている。

母のパートは五時には終わるはずで、今日は用事があるからまっすぐに帰ってきてほしいと先週から頼んでいた。遅いな、と気を揉んでいると、六時になって母から電話が入った。

『ごめんなさい、急な用事ができちゃって。今日は帰るの十時すぎると思う』

母の声は華やいでいた。母の香水が鼻先をかすめた気がした。

「でも、先週から頼んでたのに。それに十時って、それだと私が帰るまで奈緒がひとりに――」

『奈緒だって十七歳なのよ？　理緒、過保護なんじゃないの』

こちらのほうがおかしいような言い方が神経に障った。

母は奈緒の身に起きたことを知らない。奈緒が母にこれ以上の心労をかけたくないと泣くからずっと黙っていた。母からしてみれば、原因もわからないまま奈緒が以前とは別人のように暗い顔をし、学校も休みがちになったことにとまどうばかりだっただろう。母も奈緒の異変に気づいた当初は事情を聞こうとしたり、いじめを疑って学校と連絡を取ったりしていたのだ。けれどこれといった理由は見つからず、奈緒も奈緒で母の追及に耐えられる状態ではなかったので母を避けるようになり、次第に二人はぎこちなくなっていった。

母は今では奈緒と距離を置いている。「しばらくそっとしておきましょう」という言い方を母はしたが、理緒には母が疲れているように見えた。もっと言ってしまえば、少し嫌になっているように見えた。わかっているのだ。親だからといって心臓が鉄でできているわけではない、傷つきもするし、忍耐にも限界がある。ましてや母自身、病から回復してまだ間もないのだ。無理はない。でも。

でも、母親ではないか。もう少し、奈緒を心配してくれてもいいのではないか。

「……わかった。でも、できるだけ早く帰ってきてくれない？　やっぱり心配だから」

『そう言われても、私だって付き合いがあるのよ』

「また社長さんと？」

母が電話の向こうで口をつぐんだ。

どういうきっかけがあったのか理緒は知らないが、求職活動をしていた母は、たまたま高校時代の友人男性と再会し、そのうち彼の経営する会社で働くことになった。最初は一緒に食事をしてくると言って帰りが少々遅れる程度だった。次第にそういう日が多くなり、外泊することも続いて、今では母がパートからまっすぐ帰ってくる日のほうがめずらしいくらいだ。母が見違えるように若々しくなって笑顔も増えたことはうれしい。ただ、その男と出かけるのが決まって平日の夜で、休日はまったく音沙汰ないのが理緒は気にかかっていた。

「その人、ちゃんとお母さんと付き合ってるの？　まさか既婚者じゃないよね？」

長い間のあと、いいでしょ、と低い声が返ってきた。

『少しくらい、いいでしょ？　私だって今まで一生懸命がんばってきたの。ほんの少しくらい、しあわせになったっていいでしょう？』

早めに帰るから。早口に言って母は電話を切った。話している間にカレーが煮立ってしまい、理緒はガスを止めた。

しあわせになったっていいでしょう？――もちろんだ。母は今まで必死に働いて自分と奈緒を育ててくれた。そんな母が大好きで、いつだって母がしあわせでいてくれることを願っている。それは嘘ではない。

でも、だったら母は、今までしあわせではなかったのか。私と奈緒に毎晩手紙を書いてくれたあの頃も、たまの休みにみんなで弁当を作ってピクニックに出かけた日も。

ひどくむなしい気持ちで立ちつくしていると、玄関のチャイムが鳴った。通販で買った日用品が届いたのかもしれない。理緒は重い足を引きずってサンダルをつっかけ、ドアスコープをのぞいた。レンズには誰も映っていない。いたずら？　眉をひそめてドアを細く開けると、

「どうもー。ブロックされたので来ちゃいましたー」

ドアを力任せに開けられ、理緒は身体をすくませながら、夕闇を背にした鐘下を見上げた。彼の浮かべる笑みの軽薄さが凶器のように恐ろしかった。

「あれ、反応うすいな。まあいいけど。おじゃましまーす」

「やだ……やめてください！　どうしてうちの場所⁉」

「わかったかって？　尾(つ)けたから」

事も無げに鐘下は言う。理緒は顔から血の気が引いていくのを感じた。

「出てって！　不法侵入よ、帰らないと警察呼ぶから！」

「どうぞ？　でもあんたがそうやって俺をグイグイ押すのだって暴行罪だよ」

「ふざけないでっ！　いいから早く……！」

「お姉ちゃん……？」

かぼそい声が聞こえた。部屋着のまま出てきた奈緒は、鐘下を目にすると蠟(ろう)のような顔色になって立ちすくんだ。見知らぬ男が自分たちの領域を侵している状況は、奈緒にとって恐怖そ

のものだ。

「え、妹？　すげーかわいいじゃん。どうも、俺、お姉さんの友達で——」

「やめて！　外に出て！」

渾身の力で鐘下を押して、自分もよろめくように外に出た。本当は鐘下だけを締め出してしまいたかったが、そうすればこの男はきっと外で騒ぐ。

理緒はアパートから歩いて数分の、小さな公園に向かった。一年ほど前、カガヤから大金を受け取った場所だ。あの頃よりも公園はさらにさびれ、遊具の塗料はほとんど剝げていた。

「何が目的なの？」

鐘下は錆びたブランコに腰を下ろしながら、夕闇の中で唇の端を上げた。

「あんた、カガヤから名簿預かってるだろ。それ、ちょっとだけ見せてほしいんだよ」

全身の血が凍りついた気がした。どうして、それを。

「何のこと？　名簿とか知らない」

「プレイヤーってさ、あんたわかってなかったよね。あれ、騙す役のことだよ。オレオレ詐欺とか聞いたことあるだろ。演技でターゲットにシナリオを信じこませて金を引き出す。掛け子って言ったりもするけど、あの呼び方はなんか昭和臭いから、まあここはプレイヤーということで」

心臓が、胸を破ってとび出てきそうなほどの勢いで脈打っている。

「プレイヤーの演技力が結果を左右するのはもちろんなんだけど、もう一個重要なものがある。

そう、あんたもよく知ってる名簿だ。ちょっと認知症入ってるとか、ひとり暮らしで親戚もいない金持ちとか、前にも詐欺に引っかかったことのあるやつとか、そういうターゲット候補をのせた名簿を売ってんのが名簿屋」

「……それが」

「そう、カガヤ。俺がプレイヤーやってた店に名簿を卸してたんだ」

　悪い人だと、わかっていた。

　わかっていたはずなのに突きつけられた彼の正体にショックを受けている自分を、馬鹿みたいだと思った。

「で、あんた、カガヤの名簿を擦ってんだろ？」

『擦る』という言葉の意味は知らなかったが、それがカガヤから任された自分の役目を言い当てていることは直感でわかった。理緒は一切の感情を顔から消し去った。マイクでも当てたように耳に響く鼓動はどうにもできないが、表情は自分の意志であやつることができる。いつも調査の時にやっているのと同じだ。その時、その場に必要な自分を演じる。いつもできていることが、今できないはずはない。

「さっきから何言ってるの？　あなたの言ってること、全然意味わかんないんだけど。確かにカガヤさんを手伝ってるとは言ったけど、なに、詐欺？　そういうのじゃないから」

「名簿っていってもこれがピンキリでさ。名前と住所と電話番号しか載ってないようなお粗末なもんもあれば、ターゲットの役職とか家族の名前まで載ってるようなやつもあるんだよ。もちろんこの二つなら後者のほうが圧倒的に高級。そういうターゲットの細かい情報を調べることを『擦る』っていうんだけど、それがあるのとないのとじゃ成功率がまるで違う。当然だよな。電話かけて『あ、もしもしオレだけど』って言うよりは『あ、もしもしカズオだけど』って本当の息子の名前言ったほうが断然相手も信じやすいっしょ？」

鐘下はこちらの言葉をきれいに無視して話し続ける。よく通る声は抑揚豊かで、訓練された役者のような声だ。

「そういう擦ってある名簿の中でも、カガヤが持ってくる名簿は一級品でさ。たとえば金持ちの未亡人のばあさんが載ってれば、死んだ旦那の命日とか、旦那が生前に勤めてた会社と最終役職とか、そんな情報まで載ってる。しかも一番名簿。あ、一番名簿ってのは、今まで使われたことがない名簿ってこと。そこに載ってるやつらは騙されたことなんてないから、こっちのアタックに引っかかりやすい。だからカガヤの名簿を使うと成功率が段違いで、割高でもみんな欲しがる。あの男、あんなきれいな顔して、じつはすげえやり手なわけ。そうだ、知ってる？　カガヤってさ、自分を拾ってくれた名簿屋の師匠をぶっ殺してのし上がったって話もあるんだよ。ただの噂だけど、あいつならやりそうだよな。殺し屋みたいな目してるし、ってまあそれはどうでもいいんだけど」

へらへら笑っていた鐘下が、一瞬で表情を消して冷たい目を向けてきた。

「名簿を擦ってんの、あんたなんだろ？」

「だから、意味わかんない言いがかりつけるのやめてくれない？　知らないってば名簿とか」

「はいはい。じゃあこれ何だろうね」

鐘下は革ジャンのポケットからスマートフォンをとり出した。何度か指を画面にすべらせると、横に倒した液晶画面を向けてくる。理緒は自分の顔が石のようにこわばるのを感じた。

『え、楓花さん、コンテストで優勝したことあるんですか？　すごい』

『そんなことないわ。都大会どまりだし、将来プロになれるわけでもなし。部活より勉強をがんばったらって言ったら「おばあちゃんは口出さないで」なんて憎らしい口をきくのよ。どんどん可愛げがなくなっちゃって……ミナミさんを見習わせたいわ』

普段よりもトーンを上げて話す自分と、機嫌よく答える松園シゲ子が映っている。数日前、シゲ子と訪れた高級住宅地のカフェの店内だ。自分たちのいるテーブルの少し後方から撮影されている。自分の後ろ姿など目にしたのは初めてで、理緒は画面を凝視した。

「これ、何やってたの？　このおばあさんって誰？　てか、ミナミって誰？」

わかりきったことを、鐘下は仕留めた獲物をいたぶるように訊く。それでも理緒は表情を変えなかった。絶対に心の嵐をこの男に悟らせてはいけない。

「この人は知り合いのおばあさん。ミナミは私のあだ名。私はこの人とおしゃべりしてただけよ」

「んなわけねーだろ。……面倒くさ」

いきなり鐘下が立ち上がった。ガシャンとブランコの鎖がたてる音とともに、目の前に長身の男に立たれ、理緒はひるんだ。逃げようとしたが、痛いほどの力で鐘下に腕をつかまれる。

「名簿を見せろ。寄こせって言ってんじゃない、写真一枚撮らせてくれればいい」

「……すぐに離さないと警察を呼ぶ」

「呼べば？　警察でカガヤとあんたの名前出すよ。そしたらあんたの妹、どうなるかな」

こっちの急所を突いたことを見て取って、鐘下は酷薄に唇の端を吊り上げる。

「あの子、あんたのやってること知ってんの？　知らないよな。あんな純粋そうな子に言えるわけないもんな。お姉ちゃんは詐欺の片棒担いで金稼いでます、なんて」

「あんたみたいなクズと一緒にしないで」

「俺がクズならおまえもそうだろ。カガヤが名簿売れば、おまえがあれこれ聞き出したあのばあさんがそのうち誰かに騙されて金を巻き上げられんだよ。おまえだって立派な犯罪者だろうが」

反論するべきなのに、喉が小さく痙攣して、でも声は出なかった。

彼に救われた夜、何でもすると誓った。利用されているのでも、従わされているのでもなく、彼のために働くことを自分で選んだ。何をしたわけでもない人たちを陥れていると承知の上で。

それなのにどうして今さら、犯罪者——そんな言葉に、息もできない気持ちになるのか。

突然、高い電子音が流れ出した。

スカートのポケットからスマートフォンをとり出す。液晶画面に表示されたのは『非通知』。

「カガヤか？」

鐘下がにわかに声を鋭くした。

「出ろ。俺にも聞こえるようにスピーカーにしろ。変なことは言うな。もし俺のことをひと言でもしゃべったら、おまえの妹、めちゃくちゃにしてやる」

こんな男に従いたくない。けれどほかに出口が見つけられない。ちゃんと物を考えられない。

着信を知らせる電子音は急かすように鳴り続ける。

氷のように冷えた指先で、スピーカー通話のボタンをタップした。

「……はい」

『どうした？　今日会うって話、忘れたのか』

カガヤの声はかすかに不機嫌だった。札幌駅のカフェにいる彼の姿が脳裏に浮かんだ。

「……すみません。急に具合が悪くなって。今日、行けそうもなくて」

『具合悪いって、どうした』

「生理中で、貧血起こしちゃって。だから、動けないんです」

男はこの話題を出されると大概が沈黙する。カガヤですらそうだった。

「すみません。明日なら、大丈夫ですから」

『……いや。まだ期限内だし、無理しなくていい』

「本当に、明日なら大丈夫ですから」

『わかった。なら明日、同じ時間に』

プツリという音のあと、不通の音が無感情に流れた。理緒は画面をタップして電話を切ったが、同時に自分と彼をつなぐ大切なものも切ったことを悟った。

「……あんたすげぇな。あの男、あっさり騙されてんじゃん」

頰を引きつらせるようにして笑った鐘下が、容赦のない目で命じた。

「名簿。さっきも言ったけど、写真を一枚撮らせてくれるだけでいい。明日、あんたは何も言わずにカガヤに名簿を返せ。黙ってればあいつには何もわからない」

理緒は唇を嚙みしめながら、鐘下に背中を押されるままアパートに向かって歩き出した。

第三章　発　覚

1

十一月も一週間がすぎた日曜日の深夜に初雪が降り、春風は通学時のアウターを膝丈のウールコートに替えた。まだ最終兵器のダウンコートを投入するほどではないが、朝の冷え込みはだいぶ厳しい。冷たくなった顎先をマフラーにうずめた春風は、突然わき腹をくすぐられて変な声をあげた。

「だからセクハラはやめなさいと言ってるでしょう！」

「だからセクハラじゃなくて愛情表現だって言ってるじゃん」

白い歯を見せて笑う皐月に仕返ししようと春風も両手をのばしたが、小柄な友人はすばしっこい野ウサギみたいに攻撃をかわすので諦めた。素早さは皐月のほうが上だ。

「ハル、来年のゼミ、どこ行くかもう決めた？」

「んー……やっぱり松尾先生のところかな」

「やっぱハルは臨床だよね。私はどうするかなー。認知行動療法なら長岡先生だけど」

そんなことを話しながら大学の正門に近づいた時、歩道を反対側から進んでくる学ラン姿の少年が目に入って、とっさに春風は立ち止まった。茶色に染めた髪の間からイヤフォンのコードを垂らした少年は、スマートフォンを操作しながら春風の脇を通りすぎていった。

「ハル？　どうしたの？」

のぞきこんでくる皐月に、春風は「何でもない」と苦笑を返しながら歩き出した。——元気でやってるんだろうか、変装上手な鉄仮面高校生は。

構内の木々はすっかり落葉し、剝き出しの枝ごしに淡い陽光がこぼれ落ちてくる。皐月と歩きながら春風は腕時計を確認した。一講時目が始まるまであと二十分ある。

「先に行ってて。私、教務課に寄ってから行く」

「ああ、学生証？」

「うん。今日には届くって言われたから」

学生証の紛失に気づいたのは先週の木曜日、十一月四日だった。

錬と調査をしていた二日間は講義をいくつかサボってしまったので、祝日明けの四日は身を入れて勉強した。午後、レポート用の資料を借りるために図書館へ行き、いつも通りゲートを通過するために財布から学生証をとり出そうとしたところで、カード入れにはさんでいるはずの学生証がないことに気がついた。

学生証は大学生協や学食で使用する電子マネーの機能も備わっている重要アイテムだ。いくら捜しても見つからず、春風はすぐに教務課で紛失届を出して学生証の再発行を申請した。

この時点で紛失した学生証は使用不可能になったが、学生証には氏名と顔写真、学籍番号が記載されている。もし拾った第三者が悪用しようとすればいくらでも利用法はあり、落ち着かなかったが、幸運なことにその日の夕方、教務課から電話があった。春風が紛失届を提出したまさに四日の午後、工学部の教務課に学生証が届けられたという。

ただ、学生証はいつの間にか窓口に置いてあったそうで、職員が発見するのが遅れた。すでに再発行の手続きが取られたため学生証はもう使えないが、それでも無事に見つかったというだけで心底安堵した。

そして週が明けて今日、朝一番で教務課へ行ってみると真新しい学生証ができあがっていて、春風は自分の一部が戻ってきたような心地になった。

二講時が終わったあと、春風は皐月と札幌駅前のスープカレー店に出かけた。講義と講義の間に空き時間がある日は、時々こんなふうに皐月と少し遠くに足をのばして食事をする。

「ハル、院に行くか考えた？　公認心理師と臨床心理士の資格とる?」

「うん……心理系の仕事するならやっぱり資格ないと厳しいし。親も『行きたいなら行っていい』とは言ってくれてるんだけど。これ以上親の世話になるのもどうかって思ったり」

「わかるわかる。あとさ、修士までやって国家資格とって、でもちゃんと働き口あるのかなっていうのも心配でさー」

「心理系の求人、非正規が多いもんね。正規もあるけど倍率高いだろうし」

「あーもう、どうしてずっと好きなことだけ勉強してるわけにはいかないんだろうなー」

二年生の後半に入り、まだ先のことではあるものの卒論とか就職なんかがぼんやりと見えてきて、最近は皐月とこんな話をすることが多くなっている。二人でため息をつき、スープカレーのランチセットが来るのを冷たいラッシーを飲みながら待っていると「いかん、飯時なんだからもっと楽しいこと考えよう」と言いながら皐月がタブレットをとり出した。

「今度の師走展に出す写真、十枚選ばないといけないんだけど、ハルも意見聞かせてよ」

皐月が所属する写真部では季節ごとに写真展を催しており、春風も毎回足を運んでいる。意外というと失礼かもしれないが、皐月の撮る写真は美しい正統派だ。渡されたタブレットに保存されている写真の数々を見て、春風は小さな感動を覚えた。

金色に染まった大学のイチョウ並木。軒下から落ちる水晶の粒のような雨だれ。夜のように減光した空でまばゆくかがやく光の輪は、十年ほど前、当時住んでいた東京で小学生の皐月が撮影した金環日蝕を高画質化したものだという。そういえば春風も、家族四人で日蝕メガネを使って欠けていく太陽を観察した思い出がある。もっとも北海道はこの時の日蝕の中心線から離れていたので、こんな完璧な金環は見られなかったのだが。

風景だけではなく人物の写真もある。池のほとりで寄り添う男女の、なんとも穏やかな横顔。グラウンドでたったひとりたたずむユニフォーム姿の青年の、孤独で強い背中。

「この写真、いいね。あなたは人を撮るのがうまいよ」

「ふふん。それはね、私もちょっと気に入ってる」

画面に指先をすべらせ、次の写真を表示した時、春風は息を止めた。

「……皐月、これって」

「あ、それね。クラーク像のあのへん歩いてた時、絵になるなあって思って撮ったの」

皐月の言うとおり、その写真はクラーク博士の胸像をやや離れたところから写したものだ。像の前には、ネイビーのコートをまとった黒髪の男性が立っている。真紅の葉が風に吹き散らされて舞い上がる、その光景に魅入られたように端整な横顔をカメラに向けている。台座とほぼ同じ高さの男性の頭に、ひらりと赤いもみじが舞いかかっているのが切なげな晩秋の風情を醸し出していて、皐月が「絵になる」と言うのもよくわかる一枚だった。

写真はデジタルデータなので画像の詳細情報も記録されていた。画面に指先をすべらせ、ファイル形式や解像度を表示する。撮影日時も。

『11/04　14:23』

——四日前の木曜日、午後二時半近く。

「そういえば名前、何ていったっけ？　今度後輩くんに会った時さ、この写真、写真展に出してもいいか訊いてみてくれないかな。無断で撮っちゃったものだから使えないなって思ってたんだけど……こうして見ると、やっぱり雰囲気あっていい写真だと思うから」

皐月の声を遠く感じながら、春風は写真を見つめ続けた。秋の終わりの色彩の中で、上空を仰いで立つ男性。カメラから被写体まで距離があるので、横顔からだけでは、はっきりと判別はできない。これではおそらく家族や友人でも断じることは難しいだろう。

だが、似ていた。

*

裏切りを犯した。けれどそれで鐘下とは手が切れると思っていた。

なんて甘かったのか。世の中には妻と幼い娘たちを捨ててほかの女のところに行く男もいれば、自分の欲望のために心やさしい少女を踏みにじる男だっている。それなら一度弱みをつかんだ相手をとことん利用して、骨までしゃぶろうとする人間がいてもおかしくないのに。

「帰ってください！　お姉ちゃんにもう近づかないでっ！」

十一月十一日、木曜日。講義を終え、スーパーに寄ってからアパートに帰ってきた理緒は、妹の震える叫び声を聞いた。すぐさま走って一階の自宅の玄関ドアの前に奈緒と鐘下の姿を見た瞬間、血の気が引いた。「奈緒！」と叫びながら理緒は駆けよった。

「お姉ちゃん……この人」

「この人はお姉ちゃんの知り合い。大丈夫、何でもないから。ちょっと用があるからここまで来てもらったの。奈緒は中で待ってて。話してくるから」

理緒はなんとか奈緒に笑いかけ、鐘下の腕をつかんでアパートの敷地を出た。人目につきたくないのでまたアパート近くの公園に行く。このさびれた公園で遊ぶ子供はいない。

「奈緒に何したの」

「何もしてない。あんたを待ってたらあの子が出てきて、帰れって言われたんだよ。――妹、もしかしてどこか悪いのか？　顔まっ青だし震えてるし、倒れんじゃないかと思った」

誰のせいでまっ青になったと思っている。理緒は鐘下をにらんだ。

「何なの？　何の用？　写真なら撮らせたじゃない。だったらもう」

「あれで終わりじゃねえよ。あれを使わなきゃ意味ないだろ」

鐘下が何をしようとしているかは知らない。だがそれが何であったとしても、この男が勝手にやればいい。それに巻きこまれるいわれはない。

けれど、そう言えばこの男はまた奈緒を引き合いに出すかもしれない。おまえの妹、めちゃくちゃにしてやる――一週間前に鐘下が発した低い声は、まだ耳の奥にこびりついている。

無言で身体を硬くしていると、鐘下がかすかに息を吐いた。

「とりあえず、どっか移動しよう」

そうして鐘下につれてこられたのは、アパートから徒歩十分ほどのところにあるカラオケボックスだった。この男と個室で二人きりになるなんて絶対に嫌だったが「あんただって誰かに話聞かれたら困るだろ」と苛立った口調で言われると反論はできなかった。

受付で「十五番の部屋にどうぞ」と愛想のないスタッフに言われた。番号をたどっていくと、角を曲がってすぐの部屋だった。

鐘下は部屋の照明を点けると奥のソファに座り、理緒はテーブルをはさんでその向かいに座った。ここなら背中のすぐそばがドアだから、何かあったらすぐに逃げ出せる。店員がドリンクを置いて出ていくのを待ってから、鐘下は口を開いた。

「カガヤに何も言ってないよな」

「……言えるわけない。それに、こっちからあの人に連絡はとれない。いつも非通知であっちからかかってくるだけだから」

「同じなんだな。俺も、いつもあいつに一方的に呼び出されてた」

鐘下はぽつりと呟いて、ウーロン茶をひと口飲んだ。

となりの部屋から複数人の少女の元気のいい歌声が聞こえてくる。そういえばカラオケなんて入ったのは奈緒の高校合格祝いに二人で歌いにきて以来だ。

鐘下は突然大きく息を吐くと、パンツの尻ポケットから財布をとり出した。さらに財布からカードのようなものを抜きとり、テーブルの上をすべらせて理緒の前に置く。

とまどいながらそれに目を落として、言葉にならないくらい驚いた。

自分が通っている大学の学生証だ。そこに鐘下の顔写真と氏名、学籍番号が記載されていた。

「志水理緒。あんたがうちの大学の一年ってことは知ってる」

学生証を引っこめながら、鐘下は言った。

「けど俺だけ知ってるのはフェアじゃない。だから教えた。俺は鐘下実。経済学部の三年」

理緒はうまく声が出せなかった。この男の口からフェアなんて言葉が出たことが信じられなかった。

「この前も話したけど、今年の四月、出会い系のサクラのバイトを始めた。ゼミの先輩に紹介されたんだ。最初はさすがに抵抗あったけど、時給はかなりよかったし、俺は中学からずっと演劇やってたから、女になりきってどんなことを言えば相手が喜ぶのかを考えながらメールするのはちょっと面白かった。成績もわりとよかったし、時給も上げてもらえて、ずるずる長くやってたよ。――そしたら、六月の終わりあたりに、カガヤに『もっと儲かる仕事がしたくないか』って声かけられたんだ」

鐘下はなぜ突然こんな話を始めたのだろう。わからなかったが、理緒は黙って聞いた。奈緒を脅迫材料に使った一週間前の鐘下と、今目の前にいる男はどこか印象が違って、耳をかたむけようという気にさせられた。

「その仕事ってのが、プレイヤーで。つっても正規のプレイヤーじゃなくて、何かの事情で出た欠員を埋めるバイトみたいなもん。カガヤに初めて事務所につれて行かれて仕事の内容を知った時、とんでもないって思ったよ。これは出会い系のサクラなんかとはわけが違う、正真正銘の犯罪だ。けど、狭いオフィスみたいなところにずらっとスーツの男たちが座ってて、みんな受話器片手に異様なくらいハキハキしゃべったり、電話に向かって怒鳴ってたりして、とても嫌だって言える空気じゃなかった。それにカガヤに『受け子や出し子と違ってプレイヤーはまず捕まらない』って言われて、あの人の誘いを断るのも抵抗あったし、正直金はほしかったから、引き受けた」

「あの、受け子とか、出し子とかって何ですか」

「ああ――そういうのも知らないのか。受け子ってのはターゲットから金を受け取ってくる役で、出し子は、振り込まれた金をATMとかで引き出す役。警察に捕まるのは大抵この受け子とか出し子で、そういう危険な役をやらせる人員を集めて人材派遣会社みたいに金の回収を請け負うグループがあるんだ。俺が働いてた、プレイヤーがターゲットに電話かける場所は、事務所とか店って呼ばれてた。詐欺のアジトっていうより、ほんと普通の会社のオフィスって感じなんだよ。それぞれのデスクがあって、電話がずらっと並んでて、出勤時刻と退勤時刻も決まってたし、ターゲットから取る金はみんな売上って呼んで、目標額まであといくら、気合い入れてがんばろう、みたいな反省会までやってた」

そこで鐘下が深いため息をついた。顔に色濃い疲労が浮かんでいる。

「入ってくる金は、サクラのバイトとは段違いだった。俺のところに下りてくるまでにかなり抜かれてるんだろうけど、それでも俺が思ってたよりずっとすごい額だった。事情があって、俺は金が要るんだ。だから、悪いことやってるってわかってても、しばらく続けてた」

金が要る、と言った声の切実さに小さく胸が痛んだ。自分も、ただの紙切れや小さな金属のかたまりにすぎない、けれどそれがなければ生きていけないものに苦しめられてきた。共感は鐘下にも伝わったのかもしれない。口調が、とつとつとしたものになった。

「けど、突然できなくなった。終わったっていうか。ああいうのって、一クール二カ月みたいに期間が決めてあって、その期間内にガンガン稼いで、それが終わればあっという間に解散するんだよ。あとには何も残らない。使ってた電話も、机も、あんだけいた人間も。夏休みも帰省しないでずっとプレイヤーやってたら、ある日ほんとにいきなり『今日で終わり』って知らされて、ぼうぜんとした。呼び出されたらすぐに駆けつけられるように出会い系のサクラは辞めてたし、また戻りたくてもいつの間にかサクラのほうのオフィスは閉まってた。でも俺は金が要るから、そのあともカガヤに直接雇われる感じでいろいろ仕事をやってた」

「仕事って、どんな?」

鐘下は苦いものを飲んだようにきつく眉根をよせた。

「——言いたくない。バレたら本気でやばいから。そもそも、あんなやばいことだって知ってたら絶対やんなかった。カガヤはいつもそうなんだよ。肝心な情報は何も与えないで、人をチェスの駒みたいにあちこち動かす。自分は計画を立てるだけで、危険のない場所から一番うまいところをさらってく。あんな狡猾で冷たいやつ、俺は会ったことない。たぶん自分以外の人間なんて使い捨てマスクくらいにしか思ってない」

きっと狡猾であることも、時として恐ろしく冷酷であることも、知っていたから驚きはしなかった。

理緒は鐘下を見つめた。彼の声から、表情から、抑えきれない怒りを感じる。それも、裏切られたというニュアンスの。もしかして、と思う。それが怒りであれ、敵意であれ、これだけ強い感情をあの人に対して抱くこの男は、つまるところ、自分と同類なんじゃないか。

鐘下は高ぶった感情を静めるように、深く長く息を吐いた。

「話それたな。さっきも言ったけど俺は金が要る。それも可能な限り早く。だけどカガヤにこれ以上利用されるのはごめんだ。だから自分で稼ぐしかない。それであんたに会いにきた」

油断していた。いつの間にか、鐘下の実直な語り口に警戒を解きかけていた。

とてつもなく嫌な予感に鳥肌が立った瞬間、鐘下は言った。

「カガヤの名簿を使う。あんたにも手伝ってほしい。プレイヤーとして」

理緒はしばらく身動きできなかった。言葉ひとつ、出てこなかった。

「本気で言ってるの？」

「じゃなきゃわざわざここまで来ねぇよ」

「そんなことできない！　どうして私があなたを手伝わなきゃいけないの？　自分で勝手にやったらいい！」

「俺だってできるならやってる。てかやったよ、実際に何回か。あんたに名簿の写真撮らせてもらってからな。けど、だめだった。やっぱりうまくいかない」

鐘下が身を乗り出す。反射的に理緒は身を引いた。

「一人じゃ無理なんだ。最低でも三人。それくらいいないと、ターゲットにこっちの話を信じさせられない。疑うひまも与えずこっちのシナリオに引きずり込めない。それに、あんたは演技ができるだろ。演じるって、できないやつはどうやってもできないんだ。台詞を覚えてミスなく話せばいいってもんじゃない。本当は存在してない人間、起こってない出来事を、相手にここに存在していて、今まさに起きてるって信じさせなきゃいけない。あんたならできる。あのばあさん相手にどんどん情報を引き出してたあんたなら」

「やめてっ！　とにかくできない！　お願いだから私を巻きこまないで！」

もう一秒だってここにはいられない、とにかくこの男から逃げなければいけない。理緒はバッグを引っつかんでドアに飛びついた。ほんの少し隙間が開いた、その瞬間すさまじい力でドアを押さえつけられた。粗暴な音とともに閉まったドアと男の身体の間に閉じこめられた理緒は、声も出せず、至近距離にある鐘下の怒りをはらんだ目を見た。

「俺だってな、最後は主人公にやられる安い悪役みたいな脅し文句、そう何回も言いたくないんだよ。だからもう一回だけ言う。手伝ってくれ」

「できない。そんなこと、できない——」

「何が違うんだよ、今まであんたがやってきたことと。あんただって今までカガヤが人を食いもんにするの手伝ってきたんだろうが！」

そう。自分は悪いことに手を染めていると、知りながらやっていた。

でも、本当のところ自分が知っているのは、名簿に名を記された人々の情報だけなのだ。実際に接触して言葉をかわした松園シゲ子のような人たちでさえ、カガヤに名簿を返したあとはどうなったのか何も知らない。十九歳の小娘には不相応な報酬が支払われるだけで、自分はそれで奈緒へのお土産のケーキや自分のための服を買う。

鐘下が現れて、今度はおまえの手でやってみせろと刃物を握らせてくるまで、自分が罪のない人々を傷つけていることは、いつか自分が死ぬことと同じくらい実感のない事実だった。

「それにあんただって金は欲しいはずだ。少しくらい汚いことやったたって金が欲しいって思ってたはずだ。だからカガヤを手伝ってたんだろ」

「違う、違う、私は、あの人の役に立ちたくて！」

叫ぶようにぶちまけた自分の声のあまりの切実さに涙がにじんだ。

金が欲しいだけなら普通の世界で働く。高校生の時からやってきたことだ。働くことは苦ではない。苦しいことはもっとほかに、たくさん、たくさんあった。

でも少しずつ、少しずつ、どんなに前を向こうとしても消しきれない澱みのようなものが自分の中に積もっていって、それにじわじわと窒息しそうになっていた時、彼が現れた。押し隠していた気持ちを暴き立てるように理解し、自分だけではどうにもならなくて絶望していた時、電話ひとつで駆けつけてくれたのだ。

悪い人でもいい。あの人にとって自分は道具にすぎないとしてもかまわない。彼に必要とされたい。そばにいたい。どんな形でもいいから、彼とつながっていたい。

「……馬鹿かよ」

ドアから手を離した鐘下は、あきれたというより、途方にくれたような顔をしていた。

「あいつは、あんたをいいように使ってるだけだぞ。口当たりのいいことを言ったりやさしくしたりするのも、全部あんたをあやつるためだ。俺にだってそうだった。切れ者だけど人情味もあるかっこいいやつって顔して近づいてきて、『おまえは優秀だ』っていい気分にさせて、使えるだけ使って必要なくなったら捨てる。そのうちあんたもだって」

「うるさい黙れ。おまえにはわからない」

捨てられることに腹を立てる程度の次元にいるおまえには。

流れる涙をぬぐわないままにらみつけると、鐘下は冷めた視線を返してきた。

「役に立ちたいあんたには悪いけど、カガヤもそのうち勘づくぞ。あんたに裏切られたって」

「……裏切るって何？　名簿のこと？　だってあれはあんたが！」

「そうだよ。けどあんたは結局、俺に名簿の写真を撮らせた。俺はもうあれを使った。カガヤにしてみれば同じことだ。一番名簿ってのが売りなのに、次の店が動き出す前に名簿が使われたら、あいつの信用はガタ落ちになる。名簿がどこから流れたのか考えれば、いずれあんたに行き着く。そしたらあいつはあんたをゆるさない」

「……それ、そういうこと、全部わかってて、あんたはあの名簿を写したの？」

自分の顔から表情が抜け落ちるのがわかった。目の前のこの男は鬼だと思った。

鬼のくせに鐘下は、罪悪感を覚えたように目を逸らした。

「だから、あんたも俺と一緒にまとまった金を稼いで身を隠せよ。家族と別のところに引っ越して、スマホの番号もアドレスも全部変えろ。あいつはあんたを気に入ってるみたいだから、そこまですれば見逃してくれるだろ」

渾身の力で鐘下の左頬を打った。

もう一度手をふり上げたところで鐘下に手首をつかまれた。腕をめちゃくちゃにふり回してふりほどこうとしたが歯が立たない。

肩をつかまれ、凄い力で突き飛ばされた。尻もちと一緒にソファの背もたれに背中を打ちつけ、一瞬息がつまる。痛みと、それより強い恐怖で手足がすくんだ。ドアの前に立ちふさがった鐘下は、ひどく苛立っている顔でスマートフォンを出して耳に当てた。

「おい、何やってんだ？　もう時間すぎてるぞ、早く来い。十五番の部屋」

本能的に危険を感じて立ち上がろうとした。誰かがここに来るのだ。だが動くなと鐘下が鋭い視線を投げつけてきて、今度こそ理緒は動けなくなった。

どうして男は、男であるだけで、時にこんなに怖いのだろう。それとも、私がだめなのか。私が愚かで弱いからだめなのか。

にじんだ涙を、唇を噛んでこらえていたその時、不意にドアが開いた。

「カネやん、ここわかりにくいんだけど」

開口一番に文句を言ったのは、だぼっとした黒のモッズコートを着た男だった。薄暗い廊下から現れた時はただの黒い影に見えたが、照明の光をあびると髪がアッシュグレーに透けた。頭に霜が降りているように見える。だらしなくコートのポケットに手をつっこんだ男は、少し色の入った丸眼鏡ごしに理緒を見下ろすと、鐘下に顔を向けた。

「この子？」

「ああ。ミナミ」

鐘下が偽名のほうを教えたことにわずかに安堵したが、二人の間で自分の情報が共有されているらしいことがすごく気持ち悪かった。と、いきなりアッシュグレーの男が近づいてきたので理緒はびくりとした。男は小首をかしげながら手を伸ばしてくる。

「どうして床に座ってんの？」

さわられると思ったが、男の手は鼻先にさしのべられて止まった。見た目からでは男の年齢はよくわからないが、鐘下に対する砕けた態度からして、二人はそう離れていないのだろう。いきなり現れた素性の知れない男の手を取るのは無理で、理緒はよろけながら自力で立ち上がった。ぎゅっとトートバッグを抱きしめて男たちから距離を取る。そんな理緒を見ながら男は手をぷらぷらさせて、また鐘下を見た。

「この子、大丈夫なの？　今すぐここから逃げたいオーラ全開なんだけど」

「まだ納得してないだけだ。能力はある。それは保証する」

「能力があったところで納得してなきゃ無理でしょ。あんたちゃんと話つけてなかったわけ？」

「忙しかったんだよ、準備とかいろいろ」

理緒は、鐘下に文句をつける男が、肩に黒いソフトケースをかけていることに気づいた。よくバンドをやっている人間がギターなどを入れているあれだ。しかも、なぜか二つ。重くないのか、と思って、中が空である可能性に思い至った。

「とにかく行くぞ。思ったより時間食った」

ソフトケースの一方を受け取って、肩にかけながら鐘下がうながす。だがこんな男たちとはどこにも行きたくない。理緒が足を踏ん張って拒絶の意思を見せると、鐘下は苛立ったように眉をひそめて理緒の腕をつかんだ。鳥肌を立てながら抵抗する。ねじ伏せるように引っぱられる。そういう攻防をくり返していると、

「……面倒くさ」

アッシュグレーの男が、ぞっとするほど低い声で呟いた。ずっと昔に出ていった父親が癇癪を起こす寸前の声によく似ていた。男はテーブルに近づいて、理緒が手付かずで残していたソフトドリンクをためらいなく飲み干すと、ブーツの踵を鳴らしながら近づいてきた。罵声や暴力を予感して理緒は凍りついた。

けれど彼は満面に笑みを浮かべると、鐘下の手首をつかんで理緒の腕から引っ剝がした。

「カネやん、女の子に許可なしでさわるのはアウト。あんたの彼女にも失礼でしょ」

「は⁉　彼女じゃねーし……！」

「女の人って、やわらかいよね。本気で怒らせちゃうとお手上げだけど、笑ってくれてる時のふわっとした感じ、ああいうのってやっぱ男には真似できない。たとえばスマホが壊れてコールセンターに電話した時、女の人がやさしい声で出てくれるとすごく安心するじゃない？」

ね、と笑いかけられ、理緒はそんなつもりはないのに身体の力がゆるむのを感じた。

「だから君が仲間になってくれれば確実に成功率は上がる。男女平等の世の中でも、やっぱり相手が女の人だと警戒がゆるむ人間って多いから。あと男女まじってたほうがリアリティが増すんだってさ。カネやんの受け売りだけどね」

彼は流れるような動きでドアを開けると、主人に仕える執事のような手ぶりで理緒をうながした。あらがえなくて理緒が足を踏み出すのと同時に「あ、忘れてた」と男が丸眼鏡の奥で目を細めた。

「俺はフジサキ。よろしく、ミナミさん」

鐘下とフジサキにはさまれる恰好で地下鉄を乗り継ぎ、到着したのは、すすきのだった。それも街のすみにある古ぼけた貸しスタジオだ。

「ここでバンドの練習してるおっさんのブログ見ると、防犯カメラはないから大丈夫。トイレはちょい汚いみたいだけど」

褪せた黄色い壁の三階建て小型ビルを指すフジサキに、鐘下は感心したように言った。

「よく見つけたな。スタジオって発想なかった。安い部屋でも借りるつもりだったけど」

「どこか本格的に借りるとなると割高だし、契約したことでこっちの身元が割れるリスクもあるからね。短期決戦ならレンタルでいいんじゃないかと思って。激安だよ、一時間千円。で、カネやんのほうは？」

鐘下は無言で上首尾を知らせるように頷いた。「それじゃ」とフジサキがギターの黒いソフトケースを肩にかけ直し、先頭になってスタジオに入っていった。

足を踏み入れた屋内は、うんと狭いカラオケの受付カウンターのようになっていた。この小型ビルは横幅がない代わり、奥に細長い造りになっている。リノリウムの床は薄汚れていて、カウンターの奥には見るからに気難しそうな老年の男性が座っていた。鐘下が代表して利用票に『田中』という偽名を書きこんでいると、唐突に老人が鋭い目を理緒に向けた。

「あんたが歌うのか？　そんなふうには見えねえな」

いきなりのことで反応できずにいると、鐘下が口をはさんだ。

「こう見えて歌うとすごいんです。美空ひばりみたいな」

「美空ひばりときたか。そりゃすげえな」

老人は唇を曲げてひどく意地の悪そうな顔になり、それはどうも笑っているらしかった。美空ひばりって誰、と誰にも訊けないまま理緒はうつむいていた。

二階の部屋の鍵を渡された。薄暗い階段を上る間に、遠吠えのようなギターの音やドラムのシンバルの響きが、ステレオの音量を小さく絞ったみたいに聞こえてきた。廊下を歩く間、理緒は自分の足音と鼓動が耳について仕方なかった。

「いいね、なかなか味があって」

最初にフジサキが入り照明をつけたその部屋は、想像以上に狭かった。天井を見れば十畳くらいはありそうなのだが、ドラムセットにスタンドマイク、譜面台、ほかにも理緒には名前のわからない黒くて大きな機材がずらりと壁ぎわに並んでいるので、フローリングの床が見えている部分はごくわずかだ。壁の一部には大きな鏡がはめこまれている。これで立ち位置を確認したりするのだろうか。

「今日は、あんたは黙って見てるだけでいい」

鐘下が背もたれのない椅子を理緒の前に置きながら、ぶっきらぼうに言った。今日は、という部分に力が込められていることに追い詰められる。理緒はなるべく鐘下からもフジサキからも距離をとりたくて、ドラムセットのかげに隠れるように椅子を置いて座った。

鐘下とフジサキは、楽器と機材に囲まれたわずかなフローリング部分に椅子を置き、向かい合わせに座った。二人の間にはもう二脚椅子がセットされ、片方の椅子にクリップで止めた書類のようなもの、もう片方に一台のスマートフォンが置かれる。そのスマートフォンは、以前連絡先を交換した時に見た鐘下のものとは違った。旧型の機種で、液晶画面に小さなひびがある。

「へー、これがスクリプト。よくできてるね」

「原本じゃなくて、俺が事務所で見たやつ思い出して打ち出したもんだから、ちょっと違うところはあると思うけどな。基本は型の流れを守って、あとは臨機応変にアドリブで。おまえなら大丈夫だろ。札幌駅ん時の感じで」

「あー、あれね」

フジサキは、話がわかっていない理緒のほうをふり返り、笑いながら鐘下を指さした。

「この人さ、俺の実力を試すとか言ってテストしたんだよ。札幌駅で制限時間内に女のひと五人に中学の同級生だって思わせて連絡先聞いてくる、っていう。きついでしょ？　そんなんただのナンパ男じゃん」

「でもおまえ、けっこう早く戻って来ただろ」

「さっさと終わらせたいからがんばったもん」

そんな話を笑いながらできるフジサキにうすら寒いものを感じて、理緒は視線を彼の手もとにやった。それをどう思ったのか、フジサキは持っていた紙の束を「これ？」と言って上げた。

「台本みたいなもの。いろんなパターンがあるんだけど、まあ見てて。で、誰でいく？」

「酒井波子。六十歳。旦那は死んでて、独身の息子と一緒に暮らしてる。自宅にかなり現金置いてあるらしい。会社の小切手紛失のやつでいく」

はっと理緒は手を握りしめた。その名前は記憶にある。今回カガヤから預かった名簿にあったSランクの人物だ。松園シゲ子と同じ方法で接触し、お茶をして、情報を引き出した。

鐘下とフジサキはしばらく無言で鐘下のスマートフォンを二人でのぞきこんでいた。ときおり液晶画面と紙の束を交互に指して、短く話し合ったりもする。おそらく鐘下がコピーしたカガヤの名簿を見ているのだろう。

「金の受け渡しってどうすんの?」

「息子の勤め先、南区のL商事だろ。公園で待ち合わせ、とかにして現金持ってきてもらって、できればそのへんの誰か雇って受け取らせる。うまく手配できなきゃ俺行くよ」

「危なくない?」

「しょうがない。配達とか私書箱とかいろいろ使ってんのも見たけど、結局危険度は変わんないんだよ。むしろ直接サッと受け取ったほうが証拠も残んないから」

「そっか。なら俺、息子役でいい? 声にあんまり貫禄ないから若い役のほうがいいと思う」

「じゃ俺が駅の拾得物係。……もう始めていいか?」

鐘下が訊ねると、フジサキはゆったりと頷いた。それから二人は外で買ってきたミネラルウォーターのふたを開けて、ふた口分、ゆっくりと水を飲んだ。本番を直前に控えた歌い手が、水分で喉の調子を整えるみたいに。

「じゃ、始めるよ」

フジサキがスマートフォン——鐘下のものではない、旧型機種のほうをとり上げて、鐘下のスマートフォンを左手に持ちながら、右手の親指だけを器用に動かした。電話番号を打ちこんでいるのだ。指を止めたフジサキが、旧型のスマートフォンを椅子に置き直す。スピーカー通話にしたらしく、コール音が室内に控えめに響いた。フジサキの横顔が研ぎ澄ましたように変化する。

「……あ、もしもし？　ノリオだけど」

フジサキが第一声を発した瞬間、理緒は息を呑んだ。——声が違う。いや声自体はフジサキのものなのだが、口調が。素(す)の彼よりもやや早口で、焦りを押し殺しているような。

『あら、どうしたの？　こんな時間にめずらしいわね。あと、この番号なに？　非通知、って出てるけど』

電話の向こうから聞こえてくるのは、上品な女性の声だ。そう、酒井波子はほがらかで品のいい婦人だった。

「今、出先なんだけど、電車の中に鞄忘れてきちゃって。取引先の電話借りてかけてるんだ」

『え！　大変じゃない。大丈夫なの？』

「駅の人にはもう事情話してあるから、見つかったらそっちに連絡してくれるように頼んだんだよ。俺のスマホ、鞄の中だから。もし電話あったら、聞いといてくれるかな」

『はいはい、わかったわ』

「ありがとう、じゃ」

フジサキは椅子に置いたスマートフォンの画面をタップして通話を切った。小さく息を吐いて、凝りをほぐすように肩を揉む。理緒は汗ばんだ手を握りしめた。たった今目の前で交わされた会話の、生々しい臨場感に肌が粟立つ。

「で、十分置くんだっけ？　長くない？」

「さっきの今で電話かかってきたら怪しいだろ。間が大事なんだ、こういうのは」

鐘下は自分のスマートフォンをとり上げた。かなりの音量の雑音が流れ始める。教室やカフェにいるようなざわめきで、ときおり電話のベルの音も混じったりする。どこからそんな音源を手に入れたのか知らないが、ともかく鐘下はその雑音を流し始めてから約十分後、息を整えるように呼吸してから、椅子に置かれた旧型のスマートフォンの画面をタップした。

『はい、もしもし』

「わたくし札幌市交通局忘れものセンターのタナベと申します。酒井様のお宅でよろしいでしょうか？」

鐘下の声は普段よりも低く、ゆったりとした口調が中年の男性のような雰囲気を醸し出す。人工的に流されているざわめきと相まって、酒井波子は事務所のような場所からこの電話がかけられていると思うだろう。電話の向こうの声がいっきに弾んだ。

『あ、息子が電車に忘れた鞄のことでしょうか？　先ほど息子から連絡がありまして』

「はい。五時ごろにお忘れ物の届け出を受理いたしまして、それらしき鞄が見つかりましたのでご連絡いたしました。鞄に免許証が入っていましたので、念のため確認させていただきたいのですが、息子さんのお名前は、酒井ノリオ様、で間違いございませんか」

『はい、そうです。ノリオです』

「生年月日は一九八三年十一月八日、L商事の営業部にお勤めで間違いございませんか」

『ええ、はい、その通りです』

「では息子さんが戻られましたら、お手数ですが大通の忘れものセンターまで荷物のお受け取りにおいでいただけるようにお伝えください。お荷物の引き渡しの際にご本人様の確認をとらせていただきますので、身分証明ができる物をお持ちいただくよう併せてお伝え願えますか」

『はい。……あ、でも、免許証も、きっと保険証も、お財布に入ってますよねぇ』

「あ、そうですね。でしたら、マイナンバーカードや、パスポートでも大丈夫ですので」

『ああ、はい、たぶんパスポートなら……ありがとうございます。よろしくお願いします』

「はい、では失礼いたします」

鐘下が液晶画面をタップし、身体から力を抜くように深く息を吐いた。理緒は寒気をこらえた。酒井波子は何も疑っていないことが、声音や対応から伝わってきた。それはそうだ。息子を名乗る男ははっきりとその名前を口にし、忘れものセンターの職員という男は息子の生年月日と勤め先の会社名まで正確に口にしているのだから。理緒が収集した情報どおりに。

声を聞いて息子とは別人だと気づかないのか、とカガヤの仕事を手伝う以前の自分なら騙される相手に呆れていたかもしれない。けれど、今はよく知っている。人はどんな時も百パーセントの能力で情報を処理できるわけではない。平静を失う状況になれば信じられないような判断ミスをする。自分が調査のために公的機関を装って相手をあわてさせた時の反応を思えば、電話ごしの声を正確に聞き分けられないことなど何のふしぎもなかった。筋の通った状況で、相手が身内しか知りえないような情報を口にすれば、相手が本物で、語る言葉も本当だと思いこんでしまうことは、誰にでも起こり得る。

「あ、もしもし母さん？　駅から電話ってあったかな」

『あったわよ、たった今。大通の忘れものセンターまで来てくださいって言ってたわ。あと、身分証明できるものが必要だって……あなた持ってる？』

「あ、それは大丈夫。あー、ほんとよかった。じゃあ今から行ってくる」

フジサキの声には緊張から解放されたような明るさがあった。彼が通話を切ると、鐘下がまたスマートフォンを操作してざわめきを流す。さっきの事務所を思わせるものと似ているが、今度は人の話し声や足音の間から、まもなくホームに地下鉄が到着するというアナウンスが聞こえる。駅の構内に立っているみたいだと、理緒は思った。

「もしもし、母さん？」

『あ、鞄どうだった？　ちゃんと受け取れた？』

「うん、それは大丈夫だったんだけど……鞄の中を確認したら、取引先に渡す予定だった小切手だけが抜き取られてて――」

フジサキの話し方は再び早口になり、混乱と焦りを必死に抑えようとしているのがありありと伝わってくる。本当は混乱や焦りなどひとかけらも感じていないはずの男の演技に、酒井波子はにわかに声を緊張させる。

『えっ――それ、盗まれたってこと？』

「たぶん……財布も盗られてるし、クレジットカードなんかも――でもそれは俺のことだからいいんだ。けど取引先の支払いは、明日の午前中にしなきゃいけなくて……どうしよう……」

途方にくれたかすれ声に、母親はとり乱して声を強める。

『その支払いって、いくらなの？』

「二百万。母さん、本当に申し訳ないんだけど、一日だけお金、貸してもらえないかな。これがバレると俺、かなりヤバくて――さっき鞄がないって気づいた時、すぐに銀行の口座もカードもストップさせたから、今、全然自分の金が使えないんだ。金が引き出せるようになったら、すぐに返すから」

『……二百万ね。わかった。それならすぐに用意できる』

「本当にごめん――」

『いいのよ。大丈夫だから。でも、どうすればいい？　会社に届けようか？』

「いや、会社の人間に見られるとまずいから……会社の近くの公園わかる？　そこの前で。大判の封筒とかに入れてもらえると助かる」

フジサキが三たび電話を切る。理緒は、受話器を置いたとたんに焦りながら金を用意する酒井波子の姿がありありと見えた。彼女とは実際に会って話をしているのでなおさら生々しく想像できる。大切に貯めていた金を、言われたとおりに封筒に詰め、あわててコートを着て、タクシーを呼ぶ彼女の姿を。

「あ……もしもし母さん？」

『あ、あのね、今出かけようとしてたところで』

「ごめん、会社に戻ったら緊急の会議が入って。後輩に行ってもらうから、お金そいつに渡してもらえるかな。オコノギっていうやつだから。『忘れ物を受け取ってほしい』ってそいつには言うから、そういうふうに」

『そう。わかった。じゃあね』

よほど気が急いているらしく、今度は酒井波子のほうから電話を切った。

フジサキは、さすがに消耗したように長い息を吐いた。疲労を固めた重い石が頭にのしかかっているみたいにうつむき加減になっているフジサキの、すんなりとした肩を鐘下が叩いた。親愛、敬意、そういうものがこもった手つきだった。

「おまえ、ほんと上手いよ。経験ないとか信じられない」

「いや、褒めんの早いよ。まだ金、手に入ったわけじゃないし」

「この感じはいける。絶対」

それから鐘下が理緒の前にやってきて何かを言ったが、耳に入ってこなかった。めまいがして、耳鳴りもして、吐きそうなほど気持ちが悪かった。実際に顔色が悪くなっていたのかもしれない。フジサキもやってきて、大丈夫かと、そんなことを言った気がする。

これが私のやってきたこと？

たった今、目の前でひとりの女性が騙された。彼女の息子の名前も、生年月日も、勤め先も部署も、全部自分が聞き出したものだ。それがこんなふうに使われるのか。

自分で選んだ。覚悟はできている。そう思っていた。そんな自分がどんなに甘ったれで浅はかだったのか、今突き刺されるように知った。

本当は何もわかっていなかった。自分がどんなことに加担してきたか、何ひとつ理解していなかった。できない。こんなことは、もう、とてもできない。

助けて。

すがる思いで、理緒はコートの中のスマートフォンを握りしめた。

けれど非通知の電話は、名簿を彼に返却して以来、一度もかかってきていない。

2

皐月が撮った写真を目にしてから二日後の十一月十日、春風は北原家を訪れた。

錬には知らせていなかった。何度かメールを送ったものの、結局一度も返事はなかった。

「春風さん」

「すっげ待ってた、めっちゃ腹へった」

事前に訪問することを伝えていたので、夕方五時ごろに呼び鈴を鳴らすと、北原家の双子がエントランスのドアを開けてくれた。玄関でそろって出迎えてくれた二人は、陽はパーカー、翠はもこもこと暖かそうなワンピース姿だ。二人の顔を見ると自然と頰がゆるみ、春風はスーパーで買った食材の入ったエコバッグを双子に見せた。

「待っててね、すぐに作るから」

「春風さんのごはん、初めてだからどんなのか楽しみ」

「言っとくけどおれら、兄ちゃんのごはん食い慣れてててそのへんうるさいからね」

「待って、作るのは普通に市販のルーを使ったカレーなの。ハードルを上げないで」

由紀乃がこの日は多忙で終電間際にしか帰れないということは、あらかじめ二人から聞いていた。錬も「校内模試と中間考査が近いから勉強で遅くなる」と前もって宣言していたらしい。何時に帰るとは言わなかったそうなので、春風はカレーを食べながら双子たちの兄を待った。

六時になっても、七時になっても、八時になっても、錬は帰ってこなかった。

玄関の鍵が開く音が聞こえたのは、もう九時近くになった頃だった。

「——ただいま」

黒い詰襟の制服にスモーキーブルーのマフラーを巻いた錬は、緩慢にリビングに入ってきた。まるで連日の激務をこなしてやっと帰りついた研究者みたいに、顔が疲労に翳っていた。

陽と翠とボードゲームをしている春風を目にした錬は、一秒間停止して、目をまるくした。

「春風さん？」

「おじゃましてます」

「錬にい、春風さんが今日ごはん作ってくれたの」

「すっげフツーのカレーだけど、フツーにおいしい」

口々に言う双子から春風に目を戻した錬は、マフラーを外しながらとまどいを浮かべた。

「なんか、ありがとうございます。けど、どうして?」

「ちょっと錬くんに用があって。メールも、何度か送ったんだけど」

「……すいません。今、模試の対策とか試験勉強とか重なってて忙しくて」

明晰な彼にはめずらしく口ごもるのも、気まずげに視線を落とすのも、いかにも忙しさにまぎれて放置していたメールの存在を思い出してばつが悪くなったという感じだ。もしかして自分の勘違いなのではないか、とごく自然な彼の様子を見ていて春風は思った。

「それで、用って何ですか?」

「本当に、たいしたことじゃないんだけど」

言いながら春風が陽と翠に目配せすると、双子はわけ知り顔で「さあカレーあっためよー」

「錬にい、温玉のっけるよね?」と言いながらキッチンに引っこんだ。ガスレンジを点火する音や、カチャカチャと皿を出す音がにぎやかに聞こえてくる。

春風はあらためて、立ったままの錬を見つめた。

「錬くん。十一月四日に、うちの大学に来なかった?」

錬はゆっくりと眉根をよせた。何を質問されているのかよくわからない、というように。

「四日って、先週の木曜日ですか？　俺、普通に学校行ってましたけど」

「そう。ちなみに、その日って学校でどんなことがあった？」

　錬は眉をひそめて「前のこと過ぎてよく覚えてないですけど……」と制服の胸ポケットからスマートフォンをとり出した。しばらく画面に指を走らせ、ああ、と呟く。

「グラマーの抜き打ち小テストがあって、体育はバスケでした。あと放課後に委員会の集まりがあって、そのあと友達と図書館で勉強して……どんなことがあったのかって、どこまでのこと話せばいいんですか？　なんでそんなこと訊くんですか？」

　錬の表情はとまどいを通りこして怪訝そうであり、声には若干の険もある。人は意図のわからない質問には不快感を覚える。自分がまるで試されているように、相手にあやつられているように感じる。とても自然な反応だ。

　それに一週間近く前のことは、よほど衝撃的な出来事があったのでもなければ、すぐには思い出せなくてもおかしくない。過去の記録を確認した錬の反応はごく自然なものと言える。

　とても嘘をついているようには見えない。

「ごめんなさい、変なことを訊いて。じつは友達の撮った写真に、錬くんによく似た人が写っていたの。それが撮られたのが十一月四日。でも、私の勘違いだったみたい。あんまり似てたから、びっくりしちゃって」

「へー……そんなに似てたんですか？」

「うーん、実物のあなたを見たら、そこまでじゃないかもという気もしてきた」

陽と翠が「兄ちゃーん」「錬にいー」と代わるがわる錬を呼んだ。きれいにセッティングされたカレーとサラダと野菜ジュースを見た錬は、頬を引きつらせた。

「いいよ、こんなに。もう夜遅いし」

「だめだって兄ちゃん、ちゃんと食わないと！」

「そうだよ、錬にい、最近やせたよ」

「育ち盛りの男子高校生なんだからしっかり食べないと」

「なんで春風さんまで……てか春風さん、まだ帰んなくて大丈夫なんですか？　もうかなり遅いですけど」

「あなたがちゃんとご飯を食べるのを見届けたらおいとまする」

ため息をついた錬は、観念した様子でテーブルについてカレーを食べ始めた。「どう兄ちゃん、フツーでしょ？」「陽、作ってもらってその言い草失礼」「いいの翠ちゃん、本当のことだから。次はもう少し奇抜なカレーにしてみるから」「逆に奇抜なカレーって食いたくないんですけど」と四人が言葉をかわす食卓はにぎやかで、とくに陽と翠はずっと錬に話しかけていた。彼は北原家の鬼軍曹で、この双子の大好きなお兄ちゃんなのだ。

錬がカレーをたいらげてスプーンを置き、残りの野菜ジュースを片付け始めた頃、春風はスマートフォンを出した。母に帰りの時刻を連絡する内容の文面を打って、送信ボタンを押す。ヴヴッ、とくぐもった音がして、錬が制服の胸ポケットから自分のスマートフォンをとり出した。液晶画面を見ると、訝(いぶか)しげな顔をこちらに向けてくる。

「あ、ごめんなさい。母に連絡しようとしたんだけど、送り先をまちがえた」

「中身見ないで削除しますよ」

「ありがとう、お願い」

錬が親指を何度か画面にすべらせてスマートフォンをテーブルに置くと、「あっ」とあわてたような声をあげて翠が立ち上がった。

「そうだ、錬にい、ちょっと来て」

「何？　どうした？」

「お風呂がなんかおかしいの。お湯、ぬるくて」

「キッチン優先モードになってるんじゃないか？　それだとぬるま湯しか出ないから」

翠に手を引っぱられた錬は、面倒くさがる様子もなくすぐに席を立つ。父親のいないこの家で、きっと錬は本来大人が担う役割も自分が果たそうと努力してきたのだろう。自分たちのために働いてくれている母と、自分を慕う大切な弟妹のために。

テーブルの向かいでは、陽がスマートフォンを操作している。春風も、帰宅時間を教えるメールをあらためて母に送り直した。

ふと、空気の流れが運んできた錬の残り香が鼻をかすめた。

まるでお風呂上がりのような、清潔な石鹸の匂いだった。

*

結果から言えば、鐘下のたくらみは失敗した。金を持ってくるはずの酒井波子は、指定の公園に現れなかったのだ。

「途中で息子に連絡とったりしたのかもね。やっぱり場所がよくわかんなくてスマホに電話かけたら『は？　それ何のこと？』みたいな」

フジサキは飄々(ひょうひょう)としていたが、鐘下はくやしさのにじむ表情で黙りこんでいた。成功を確信していた様子だっただけに落胆も大きかったのだろう。

理緒は酒井波子が現れなかったことに安堵した。でも次の瞬間、同じことじゃないのか、と思った。金を奪えたか、奪えないか。それはもうたいした問題ではなくて、人を騙して金を巻き上げる、そんな行為に自分が手を染めたことはもう動かぬ事実だ。

「明日、もう一回やる。今度はスクリプトを変えてみる」

「続けてやるのって危なくない？　もしかしたらあの酒井っておばさん、通報してるかもよ」

「飛ばしのスマホは一カ月しか持たない。ぐずぐずしてらんないんだよ」

苛立つ鐘下に語気荒く言われ、フジサキは理緒に小さく肩をすくめてみせた。理緒は嫌でたまらなかったが、逆らうことはゆるされないのもわかっていた。

「……お姉ちゃん、あの男の人、何なの？」

夜、自宅のアパートに帰ると、奈緒が居間で待っていた。何かを疑われていることを皮膚感覚で悟って、疲れ切っていたが理緒は無理やり苦笑を浮かべた。

「同じ家庭教師のアルバイトやってる人。一コ上なんだけど、ちょっとトラブっちゃってさ。でも平気だから。今日ちゃんと話し合って誤解もとけたし」

ハムスターが回し車で遊んでいる、カラカラという音がやけに耳につく。もう九時近いのに母はまだ帰ってこない。奈緒がきつく眉をよせて口を開きかけたので、理緒は先制して笑った。

「大丈夫だから。奈緒が心配すること、なんにもないの。ほんとに大丈夫だから」

本当はずっと身体が震えている。今日、目にした光景が頭から離れない。明日も来いと鐘下に言われ、もう絶対あの男たちに関わりたくないのに、従う以外の方法が見つからない。だけど、それでも奈緒には、何も知らず、何にも心を痛めず、安心して暮らしていてほしかった。奈緒がそうしていてくれることが、今にも折れそうな自分をかろうじて立たせてくれる気がした。

翌日の金曜日、鐘下に指定されたとおり、理緒はまたあの貸しスタジオに向かった。先に来て入り口で待っていた鐘下とフジサキは、やはり肩に黒い布製の楽器ケースをかけていた。ビルに入ると受付の人相の悪い老齢男性が「よ、美空ひばり」と茶化すように声をかけてきたが、理緒はうつむいたままフジサキのあとに続いた。

「今度はこいつにする。相田正芳、八十歳。東京に孫がいるから、そいつのふりをする」

「んー……女の人にしない？　俺、おじいさんって苦手なんだよね。相田正芳って、字面からして気難しそうだし」

「何バカなこと言ってんだ。やる気あんのかおまえ」

「あるから自分の力を最大限発揮できる相手を選びたいって言ってるの。俺、女の人には好かれるけど、男には徹底的に嫌われること多いから。とくにおっさんから上の世代。あ、この人とかどう？　松園シゲ子さん」

ドラムセットに隠れるように座っていた理緒は、思わず立ち上がった。その拍子に音を立てて椅子が倒れ、鐘下とフジサキが驚いたようにこちらをふり返る。

「その人は……！」

言葉が続かず、理緒は自分の首を絞めるように喉を押さえた。何を言う気？　その人はだめだって、じゃあほかの人だったらいいの？

フジサキは「もしかして怖い人？　じゃチェンジ」とまるで見当違いなことを言いながら、鐘下のスマートフォンに保存されている名簿の写真をながめた。

「この佐々木頼子（ささきよりこ）さんは？　字面的にやさしそう。七十歳っていうのも好きな年齢だし」

「だから字面で選ぶなって……けど、北見でひとり暮らしか。いいかもしれない。札幌にいる息子も四十手前だから、おまえの声でもいけるな。台本はこれで」

鐘下がクリップでとめた紙の束を指さすと、のぞきこんだフジサキは、常にゆったりとくつろいでいる彼にしてはめずらしい、顔をゆがめるような笑みを浮かべた。

「悪趣味だな、あんた」

その言葉の意味は、フジサキが前回と同じように番号を打ちこんだあと、スマートフォンに向かって第一声を放った時にわかった。

「あっ、もしもし？　マサトシだけど、大丈夫だった？　ちゃんと金、間に合った？」

フジサキの声はあたりを憚るように抑えられつつも、焦りで上擦っていた。筋書きをまったく知らない理緒は、その唐突な第一声に驚いてつい引きこまれた。

電話の向こうの佐々木頼子さん——住居が遠方であるため、電話の調査しかできなかったので印象が薄い——も、理緒と同じ気持ちになったに違いない。困惑したような声が返ってくる。

『なに？　急にどうしたの？　お金って何のこと？』

「ほら、昨日電話してきた、浄水器の支払い……」

『浄水器？　知らないわ。それに昨日、電話なんてしてこなかったでしょう？　どうしたの？』

「——ああ、やっぱりか。騙されたんだ、俺」

フジサキの深く傷ついた声と、吐息。鐘下が鬼ならこの男は悪魔だ、と理緒は寒気とともに思った。本当に胸が痛むような演技で相手を誘惑し、心をあやつる。

『騙されたって、何？　どういうことなの、ちゃんと話して』

「昨日母さんから……母さんを名乗る女から電話があって『家に男が浄水器を売りつけに来て、断ったけど相手が怖そうな人だから買ってしまった。今日中にお金を払えって言われた、どうしよう』って泣きながら言われたんだよ。それで……」

『お金、渡しちゃったの⁉』

「その男の会社の口座に二百万、振り込んだ。悪徳商法だってわかってたけど、こっちは札幌ですぐに駆けつけられないし、母さんが心配だったから、とにかく金を渡そうって思って……けど、そのあと母さんから何も連絡がないから、おかしいと思って電話を――」

情けなくて言葉もないというように、フジサキは口をつぐむ。

『そんな……』

「いや、俺が馬鹿だったんだ。ちゃんと先に母さんに電話して確かめればよかったんだよな。その男の会社に電話したら、金を払わないと訴えるって恫喝してきて、このままだと母さんがひどい目にあうんじゃないかって心配でたまらなくて――」

『あなたは悪くないわよ。何も悪くない。私のこと心配してくれたんでしょう』

「……情けないな、本当に。詐欺に引っかかった人のニュース見て、世間でこれだけ言われてるのになんで見抜けないんだって馬鹿にしてたけど、自分が引っかかるなんて思わなかった。けど、そっちは何ともなくてよかったよ。これから警察に行ってくる。被害届出すから」

『うん、うん……気をつけて』

「息子」の打ちひしがれた様子に自分までしおれる佐々木頼子の声を最後に、通話はいったん切られた。フジサキが肩の力を抜くように長く息を吐き出し、鐘下にバトンを渡すような目配せをする。それから鐘下はかなりの時間、時計をにらみながら沈黙していた。再び鐘下が自分のスマートフォンを使ってざわめきの背景音を流しつつ、「飛ばし」と彼らが呼ぶスマートフォンを操作したのは三十分ほどあとのことだった。

「佐々木様のお宅でしょうか。わたくし、北海道警察札幌防犯対策室のイシダと申します」

『あ……はい』

警察と聞いて佐々木頼子の声に緊張が走る。札幌防犯対策室なんて、本当に存在するのか理緒は知らないが、それらしく聞こえる名称であるのは確かだ。鐘下は昨日演じた駅員よりはいくらか若い、まじめな男性という口調で彼女に話しかけた。

「突然のお電話で驚かせたかと思います。今ですね、佐々木マサトシ様が特殊詐欺の被害届を出したいということで署のほうに見えられまして、それでお話をうかがっていたんですが」

『はい、そうなんです。あの、私が詐欺に引っかかったと思ってしまったようで……』

「はい、うかがっております。浄水器を売りつけたということになっている会社の電話番号などを調べたところ、いわゆるダミー会社で、実在している企業ではございませんでした。残念ながら、息子さんが振り込まれた資金の回収は難しいかと思います」

『そんな——だめなんですか』

「はい、面目ありませんが、こちらとしてもこういったケースは手を打つのが難しく……それで今日ご連絡したのは、マサトシさんのお話をうかがっていると、相手はかなり詳しくお母様の情報をつかんでいたようなんです。お名前であるとかご住所であるとか、ご自宅の電話番号も。それでマサトシさんもすっかり信じこんでしまったようですね。お母様のお名前が相手方の詐欺リストに載っていると考えられますので、どうか今後、重々ご注意ください」

『注意って、でも、どうしたら』

「そうですね。留守番電話の設定をして知っている人からの電話のみに出るとか、知らない人物の訪問には用心するとか、そうした基本的なことが大切です。こちらからも北見署に連絡しまして、パトロールの強化など、対策を講じるように申し伝えますので」

古い油を呑みこんだような吐き気を、理緒はこらえた。詐欺に気をつけろと親切そのものの声で諭すこの電話こそが、佐々木頼子を陥れる人間のかけているものなのだ。なんて茶番だ。

恐縮しきって何度も礼を言う佐々木頼子に穏やかに挨拶をして、鐘下は通話を切った。

「カネやん、けっこう老けてるから、落ち着いたおっさんの役がうまいよね」

「老けてねえよ、失礼だな。……けど、確かにそういう役のほうが俺、得意なんだよ。演劇部で若い役とか元気よすぎる役が当たると、うまくはまらない」

「何分後かな、次の電話」

「警察で事情話して、外に出てきて……まあ二十分後くらいか」

「じゃあ俺、それまでトイレ」

フジサキがするりと立ち上がって、スタジオから出ていった。

鐘下と二人きりになり、理緒はにわかに緊張した。鐘下も、気まずげに耳の裏をさわったりしている。けれど急にこっちを向いて、まじめな顔で口を開いた。

「なあ、あのさ――」

「私も、お手洗いに」

トートバッグをつかんでスタジオを出た理緒は、廊下の先のトイレに入り、肺がつぶれるほど息を吐き出した。――いつまでここにいればいいのだろう。これから、どうすればいいのだろう。

　理緒が重い足を引きずってスタジオに戻ると、フジサキはもう椅子に座り、水を飲みながら「おかえり」と声をかけてきた。理緒は小さく頷いたが、その拍子に鐘下と目が合って、すぐに顔を伏せてドラムセットの後ろに逃げた。フジサキがため息をついた。

「ねぇ、そろそろ仲直りしたら？　やりにくいんだけど」

「……そもそも喧嘩してねぇっつの。それより、時間だ」

　水のペットボトルを置くと、フジサキは集中するように宙を見上げ、しばらく動かなかった。それから最終確認をするように台本集を手にとってながめると、長い人さし指で飛ばしのスマートフォンをタップした。コール音が鳴り始める。

『はい、もしもし』

「あ、マサトシだけど」

『あ、さっきね、警察の人から電話あったわよ。とにかく、今回のことは、もう忘れたほうがいいわ。運が悪かったと思って、ね？』

「うん。――ただちょっと、まずいことがあって。それで相談したくて、電話したんだけど」

言いづらいことをそれでも言わなければならない苦しさが、フジサキの声ににじんでいる。その緊張が感染したように、佐々木頼子の声も硬くなった。

『何？　どうしたの？』

「実は、ミユキのお母さんがしばらく前からけっこう難しい病気にかかってて、保険の利かない新薬を使わないと治療できないんだよ。それでうちも援助してたんだけど、けっこう苦しくて――だから昨日の浄水器詐欺の代金、カードローンで金借りたんだ。明日が返済期日なんだけど、全然金がなくて……」

まあ、と佐々木頼子の声が小さく震えた。

「母さん、本当に申し訳ないけど、しばらくの間、借りられないかな」

『でも私、二百万なんて……』

「なら、百万でもいいから。明日までに返さないと、どんどん借金膨らむし……」

理緒もそこまで詳しくはないが、ローンで借りた金を翌日すぐに返さなければならないということはないのではないか。けれど佐々木頼子はそもそもそうしたことに疎いのだろう。まあ、とまた声を震わせる。不安を煽る台詞を途中で切って、フジサキは沈黙した。その沈黙が、さらに母親の心をかき乱し、どうにかしてやらなければという方向に傾かせる。なにせ愛する息子が大金を失ったのは、勘違いとはいえ、自分を助けるためだったのだ。

わかったわ、と小さな声がスマートフォンからこぼれた。

『もしもの時のために貯めてたお金があるから何とかできると思う。今から振り込みに行くわ』

「いや、今日は金曜日で、銀行ももう閉まってるだろ？　これから振り込んでも入金されるのは月曜日になると思う。それじゃ遅いから、現金を送ってほしいんだけど」

『送るって……宅急便とか？』

「うん。それに、家に届くとミユキに気づかれるかもしれないから、コンビニで受け取りたいんだ」

『でも私、そういうのよくわからなくて……』

「細かいことはこっちでやるから、とりあえず、荷物作って、あとで送り状番号教えて。今まだ帰る途中だから、もう少ししたらまたかける。——本当にごめん。ありがとう」

本当に真心がこもっていると錯覚しそうな声で付け加え、フジサキは通話を切った。鐘下が無言で手を宙に掲げ、フジサキは目をまるくしたあと、小さくそれを叩いた。

「よかったよ。今度こそいける」

「だといいな。あとは、送り状の番号聞き出せば終わりだね？」

ひと仕事終えたような和やかさを漂わせる鐘下とフジサキを、理緒は帰り道を失くしたような心地でながめていた。

その後、フジサキはもう一度電話をかけた。佐々木頼子から聞き出した送り状番号を復唱し、その番号を鐘下が自分のスマートフォンに保存した。あとはネットで荷物をコンビニ受け取りに変更し、明日取りに行けば終わりだ。

解散になり、理緒はまっ先にトートバッグを持ってスタジオを出ようとした。もう一秒でも早くここから出たかった。ノブを握った瞬間、

「なあ」

背後から聞こえた鐘下の声に身体がすくんだ。息を殺しながらふり返ると、鐘下はなぜだか

少し傷ついたような表情をして、小さく息を吐いた。

「いいよ、もう」

「……え?」

「フジサキの言うとおり、納得してないやつにできるわけないし、こいつがいれば二人だけでも何とかなりそうだし——あんたはもうやらなくていい。ただこっちにも事情があるから、俺が連絡入れたらすぐに来てくれ。あとカガヤから連絡があっても、絶対に俺らのことはしゃべるな。それだけ守ってくれたら、もう、あんたはいい」

悪かったな。ぼそりと言った鐘下は、ダミーの黒いソフトケースを肩にかけ、ノブをひねってドアを開けた。顎をしゃくって理緒をうながす。理緒は、ぎくしゃくと足を動かして廊下に出た。ふり向いても、鐘下とフジサキは何かを小声で話しこんでいて動かない。そのまま階段を下り、人相の悪い受付の老人に「お、美空ひばり、帰るのか?」と声をかけられながら、軋むドアを押し開けて寒い外に出た。

貸しスタジオがある路地は、人通りも少なくさびれている。けれど路地の向こうには、夜を迎えて光と騒音であふれるすすきのの街が見える。

理緒は雲を踏むようなおぼつかない足で、明るい街に向かって歩いた。まだうまく信じられなかった。本当に、もういいのだろうか? 完全に自由になったとは言えなくても、恐れていたあの行為に、自分は加わらなくていいのだろうか?

片側四車線の大通りが見えてくると、喧騒と極彩色のまばゆい光がひときわ鮮烈になる。早くさわがしい人波の一部になりたくて、理緒は足を急がせた。この世界ではいつも誰かが貧しいことも、苦しんでいることも、泣いていることも、あのまぶしい街の中に溶けこめば深く考えずにすむ。薄暗い路地を抜けて大通りに出ようとした、その時だった。

行く手をふさぐように黒い車が路肩に寄って停止した。

まるで自分の動きに合わせたような動きだったので、理緒はとっさに立ち止まった。

後部座席の窓が開く。そこに現れた顔を見て、理緒は呼吸を忘れた。

「乗れ」

背すじが凍るほど低い声で、カガヤは言った。


「あのスタジオに一緒に入った男、鐘下だな。なんでおまえがあいつと一緒にいる?」

後部座席に乗りこむと、黒い車はすぐ流れにのって夜の街を走り出した。運転席にいるのは肩幅の広い男で、顔は見えない。車は、ショッピングモールの駐車場に行けば何台も同じ車種が停まっているようなありふれたミニバンだ。

けれどそのごく普通の車の後部座席で長い脚を組みながら座っているカガヤが、理緒は今、心底恐ろしかった。

車内の薄暗がりにカガヤの首すじが白く浮かび上がっている。前を向いたままの顔には表情が一切なく、その目がぞっとするほど冷たい。殺し屋みたいな目をしてる——カガヤのことをそう形容した鐘下は、きっとこの目を見たことがあるのだ。

「何か言え」

　今まで自分に向けられたことのない声色に、理緒は限りなく絶望に近い恐怖を感じた。答えようとしても、喉はこわばり、唇が小刻みに震えるだけだ。

　一拍おいて、吐息が空気をゆらした。

「一度だけ訊くから正直に答えろ。このまえ預けた名簿を、誰かに渡したか」

　絞首台の縄のように喉を締め上げていた恐怖が、瞬時に頂点まで達して、弾け飛んだ。こわばっていた身体から力が抜け、涙が静かに頬をすべり落ちる。ついに断罪される時が来た。そう悟ると自分はこの時を待っていたような気さえした。

「――鐘下に、写真を撮らせろって言われて、撮らせました。家まで来られて、言うことを聞かないと、奈緒をめちゃくちゃにするって、言われて……」

「鐘下とは知り合いだったのか」

「大学は同じだけど、全然、顔も知らなかった……カガヤさんとごはんを食べた夜、声をかけられたんです。カガヤさんの知り合いだって言われて、それを信じてしまって、連絡先を交換しました。そのあと、私のことを尾けてきたみたいで、家を知られて――」

　カガヤがため息をついた。表情がまるでなかった横顔に不快感が浮かぶ。

「あんな素人（しろうと）にやられるとは俺もアホだな」

「ごめんなさい」

　謝罪はきっと何の意味もない。自分ごときが贖（あがな）えるものは何ひとつない。それでもできることはそれしかなく、だから理緒は深く頭を下げた。せめて彼を裏切ったことを心から悔いていると示すために。

「ごめんなさい。鐘下が、カガヤさんは、名簿屋だって言ってました。まだ使われたことのない名簿はすごく高いから、それを先に自分が使ったら台無しになるって……私が鐘下に写真を撮らせたから、カガヤさん、すごく困ってるんですよね。困ってるって言葉じゃ足りないくらい、大変なことになってるんですよね」

「そうだな。純潔の花嫁つれてこいって言われてとびきりの上玉つれてってたら、処女じゃねえとわかってボコられるくらいには損害が出た。これまでかけた手間ひまも経費も無駄になったし、信用もガタ落ちだ。世のなか信用が一番大事なのにな」

最後のひと言は嘆いているというより、自分も含めた不特定多数を皮肉っているみたいだった。その証拠に、カガヤは笑っていた。あの、牙を剝くような危険な笑み。

「で？　なんでそのあともおまえは鐘下と関わってる？　鐘下がおまえのところに行った件も、名簿のことも、突き詰めりゃ俺の手落ちだ。ならこれは仕方ない。だが今もあいつと行動してるとなると、さすがにいい解釈が浮かばねえな」

「……手伝えって、鐘下に言われました。名簿を使ってお金を稼ぐから、プレイヤーをやれって。嫌だって言ったけど、でも私、家も名前も知られてるし、家には奈緒だっているから、断ったら何かされるんじゃないかって――」

車が減速し、停止した。幾台も並んだ車の向こうで、赤信号が灯っている。

車に乗ってからカガヤが初めてこちらに顔を向け、まともに目が合った。刃のように鋭い目に、理緒は戦慄して、けれど目を逸らすことができなかった。

「やったのか」

理緒は必死に息を吸って、何とか答えた。

「やってません。あんなの、できない……でも鐘下が、フジサキっていう人と、電話をかけるのは見てました。見学してろって言われて、昨日と、今日で、二回」

「金は？　せしめたのか」

「いえ——今日の分は、まだ結果はわかりません。昨日のは、途中までうまくいってたみたいだったけど、結局、相手の人はお金を持ってこなかった」

「かけたのは何人だ。相手の名前は」

「二人です。酒井波子さんと、佐々木頼子さん……でも、鐘下は『一人でもやってみたけどうまくいかなかった』って言ってました。だから、たぶんそのほかにも何人か、電話した人がいると思う」

「電話って、どんなパターンでやったんだ」

理緒は、昨日二人が目の前で演じた小切手の紛失騒ぎと、詐欺にあった母親を助けるために借金をした息子という今日のパターンを説明した。

聞き終わると、カガヤは鼻を鳴らした。愚民を嘲笑する酷薄な王のような顔で。

「情けねぇ。あれだけの情報を盗っといて、やることは結局既存スクリプトかよ。使いようによっちゃ億でも盗れるしろものだってのに、どこまでも半端な野郎だな」

あいつはさ、とカガヤが続けた。信じられないことに、彼はほほえんでいた。

「父親が親戚のガキの奨学金の保証人になってたんだが、そのガキが就職に失敗して引きこもりになった上、親も病気になって猶予内に返済できなかったから、あいつの父親が一千万円近い借金を肩代わりすることになったんだそうだ。まあ保証人なら支払い義務は半額に減免されるが、それだって余裕があるわけじゃないあいつの家にとっちゃきつい金額だ。鐘下自身も奨学金って借金を背負ってる。だからあいつは、まとまった金を作って家族を助けてやりたいんだ。泣けるよな。それで選んだ方法がなんともアレだが、悪いやつじゃない。俺からおまえに行きついて、おまえから名簿を手に入れようと考えつくあたりも勘がいい。賢いんだよな。あいつは半端に賢くて、半端に勘がよくて、半端に度胸がある。そのせいで自分を絞め殺す」

寒気に理緒は身を硬くした。目を細めるカガヤは、憐れんでいるようでさえあった。

「俺から逃げるために引っ越すくらいのこざかしいことはするくせに、まだ大学も辞めてなければ、札幌をのこのこ歩いてもいる。まあ地元じゃ一番の大学に入って三年間まじめに単位取ってきたんだ、できればあと一年粘って卒業したいよな。大卒と高卒じゃ生涯賃金も大違いだ、無理もない。けど、馬鹿だ。どこまでも半端だ。だからだめなんだ。かわいそうに」

「——鐘下に、何か、するんですか？」

声が震えた。車内は暖房が効いているはずなのに、それでも寒くて仕方なかった。

けれど何よりも冷たいのは、闇の中で危うく光るカガヤの目だ。

「さっき言ってた、フジサキってやつは誰だ？　鐘下とどういう関係だ」

「わからないです。鐘下とは仲良さそうで、鐘下がテストして実力を認めた、みたいなことを言ってました。鐘下と組んで電話をかけてるけど、すごくうまくて――たぶん鐘下と同じくらいの歳だと思う」

「名簿の写しは鐘下だけが持ってるのか、それともそいつも持ってるのか？」

「わから、ないです。すみません……」

血を吐くような思いで答えると、カガヤは無言で窓辺に頬杖をついた。石膏像のような横顔からは何を考えているのかまったくうかがえず、不安にたまりかねて理緒は口を開いた。

「カガヤさ――」

「次にあいつらに会うのはいつだ？」

言葉をさえぎられ、ひるんだ。けれど沈黙する資格は自分にない。

「私、今日、もういいって言われたんです。きっと私が、役に立ちそうにないから……だから、もう、そういうのはないと思います」

「なら、気が変わったからもう一度仲間になりたいと鐘下に言ってあいつを呼び出せ。明日、夕方六時。場所は同じスタジオ。そのフジサキってやつも必ず来るように手配しろ」

――命令。

こんなふうにされるのは初めてだった。助手から奴隷に落とされたようなショックを受けて口をきけずにいると、カガヤは窓の外をながめながら続けた。

「そのあとは、おまえはもういい。これきりだ」

何を言われたのか、よく、わからなかった。

「もういい、って」

「最後に手は嚙まれたが、おまえは今までよく働いた。退職金くらいは出してやる。それと今までの稼ぎを合わせれば妹だって大学に行かせてやれるだろ。あとは家庭教師でもして何とかしろ。そのへんの普通の学生と同じように、これからは暮らせ」

彼の役に立ちたかった。自分と奈緒を助けてくれた彼に報いたかった。できることなら、彼に必要とされる存在になりたかった。そのために全力で働くと決めた。

いつか彼に捨てられるまで。

「降りろ」

いつの間にか車が停まっていた。窓の外を見ると、古びた住宅やアパートが並ぶ区画の、小さな公園の前だった。一年前の秋の終わりに、この場所で彼に救われた。

「カガヤさん、私――」

「降りろ」

一片の慈悲もない声だった。

喉に詰まって声にできない言葉たちの代わりのように、涙だけがあとからあとからあふれた。

ここで降りたら、本当に、もう二度と会うことはないのだろう。降りたくない。行きたくない。ずっとここにいたい。あなたのそばに。奴隷でもいいから。

理緒は力の入らない足で、何とか車を降りた。

ドアを閉めたとたん、闇を吸収したような車はすぐに走り出して、見えなくなった。

＊

「なんだ、鐘下は一緒じゃねえのか？　美空ひばり、とっくに来て待ってるぞ」

昨日の夜遅く、鐘下が突然変更してきた時間どおりに、すすきのの貸しスタジオに到着すると、受付に座った老人が開口一番言った。

この古ぼけた貸しスタジオは客も少なく、来店三度目にしてすでに顔なじみのような扱いを受けている。そろそろ潮時かもしれない。本当にバンドの練習をしているなら顔を覚えられても損はないだろうが、実際やっているのは顔を覚えられたら困るようなことだ。

「あ……フジサキさん」

スタジオのドアを開けると、いつものようにドラムセットのかげに隠れるように座っていたミナミは小さく頭を下げてきた。ミナミはこちらを年上と捉えている節があり、いつも敬語だ。こちらもミナミの素性や年齢は知らないが、ミナミはまだ少女と形容できそうな年頃に見える。

「ミナミさん、具合悪い？」

「えっ――どうしてですか？」

「なんか顔色悪いから」

表情もこわばっている。初対面の時からそうではあったが、今日はやけに悲愴な顔つきだ。

ミナミは、ぎこちなく笑った。

「ちょっと風邪ぎみなんです。でも、平気ですから」

「そう？　ならいいけど」

今までちらりとも笑ったことのなかったミナミが、話の流れとはいえ笑顔を見せたことに違和感を覚えつつ、壁際から椅子を引っぱってきて座った。パンツからスマートフォンを出してみたが、何も連絡は入っていない。鐘下が遅刻するのは初めてだ。時間には几帳面な男なのに。

「カネやん、来ないね」

「そう、ですね」

「てか、びっくりした。ミナミさんがやる気になったこと、昨日カネやんから聞いて。ものすごい嫌がってると思ってたから」

『明日六時に変更。ミナミも合流する』昨日鐘下から届いたメールはごく簡潔なものだったが、内容はかなり意外だった。ミナミはずっと罪悪感に打ちひしがれている様子で、だから昨日鐘下が「もういい」と言った時、これで彼女は喜んでもう来なくなると思っていたのだ。

ミナミは、うつむき加減になって小さな声で言った。

「お金が、必要なんです。うち、母が病気で、私が面倒を見なきゃいけないから」

違和感がさらに増した。

母親が病気という話が事実だとして、それは突然始まったことではないだろう。あれほど拒絶していた彼女が心変わりする理由にしては弱い気がする。――もっとも、この世界ではいつ何があるかわからない。急にミナミが考えを変えるような出来事があったのかもしれない。

不意にパンツのポケットでスマートフォンが小さく震えた。とり出して、着信したてのメールを開く。中身を確認してから、またスマートフォンをポケットに差しこんだ。

「ミナミさんってさ、カネやんとどういう関係なの？」

ミナミは不意をつかれたような顔をした。

「え？　急に何ですか……？」

「いや、カネやん待ってる間ひまだし、ずっと気になってたから。二人、友達って感じでもないし、かなりぎこちないし、どういう仲なんだろうって」

ミナミは口ごもって答えようとしなかった。彼女は用心深い。いつも警戒心を尖らせて、不用意な情報を相手に与えまいとしている。

だから警戒の有刺鉄線に、小石を投げる。

「もしかして、カガヤって人がらみ？」

ミナミは、普段は表情をとり繕っているようだが、意表をつかれると比較的ストレートに感情が表に出る。たとえば顔がこわばった今のように。

「あの人のこと、知ってるんですか？」

「いや、ちらっと名前聞いただけ。なんか、カネやんの前のボスみたいな人？　もしかして、普通だったらあんまり親しくならなそうなカネやんとミナミさんが知り合ったのって、その人が間にいるからなのかなって」

　本当はミナミがカガヤと関わりの深い人間であることはとっくに知っているし、鐘下には目標金額を得るまでミナミにカガヤのことを訊いてはならないと厳命されているのだが、こうしてミナミと二人きりになれる機会がこの先あるかわからない。鐘下は、自分の知らないところで結託するのを防ぐためだろう、二人が連絡先を交換することも禁じていた。だからこの機にやれるだけのことはやっておくべきだ。ミナミにはあとで「今の話、カネやんには内緒ね」と口止めしておけばいい。

「そのカガヤさんって、どんな人なの？　俺もちょっと興味あるんだけど」

「あの……私、ちょっと、お手洗いに」

椅子を鳴らしてミナミが立ち上がり、早足で出ていった。前髪をかき上げながら、ため息をつく。――急ぎすぎた。ミナミにはもっと時間をかけなければだめだ。強く押せばたじろいで口を開くタイプも世の中には多いが、今の反応を見ると彼女はそういう状況では逆に口を閉ざす。経験上、そういうタイプは手ごわい。

　ただ、思わぬ拾い物もあった。ミナミは、ドラムセットのかげにトートバッグを残していった。

　これまでミナミは席を離れる時、必ず自分の荷物を携帯していた。それを置いていったとなると、表から見える以上に動揺したのか。カガヤの名前を出されたことに。

　淡いグリーンのトートバッグをとり上げ、財布を抜いて中を見たが、ミナミは身元が露見する恐れのあるものは持ち歩いていなかった。保険証やポイントカード、会員証、そうした氏名や生年月日などが記されたもののたぐいが一切入ってない。これは、思った以上に手ごわい。

バッグの中の配置を変えないように財布を戻したあと、内ポケットに入れられたスマートフォンをとり出した。手帳型のカバーに本体がおさまっている。本体の電源ボタンを押したが、指紋認証のロックがかかっていて中は見られそうにない。

手帳型のカバーについているカード入れを確認する。上から順にチェックしていくと、一番下に、名刺大の白いカードが入っていた。携帯電話の番号らしき十一桁の数字が、端正な筆跡で記されている。

パンツのポケットから自分のスマートフォンをとり出して、カードの番号を撮影する。

次にスマートフォンをカバーから外してみると、本体の背中にプリクラが貼ってあった。顎の下に指を当ててポーズをとった笑顔のミナミと、ミナミより少し幼く見える、髪を両耳の後ろで結った少女が写っている。

ミナミに寄り添った少女の笑顔は幸福そうだった。——目もとが似ている。妹？

ミナミも、となりに写る少女も、着ているのは市内の道立高校の制服だ。

プリクラも撮影しておく。さらに解像度を上げてもう一枚。そこでトイレのドアが開く音が聞こえた。この古びたスタジオのトイレは、ドアが開閉されるとその軋みが防音のスタジオの中にまで聞こえてくるのだ。ただ、こういう場面では便利だった。すぐにミナミのスマートフォンを手帳型カバーに戻し、トートバッグの内ポケットに差しこんで、元の場所に戻す。

「あれ、何してるんですか？」

「ん？　ドラム叩いてみたいなと思って」

スタジオの備品のスティックでドラムのシンバルをしゃりしゃり擦るのをミナミは「変な人だな」という顔で見たが、それ以上は追及してこなかった。

「カネやん、今日来れないみたい。『片頭痛ひどくて動けない』ってメール来た」

「え」

そのメールはずいぶん前に届いていたのだが、伝えればミナミはすぐに「帰る」と言い出しかねないので今まで黙っていた。

ミナミは予想以上に驚いていた。狼狽している、と言ったほうがいいかもしれない。視線がゆれて、頬がこわばり、今日の彼女が抱えている不安げな空気がより強くなる。——何だ？

「ミナミさん、カネやんにもしかして大事な用でもあった？」

「……いえ、そういうわけじゃ。でも鐘下さんが来れないなら、今日、だめですよね。じゃあ私、帰ります」

「そう？　よかったら一緒に飯でも行かない？」

「いえ、いいです。お先に失礼します。……あ、ここのお金」

「いいよ、やっとく」

バッグをつかむなり、小さく頭を下げて、ミナミは逃げるようにスタジオを出ていった。

ドアが閉まったあと、椅子に腰を下ろした。先ほど撮影したカードの携帯電話番号をネットで検索してみる。ヒットはなし。もともと期待はしていなかったのでがっかりはしない。

次に自分のスマートフォンを非通知設定にして、この番号にかけてみる。耳もとでコール音が始まるかと思いきや『お掛けになった番号は現在使われておりません』というアナウンスが流れてきた。これには、正直落胆した。

ため息と一緒に立ち上がると、身体の奥に鉛が沈んでいるようなだるさを感じた。疲れたのかもしれない。鈍く頭痛もする。モッズコートをはおり、小道具の黒いソフトケースを肩にかけ、スタジオを出た。この建物の廊下や階段は夜の病院みたいに陰気だ。妙に自分の足音が反響するのを聞きながら一階まで下り、老人が番をする受付に行った。

「なんだ、今日はもう終わりかよ。もうひとり、結局来なかったのか」

「頭痛いんだってさ」

金を払ってビルの外に出ると、冷たい夜風が吹きつけてきて思わず首をすくめた。歩きながら、先ほど撮影したプリクラの画像をながめる。画面の中で幸福そうに笑う、ミナミともう一人の少女。

ミナミの身元は突きとめることができる。

ミナミの詳しい情報を手に入れられたら、もっと彼女の心を開きやすくなる。そうだ。もう一人の少女がミナミの妹だとすれば、こちらの少女に近づくのもひとつの手かもしれない。捜し出す方法はいくつか思いつく。妹を引きこめばミナミも――

「何をしてるの」

鋭い声とともに腕をつかまれて一瞬、呼吸が止まった。

まっすぐな立ち姿で腕をつかんでいるのは、名前も、顔も、進んでトラブルに首を突っ込むおせっかいな性格も、よく知った人間だった。

「あなた、いったい何をしてるの――錬くん」

森川春風は、かなしみと険しさがない交ぜになった目をして言った。

3

二人分のドリンクを持って部屋に戻った春風は、ちゃんと奥のソファに錬が座っているのを見てほっと息をついた。逃げられるのではないかと内心思っていたのだ。

「適当に持ってきたけど、コーラでいいかな」

フリードリンクのグラスをテーブルに置いても、髪を霜が降りたようなアッシュグレーに染めた錬は、広告映像を流し続けるモニターに視線を据えたままひと言も発しない。

バリケードを作るように腕組みした姿も、ずっとこちらに向けられることのない視線も、古びた貸しスタジオの前で接触した時から彼が守る沈黙も、すべて強い拒絶の表現だ。

ただ、錬があからさまな拒絶の態度を取ったことに春風はむしろ安心していた。この状況でも泰然として動じない高校生だったら、正直、太刀打ちできる気がしない。

土曜日の夜六時半過ぎ、どこも大変な混み具合のすすきののカラオケボックスのうち、奇跡的にすべりこむことができたのがここだった。となりの部屋からは女の子たちの楽しげな歌声とバスパートの重低音が伝わってくる。

「お腹はすいてない？　長くなると思うから、もし何か食べたかったら注文を……」

ガン、と声をさえぎるように乱暴な音が響いた。錬がテーブルに手を叩きつけたのだ。

正確に言えば、彼の使っているスマートフォンを。

初めてまともにこちらを見た錬の目は、ひどく鋭かった。まるでこちらの喉笛に食らいつこうとする狼（おおかみ）のように。

「追跡アプリがインストールされてた。これで俺の居場所を特定した？」

「ええ、そう」

通販サイトでは『浮気調査に最適です』と紹介されていた。たとえGPS機能を遮断しているスマートフォンでも、一度本体にインストールさせてしまえば現在位置が特定できる上、通話履歴の取得、写真撮影、音声録音まで、遠隔操作で可能というしろものだ。そんなとんでもないアプリが存在し、有料とはいえ誰でも手に入れて使用できてしまうことに、春風も最初は衝撃を受けた。

「これはスマホの本体にアプリを直接インストールしなきゃいけないタイプだ。どうやった？　しかも俺が気づかないようにアイコンを隠す細工までしてある。スマホは俺の指紋認証でロックしてたはずだ」

切りつけるような詰問に答えるのを一瞬ためらった。その一瞬の反応で錬は悟ったらしい。なめらかな頬の線が硬化した。

「陽？　翠？　それとも二人とも？」

「二人は私の依頼でそうしただけ。この方法を提案したのは私よ」

「そうか、このまえ春風さんがうちに来たの、そのためだったわけ。俺がスマホをさわってた時に翠がいきなり風呂の調子が悪いって言って、俺を風呂場につれてった。あの時に」

なんて鋭い子だ──春風は怒りに瞳を底光りさせる少年を見つめた。あまりに鋭くて、彼自身をも引き裂いてしまいそうだ。

すべて錬の言うとおりだ。

三日前、十一月十日の水曜日に北原家を訪れた時、まず春風がメールを誤送信したふりをして錬にスマートフォンを手にとらせた。そして錬が指紋認証のロックを外し、メールを削除したのを見計らって、翠が理由をつけて彼をつれ出す。ロックを外されたスマートフォンは、所有者が手を離してからも三十秒から一分程度は操作可能な状態が持続する。その間に液晶画面にふれてしまえば所有者以外の人間にも操作は可能だ。錬のスマートフォンにアプリをインストールしたのは陽だった。陽は、ずっと苦しそうな顔をしていた。

「なんでそんなこと二人にさせた？　翠と陽が自分から俺にそんなことをするわけない。あんたがやらせたんだろ。どうして」

「どうして？」

春風は声を強めてそっくり言葉を投げ返した。

「どうして私がこんなことをしたか、どうして陽くんと翠ちゃんが大好きなあなたにそんなことをするのを承諾したか、あなたは本当にわからないの？　錬くん、あなたはもう二週間も学校を休んでる。しかも正人くんに保護者のふりをさせ、学校に嘘の連絡を入れさせて」

錬は表情を変えない。いついかなる時も彼のポーカーフェイスは一流だ。でも心の中まで無感情ではないことはもうわかっている、だからかまわずに続けた。

「あなたはたくさんの人にたくさんの嘘をついている。陽くんにも翠ちゃんにも、正人くんにも、由紀乃さんにも。そういうあなたに誰も気づいてないと思ったの？　あなたの様子がおかしいことに弟妹やお母さんが気を揉んでるなんて、少しも考えなかった？」

雨が落ちる水面のように、錬の瞳がゆれた。

やはり話したほうがいい。話すべきだ。彼は知らなくてはならない。

今日、貸しスタジオの前で錬を捕まえるまでの経緯は、まず四日前にさかのぼる。

＊

錬によく似た人物の写真を見た翌日、十一月九日。春風は講義が終わったあと、その足で錬の自宅を訪ねた。もちろんその前にも錬と連絡をとろうとしたのだが、まったく応答がなかったのだ。

例の写真が撮影されたのは前週木曜日の午後。もしあれが本当に錬だとしたら、いったい学校はどうしたのか。そもそも鐘下に関する調査は終わった、彼自身が終わりにしようと言ったはずなのに、大学で何をしていたのか。気になることが多すぎたし、錬からまったく応答がないことも心配で、直接自宅に出向くことにしたのだ。

「春風さん？　どうしたの？」

「今さら兄ちゃんの彼女になりたくなったたって遅いぞ」

出迎えてくれたのは北原家の双子だった。陽も翠も中学から帰宅したばかりらしく、二人とも制服のブレザーを着たままだった。

「突然ごめんなさい。錬くんは、まだ帰ってない？」

「まだ。兄ちゃん、今日は帰り遅いって言ってた。今日ってか、最近ずっとだけど」

「春風さん、錬にいに用事なの？」

「そう……少し、訊きたいことがあって。もしよかったら、待たせてもらってもいいかな」

翠は「どうぞ」と言ってくれたが、陽は「兄ちゃんの彼女になりたくないくせに家に上がんの？」と顔をしかめるので、春風は手土産のロールケーキを彼に渡した。「さあお入りください！」と陽は愛くるしい笑顔でケーキの箱を捧げ持ちながら春風をリビングに通した。

「おかしなことを訊くけど、先週の木曜日って、錬くんはちゃんと学校に行った？」

翠と陽がいれてくれたコーヒーを飲みながら訊ねると、テーブルの向かいでさっそくロールケーキを食べていた双子は、そろってきょとんとした。

「行ったよ。わたしたちと錬にい、毎日一緒に学校行くの」

「兄ちゃん、高校に入ってから一回も学校休んだことねえもん。すごいっしょ？」

けれど翠と陽は中学生で、錬は高校生だ。一緒に登校するとはいえ通学路のどこかで彼らは別れるわけで、錬が校舎に入るのを見届けているわけではない。

春風は迷った末、バッグから自分のスマートフォンをとり出した。

「もう一つおかしなことを訊くけど――この写真に写ってる人、どう思う？」

皐月に転送してもらった例の写真を表示させ、テーブルに置く。翠と陽は頭をくっつけ合うようにして画面をのぞいた。数秒後、翠のほうがぽつりと呟いた。

「錬にい……？」

春風は思わず身を乗り出した。

「やっぱり、そう思う？　錬くんだと思う？」

「顔、よく見えないけど。眼鏡してない時の錬にいに、似てる気がする」

陽はどう思っただろう。目の合った陽は、すぐには答えず、さぐるような目つきで訊ねた。

「この写真、何なの？　春風さん、本当は今日何しに来たの？」

「この写真は私の大学の友達が撮ったものなの。先週の木曜日にキャンパスで撮影されたんだけど、私もこれを見た時、錬くんにとてもよく似てると思った。でも錬くんは、その日は学校に行ってるはずだよね。それで気になって、本人に確かめに来たの」

陽はなおも黙って春風を見ていた。この人間は兄にとって無害なのか有害なのかを測ろうとするみたいに。――この底抜けに明るい少年は、じつは人一倍警戒心が強いのかもしれない。

「おれ、わかんね。これじゃ顔よく見えねーし。別に似てないんじゃない?」

陽は興味ないという口調で言って、またロールケーキにフォークを刺した。

けれど、翠のほうはまだ写真の人物を見つめていた。

「春風さん、これ、先週の木曜日の写真なの?」

「うん、そう」

「わたし、次の日の金曜日、体育の時間に貧血起こして午後から早退したの。陽も一緒。別にいいって言ったんだけど、帰り道に具合悪くなったら危ないからって陽もついてきて、一緒に家に帰ってきたんだけど、その時――」

「翠」

陽が尖った声でさえぎった。翠は眉根をよせて双子の片われを見た。

「どうして? だって陽も見たでしょ。あの時は陽が言ったんだよ、『似てる』って」

「けど翠だって『別の人だよ』って言ったじゃんか。関係ないことしゃべんなよ」

「金曜日に何があったの? 教えてほしい」

春風は陽に向けてより強く頼んだ。陽はじわりと居心地悪そうな顔になってそっぽを向く。

代わりに翠が説明してくれた。

「早退した帰り道で、正人を見たの」

「正人くん?」

この前会った専門学校生の顔を思い浮かべる。前髪でほとんど両目が見えない彼だが、スタイルがよくて手作りの服が素敵だった。

「正人の行ってる専門学校、私たちの中学の近くにあるの。その前も何回か学校帰りに会ったことある。だからそれはおかしくないんだけど……その時、正人と一緒に歩いてた男の人が、錬にいに似てる気がしたの。眼鏡してない時の錬にいに」

錬に似てる、と先に言ったのは陽なのだという。翠も確かに自分の兄に似ているとは感じたが「別人だ」と結論付けた。なぜならその人物は髪色が違っていたし、何よりその日も錬はちゃんと制服を着て双子とともに家を出たからだ。まだ午後の早い時間帯に、錬が髪の色まで変えて出歩いているわけがない。

「でも、あれ、もしかしたら……」

途中で言葉をとぎれさせた翠の考えが、春風にはよくわかった。

金曜日の一件だけなら、錬に似た別人だという結論を疑うことはなかった。しかしそこに、前日の木曜日に撮られたこの写真が出てきた。翠は写真の人物を錬に似ていると感じたし、陽は明言をさけたが、それはおそらく同じことを思ったからだ。

もちろん二つの出来事だけで判断するのはまだ早い。ただ、もしかすると錬は高校へ行くと見せかけて家を出たあと、別の場所で何かしているのではないか。

「どっちも違うって。兄ちゃん学校大好きだもん、サボりとかするわけねえよ。『授業と図書室と職員室を活用しまくって学費のモトを取る』っていつも言ってるじゃんか」

「けど錬にい、最近ずっと帰りが遅い。今までは委員会とかで少し遅くなることはあっても、毎日ちゃんとわたしたちと一緒にごはん食べてたのに、この頃は『冷蔵庫にごはん入れといたから二人で食べてろ』って言って夜遅くまで——何か変じゃない？」

「それは勉強が忙しいって兄ちゃんも言ってただろ。来年は受験生だし、そういうもんなんだよ。帰りが遅いっつっても九時くらいには帰ってくるし、ごはん食べながらおれたちに学校の話したりするじゃんか。前の木曜日だって小テストあったとか、そういうこと言ってたし」

「でもわたしたちには、それが本当かどうかなんてわかんないじゃない。朝、学校の前で別れてから錬にいが何してるのか、本当は知らない。それが作り話だってわたしたちには——」

「兄ちゃんがおれたちに嘘ついてるって言うのか？　そんなわけないだろ」

陽の声は激しかった。翠が肩を震わせ、口をつぐんでしまうほどに。

にらみ合う双子を交互に見ながら春風は、しばし考え、立ち上がった。

「正人くんはとなりのマンションに住んでるって言ってたよね。部屋は何階の何号室？」

「……春風さん、行くの？」

「うん。少なくとも金曜日の件は、正人くんに話を聞けばそれが錬くんだったのか別の人だったのか、はっきりするはずだから。ここで本人だ別人だと話してても事実はわからない」

春風がコートをはおりながら「案内して」と頼むと、翠と陽も腰を上げた。色違いのダッフルコートを着た双子と春風は外に出た。

辻正人が住むすぐとなりのマンションは、砂色の煉瓦を積んだような外観だ。こちらのマンションもやはりエントランスにオートロックセキュリティがあり、陽が代表して呼び鈴を押した。正人が部屋にいれば、インターフォンのカメラから陽の姿が見えるはずだ。

『はい……あれ陽くん？　どうしたの？』

「ちょっと正人に話あるんだけど。今からそっち行ってもいい？」

『えっと……うん……今、開けるね』

エントランスの自動ドアを抜けて、三人でエレベーターに乗りこんだ。正人の部屋は五階だという。目的の階でエレベーターを降りたあと、翠と陽に案内されて春風は廊下のちょうど真ん中あたりに位置するクリーム色のドアの前で足を止めた。

今度は春風が代表して呼び鈴を押した。しばらくするとドアの内側で小さな物音がした。

「陽くん、どうし……えっ」

前髪でほぼ両目が隠れている正人だが、それでも彼が春風を見るなり目を剝いたのはわかった。そこまで驚かせて申し訳ないと思いつつ、春風は話を切り出した。

「正人くん、突然ごめんなさい。単刀直入に訊くけど、先週の金曜日、あなたと錬くん――」

「ごっ、ごめんなさいごめんなさいごめんなさい……！」

突然すごい勢いで謝り始めた正人に、春風はぎょっとした。翠と陽も同じ反応だ。正人はドアのかげに隠れるようにしながら「でもあの、どうしても断れなくて、ごめんなさいごめんなさい！」と身体を折り曲げて謝り続けている。

「正人くん、待って。ごめんなさいとは何について？　断れなかったというのは何のこと？」

「へ……？　あの、ついにバレて、それでここに来たんじゃ？」

話が噛み合わないまま当惑顔で見つめ合うこと数秒、自分の早合点を悟った正人がいっきに青ざめて、勢いよくドアを閉めようとした。春風はすかさずドアの隙間に頑丈なブーツを履いた右足をねじこんだ。ガチンという音と「ひっ！」という正人の悲鳴が重なった。

「すっげ」

「春風さん、格闘家みたい」

「正人くん。急に訪ねてきて申し訳ないけど、ここで話していると近所の皆さんにご迷惑がかかるのでおじゃまします」

「う、わ、あわわ……！」

正人の胸を押して春風が玄関内に踏み込むと、次に続いた陽がドアを閉め、翠が鍵をかけた。ちゃんとチェーンも忘れないあたり、防犯意識の高さがうかがえる。

正人の部屋は十畳ほどのワンルームで、ベッドや机などの家具のほかに、ミシンもあるところが服飾専門学校生の部屋らしかった。部屋の壁の至るところには、彼が自作したらしい個性的なデザインの服がいくつも吊るされている。

そんな部屋のベッドと机の間のスペースに正座した正人は、真冬の戸外に放り出された子犬のように震えていた。その彼を、机の椅子に腰かけた春風は腕組みしながらながめた。双子たちは正人のベッドに並んで座っている。どんなふうに彼から話を聞くべきだろうか——考えるまでもない。ここはたたみかけて口を割らせるべき場面だ。

「正人くん、さっき言ってた『バレた』というのは何？　あなたは何がバレたと思ったの？」

「え、僕そんなこと言いましたっけ？」

震える声でとぼける正人に、春風は彼の言動の不自然さをひとつひとつ具体例を挙げて説明した。一分後には正人は打ちひしがれたようにうなだれて、かぼそい声を絞り出した。

「錬くんに頼まれて、学校に、電話してたんです……由紀乃さんの弟だって名乗って、体調が悪いから欠席させるって……」

春風も驚いたが、双子たちはそれ以上にショックを受けていた。

「正人、錬にいに頼まれたって、それいつのこと？」

「先週の月曜日から……そこから今日まで、学校がある日は、ずっと……」

「は？　ずっとって、それもう何日……」

「待って。先週の月曜日と火曜日は、もともと高校は休みじゃないの？　文化祭の代休で」

回転ずし店で食事をした時、錬は確かにそう言った。だからこそ自分たちは一緒に引ったくり犯の調査を始めたのだ。

陽が眉根をよせながら首を横に振った。

「兄ちゃんの学校の文化祭、六月に終わってるよ。おれと翠と母ちゃんで遊びにいったもん」

すべてが砂と化して崩れていくような、そんな心地になりながら春風は正人に訊ねた。

「正人くん。錬くんはなぜそんなことを？　学校を休んで、いったい何をしてるの？」

「わからないです。それは僕も訊こうとしたけど『詳しいことは言えない。でもしなくちゃいけないことがある』としか錬くんは言いませんでした。ほんとはだめなことだって、わかってたんです。でも『正人しか頼れない』って言われて、錬くん、頭まで下げるから……それでも断るなんて、僕にはとてもできなくて……」

正人の話によれば、錬は毎朝、翠、陽と家を出て中学校前で二人と別れたあと、引き返してこの部屋に来るのだという。そして正人の服を借りて着がえをし、どこかへ出かけていく。夜遅くなるとまた正人の部屋に戻ってきて、制服に着がえ、自宅に帰る。

「それなら先週の金曜日は？　あなたと錬くんに似た人が歩いているのを、陽くんと翠ちゃんが見かけたそうなの。本当は今日、そのことを訊きに来たんだけど」

「先週の金曜日……あ、翠ちゃんが早退した日ですよね。そのこと、陽くんが錬くんにメールしてきて。だから錬くん、僕に連絡してきたんです。『翠が体調崩して帰ってくるから自分も帰らないといけない』って。錬くん、出かける時はいつも髪もいじってるので、一度僕の部屋でシャワー浴びて、着がえもしなきゃいけないから……」

胃に鉛が沈んだような気分で、春風は深くため息をついた。

こうなると、先週の木曜日に皐月が撮影した男性も、錬である可能性が高い。でも、ではあれが本当に錬だとしたら、いったい何をしていたのか。

「なんで――正人、兄ちゃん何してんだよ。今どこにいんだよ」

陽が顔をゆがめて声を荒らげた。その質問はすでに春風がして、正人は「わからない」と答えたのを彼も聞いたはずなのに。

「本当にわからないんだ、ごめん。ただ」

正人は痛みを含んだ声で言った。

「錬くん、夜になって僕の部屋に戻ってくる時、いつもすごく疲れてるんです。本当にもう力を使い果たしたって感じで、顔色も悪くて……見てられなくて、ときどきシャワー浴びたあと、ベッドで休んでもらうんです。横になると錬くん、本当に死んだように眠るんですよ。息してないんじゃないかって心配になるくらい、少しも動かないで、真っ白いつらそうな顔して。どうして、あんな――」

正人が言葉をとぎれさせ、春風は彼の目が前髪の奥で濡れているのを見た。

錬がどこで何をしているのか。きっと彼こそが、ずっと切実に知りたかっただろう。

正人の部屋をあとにして自宅に戻るまで、翠も、陽も、ひと言もしゃべらなかった。

「……おれ、兄ちゃんに連絡してくる」

自宅に着くなり、陽は低く呟いて廊下を右手に曲がっていった。その先には錬と陽が共同で使っている部屋があるのだと、翠が教えてくれた。陽のかすかに右足を引きずる歩き方が、その時はやけに痛々しく目についた。

「わたしは中学に入った時に、お母さんの部屋のとなりに自分の部屋をもらった。それまでは錬にいが使ってた部屋、わたしにくれたの。わたしは女だから自分の部屋があったほうがいいだろうって、錬にい、そういうこといつも先回りして考えてくれるの。本当は、錬にいだって高校生でいろいろあるんだから、静かに過ごせる自分だけの場所、ほしいはずなのに。陽は、錬にいと一緒の部屋になって大喜びだったけど」

話しながら、翠はリビングのソファに座った。春風もとなりに腰かけた。美しすぎる少女は、双子の片われを案じるように廊下のほうを見つめた。

「錬にいは、陽のヒーローなの。だから嘘をつかれてつらいと思う」

「錬くんのこと、大好きなんだね」

「うん。好きっていうのじゃ足りないくらい、とにかく錬にいが大事で絶対なの。錬にいが、わたしたちのために復讐してくれた時から」

ふくしゅう、と翠の唇からこぼれた言葉が、復讐であると気づくまでに時間がかかった。

「復讐？　誰に、何があったの？」

「春風さん。この前うちに来た時に、陽に訊いてたよね。右足のこと」

「うん。小学生の時に事故にあって、後遺症が残ったって」

「本当は事故じゃないの。小学四年生の時、ずっとわたしと陽をいじめてた六年生のグループに、陽は学校の三階の窓から突き落とされたの」

何も、言葉が出なかった。

「わたしと陽が転校してきた時から、学校全部が敵みたいだったけど、その六年生のグループが一番しつこかった。いつも四人一緒にいる男子。あの時、陽はわたしを助けてくれたの。わたしがあいつらに……いたずらされそうになったから」

いたずらという生ぬるい言葉の奥に、身の毛がよだつような意味がこめられていることは直感でわかった。春風はとっさに翠の手を握った。家族の中で一番鍊と似ている彼女の手は、氷水に浸けたように冷たくなっていた。

「あの時の陽はまだ小さかったし、六年生のほうが人数も多かったけど、体当たりして転ばせて——あんな陽、初めて見た。でも六年生の一人が窓を開けて、陽を押したの。すぐにほかの子たちも面白がって、陽を落とそうとした。信じられないよね。わたしも信じられなかった。目の前で起きてること、何なのかわかんなかった。人が人にそんなひどいことするわけないと思った。でも、してるの。何人も一緒になって、自分たちよりも小さい陽のこと、突き落とそうとしてる。やっと『やめて』って叫んだ時、陽が、落ちた」

翠の声が震えて、涙が白い頬をつたった。

「陽は救急車で運ばれて、わたしは別の部屋で話を聞かれた。陽が六年生たちに突き落とされたってこと、わたしは先生とかあいつらの親とかいろんな人の前で話したけど、誰も信じてくれなかった。そこにいたのはわたしたちだけだったし、六年生はみんな『陽がふざけて自分で落ちた』って言ったから、最後はわたしが嘘をついてることになった」

「そんな——どうして？　現に陽くんは大変なけがをしたのに」

「その六年生のグループって、みんな私立の中学めざしてる優等生だったから、あの子たちがそんなことするわけないって、先生とかあいつらの親とかほかの偉い人たちが言ったんだよ。わたしと陽はみんなに嫌われてたから、何を言っても信じてもらえなかった」

春風は激しい混乱をなんとか静めようとした。学校全部が敵？　校舎三階の窓から突き落とされた。それなのに翠の証言は受け入れられず、陽のけがは事故として片付けられた。彼らはみんなに嫌われていたから。――わからない。どうしても。

「翠ちゃん。あなたたちに、いったい何があったの？　どうしてそんなひどいことをされなくちゃいけなかったの？」

翠がこちらを見る。涙の名残に濡れた瞳はまるで黒水晶で、美しい分だけ悲痛だった。

「春風さん。悪いことをした人って、どう思う？　死んじゃえばいいと思う？」

「翠ちゃん？」

「もし、誰かが悪いことをしたら、その家族も罰を受けるべきだって思う？」

「翠」

きつく尖った声。リビングの入り口で、陽が鋭い目をして双子の片われをにらんでいた。

「何しゃべる気だよ。やめろ」

「でも春風さんは、錬にいがつれてきた人だよ。錬にいは信用してない人には絶対そんなことしない。友達だって家につれてきたことないのに」

「でも一回だけだろ。しかも彼女じゃないし、だったら他人だ。信用するな。翠は簡単に他人を信じるからだめなんだ」

「簡単になんて信じてない。信じてもいい人だって、わたしがそう思ったの。陽だって本当は春風さんのこと気に入ってるくせに」

「でも兄ちゃんはもうその人と会ってない。そんならその人じゃだめだったんだ。兄ちゃんが切ったんならおれらだってもう関係ない。関わんな」

「その命令口調なに？　わたしたち双子なんだからどっちが上とか下なんてないでしょ。それとも男だから自分のほうが偉いとか思ってる？　だったらそれ、バカしかしない勘違いだから。だいたい中二にもなってそこまで錬にいにベッタリってどうなの？　かっこ悪い」

「んなっ⁉　ベッタリじゃねえもん！」

「……ちょっとちょっと、何の騒ぎかしら諸君」

またもや勃発した双子の喧嘩をあわてて止めようとしていた春風は、突然割りこんできた声に驚いた。いつの間にか、錬と双子の母親、由紀乃が目をまるくして戸口に立っていた。仕事の帰りに買い物をしてきたらしく、パンツスーツ姿でエコバッグをさげている。

「早めに帰ってきてみれば……外まで声が聞こえてたわよ。春風ちゃんだって困ってるじゃない。どうしたっていうのよ？」

錬が北原家の鬼軍曹なら、由紀乃は北原家の最強元帥だという。陽も翠も母親をひと目見るなり口を閉じて、気まずそうに肩をすぼめた。

「こら、黙ってちゃわからないでしょ。どうしたのよ」

それでも陽も翠も黙りこむので、由紀乃は春風に視線を移して「いったいどうしたっていうの？」というように首をかしげた。

何と説明したらいいものか、春風は弱り果てた。

4

由紀乃に話せることは多くはなかった。錬が無断で学校を長期欠席していることは双子たちが言わないでくれと必死な目で訴えるし、春風自身もこんな何もわからない状態で彼女に話すのはためらわれた。それで、翠が陽の右足にまつわる本当の事情を話してくれたこと、それを陽が咎めたこと、そしてこれはかなり迷ったが、錬が弟の右足のことで復讐してくれたと翠が語ったことを、春風は話した。

黙って聞いていた由紀乃は、苦笑して髪をかき上げると、キッチンに向かった。そこには最強元帥の命令で、喧嘩の罰としてガスレンジ磨きをさせられている双子がいる。

「陽、翠。私は春風ちゃんと出てくるから、二人でごはん食べてなさい。今日は奮発して、いいおすし買ってきたの。そこの袋に入ってるから。お味噌汁の残りも温めて。私の分は二人で食べていいから、錬の分は残しておいてあげてね」

キッチンから出てきた彼女は、ファー付きのロングコートを着た。

「春風ちゃん、すき焼きの時の飲みっぷりを見るとけっこういける口よね」

「え? いえ、たしなむ程度です」

「そう言い張る人ってたいがいザルなのよね。飲みに行きましょ。スマホだけ持ってきて」

驚いたが、春風は頷いてコートを着た。由紀乃は「いってきまーす」と声をかけると、スタッカートがついた足取りで部屋を出た。

予想外の展開だったが、とりあえず春風はエレベーターの中で母に『今日は遅くなる』のメールを送った。送信して二秒後に母から返信が来たが、憂鬱(ゆううつ)になる予感しかしなかったので、内容は見ずにスマートフォンをコートのポケットにしまった。由紀乃は「うー冷えるねー」と首をすくめながら歩き、十分ほどしたところで「あそこにしましょ」と指さした。

華やかで洗練された由紀乃の雰囲気から、何となくスツールに座ってカクテルを飲むような店を想像していたので、いかにも大衆酒場といったにぎやかな店構えに春風は意表をつかれた。由紀乃は慣れた足どりで店に入り、奥の席に腰を下ろした。

「だし巻きとタコワサと生一つ……ほら春風ちゃんも、食べたい物と飲みたい物、何でも好きなの頼んで。ここ全部おいしいから」

「では、あん肝とルイベを。それと芋焼酎をロックで」

「あなたカシスオレンジとか飲みそうな顔して好み渋いわね」

額に手ぬぐいを巻いた男性が「お待ちぃ！」とビールのジョッキと焼酎のグラスを運んでくると、由紀乃は「かんぱーい」と春風のグラスに打ちつけて、ぐいぐいとおいしそうにビールを飲んだ。あっという間にジョッキを干してしまうと「すいません、生もう一つ」と声を張りあげると、小さく息をついてから口を開いた。

「いきなりごめんなさい。さすがに、しらふだと話しにくいことだから。まずは、あの子たちの父親のことから話すわね。順序としてそのほうがわかりやすいと思う」

「はい」

「あの子たちの父親で私の夫——離婚が成立してるから正しくは元夫だけど、彼は前科者なの。詐欺罪で逮捕されて、懲役五年の実刑判決を受けた。今から六年前、錬が小学五年生で、陽と翠が小学二年生の時のことよ」

それほど表情は崩さずにすんだと思う。けれどやはり、衝撃ではあった。

「詐欺罪というのは、いったいどんなことを」

「自分が勤めていた札幌市内の企業から総額一億円を騙しとったの。社内の人間を協力者にしてね。たぶん、過去の記事を探せば今でも出てくると思う。ほかにも若い頃にチャチな前歴があった男だから、それも重い罰を受ける要因になったと思うわ」

それから由紀乃は「あ、イカ焼きも食べましょ。大好きなのよ」と大きな声で店員に注文をしたが、春風にはそんな態度が、次の言葉のための心の準備をしているように見えた。

「潤(じゅん)が法を犯した、悪いことをしたというのはわかってる。それは彼が逮捕されてから嫌というほど思い知った。私だけじゃなく、錬も、陽も、翠も、散々つらい目にあわせてしまったわ。でも……正直な気持ちを言えば、今でも私は、潤を憎めない」

由紀乃は反応を推し量るようにこちらを見つめてきた。たぶん、憎めないという言葉に春風が少しでも不快感を表せば彼女はそこで話をやめるつもりだったのではないか。

ただ、その正否は別として、憎めないという彼女を不快とは思わなかった。人の心は聖域だ。

何を感じ、何を思おうと、それは当人の自由であり、それは決して侵害されてはならない。だから春風は由紀乃の目を見つめ返した。早合点も当て推量もしないよう、中立な心をたもつ努力をしながら。

由紀乃は再び、口を開いた。

「潤と初めて会ったのもちょうど今ごろの季節で、こんながやがやした店だった。私が二十七歳の時。当時は市内の別の建築会社に勤めてたんだけど、まあこれがとにかく忙しくて毎日いっぱいいっぱいでね、その日はとくに嫌なことがあってひとりで飲んだくれてたのよ。そうしたら、酔っ払ったおじさんが『女がこんな飲み屋にひとりで来るもんじゃない、旦那と子供はどうした』って絡んできたの。旦那も子供もいないって言えば『まだ結婚もしてないのか』って鼻で笑われて『女は早いとこ結婚して子供産まなきゃ意味がないだろ』なんてことまで言い出すわけよ」

性差別的な発言についしかめ面になると「春風ちゃんもそんな顔するんだ」と由紀乃は笑い、伏し目がちにほほえんだ。

「そこにね、いきなり『まあまあ』って言いながら細長い男が割って入ってきたの。それが潤なわけだけど、おかしな男なのよ。おじさんはもちろん潤に矛先を変えて嚙みつくんだけど、潤が笑ってウンウン頷くうちに、毒気を抜かれるっていうか、勢いがしぼんできて、職場で馬鹿にされてつらい、家でも家族に冷たくされてつらい、って愚痴り出すわけ。最後には私たちの前で泣いちゃってね。気がつくと私と潤は、飲み食いしたもの全部をそのおじさんにごちそうしてもらって、一緒に店を出てたわ」

潤という男性は、なにか人の心をほどくような、そんな力の持ち主だったのだろうか。

「助けてもらったからお礼がしたいと思って、私は潤にそう言った。そうしたら『なら今晩おねえさんの家に泊めてください』って言われたの」

春風が目を剝くと「そういう顔されると思った」と由紀乃は恥ずかしそうに笑った。

「それで、泊めたんですか？」

「最終的にはね。でもちょっと弁明させてもらいたいんだけど、私だってさっき会ったばかりの男をホイホイひとり暮らしの部屋につれ帰ったりはしない。私は潤のこと、家出少年か何かだと思ったのよ。ほんとにそのくらいの、今の錬と変わらない歳に見えたの。それで喫茶店につれてってどういうつもりなのか話を聞くと、潤は育った施設を出てからは住所不定の状態で、身内と呼べる人間もいなくて、所持金も千円くらいしかなかった。だから年上の大人として、少し手を貸してあげたい気持ちになっちゃったのよね。あとで二十四歳だと知って詐欺だと思ったけど。――って、冗談にならないわね」

苦笑をもらした由紀乃は、ビールを飲み干して「すいませんお代わりー！」と頼んだ。

「で、いざつれて帰ってみると、やっぱりおかしな男でね。行儀のいい犬みたいに悪さもしないで部屋のすみっこにいるんだけど、妙にくつろいで、他人の家なのにすやすや眠って、私が出て行けと言わないと、いつまでも当たり前みたいにいるの。私も経験のない事態だったから、どうしたらいいのか困惑してたんだけど、でもね――仕事が終わってフラフラ帰ってくると、いつもは真っ暗で寒い部屋に、電気が点いてる。部屋も暖まってて、ほったらかしてた掃除も洗濯も終わってて、夕ごはんを作っていた潤が私の顔を見て『おかえり』って笑ってくれる。潤は『出て行け』と言われる日をなるべく先延ばしするためにそうしているだけだとわかってたけど、それが、そんなひとつひとつが、涙が出るほど胸にしみた。それはずっと私がほしくて、でも手に入れられなかったものだから。私は、結局潤に『出て行け』と言わなかった。そのうち彼と籍を入れて、錬が生まれた」

一区切りつけるように息をついた由紀乃は「改めて話すとほんとめちゃくちゃね」と声をあげて笑った。春風は黙って首を横に振った。

お待たせしましたー、と店員が水滴をたくさんつけたビールジョッキを運んできた。由紀乃がだし巻き卵に大根おろしをのせて食べだしたので、春風もあん肝を口に含んで冷たい焼酎を飲んだ。確かに由紀乃の言うとおり、すごくおいしい。

「彼が育児も家のこともやってくれるから、私は産休を終えてすぐに職場復帰できた。それも本当にありがたかったわ。仕事が終わって大急ぎで家に帰るとね、潤とちっちゃな錬が一緒に寝てるの。笑っちゃうくらいおんなじ顔をして。錬は、私よりも潤といる時間のほうがずっと長かったから、私よりも潤に懐いてた。幼稚園に入るまではいつも潤のあとにくっついて、トイレにまで一緒に入ろうとするくらいだったのよ。それから陽と翠も生まれて、もうしっちゃかめっちゃかの忙しさだったけど、本当に楽しかった。私は今だってちゃんとハッピーだけど、あの時期は、すごくしあわせだった」

由紀乃が幸福な少女のようにほほえみ、けれどその笑みは、ゆっくりと消えた。

「ずっと家のことをやってくれていた潤が働き出したのは、陽と翠が小学校に入ってしばらくしてからだった。錬はわりと早く手がかからなくなったけど、翠と陽なんてちっちゃな怪獣みたいだったから、とにかく毎日が大騒ぎでね。二人が学校に通うようになって、潤もやっとゆっくりできるようになったの。それまでが大変だったから、私は潤がずっと家にいてもかまわないと思っていたんだけど、小学三年生になった錬に『お父さんはなんで働いてないの？』って言われちゃったのよ。あの時は、さすがにあの男もたじたじになってた。あるいは、自分も世間のお父さんみたいになりたい気持ちがあったのかも。とにかく『俺も働く』って言って仕事を探し始めたんだけど、残念ながら、働くということが致命的に向いてない男だったのよ。人懐っこくて人当たりもすごくいいから、最初はどこでもうまくいくんだけど、だんだん周りと嚙み合わなくなるの。職場との相性もあっただろうけど、潤にお金を稼ぐための必死さや忍耐力が欠けているせいもあったと思う。さっき話した潤と私が出会ったきっかけもね、よく考えれば、潤はお金をほとんど持ってなかったくせにあの居酒屋で普通に飲み食いしてたのよ。そのままいけば無銭飲食で警察に突き出されてたはず。でも私が絡まれてるのを見て、試しに助けたら、結果的には食事代もおじさんに出してもらえて、その晩の宿も確保できた。よかったラッキー、って……そんなふうに、ふわふわと未来への保証も命綱もないまま世の中を流れてきた男だったの、潤は」

由紀乃は淡い色のマニキュアを塗った爪の先で、ジョッキについた透明なしずくをすくい取った。照明の光を受けたそれは水晶の粒のようだった。

「かばうように聞こえるかもしれないけど、それは潤の育った環境のせいでもあるんだと思う。潤は、小さな頃に父親と母親が相次いで蒸発して、父方のお祖母さんに育てられたらしいの。それだけで裕福な生活とはほど遠いって想像はつくと思うけれど、そのお祖母さんは潤を育てるために、自分の収入でまかないきれない分は掏摸や詐欺まがいのことをしてお金を手に入れてたみたい。潤にも小さな頃からその手伝いをさせてたそうよ」

思わず眉がぴくりと跳ねた。

「ごめんなさいね、気分の悪い話を聞かせちゃって」

「いえ。世の中には、いろんな事情を抱えた人がいるんだと思います」

「ええ、本当にそう。子供に詐欺の手伝いをさせるなんて私だってとんでもないと思う。でもそれがお祖母さんには精いっぱいのことだったかもしれない。生活保護を受ければいいとか、施設に入ればいいとか言う人もいるわよね。実際その通りだし、知識を持ち、打開する方法を実行できる者はそれでいい。でも世の中には、毎日を生きることに必死で、役所に行って手続きすることがままならない人もいる。自分を救う方法や、そういう方法が存在すること自体知らない人も。潤は、そういう場所に生まれた男だった」

春風は店のざわめきを聞きながら、潤という男性を想像しようとした。

心理学では、親は子供の精神的根幹を形成するもっとも重要な存在として扱われる。大きな安定した存在に保護され、慈しまれる経験を重ねることで、人は自分の存在を肯定する感覚と世界そのものへの信頼を獲得する。その感覚は生きる上での根となる。

幼児にとって絶対的存在である親の双方に捨てられ、親代わりである祖母には日々の糧を手に入れるために小さな頃から詐欺の手伝いをさせられてきた。そんな数奇な生い立ちの男性を思い浮かべようとするが、どうしても霧につつまれたような姿しか想像できない。

「そういう特殊な育ち方をしたせいか、潤はかなり変わった男だった。人には好かれるのよ。ふしぎなくらい人とのあいだに垣根を作らない男で、笑顔がすごく魅力的で、その場の誰とでもすぐに仲良くなるの。でも反面、モラルに欠けるところがあった。人としてやってはいけないことをうまく理解できてないというか——たとえば、お腹がすいて、でもお金がなくて、そこにコンビニがあったら、深く考えずに悪気すらなくスルッとパンを盗ってきてしまうような。まずいことに、潤はかなりうまくパンを盗めてしまう人間だった。英才教育と言っていいのかわからないけど、小さな頃から人の目を欺いて何かを得る訓練をされてきたわけだし、彼自身の素質もあったんだと思う」

由紀乃は遠い目をして、呟くように言った。

「……忘れられないことがあるの。錬がまだ四歳くらいの頃、私の財布を抜き取ってみせたことがあったのよ。私が買い物に行く準備をしていたら、コートのポケットに入れてた財布を、本物の掏摸みたいにすれ違いざまにスルッと。錬は得意そうに笑って私に財布を返したけど、鳥肌が立つくらいぞっとして、私は錬を怒鳴りつけたわ。あの頃は翠と陽が生まれたばかりで、あまり錬にかまうことができてなかったから、あの子も私の気を引こうとしたんだと思う。でも、あの時は自分でも止められなくて、錬が大泣きしても何度も怒った。こんなことはもう二度としちゃだめだ、どうしてこんなことをしたんだって。そうしたら錬は言ったのよ――お父さんが教えてくれた、って」

春風は、四歳児の言葉を聞いた母親の衝撃が、自分の胸にまで伝わってくる気がした。

「私はすぐに潤を問い詰めた。いえ、怒鳴りつけたわ。もう二度と錬に変なことを教えないで。翠と陽が大きくなっても絶対にこんなことはさせないで。とにかく子供たちにはあなたがさせられてきたことを一切教えないで、って。潤は、よくわからないって顔で私を見ていた。何だろう……生まれてからずっと使ってきた言葉を『もう二度としゃべるな』っていきなり言われたら、人はあんな顔をするのかしらね。

潤は『うん、わかった』と答えて、本当にもうそういうことは教えなくなったみたいだった。自分の子供の頃の話や、お祖母さんの話もしなくなった。そして、私や錬や、翠と陽と一緒にいる時、急にどこを見ているのかわからない目をするようになった。今まで子供たちと笑って遊んでたのに、ふっとそういう顔になるのよ。まるで急に目の前の子供たちがどういう存在なのかわからなくなったみたいに、どうして自分がここにいるのか思い出せなくて途方にくれるみたいに。でも少しすると、またもとに戻って子供たちと遊ぶ。私は――」

語尾がかすれて、由紀乃の目もとが小さく引きつった。

「私は、彼のそういう様子に気づいてたのに、見えないふりをしてた。みんなで仲良くやれてるから大丈夫だって、彼のそういう面と向き合うことを怠ってた。そんなふうに目を背けていたから、潤のしてることにも気づかなかったのね。翠と陽が小学校に入ってしばらくしてから、潤は市内の清掃会社に就職したの。あちこちの契約先に出向いて掃除をする仕事。今度もすぐにだめになるんじゃないかと心配してたけど、潤はその会社にそれまでで一番長く勤めた。『じいさん、ばあさんが多くて楽しい』って話してたの、覚えてるわ。潤はお祖母さんに育てられたせいかお年寄りが好きだったから、今度こそうまくいくかもって、私は本当にうれしかった。――まったくおめでたいわよね。潤はその同僚たちを利用して、会社の社長から多額の金を騙し取ってたっていうのに」

　しばらく前から由紀乃が手をつけなくなっていたビールのジョッキの側面を、水滴が流星のように伝い落ちた。

「ほんと、自分の目の節穴ぐあいが嫌になるほど、私は何も気づいてなかったの。潤がある日突然、離婚届を持ってきて『別れて』って言うまで」

「……潤さんのほうから、離婚を求めたんですか？」

「ええ。でも本当に突然だったから、私は前の晩にちょっと喧嘩したのをまだ怒ってるんだと思ったのよ。そんなことで離婚まで持ち出すなんてって相手にしないでいたら、潤は黙って出ていった。それが最後。次に潤を見たのは、テレビの中でだった。潤が最後の日に区役所に離婚届を出してたことも、その足で警察署に自首したことも、全部あとで知ったわ」

　みずから警察に？　春風は眉をひそめた。

「潤さんは、どうして急に自首したんですか？　その時点では、彼が事件を起こしたことはまだ発覚していなかったんですよね」

「そうね。ただ私の知らないところで、本人が危機感を持つようなことは起きていたのかも。そして逃げられないと観念したか。——わからないわ、本当のところはまったく。面会しようとしても拒否されて、結局潤とは一度も話すことができなかった。潤はもう、私と話したいことなんてなかったのかもしれない。だから『別れて』以外何も言わずに、行ってしまったのかもしれない」

呟く彼女の声に呼応するように、またジョッキから水滴が流れ落ちる。

「潤が抱えてる、どうしようもなく暗い部分を、私はずっと見ないようにしていた。潤のことは好きだったし大切だったけど、そういう面だけは怖くてふれたくなかった。彼は本当はいつまでも私たちの家に馴染めずにいて、私のそういう見えないふりをする狡さがなおさら潤を孤独にさせてるって、本当はわかってたのに。もし、私がもっと潤と向き合って理解しようとしていたら、どんな彼でも受け止めようとしていたら、あんなことには——」

「由紀乃さん、人は他者に対してできることには限界があります。潤さんを理解すべきだったと感じるのは当然だと思います。でも、そうしなかったから彼が事件を起こした、だから自分のせいだとまで思うのは、もう思いこみの域です。そういう自分を追い詰める不合理な信念のことを、イレイショナル・ビリーフと呼びます」

はりつめた表情をしていた由紀乃は、何度かまばたきをすると、弱いながらもほほえんだ。かすかだが彼女の持ち前の華やかさが戻る。

「かっこいいな、春風ちゃん。さすが錬が家につれてくるだけあるわ」

「何度も言ってますが、あれは、私が彼にココアをおごったお礼なんです」

「違うのよ。あの子が他人を自分のテリトリーに入れるということ、翠や陽に近づくのをゆるすということは、あなたが考えてる以上に特別なの。あの子はいつもあんなしれっとした顔をしてるけど、本当は常に周囲の人間を警戒してる。人がどれほど簡単に心変わりして、時と場合によってはどれほど残酷になるか、よく知ってるから」

由紀乃が話の流れを元夫から息子に変えたことを悟って、春風は居住まいを正した。

すでに店内は酒を楽しむ人々でいっぱいになっている。陽気な笑い声や言い合いの声があちこちであがって、ここで交わす言葉は誰の耳にも届かないだろう。

「それは、潤さんが逮捕されたあとで、翠ちゃんや陽くんが大変な目にあったからですか」

「ええ。ただ、翠と陽だけじゃない。大変だったのは錬も。ちょっとごめん、ここからもなかなかハードだから話す前に景気づけしとくね」

由紀乃が手を上げて「すいませーん、生もう一杯！」とざわめきの中でもよく通る声を張り上げた。春風もすかさず「芋ロックも追加で」と空になったグラスを上げた。

「察しはつくと思うけど、潤が逮捕されたあと私たち家族は大変なことになった。潤の名前が報道された時には離婚が成立してたけど、世間はそういうの関係ないのよね。私もいろいろあったけど、小学校に通う子供たちはもっと気の毒だった。錬がまだ五年生で、翠と陽と同じ小学校にいてくれたことがまだしも救いだったかもしれない」

そんなふうに語り出した由紀乃の顔は、先ほどよりもいっそう暗く翳っていた。それは彼女たち家族にとって、まさしく暗黒の日々だったのだろう。

「そのまま子供たちを学校に通わせるのは酷な状況だったし、私も職場には居づらくなっていたから、一度江別にある私の実家に引っ越したの。そして錬が中学に上がるタイミングでまた札幌に戻った。二年近くたったからもう大丈夫だと思ったのよ。でも、甘かった」

ため息をついた由紀乃は、こちらに目を向けた。

「陽の足のことは、表向きじゃない話も聞いたのよね？」

「はい。陽くんが翠ちゃんをかばったことも、学校の三階から突き落とされたことも、翠ちゃんの主張を誰も信じなかったことも」

春風は一瞬ためらってから、声を落として続けた。

「翠ちゃんは、錬くんが復讐してくれたと言ってました。だから陽くんは、錬くんが絶対なんだと」

由紀乃は肯定も否定もせず、ビールをひと口飲み、タコワサをちょっとつまんだ。

「翠があなたに話したとおり、陽の足のことは、結局うやむやにされて終わった。あの時のことを思い出すと、正直今でも内臓が焦げそうになる。当時は本当に学校と、六年生グループの子供たちの家と、ちっとも役に立たない弁護士の事務所に順番に火を点けて回ろうかと思ってた。私がしっかりしなくちゃいけないってわかってるのに、感情をコントロールできなかった。

そういう私の代わりに、錬は翠と陽の面倒を見てくれてたわ」

「怒っていなかったんですか、錬くんは」

「怒ってたわ。とても激しく。あの子は、昔からそういうところがあるの。腹を立てて言葉や態度に出してるうちはたいしたことないのよ。でも、もうゆるさないと決めた時は、氷みたいに静かになる」

　当時中学一年生だった錬を春風は知らない。けれど白い顔で氷のように沈黙する彼が、目にしたようにありありと浮かんだ。

「陽の事件が起きたのは、夏休みの直前で七月だった。それから一カ月以上入院して、足のリハビリなんかもあって、やっと少しだけ落ち着いたのが十月に入った頃。陽はもちろん、翠もずっと学校に行けない状態で、私も転校先のことを考えるために休みをとってあれこれ調べてた。母親のくせに情けないけど、錬にはほとんど何もしてやれてなかったわ。しっかりしてる子だから、それに甘えて放っていた」

　後悔を吐き出すように、由紀乃はため息をつく。

「そういう時に、突然、錬が病院に運ばれたって連絡を受けたのよ。それだけじゃなく、陽を突き落とした六年生グループの四人全員が警察に補導されたということも」

　急に提示された二つの情報のどちらもが衝撃的で、春風は整理するのに時間がかかった。

「錬くんが病院に運ばれたことと、六年生グループが補導されたことは、関係あるんですか」

「あるわ。六年生グループが補導されたのは、錬への恐喝と傷害、クレジットカードの不正利用のためだった」

　錬への恐喝と傷害、というだけでもあまりに衝撃なのだが、突然出てきたクレジットカードという単語に当惑した。「その少し前からの説明になるんだけど」と由紀乃は続ける。

「錬が病院に運ばれる前日、私のところにクレジットカード会社から連絡が入っていたの。私のカード、正確にいえば私が錬に学用品なんかの買い物用に渡していた家族カードで、ある通販サイトのゲーム機が六台購入された、覚えがあるか、という内容だった。高額なゲーム機を六台もというのが不自然だし、何より購入者の名前や住所がこれまでの利用歴にないものだったから、不正利用を疑ってそういう確認をしてきたらしいわ。私もびっくりして、錬に確認したら『全然知らない』って言うから、カード会社にもそう伝えた」

「そして次の日に、錬くんが暴行を受けて、六年生グループが補導された？」

「ええ。私も、その時に初めて何が起きていたのか知ったんだけど、流れとしてはこういうことなの。錬はその半月ほど前に例の六年生グループに接触して、陽のけがの真相を告白することを求めた。でも彼らは逆に錬を脅して、金を巻き上げるようになった。『詐欺師の息子だってことを中学にバラされたくなかったら金を持ってこい』って笑いながら脅す彼らの音声を錬が録音していたので、それは確かよ」

　錬が脅迫の音声を録音していた、ということが引っかかった。「それから――」と由紀乃があえて感情をこめないようにしているとわかる声で続けた。

「錬から金を巻き上げていた彼ら四人は、そのうち錬が持っていた家族カードも取り上げて、通販サイトでゲーム機を六台購入した。一人一台ずつ山分けしたあと、残りの二台は転売してお小遣いにしようと思ったそうよ。それで、首尾よくゲーム機が届いて喜んでいた彼らに、錬はこう言ったの。『昨日うちの親にカード会社から連絡があってカードの不正利用がバレた。今カード会社が調査してる。誰が犯人かすぐに突き止められる。カードを奪ったことは窃盗罪で、不正利用は詐欺罪だ。これが発覚すれば中学受験もだめになる。補導される前に自分から警察に行ったほうがいい』――錬は、彼らにそう諭した」

春風は焼酎をひと口飲み、確認した。

「しかし彼らは、錬くんを暴行し、けがを負わせたんですね」

「そう。なにせまだ十一歳や十二歳の小学生たちだから、他人名義のカードで買い物をしたらこんなにすぐ発覚するということも、それが窃盗罪や詐欺罪なんて怖い名前の犯罪だということも知らなかった。彼らはね、みんな教育熱心な家に生まれて、毎日遅くまで塾通いしながら受験勉強をしてたの。がんばって名門の私立中学に入るために、かなりのストレスを溜めていたと思う。なのに補導される、受験もだめになると言われてパニックになった。パニックは次に怒りに変わって錬に向いた。どうしてカード会社から電話があった時にうまく言ってごまかさなかった、今からでもおまえが買ったことにしろ。彼らは錬にこう迫って、どうしても錬がイエスと言わないと、逆上して錬を暴行した。その音声も、錬はすべて録音していた」

――また録音。

「ところでね、錬が六年生グループから暴行を受けたのは、中学から少し離れたところにある廃屋だったの。彼らはよくそこに入りこんでたのよ。錬を恐喝する時も、いつもそこに呼び出してたそうよ。ただその日は、錬のほうから忠告のために彼らを呼び出した。時間は夕方四時頃。そこは普段はとても人通りが少ないの。でもその日は、たまたま警察官が付近を見回っていて、怒鳴り声を聞きつけ、敷地内に入った。そして錬が暴行を受けている現場を目撃し、彼らを制止して錬を保護。錬の意識がないのを確認して救急車を呼んだ」

一息にしゃべった由紀乃は、深く息をついてビールを飲んだ。春風は指先で前髪にふれながら、数々の違和感を整理した。

「その日、錬くんが暴行を受けている時間帯に偶然、警察官がパトロールを？」

「ええ。ただ、私も警察でいろいろと話を聞いたり聞かれたりしてるうちに知ったんだけど、その前々日と前日に二回、警察に匿名で相談の電話があったんですって。『近所の廃屋に誰かが入りこんで騒ぐので困る。いつもきまって夕方四時ごろに声が聞こえてくる』という内容の。廃屋というのはもちろん、その現場よ」

それは、と言いかけて春風は言葉を呑みこんだ。

「なにせ発見したのが警察官だったし、錬は腕の骨折と全身打撲の重傷だったから、かなりの大ごとになったわ。彼らが錬を暴行したことについては録音の証拠が残ってたし、カードの不正利用もすぐに証拠が出てきたから、彼らは厳重な聴取を受けた。ただ、そうはいっても彼らはまだ刑事責任を問われない小学生だし、彼らの親がゲーム機代の返金と錬の治療費の全額負担、こちらへの謝罪、すべてを受け入れたから、それでおさまるはずだったの。でも、そこに、もうひとつ偶然が重なった」

　また偶然？　眉をよせる春風に、由紀乃は淡々と続ける。

「どうも例の日の、例の時間、たまたまその廃屋の近くに誰かがいたようなの。その誰かは、錬が六年生グループから暴行を受け、そこに警察官が踏みこみ、錬が救急車で運ばれて彼らが警察署につれて行かれるまでの一部始終を撮影していた。その動画はＳＮＳに投稿されて、あっという間に拡散された。一応モザイクなんかの加工はされていたけど、動画を見て腹を立てた第三者に彼らはすぐに身元を特定されて、実名から顔写真、住所なんかの個人情報をネットにばら撒かれた。六年生グループの四人は、もう誰も札幌にいないわ。受験がだめになるどころか、小学校の卒業さえ待たずに、みんな引っ越していった」

　春風は絶句して、いつの間にか氷がとけてしまった焼酎のグラスを見つめた。透明な水面に、細い声でささやいた翠の横顔が浮かぶ。

『錬にいが、わたしたちのために復讐してくれた』

　そうなのか？　まさか、という思いと、けれど、という思いがめまぐるしく交差する。

　脳裏に、付近の住人を装って警察署に相談の電話をかける錬の姿が浮かぶ。動画を撮影した第三者も、ＳＮＳなどを使えば雇うことができるだろう。鐘下の調査をしていた時にも高校生離れした能力を見せつけた彼のこと、十三歳の時だってそれくらいはやりおおせたはずだ。

　肉を切らせて骨を断つように、錬は彼らを罠に嵌めて復讐をやり遂げた。妹をなぶろうとし、弟に一生消えない傷を負わせた者たちを、法の代わりに人々の好奇と義憤と悪意に裁かせ、彼らが歩むはずだった未来を粉々に砕いた。

「——由紀乃さんは、どう思っているんですか？　錬くんの事件について」

由紀乃は、ジョッキに目を据えながらしばらく黙っていた。

厚いガラスの持ち手を握りかけ、けれどやめて、口を開いた。

「連絡を受けてすぐ病院に駆けつけて、事情を聴きに来た警察官が帰ったあと、錬に訊いたの。どうして彼らに家族カードを盗られた時点で私に知らせなかったのか。たとえそのタイミングで言えなかったとしても、あの子はカード会社から不正利用の疑いの連絡が入った時、私にはっきりと言ってる。『全然知らない』って。それはどうしてだったのか、どうしてこうなるまで私に黙ってたのか、あの子に訊いた」

「錬くんは」

「『母さんは陽のことで落ちこんでたからこれ以上心配かけたくなかった』と答えたわ」

錬は本当にそう思っていたかもしれない。下の息子が大けがをし、娘もひどいショックを受けている状態で、由紀乃は精神的に相当まいっていたはずだ。そんな母親を見て、これ以上の心配をかけたくない——そう感じるのは自然なことだろう。

けれど反面、あの錬が、とも思うのだ。カードが第三者に奪われれば大金の絡むトラブルに発展しかねないことを、錬ならば判断できたはずだ。たとえ今よりずっと幼い十三歳の少年だったとしても。それでも母親に知らせなかったのは——彼女が介入してきたら、自分の計画が頓挫しかねなかったからではないか。

「私は錬に『わかった』と言った。『信じる。これから私はあなたが口にしたどんな言葉も命がけでそれが本当だと信じる』って。錬は黙ってたわ。頷くこともしないで、ずっと窓のほうを向いて、黙ってた」

春風ちゃん、と静かな声で呼ばれた。

「あなたは、ご家族とは仲がいい？　うまくやれてる？」

春風は一瞬ためらったが、正直に話すことにした。由紀乃が今そうしてくれたように。

「仲はいいほうだと思います。愛してくれていると感じるし、私も大切に思ってる。でも――無性に逃げ出したくなる時があるんです。ひどいことだと、わかっていますが」

「ひどくはないわ。きっと、親を一度も憎んだことのない子供も、子供を一度も疎んだことのない親も、この世にはいないと思う」

やさしくほほえんだ彼女は、睫毛を伏せた。

「私は両親が苦手なの。どのくらい苦手かというと、潤が逮捕されて、針の筵（むしろ）みたいな状況になって、やむなく子供たちをつれて実家に戻ったのに、二年で耐えられなくなって札幌に逃げ帰るくらい。だからずっと思ってた。私が子供を授かったら、私が味わってきた嫌な思いを子供たちには絶対にさせない。心から愛して、理解して、必ずしあわせにするんだって」

彼女の瞳に濡れた光を見た気がした。でも、それは気のせいだったかもしれない。

「でもね、親になってみると、それはとても難しかった。錬には心からしあわせになってほしい。でも私は、錬が何を考えているのかわからないの。潤がああなった時からずっと苦しんでるのはわかる。最近はとくにはりつめて、何でもない顔をしていても本当は必死なのがわかる。でも、何をしてあげたらいいのか、何を言ってあげればいいのかわからない。私が近づくと、あの子はいつもうまいことを言って本心を隠してしまう。私はあの子まで失ってしまうんじゃないかって、この頃すごく怖くなるの。いつか錬も潤みたいに、突然手の届かないところへ行ってしまうんじゃないかって、そんな気がしてたまらないの」

由紀乃と店を出た時、時刻は九時をすぎていた。「長くなってごめんね」と手を合わせる彼女は、もういつものパワフルで魅力的な三児の母に戻っていた。

マンションに戻る途中で、春風はひとつ訊き忘れていたことを思い出し、「あの」と由紀乃に話しかけた。

「今、錬くんたちが使っている『北原』は、由紀乃さんのほうの姓ですか？　事件を調べるためにもそれは必ず知っておきたかった。「ああ」と由紀乃は眉を上げる。

「そうか私、名前ばかり呼んでたものね。そう、北原は私のほうの姓。潤の姓は、カガヤよ」

カガヤ、と鸚鵡（おうむ）返しに口にすると、由紀乃は夜空に指をすべらせた。

「加のくり返しに谷で『加々谷』。加々谷潤」

加々谷潤。

錬と双子たちの父親にして、詐欺師。

*

いつの間にか錬のグラスの氷はすっかりとけて、コーラの色が薄くなっていた。とり換えてくるかと春風は訊ねたが、錬はやはり口を開こうとしない。

「由紀乃さんの話を聞いたあと、翠ちゃん、陽くんと連絡先を交換して話し合った。あなたが学校を休んで、どこで何をしているのか、確かめる方法を。あなたに直接訊けたら一番いいけど、家族といる時のあなたは完璧に普段どおり振る舞っていて一切の隙を見せない。あなたがここまでしているならよほどの目的があって、きっと直接訊ねても答えてもらうのは難しい、かえって今度こそ痕跡を完全に消されてしまうというのが翠ちゃんと陽くんの意見だった。私もそこは同感だった。ただ、平日も活動しているあなたが何をしているのか、授業がある翠ちゃんと陽くんが調べるのは無理。だから追跡アプリを使ってあなたがどこにいるのかを確認しようということになった。そのあとは、あなたが考えたとおりよ。念のために言うと、由紀乃さんにはまだこのことを話してない。あなたがずっと学校を休んでいることも」

母親にまだ知られていないということは、彼の厳重な警戒心をいくらかでもやわらげたのだろうか。やっと腕のバリケードをほどいた錬が、目を合わせてきた。

「陽と翠は？　何をどこまで知ってる？」

「まだ何も。陽くんにはあなたのスマートフォンにアプリを入れてもらったけど、あなたの居場所を追跡できるのは私のスマートフォンだけなの。だから二人はまだ何も知らない」

かすかに錬の肩の線がゆるんだ。ひそかに息を吐いたように。

「錬くん、聞かせてほしい。あなたはいったい何をしてるの？」

核心に切りこむと、錬はまた目を背けた。

「あなたを追跡したのは、一昨日と昨日、そして今日。三日間ともあなたはあの貸しスタジオに入っていった。今日は姿を見なかったけど、あなたとずっと行動していた男──あれは鐘下よね。どうしてあなたと鐘下が一緒にいるの？　あそこで何をしているの？　もうひとり一緒にいた女性は誰？」

「それ聞いて、どうするんですか？」

拒絶も反撥もきれいに洗い落とした声だった。服装を変え、髪色を変え、見知らぬ他人のような姿をした錬は、冷めきった目を春風に向けた。

「俺と春風さんは赤の他人ですよね。俺が何をしてたって、春風さんには関係ないじゃないですか」

「あなたにとってはそうかもしれないけど、私はもうあなたを赤の他人とは思ってない。あなたが何をしているのか心配になる程度には、あなたという人間を近しく思ってる。たとえ、あなたのほうは私を利用していたとしても」

かすかに錬の表情がゆれた、気がした。

「あなたのおうちですき焼きをごちそうになったあと、私の学生証がなくなったの。紛失に気づいたのは十一月四日。結局その日のうちに学生証は大学の窓口に届けられたから、最初はキャンパスのどこかで落としたんだと思ってた。でも、よく考えるとそれはおかしい。あなたと大学で引ったくり犯の調査をした二日目の十一月二日、私は学生証を使って北図書館に入った。そのあと学生証は確かに財布にしまった。翌日は祝日で大学には行ってないし、学生証を財布から出す機会も一度もなかったはずなの。変だと思って、学内の学生証を使う施設で私の利用履歴を調べてもらった。そうしたら、学生証を紛失したはずの十一月四日にも、私は北図書館に入館したことになっていた」

錬はみじんも動揺を見せない。

「これは確証のない推測だから、違うならそう言って。錬くん、あなたが私を家に招いてくれたのは、学生証を手に入れるためだったんじゃない？　私はバッグをソファに置いてみんなと夕食の準備をしてた。あなたにはいくらでもチャンスがあったと思う。学生証を持たないあなたは大学の図書館には入れない。うちの大学の図書館は高校生以下は利用できない決まりだから、一日利用証を発行してもらうことも不可能。だから、あなたは北図書館に入るために学生証を手に入れたかった」

「確証のない推測、ですよね」

「私の学生証についてはそう。ただ、あなたが私の知らないところで鐘下に接触を図っていたことは確証を得てる。河西すみれさん。覚えてるよね」

錬は表情を一ミリもゆらさない。

「誰かが私の学生証を使って図書館に出入りしたとわかったあと、真っ先に顔が浮かんだのは、あなただった。では本当に私の学生証を盗んだのがあなただとして、その目的は？　鐘下が絡んでいることは想像に難くない。だから私があなたの立場であればそうするように、鐘下と同郷で彼をよく知る河西さんに会いに行ってみた。それで彼女から聞いたわ。錬くん、あなたもひとりで彼女に会いに行ったでしょう。それも調査二日目の十一月二日——私が北図書館で鐘下がいるかどうかを確かめている間、あなたは博物館の見学をすると言っていた、あの時に。私と別れたあと、あなたは経済学部の講義棟に引き返して、四講時までの休み時間にもう一度河西さんと会っている。あなたは彼女に、自分のメールアプリのIDを添えて、鐘下に伝言してほしいと依頼した。内容はこう——『十月二十八日のことで話がある』」

十月二十八日は十月最後の木曜日。サヨ子の引ったくり事件が起きた、まさにあの日だ。

すみれには何のことかわからないだろうが、例の引ったくり犯にはそれだけで話は通じる。伝言を受けた鐘下からすれば、自分の犯行を知る者からの脅しとも取れたはずだ。

「おそらくあなたの思惑どおりに、鐘下はあなたに連絡してきた」

鐘下はそうせざるを得なかっただろう。無言の脅迫者は、河西すみれを通じて自分を呼び出してきた。応じなければ自分のしたことを彼女にバラされる恐れがある。錬もそういう効果を狙って、鐘下の知人の中でもとくに親しい間柄である河西すみれをメッセンジャーに選んだのではないか。

「あなたと鐘下が、どういうやり取りをしたのかはわからない。ただ、あなたと鐘下は直接会うことにしたんだと思う。その場所が北図書館。あなたが立ち入りのできない北図書館を自分から選ぶとは考えにくいから、場所を指定したのは鐘下のほうなんでしょう。あなたなら自然に場所を変更させることができたと思うけど、あえて図書館で会うことにしたのは、鐘下に正体を見破られないようにするためだったんじゃない？　あなたが以前自分を捕まえようとした高校生だと気づいたら、また鐘下は姿をくらましかねない。でも図書館で会えば、鐘下はあなたをうちの学生、あるいは図書館を利用できる歳の人間だと思いこんでくれる。だからあなたは急遽、私を自宅に招待した。たまたま晩ごはんがすき焼きだったことをうまく利用して」

　この推測どおりなら、鐘下から錬に連絡が入ったのは、錬が河西すみれに伝言を依頼してから春風をすき焼きに誘うまでの小一時間だ。そう考えるとひとつ思い当たることがある。調査を終えて地下鉄駅に向かっている途中で、錬のスマートフォンが鳴ったのだ。あれが鐘下からの連絡だったのではないか。その時点で北図書館を会合場所として指定され、学生証を手に入れる必要に迫られた錬は、即興の芝居を打って春風を自宅に連れていった。あの時の錬には不自然さなどまったくなかった。けれど彼が、ひとすじの疑いも抱かせぬままそれをやりおおせる力を持っていることを、今はよくわかっている。

「首尾よく私の学生証を手に入れたあなたは、十一月四日に、鐘下と北図書館で会った。鐘下との会合を終えて、用済みになった私の学生証を落とし物として工学部の窓口に届けた。おそらく私の友達は、その前後のあなたを見かけて、あなたの写真を撮ったんだと思う」

　河西すみれは「これからは直接鐘下さんとやり取りするので森川先輩には連絡しなくて大丈

夫です」と錬に言われたそうだ。「鐘下さんに会ったら河西さんが会いたがってるって伝えておきますね」とも言われたらしく、すみれは錬に好感を抱いて信じ切っている様子だった。だから鐘下について何か動きがあったら連絡してほしいと頼んだはずの春風にも、何の疑いも持たず連絡しなかった。たまたま皐月が撮った錬の写真を目にしていなければ、自分はいまだに何ひとつ気づいていなかったのではないか。錬がいくつもの嘘を重ねていたことも、自分の知らないところで何をしていたかも。調べれば調べるほど明らかになる錬の手ぎわは、それだけ巧妙だった。

歌声が響くにぎやかな建物の中で、この部屋だけがしんと静まり返っていた。

その静寂をゆらすように、錬が息をついた。

「そうです。春風さんの学生証を盗みました。すき焼きに呼んだのもそのためだった。『北図書館に来い』って鐘下に言われて困ったけど、ごねて変に思われるのは嫌だったし」

「どうしてそこまでして鐘下にこだわるの？　鐘下とあなたはいったい何をしてるの」

「さっきも言ったけど、春風さんには関係ない」

言い捨てて錬はドアに向かう。春風も立ち上がって錬の腕をつかんだ。

「どこに行くの、話はまだ終わってない」

「俺の父親のこと、聞いたんですよね」

言葉に詰まった。錬が心を見透かすような黒い瞳をこちらに向ける。

「詐欺師の息子にかかずらって、春風さんに何かいいことありますか？　ないですよね、一つも。学生証のことは悪かったけど、ちょっと必要があって借りただけなんだからもういいじゃないですか」

「そういう問題じゃ——そんなことじゃない。錬くん、あなたの行動はいき過ぎてる。学校を何日も休んで、家族に嘘をついて、正人くんにも嘘をつかせて、そんなにまでして何をしようとしてるの？　みんなあなたのことを心配して——」

「心配しろとか頼んだ覚えはない。勝手に首つっこんでるくせに恩着せがましく言うのやめてもらえませんか。さっきも言ったけど春風さんには関係ないし、関係ない人間にあれこれ穿鑿（せんさく）されても答える義理なんかない」

錬は春風の手をふり払ってドアを開ける。「待って！」とまた腕をつかもうとしたが、錬はするりと身をかわして廊下に出てしまった。春風も伝票をつかんですぐに個室を出たがレジには店員がおらず、「お待たせしましたー」とにこやかに店員の男性が現れた時にはもう錬は店を出ていた。春風は「お釣りはいいです」と千円札を二枚置いて、急いであとを追った。

「待って！　まだ話は終わってない！」

店の外に出ると、骨にしみるような冷たい風が吹きつけた。すでに数メートル先に遠ざかっている錬は、さらに横手の路地に姿を消す。

春風も路地に駆けこんだ。まばゆいライトに照らされたメインストリートとはがらりと変わり、歩く人の姿もまばらなそこは、人間の欲望を剝き出しにしたような風景が広がっている。錬の姿はみるみる遠ざかり、そのまま彼が暗い場所に消えていくような気がして春風は胸騒ぎがした。

鍊が路上駐車していた黒いミニバンの横を通りすぎた直後、道路側のリアドアが音もなく開き、ぬっと大きな体軀の男が姿を現した。闇にまぎれこむような黒い服を着ていた。

春風が悪寒に襲われた瞬間、男はグローブのような分厚い右手で鍊のうなじをつかんだ。左手で鍊の肩を押して車の後部座席に引きずりこもうとする。不意打ちの襲撃に鍊も車のドアをつかんで抵抗したが、ブロック塀のような体格の男に比べれば、鍊はあまりに華奢だ。

「何をするの！」

春風は男の腕にがむしゃらに組みついた。だが太い腕は渾身の力をこめてもびくともしない。

とっさに右手をパンツのポケットに入れた。常に差して歩いている鈍い銀色のペンを握る。

使い方はわかっている。何度も何度もその時のためにイメージしてきた。あとは使うだけだ。

今がその時だ。ためらうな。そう思うのに、指がしびれて引き抜くことができない。

男が鍊から離した左手を勢いをつけて振った。右の目尻とこめかみの間に重い打撃を受けて、視界がゆれると同時に膝から力が抜けた。

「春風さん！」

鍊の声。だめだ、この子を残して気を失えない。冷え切ったアスファルトにくずおれながら、遠のきかける意識を必死で握りしめ、コートのポケットに手を突っこむ。

母に持たされているマッチ箱大の防犯ブザーをつかみ、思いきりボタンを押した。

神経に障る高い電子音が夜を切り裂くように鳴り響く。

え、なに？　喧嘩か？　通行人たちのざわめきが聞こえた。男は錬を突き飛ばすと、体躯に似合わないすばやさで後部座席にすべりこんだ。ドアが閉まるなり急発進したミニバンは、エンジンをうならせながら狭い路地の向こうに消えた。

「春風さん」

膝を折った錬が肩にふれてくる。大丈夫、と言いたいのに声が出ない。こめかみを強打されたからだ。でもめまいがするだけで、意識障害もないし頭痛もない。おそらく軽い脳震盪（のうしんとう）で、少し休めば動けるようになる。

「春風さん！」

大丈夫。そんな顔を、しないで。

第四章　反　転

1

すべて、朦朧とした意識のせいで夢の中の出来事みたいだった。

救急車を呼ぼうとする錬を制止してタクシーを呼んでもらい、腕を担がれるようにして乗りこんだ。病院には行かなくていいと、くり返し言った。騒ぎになれば、錬がずっと学校を休んでいたことも含めて由紀乃に隠し通すことが難しくなってしまう。そこで意識がとんで、気がつくと車内で錬の肩に頭をもたれさせていた。身じろぎをすると、そっと頭を押さえられた。

「眠って。大丈夫だから」

そこでまた記憶がとぶ。腕にふれられて意識が戻った。歩けますか、とうながされて、とにかく足を踏ん張り、交互に前に動かす。冷たい風が鼻先をすり抜け、背後でタクシーが走り去る音が聞こえた。そういえば支払いは? 錬にさせてしまったのか。それに、そもそもどこに着いたのか? 思考が散らばったまま頭をもたげると、闇の向こうに不時着した巨大宇宙船のような影が見えた。幼い頃からずっとながめて育ってきた札幌ドームが。

「ちょっとやだ、春風ちゃん？　いったいどうしたっていうの？　何があったの」

「いいからそこ開けてください。横になれる場所も準備してください。早く」

錬は敬語こそ使っていたが声は鋭く命令的だった。それにこの、柔和な声は。

春風は重くて仕方ない頭を動かし、声の主を見た。

「――サヨ子さん？」

ストールを肩にかけた小佐田サヨ子は、ばつの悪さを心配でくるんだような表情で春風を見返すと「ともかく入って」と錆の浮いた門を開いた。


わけがわからない。あまりにも。

春風にとってサヨ子は幼い頃から知っている「近所のおばあさん」だった。道で会えば挨拶をするし、お菓子を作ったからと家に招かれてごちそうになったこともある。家庭科の裁縫の宿題を手伝ってもらったこともある。そういう親しい存在であるからこそ、サヨ子が引ったくりにあうのを目撃した時、即座に犯人を追いかけたのだ。

一方、錬とサヨ子は、あの引ったくり事件の日に初めて顔を合わせた、その日限りの関係だった。そのはずではないのか？

「保冷剤か氷を出してください、早く」

「早く早くって、おばあちゃんをそんなに急かさないでちょうだい。あなたと違って腰だの膝だのあちこちが痛いし、思ってもすぐには動けないのよ。嫌だわ、年配者に対するいたわりの気持ちがない若者って……」

「いたわるに値するお年寄りには俺だって親切にします。口より手を動かしてください」

台所から聞こえてくる到底友好的とはいえない会話を、春風はソファに横たわりながら聞いていた。リビングに置かれたやわらかいこのソファには、サヨ子が縫った花柄のキルティングカバーがかけられている。

「殴られたとこ、これで冷やしてください。放っておくと腫れるから」

視界に錬の顔が現れた。髪をアッシュグレーに染めた変装のままだ。ガーゼにくるまれた保冷剤を右の目尻とこめかみの間に当てられて、春風はそれに自分の手を重ねた。

訊きたいことは山ほどある。でも急展開に頭が追いついていかないのと、意識がぼやけているのとで言葉が出てこない。錬は静かに言った。

「もう逃げないし、ちゃんと説明しますから。今は休んでください」

言われるまま目を閉じて、瞬間的に意識を失ったようだった。次に目を覚ました時、サヨ子がソファの前で腰をかがめ、ずれた保冷剤をこめかみに当て直してくれていた。至近距離で目が合ったサヨ子は、気まずそうにほほえんだ。

「気分はどう？ 痛みがあるようならすぐに病院に行ったほうがいいと思うけれど」

「……いえ、大丈夫です。気分は悪くないです」

眠ったおかげだろう、意識はすっきりしていた。ちゃんと物を考えられる程度には。

「錬くんは」

「お風呂よ。あの不良みたいな髪を洗いたいらしくて」

「サヨ子さんと錬くんは、以前から知り合いだったんですか？　引ったくりにあう前から？」

棘のある言葉を交わし合う二人は、少なくとも引ったくり事件をきっかけに一度だけ顔を合わせた知り合い未満という雰囲気ではなかった。もっと深く関わっている気配があった。そうでなければ錬も、春風を運びこむ先にここを選びはしないはずだ。

けれど、では、二人はいつから？

サヨ子は憂鬱そうに嘆息して、一人掛け用のソファに腰を下ろした。

「あの子は春風ちゃんに、何をどこまで話しているの？」

何をどこまで。考えるまでもなかった。

「何も、どこまでも、聞いてません」

「そう。だったら春風ちゃん、このまま何も聞かずにおうちに帰ってもらえないかしら」

訴えるサヨ子のまなざしは、悲痛といってもよかった。

「そのほうがあなたのためなのよ。もうあの子には関わらないほうがいい。なぜあなたがそんなけがをしなくちゃいけないの？　あなたは昔からしっかり者で、やさしい、本当にいい子よ。私は春風ちゃんが大好き。それなのにあの子に関わったばっかりに」

「錬くんのせいじゃありません。私は誰からも何も強要されてないし、起きたことはすべて私が選択して行動したことの結果です」

「でもあの子と関わったからこそあなたは傷ついたんじゃないの？　お願いよ、もう全部忘れて、あの子が戻ってくる前におうちに帰ってちょうだい。そしてこれまで通りの平和で正しい生活に戻るの。あなたのようないいお嬢さんが、あんな子に関わっちゃだめ」

——はっ。

これ以上ない侮蔑を込めた笑い声が聞こえた。

いつの間に戻ってきたのか、リビングの戸口に錬が立っていた。濡れ髪のまま首にタオルをかけ、肩で壁によりかかっている。気配をまったく感じなかった春風は驚いた。

「さすがうまいですね。もしかしてあいつと一緒に稼いでる時、そういう担当だったんですか？　巧妙に話逸らして同情ひいて、相手を言うなりにさせる係？」

「こんな時間にいきなり人の家に押しかけて、お風呂まで使っておいてずいぶんな態度じゃないの。あなたが景気よく使った私のシャンプー、サロン専売品で高いのよ」

ドスのきいた声で言い返すサヨ子に、春風はぎょっとした。春風の知るサヨ子はおしゃれ好きの上品な老婦人で、こんな声も、ねめつけるような目つきも、まったく知らない。

だがサヨ子を見返す錬の目も負けず劣らず氷のようだ。

「態度とか人にとやかく言える立場なんですか、あなた」

サヨ子は、打って変わって弱々しくうつむき、打ちひしがれた声を出した。

「ひどい。またそうやって脅すのね。おばあちゃん相手に血も涙もない子だわ」

「そういうかわいそうなおばあさんの芝居、やるのは勝手ですけど俺には効きませんから」

「あなた、本気で春風ちゃんに何もかも話すつもり……？」

「しょうがないじゃないですか。ここしか来れる場所はなかったし、この状況で春風さんが黙っててくれるわけない」

「でも、私は何も頼んでないじゃない。あなたに何かしろと言ったことなんてないじゃないの。全部あなたが勝手にしたことなのに、私を巻きこまないでちょうだい」

「巻きこむな？　よくそんなこと言えますね。――巻きこんだのはどっちだよ」

錬の声に相手を叩きのめそうとする凶暴さを感じ、春風はとっさに両手を打ち鳴らした。

錬もサヨ子も口をつぐみ、春風はソファの上に身体を起こした。起き上がった瞬間に頭がぐらつく感覚はあったが、頭痛やめまいはない。大丈夫だ。

「サヨ子さん、錬くんが話すと言ったことは、サヨ子さんにとって嫌なことなんですね」

「……ええ」

「でもそれを聞かずに家に帰ったとしても、今まで通りというわけにはいきません。私はこれから、その秘密が何だったのかを疑いながらサヨ子さんと接していかなければならなくなります。それよりは本当のことを聞きたい」

黙りこむサヨ子は不服そうではあったが、反駁はしなかった。「錬くん」と呼びかけると黒い髪に戻った錬は、まだ攻撃的に尖ったままの目を向けてきた。

「話を聞かせてもらう前にひとつ頼みがあるの。サヨ子さんにもう少し配慮を持って接して。あなたとサヨ子さんの間に何かがあったのはわかる。でも人としての尊厳を無視されるのはとても嫌なものだし、あなたもそれはよく知ってると思う」

錬は無言のまま目を逸らした。春風はひとつ深呼吸し、始めた。

「錬くんとサヨ子さんは、以前からの知り合いだったの？」

「俺はこの人のことを知ってたけど、この人のほうは俺を知らなかったと思う」

錬は淡々と言いながら、サヨ子に視線を流す。

「この人、俺の父親の共犯だったんです」

一瞬で頭がまっ白になった。


落ち着け、と春風は懸命に自分に言い聞かせた。まずは落ち着こう。それが一番大事だ。

「共犯というと、つまり」

「この人も加々谷潤と一緒に詐欺をやって、人から金を巻き上げてた」

錬のあけすけな物言いに、サヨ子が心外だとばかりに眉を吊り上げた。

「私は別に詐欺をやってるつもりなんてなかったわよ。ただ潤さんの力になれればと思って」

「へぇ？　ならさっき、春風さんのことまるめ込んで帰らせようとしてたのは何なんですか？」

火花を散らす錬とサヨ子を、春風は両手を上げて黙らせた。

「感情的なことはあとにして、事実を整理したいのだけど。加々谷潤さんの――」

「加々谷でいいです。『さん』とか付ける価値のある男じゃない」

「……加々谷潤の起こした詐欺事件のこと、私も少しだけ調べたんです。当時の記事をいくつか当たった程度ですけど、この事件でまちがいないですか」

春風はスマートフォンを操作し、ブックマークしていた六年前のネット記事を開いてテーブルに置いた。錬は視線だけを向け、サヨ子は顔を液晶画面に近づけて、その記事を見る。

【税務署員騙り一億円だまし取る詐欺　三十六歳会社員の男が自首】

北海道警は十月四日、札幌市東区の清掃会社を経営する男性（57）より現金をだまし取ったとして、同社の社員であった北区北七条西の加々谷潤容疑者（36）を逮捕した。

逮捕容疑は今年七月一日、東区の清掃業会社を営む男性のもとに税務署員を騙る男複数人を「税務調査を行う」などと言って向かわせ現金約一億円をだまし取った疑い。加々谷容疑者は主導役であったと見られている。札幌北署によると、加々谷容疑者は十月三日午後九時半ごろ同署に一人で自首した。札幌北署は、同事件に関わりがあると見て、同社の社員の少年（19）と市内の無職、坂本敏也容疑者（30）にも話を聞くなどして捜査を進めている。

「ええ……そう。これよ」

サヨ子が観念するようにため息をつき、春風はあらためて衝撃を受けた。

「この事件にサヨ子さんは、どんなふうに関わっていたんですか？」

「この清掃会社、クリーンライフというんだけれど、当時そこに私も勤めていたのよ」

何かが──頭の奥でチリンと鈴が音を立てたかのような感覚があった。何だろう。今、何が引っかかったのだろう。感覚の解像度を上げようとするのだがうまくいかず、春風はとりあえず話を先に進めることにした。

「サヨ子さんは、ずっと専業主婦をされていたイメージでした」

「ええ、そう。学校を出てからしばらくは食品会社で事務をしていたけれど、夫と結婚して仕事を辞めてからはそれきりだった。……この前の年に夫が亡くなってね、私も心に穴が開いたようになってしまったのよ。東京に出た息子とも疎遠だし、毎日張り合いがなくて、それでついうっかりお買い物をしすぎてしまって、ちょっとだけ借金をこしらえたの。でもそんなこと息子には言えないでしょう? だから自分で働いてお金を作ろうと思ったのよ。その頃は春風ちゃんも中学生になってあまり顔を合わせなくなっていたから、気づかなかったとしても無理ないわ。私も六十半ばで働き始めるなんて恥ずかしくて誰にも話してなかったし」

春風は頷きつつ、やはり動揺は隠せなかった。サヨ子とはそれなりに親しい仲でいたつもりだったのに、今の今まで何も知らなかった。

「でもね、私を雇ってくれる会社はなかなか見つからなかったわ。面接を受けられても落ちてばかり。とくに資格も持ってなかったから仕方ないんだけれど。でもようやく採用してくれた会社があって、それがクリーンライフだったの。潤さんもそこで働いていたのよ」

春風は由紀乃から聞いた、加々谷潤のわずかな情報を思い出した。彼は子供たちが就学したあと、職を転々としていたが、事件のしばらく前にようやく打ちこむことのできる仕事を見つけたと話していたらしい。それがクリーンライフだったのか。

「その会社ではめずらしいことに、私のほかにもけっこう高齢者が雇われていてね、でもその中でひとり若くて、私たちのまとめ役に任命されてたのが潤さんだったの。潤さんって本当にふしぎな人だったわ。気ままで人懐っこくて、誰でもあの人と五分一緒にいれば、もう好きになっちゃうの。私は正直、自分の息子よりも潤さんが好きだった。今もそう。もっともあなたは、お父さんとはだいぶ違うようだけれど」

　ちらりとサヨ子が棘のある横目を向けると、錬は氷の無表情でそれに応じた。

「ただ、潤さんと会えたことはうれしかったけど、会社はそれはひどいところだったわ。クリーンだなんてよく社名につけられたものよ。ブラック企業というやつね」

　サヨ子が腕組みしながら唇の片端を曲げる。上品な老婦人という彼女のイメージが一変する、皮肉たっぷりなすれっからしの笑みだった。

「面接の時はすごく感じがよかったのよ。社長じきじきに話を聞いて『あなたみたいに元気な高齢者にはもっと活躍してほしいんです』なんてことまで言ってくれて。でも、いざ研修を終えて現場で仕事を始めると、どうもおかしいの。私たちは何人かでグループになって、取引先のお掃除に派遣される仕組みだった。老人ホームなんかの施設が多かったわね。そこで一生懸命お掃除をしてまわるんだけど、本来の清掃業務が終わってもまだ仕事は終わりじゃないのよ。次はそこの施設で言いつけられた雑用をひたすらこなすの。いつも夜遅くまでかかった。やっと家に帰ると、もう搾りかすみたいになってたものよ」

　頭の中で黄色のランプが点滅した。

「それは、違法派遣じゃないですか？　そこまで詳しくはないですが、社員を別の企業に派遣して、その企業の指示に従って仕事をさせるには、人材派遣業者の認可を得なければならないはずです。認可がないまま社員にそういう働き方をさせるのはたぶん法的に問題がある」

「ええ、そう。つまりね、社長は人手不足で困ってる取引先に社員を行かせて、仕事を手伝わせることで追加料金をせしめていたのよ。でもそのお金は社長の懐に入るばかりで、どれだけ働いても私たちには最低賃金ぴったりのお給料しか出されなかった。仕事でどんなに遅くなっても残業代なんて出ない。休暇もろくに取らせてもらえない。システム上は休んだことにされてるのよ、でも実際は現場で働いてるの。本当ならそこにいないはずの幽霊みたいにね。たまりかねてみんなで直属の上司に訴えたこともあったけど、その上司も私たち以上にひどいこき使われ方をしていて、結局はどうにもならなかった」

　話を聞いているだけで春風は息苦しくなった。

「そういった実態を、労働基準監督署に相談したりは？　そうすれば是正処置をとってくれたはずです。労働者にはちゃんと権利があって、雇用者はそれを守らなければならない」

「そうね、春風ちゃんだったら、そうできたんでしょうね。あなたは賢くて勇気があるから」

　そう言ったサヨ子の笑みは、かなしげで、少しすさんでいた。

「でもね、春風ちゃん。世の中の人がみんなあなたのようにきちんとした教育を受けて、知識があるわけじゃないのよ。そんな力は持っていない、どうやって闘えばいいのかすら知らない、そういう人だっているの。それに私たちは、ほかに行き場のない人間ばかりだったから。年寄りだったり、まともな学歴がなかったり、身寄りがなかったりして、自分がちゃんと人間扱いされてないとうすうす感じていても、歯向かって辞めさせられたら次の仕事にありつける保証なんてない人ばかりだった。今思うと、あの社長はそういう人間ばかりを選んで雇ってた節があるわ。だからみんなどれだけ苦しくても耐えていた。それにね、悪いことばかりでもなかったのよ。社長は人でなしだったけど、私たちの面倒を見てくれた上司はいい人だったし、何より私たちには潤さんがいた。手抜きがうまくて、抜いたのをバレないようにごまかすのも上手な、いつものんびりしてる潤さんが、私たち大好きだったの。だから、あのことがなければ、苦しいなりにがんばれていたかもしれない」

あのこと、と口にしたサヨ子が浮かべた表情は、まぎれもない憎悪だった。

「私たちのグループにケンゾウさんという、お茶目なおじいさんがいてね、その人が派遣先で脚の骨を折る大けがをしたの。仕事中のけがなんだから、本当だったら労災よね。でも社長はケンゾウさんが入院してる間に、職務怠慢という理由で解雇しようとしたの」

「そんな、それは違法解雇です」

「そう。社長は、労災にして労働基準監督署に報告したくなかったんでしょうね。ケンゾウさんのことがきっかけになって、社員に法律違反の働き方をさせていることがバレるのが嫌だったのよ。だからケンゾウさんを辞めさせて終わりにするつもりだったんだと思う。でもさすがに私たちもそれは見過ごせなかった。仲間のことだもの、社長にみんなで抗議して、ケンゾウさんにも従う必要はないから大丈夫だって言ったわ。潤さんって、勉強が苦手って言うわりにそういう世の中のルールには詳しかったの。ケンゾウさんも『俺は開拓民の子孫だ、こんなことで負けないぜ！』って足を吊られた恰好で笑ってみせるような人でね、だから大丈夫だと思っていたわ。それなのに――社長がいったい彼に何を言ったのか、何をしたのか、今でもわからない。ただ、社長がケンゾウさんの見舞いに行った日の夜、ケンゾウさんは病院で首を吊って死んだ」

春風は声が出なかった。

「社長は私たちを、今後ケンゾウさんのことで騒いだらおまえたちも辞めさせると脅した。それから自分が悪者にならないように、私たちの上司に命じて、ケンゾウさんがずっと前から無断欠勤していたようにタイムカードのデータを改竄させたりもした」

「その上司は黙って従ったんですか？　サヨ子さんたちを守ってはくれなかったんですか」

「上司とは言ったし、実際そうだったんだけどね、彼はまだほんの子供だったのよ。ああ、ほら、さっきの記事に出ていた子。名前は出てなかったけど、ミナカワくんというの」

春風はスマートフォンを操作して再び加々谷潤の事件の記事を表示させた。記事の最後に出てくる『社員の少年（19）』。春風は驚きのあまり画面を凝視した。

「十代の少年が上司だったんですか？　この歳なら就職してまだ一、二年だったんじゃ……」

「そう、高校を出て二年目だったと思うわ。ミナカワくんはね、親御さんが社長の従弟だとかで、詳しい事情は知らないけれど、中学生の時に妹さんと一緒に社長に引き取られたそうなの。あの社長を見ていれば、引き取られていい思いをしたとはとても思えないけれどね。ミナカワくん自身はとてもやさしい子だったのよ。やさしすぎて心配になるくらい。それに賢くて器用で、そういう彼を、社長は都合よく使ってた。面倒なことや汚いことは全部彼に押しつけて、取引先から受け取る違法派遣の報酬の管理なんかもさせてたみたい。こんな会社は辞めてもっとちゃんとしたところで働いたら？　あなたは優秀だからどこにでも行けるわよって、私思わず言ったことがあるんだけれどね、彼の妹さんは病気でずっと入院していて、だから妹さんの治療費を出してもらっている社長からは離れられないし、どんなに汚いことをやれと命じられても、嫌とは言えなかったのよ。ケンゾウさんのことだって、彼は決して好きでやったんじゃない。むしろとても苦しんでた。何もできなくてごめんなさい、正しいことができなくてごめんなさいと、泣きながら私たちに土下座したわ。

それで、きっと潤さんは怒ったの。潤さんはケンゾウさんには息子みたいにかわいがられていたし、ミナカワくんにもお兄さんみたいに慕われてた。──見たこともない、冷たい顔をして言ったのよ。『あの社長つぶしちゃうか』って」

ぞくりとした。彼の顔も声も知らないのに、まるでコンビニに行くかとでもいうような彼の気負わない口調が、今耳もとで聞いたようにありありと想像できた。

「『ここにはこれ以上いないほうがいいし、今までもらい損ねた分をもらって次の仕事を探そう』と潤さんは言ったわ。確かに私は借金を返せればもうあんなところに用はなかったし、ミナカワくんだってまとまったお金が手に入れば、妹さんをつれて社長から離れられる。だから私たちは潤さんに従うことにした。──ただ、さっきも言ったけれど、私は最初、それが詐欺だと思ってなかったのよ。指揮をとっていたのは潤さんで、私はほんのお手伝い程度のことしかしてないの」

「だから自分は悪くない、みたいな話なら面倒なんでいりません。次いってください」

冷ややかに錬が言うと「あなたほんとに潤さんの息子？」とサヨ子は憎々しげに吐き捨てた。

またもや火花を散らそうとする二人の間に春風は割って入った。

「それで、詐欺事件が起きたんですね。話せる範囲のことでいいので教えてください」

サヨ子はため息をつき、再び口を開く。

「潤さんって、妙な知り合いのいる人でね。名簿屋……といったかしら、とにかくちょっといかがわしい感じの男をつれてきたのよ。スズキと名乗ったけど本名じゃないと思うわ。潤さんはスズキに計画を話して、分け前を半分渡すことを条件に、彼に人の手配を頼んでた。つまり、人を騙すプロをね。スズキって男はそういう人間とつながりがあったみたい」

春風は加々谷潤が祖母の詐欺の手伝いをしながら育ったという話を思い出した。彼が薄暗い世界の住人との伝手を持っていたのは、その生い立ちが関係しているのだろうか。

「筋書き自体は単純だったの。ある日突然、会社に税務署から電話がかかってくる。『一週間後、御社の税務調査を行います。納税書類や預貯金通帳、経理業務に関わる資料を用意してください』という内容よ。社長はまっ青になってた。あの人の怖いものは労働基準監督署と税務署だったから。クリーンライフには顧問税理士もいたんだけど、本職の人に出てこられると困るから、ミナカワくんが社長と税理士事務所の間に入って連絡が行かないように阻止した。代わりにスズキが手配した人間が税理士のふりをして『税務調査』に立ち会う。事情を知っていなければ、私も騙されたと思うわ。いかにもという感じのスーツ姿のパリッとした男性が三人、会社にやってきて、怖い顔で分厚いファイルをめくったり、経理部で資料を出させたり、金庫を開けさせたりするわけ。実際ほかの何も知らない社員はみんな完全に騙されてた。それで偽の税務署員が『資金の流れに不明な点があるので社長の個人宅も調べます』と言い出すのね。社長はもちろん嫌がるし、偽の税理士も反撥してみせはするんだけど『社長、ここは言うとおりに……』って最後には折れるように誘導する」

そして社長宅を捜索した偽の税務署員たちは脱税の証拠を見つける。実際に社長は税金を払っていない多額の現金を自宅に隠していたし、社長の秘書的存在だったミナカワはそのことを熟知していたから準備はたやすかったそうだ。

「隠していた金を見つけられて青くなった社長に彼らは言うのよ。『脱税額が一億円を超えた場合、刑事責任を問われることになる。また今回のような悪質な所得隠しには四十パーセントの追徴課税がかけられるので、あなたは約二億円の罰金を払うことになる』って。もう倒れそうになった社長に『ただし』と続けて彼らが言うのね。『この場で現金の回収に応じるのであれば、申告ミスに気づいて自主的に納税したとみなされ、追徴課税も緩和されます。どうしますか？』って。偽の税理士にも『そうすべきです』と必死に勧められて、社長は一も二もなく頷いたわ。それで終わりよ。社長に偽物の書類に印鑑を押させたり、署名させたりしたあと、現金を運び出した。手に入れた現金のうち半分はスズキと、彼が手配した人たちに。残りの半分は私たちが。私は、もらったお金のおかげで借金が返せたわ」

春風は、長い映画を見終えたような気分で息をついた。

「そういう筋書きは、スズキという男が考えたんですか？」

「いいえ、潤さんよ。ミナカワくんが社長に関する情報を提供したり、私も社内の資料を調べたりしたけれど、それらを全部まとめて筋を書いたのは潤さん」

天才詐欺師という言葉が浮かび、春風は錬をうかがった。

腕組みしてソファにもたれる加々谷潤の息子は、冷笑を浮かべた。

「でも結局はバレた。あいつが間抜けだったから」

サヨ子が咎めるような鋭い視線を錬に向けた。

「父親をそんなふうに言うのはおやめなさい。――潤さんは、私をかばってくれたのよ」

かばった？

「それは、どういうことですか？」

「……社長からとり上げたお金は、表沙汰にしたら社長のほうが危なくなる種類のものだったから、あいつは騒ぎたてたりしないだろうと思っていたのよ。実際、しばらくはそうだったの。でも、どうやって知ったのかわからないけれど、私が少なくはない借金を突然完済したということを社長に知られてしまった。私はもう会社を辞めていたのによ。毎朝、毎晩、電話がかかってきて詰問されるし、柄の悪い男たちがうちに来たりもして――私、怖くて怖くて潤さんに相談したの。それから何日かしたあとよ。潤さんが警察に自首したのは」

それでは本当に、彼はサヨ子を含む協力者たちをかばって自ら逮捕されたのではないか。驚いていると、錬が鋭い声で笑った。

「あいつを美化しすぎじゃないですか。その社長だって、あなたみたいなおばあさんが一人でそんな大掛かりなことをしたなんて思うわけないし、あなたをつついて、その裏にいるもっと大きいグループを釣り上げたかっただけですよ。そういう世界のやつらを引きこんでおいてボロを出した加々谷の責任は重大で、だからあいつは責任をとってそれ以上延焼しないように自分から警察に行って幕を引いた。それだけのことでしょ」

「それでも私は潤さんのおかげで――」

「あんたたちがやった薄汚いことを美談にするな」

サヨ子の声をさえぎった錬は、牙を突き立てる狼のような目をしていた。

「あいつが捕まって刑務所に入ったことはどうでもいい、自業自得だ。けどそのせいで母さんと翠と陽までひどい目にあった。それは絶対に仕方ないことじゃない。俺は死ぬまであいつをゆるさない」

2

静かだった。大通やすすきの周辺の中心部と違って、この住宅地は夜八時を過ぎれば人々は家の中にこもってしまう。春風は、自宅からすぐ目と鼻の先の場所にいるにもかかわらず、宇宙の果てに来てしまったような気がした。

「サヨ子さんと加々谷潤の関係はわかりました。でも、錬くんとサヨ子さんは？　サヨ子さんは引ったくりにあったあの日以前から、錬くんと面識があったんですか？」

「いいえ、会ったのはあれが初めてよ。そもそも私は潤さんに子供がいたことも、結婚していたことも知らなかったから」

え、と驚くと、サヨ子はほろ苦い表情を浮かべた。

「潤さんは親切で誰にでも打ち解ける人だったけど、今思うと、自分のことってほとんど何も話してなかったんだわ。普通だったらそんなに何も話してくれなかったら変に思いそうなものだけど、潤さんにはどうしてかそんなことも思わなくて——だからこの子が、次の日にこの家に来て、潤さんの息子だって名乗った時、声も出なかったわよ」

引ったくり事件の翌日。というと春風と錬が回転ずし店で食事をした日だ。春風が顔を向けると、錬は視線をそらした。

「午後の授業サボって、ここに来たんです。それから春風さんとの待ち合わせ場所に行きました」

あの日、一緒にすしを食べていた錬は、そんな裏工作をしていたことなどおくびにも出さなかった。まさかあの時から化かされていたとは——ため息を禁じえない。

「でもサヨ子さん、こう言っては失礼ですけど、そんなに簡単に錬くんが加々谷潤の息子だと信じたんですか？　彼に子供がいることさえ知らなかったのに」

「簡単に信じたわけじゃないわ。でも、この子の場合は、信じないわけにいかなかったの。前の日に顔を見た時も驚いたけれど」

あんまり、そっくりだったから――ささやきながらサヨ子は懐かしげに錬を見つめる。けれど、サヨ子を見返す錬の視線は対照的に冷たい。サヨ子がかつて加々谷潤とともに何をしたかを知っているからだ。しかもサヨ子が錬の存在を知るよりも前から。

それを踏まえると、すべてが始まったあの十月最後の木曜日の見え方も変わってくる。

「錬くん。私とあなたが引ったくりを目撃したあの日、あなたがあそこにいたのは、もしかして偶然じゃなかったの？　あなたは、サヨ子さんを訪ねるためにあの場にいた？」

「そうです。けど、その前にこのおばあさんが出てきて、うろうろし始めたと思ったら鐘下が来て――あの時はまだ鐘下って名前も知らなかったけど――この人が何か話しかけたら、鐘下がいきなりこの人を突き飛ばして、紙袋を盗って逃げた」

今の今まで、錬は偶然あの場に居合わせたと思っていた。けれど、思い返せば確かに不自然だったのだ。錬の自宅はここからかなり離れた場所にあり、ここは彼の生活圏ではない。住人でもないのに住宅地に足を踏み入れるのは、セールスや勧誘目的の人間、あるいは配達業者や郵便局員、さもなければ何らかの目的があってやってきた者だけだ。

「あなたはどうして以前からサヨ子さんのことを知っていて、何のためにここを訪ねてきたの？」

錬はスマートフォンをとり出すと短い操作をし、テーブルに置いた。

液晶画面には写真が表示されていた。手帳の一ページを撮影したものだ。薄い罫線が引かれた白紙に文字と数字が書きつけられている。手書きの文字はなかなか個性的だったが、人の名前と電話番号が書かれているのはすぐにわかった。

小佐田サヨ子　011-384-〇〇〇〇
鈴木つかさ　090-6156-〇〇〇〇
山下徳助　011-785-〇〇〇〇
皆川怜　080-2205-〇〇〇〇
坂本敏也　090-6988-〇〇〇〇

011は、札幌市民にはおなじみの市外局番だ。

「これって」

「あいつが使ってた手帳の一部。本体を持ち歩くのが面倒なんで撮ってスマホに入れました」

春風は息を殺して液晶画面に表示された名前と電話番号を凝視した。確かめるまでもなく、これはサヨ子も含めた詐欺事件の協力者たちの名前と連絡先だろう。

「でも、こういうものって証拠品として押収されるんじゃ」

「確かに家に警察が来た時、いろいろあいつの持ち物を持っていきました。でもあいつは自首する直前、俺にこの手帳を渡して『誰にも見つからないように隠してくれるか』って言ったんです。それで俺がずっとランドセルに入れて持ち歩いてたから見つからなかった」

ランドセル、という言葉に春風はショックを受けた。――そうだ。加々谷潤が逮捕された当時、錬はまだランドセルを背負って小学校に通っていたのだ。

錬は遠い目をして、父親が書いた文字をながめる。

「確かめたいことがあって、ここに書いてある番号全部にかけてみたんです。でも、ほとんどの番号がもう使われてなくて、つながったのは結局このおばあさんだけだった」

「それでサヨ子さんに会いにきた？　でも、よく電話番号だけで居場所までわかったね」

「聞き出されたのよ。たいした腕前だったわ」

サヨ子が皮肉たっぷりに唇の片端を上げた。

「Ｈ銀行の人間のふりをして『ただいま特殊詐欺対策のセキュリティ強化のためにご登録情報を確認させていただいております。ご住所はお変わりありませんか？』って電話をしてきたのよ。てんで違う住所を言われたからこっちも『いえいえ、豊平区羊ヶ丘云々ですよ。札幌ドームの近くです』なんて答えちゃって。『あっ、すみません、ほかのお客様の住所を申し上げてしまいました』って、いかにも新人の子が慣れない電話作業を一生懸命がんばってるって感じのたどたどしい話し方をするから、こっちもついほだされてしまったわ」

春風はうなった。Ｈ銀行は母の勤め先でもあり、口座を持たない道民はほぼいないという道内最大シェアの地銀だ。大抵の人は「Ｈ銀行です」と名乗られたら心当たりがあるし、錬が採用した新人行員のキャラクターも警戒心を解く作用がある。うまいな、と苦々しく思う。

「錬くん、サヨ子さんに確かめたいことがあったと言ったよね。それは何なの？」

錬はまたスマートフォンを操作すると、テーブルに静かに置いた。液晶画面に表示されているのは、春風も一日に何度も閲覧するネットニュースのひとつだった。ただし、日付は一カ月半前のものだ。【9／29】と小さな文字で記されている。


【資産隠匿で逮捕の清掃業元社長　特殊詐欺グループ関与の疑い】

破産手続きをめぐり不動産売却金などの資産を隠したとして東区伏古（ふしこ）の清掃会社クリーンライフ元社長、鹿又新造容疑者（63）が破産法違反（詐欺破産）容疑で逮捕された事件で、鹿又容疑者は、弁護士や会計士を名乗る男女数名に「自己破産の前に財産を守る方法を教える」ともちかけられ、相談料を払ったと話していることがわかった。鹿又容疑者は今年八月、自身が経営するクリーンライフの債務超過を理由に札幌地方裁判所に自己破産を申請したが、申請直前に自身が保有する現金四千万円余りを他人名義の口座に移すなど資産を隠匿したことが発覚し、九月二日に逮捕。その後、札幌東署の調べに対し「相談会の会場で知り合った弁護士を名乗る女と、女から紹介された会計士を名乗る男など三名から資産を残して自己破産をする方法を聞き、数回にわたって合計約二千万円を払った」と話していることを捜査関係者が明らかにした。鹿又容疑者が相談したとする弁護士や会計士は破産申請直後に連絡がつかなくなったという。道警は特殊詐欺グループが関与している可能性があるとして、捜査を進めている。

思わず声がもれた。

なぜ、サヨ子が最初に社名を口にした時に思い出さなかったのか。母が勤めるH銀行が融資していた地元企業が破産した上、元社長が資産隠しで逮捕され、その背景に詐欺グループの暗躍があったという衝撃的な事件は、自分も記憶していたはずだ。引ったくり事件の翌朝にも、元社長が札幌地検に起訴されたというニュースを見た。

クリーンライフは、かつてサヨ子と加々谷潤が勤めていた会社であり、彼らが従業員を不当に搾取する社長から大金を騙しとった詐欺事件の舞台でもある。

その因縁の場所で、再び社長が詐欺の標的とされた。

これは偶然なのか？　そんな偶然が起こり得るのか？

ばらばらに散らばっていたピースが嵐のような激しさでつながっていく。由紀乃と二人で話をした夜、元夫のことを、彼女は何と話していた？

『彼は前科者なの。詐欺罪で逮捕されて、懲役五年の実刑判決を受けた。今から六年前、錬が小学五年生で、陽と翠が小学二年生の時のことよ』

事件が起きたのは六年前。彼に下された刑は懲役五年。

最後のかけらが嵌まる硬質な音が聞こえた気がした。

「加々谷潤は、出所している？」

目が合った錬は、何も言わず、柳が枝をたらすように睫毛を伏せた。

「錬くん、あなたは、この事件が加々谷潤の起こしたものだと疑って——？」

沈黙が降りた。本当に長い沈黙が。

わからない、と呟いた錬の声は、砂漠をずっとさまよっている者のようにかすれていた。

「全然、何も、わからない。あいつが捕まってから一度も会ってないし、あいつから連絡は一切なかった。ニュースを見てから、あいつがどこの刑務所にいたのか、いつ出所して今どこにいるのか調べようとしたけど、俺の力じゃ無理だったし、専門家に頼もうとしても保護者の承諾が必要だって言われる。母さんの戸籍を調べて、あいつの本籍地だけはわかったけど、そこは駐車場になってた。近所の人に話を聞いて、あいつが育った施設にも行ったけど、あいつが今どこにいるかは、やっぱりわからなかった。母さんに訊いても『一度も連絡はない』って言う。母さんは嘘が嫌いだから、本当だと思う。あいつが今どうしてるのか知らないんだと思う。何もわからないってことは、刑務所を出たあいつが札幌に戻ってきてたとしてもおかしくないってことだ。あいつなら、また同じことをやって金を稼ごうと思ってもおかしくない。腹いせにもう一度あの社長をはめてやろうって考えてもおかしくない。わからない。そうかもしれないし、そうじゃないかもしれない。けど」

けれど、もし、そうだとしたら。

今なら、詐欺師さながらの手口を使ってまでサヨ子の居場所をさぐり出し、彼女に会おうとした錬の目的がわかる。——錬は、加々谷潤のかつての共犯であるサヨ子に、父親の消息を訊ねたかったのだ。

「サヨ子さんは、彼の……加々谷潤の出所後の行方を、何か知っているんですか？」

サヨ子はゆっくり首を横に振った。

「いいえ、何も。私も潤さんが逮捕されてからそれきりで、あれからの六年間、本当に一切何もなかったのよ。それなのに、このクリーンライフのニュースが流れてから突然――」

サヨ子は顔をゆがめた。

「十月に入ってしばらくした頃に、突然、知らない男から電話があったのよ。そいつは『カガヤの代理の者だ』って名乗ったわ」

カガヤ。

呼吸を止めた春風の前で、サヨ子は電話の男に命じられた内容を続けた。

「『六年前のことをバラされたくなければ現金で二百万円を用意しろ』――そう言われたの」

ぐらりとめまいがした。視界がゆれ、記憶がゆれ、あの木曜日の映像が再生される。

札幌ドームがすぐそこに見える、無落雪屋根の家が並ぶ住宅地。時間を気にしながら自宅に向かって歩いていると、悲鳴が聞こえ、転倒するサヨ子が目に飛びこんできた。サヨ子を突き飛ばした男が、小ぶりの紙袋を奪いとって走り去る姿も。

あの袋の中身。

自分が目撃したのはじつは引ったくりなどではなく、脅迫と強奪だった。

「電話でカガヤの代理と名乗った男は、鐘下なんですか？　あの日、サヨ子さんからお金を奪っていった男と同一人物でしたか？」

「ええ、たぶんそうだと思う。この頃少し耳が遠いから、絶対そうと自信を持っては言えないけれど――お金の受け渡しの時に、私、あの男に訊いたのよ。『あなたは本当に潤さんの代理なの？　潤さんは今どうしてるの？　本当に潤さんが私にこうしろと言ったの？』って。あの男は『何も言えない』の一点張りだったけど、声は、電話の男とよく似ていたわ」

あの木曜日、じつは偶然その場に居合わせたのは自分だけだったのだ。サヨ子も、鐘下も、錬も、全員が必然としてあの場にいた。

今となれば思い当たることはある。あの日、サヨ子は「ちょっと用事があって出かけようとしたら、突然あの男が襲ってきて」と経緯を説明した。しかし現場はサヨ子の自宅の真ん前で、サヨ子の言うとおり出かけようとしたとたんに男が襲ってきたのだとしたら、男はサヨ子を待ち伏せしていたと考えるのが自然だ。それは目についた人間を突発的に襲う引ったくりの犯行ではない。鐘下とは時間を決めてサヨ子の自宅の前で待ち合わせ、金の受け渡しをする手はずになっていた。それをごまかすためにサヨ子は、ああいう嘘をついた。

春風は額に手を当てて深く呼吸し、なんとか混乱する神経を静めようとした。水底から音もなく魚影が浮かびあがってくるように、自分の知らないところで進行していた出来事の輪郭が少しずつ明らかになってくる。サヨ子の告白は終わった。次は、彼だ。

「錬くん」

名を呼ぶと、錬は静かに目を合わせてきた。

「私は、サヨ子さんのその後の様子を伝えたいという理由であなたを食事に誘った。でもサヨ子さんを訪ねてすべてを知ったあなたは、私との約束を取りやめてもよかったと思う。だけどそうはしなかったのは――鐘下が落としていったストラップを私から回収したかったから？」

　錬は睫毛を伏せた。イエス、というように。

「あの時は、あの男がどこの誰か、何ていう名前か、まだ何もわからなかった。手掛かりはあのストラップだけだった。けど、俺より先に春風さんが拾って持って帰ってしまったから」

　だから錬は食事の誘いに応じ、会話の流れを読みながら最適のタイミングで、ストラップをもらいたいと申し出た。ただ、春風がストラップの出所を知っていたのは、錬にとっても予想外だったのだろう。彼は急遽計画を変更し、一緒に犯人を捜そうと訴えた。あれは、演技であると同時に彼の本心だったはずだ。ストラップの落とし主を捜し出す、その目的のために、平日は授業があるだろうと言われれば文化祭の代休だと言ってのけ、変装までして大学に潜入した。そして二日間の調査が始まった。

　春風はまぶたを閉じた。――まるでオセロのようだ。

　白と信じていたものが次々とひっくり返り、見る間に黒く染まっていく。

　調査によって鐘下にたどり着いた以降のことを、錬は自分から語った。

「春風さんが言ったとおり、鐘下と大学の北図書館で会いました。鐘下は、春風さんのことは自分を追いかけた人間だって覚えてたみたいだけど、俺のことはあの時の高校生だって気づいてなかった。だから俺はこのおばあさんの孫って設定にして、近所に住んでる春風さんと一緒にストラップから鐘下を捜し出したってことにした」

髪をアッシュグレーに染めた変装でフジサキと名乗った錬は、犯人が落としたストラップを持っていると――実際は今も春風が保管しているのだが――切り出した。ストラップにはサヨ子から現金を奪って逃げた鐘下の指紋がついているはずだった。

『わかるよね。俺がアレ警察に持ってってたら、あんたは終わりってこと』

錬は最初から高圧的な態度に出た。優位にいるのはこちらだと示し、カガヤについて口を割らせるために。ただ、想定外なことに、鐘下は一歩も引かずに錬をにらみ返してきた。

『終わりなのは、おまえのばあさんも同じだろ。知ってんだよ。おまえのばあさんは六年前、カガヤと一緒にクリーンライフって会社で詐欺をやった。カガヤと違って逮捕はされなかったみたいだけど、俺がたれこんだら困るのはそっちのほうじゃねえの』

確かに鐘下は言ったのだ。カガヤは六年前の詐欺事件の実行犯だ、と。

沈黙した錬の様子を見て、鐘下は急所を突いたと思ったのだろう。声を強めてたたみかけてきたという。

『ストラップを渡せ。そうすれば俺もおまえのばあさんのことは黙ってる』

鐘下は錬の眼前に手を出して迫った。だが取引には応じられない。目的は鐘下の背後にいるカガヤだ。そいつを引きずり出さなければ。

『あんたとカガヤはどういう関係なわけ？　電話じゃ代理って言ったらしいけど、つまりカガヤがボスで、あんたはそいつの手下ってこと？』

手下、と軽く見るような言葉を使ったのはわざとだ。少しでも鐘下を苛立たせてこちらのペースに引きずり込めればと思った。しかし鐘下は予想以上に激しい拒絶を示した。

『手下なんかじゃねえ』

鐘下の目に宿った凶暴な光から、錬はある可能性に思い至った。

『手下じゃないなら、ばあちゃんにかけた電話って何? あんたはカガヤに命令されて金を持ってったんじゃないの』

鐘下は答える義理はないとばかりに顔を背けたが、その態度で確信した。

小佐田サヨ子だけではなくカガヤの過去まで知っている点からして、鐘下にはカガヤと浅からぬつながりがある。しかし、少なくとも現在、鐘下はカガヤと一枚岩の関係にはない。とすれば小佐田サヨ子への脅迫も、カガヤの名を利用しただけの、鐘下の単独の犯行なのかもしれない。断定はできないが、重要なのは、鐘下はカガヤに怒りを抱いているということだ。それも憎しみと言ってもいいほどの強さで。

『カガヤに会わせてほしい』

率直に言うと、鐘下が不意をつかれた顔をした。

『あんたのことは正直どうでもいい。あの二百万円も好きにしていい。俺はカガヤに用がある。そいつは今どこにいる?』

『なんでおまえにそんなこと教えなきゃなんないんだよ』

『あんた、カガヤのこと相当恨んでるっぽいよね。何があったの?』

『おまえには関係ねえだろ』

『どうかな』

口角を吊り上げる。その一瞬は演技を捨てた。

『あいつを恨む強さなら、あんたより俺のほうが確実に上だ』

賭けだった。悪いほうに転べば、鐘下に弱みをつかまれることになる。

でも次の瞬間、こちらをただの敵とみなして威嚇していた鐘下は、同族を見たようにわずかに目つきをゆるませた。

その後、鐘下は錬の問いに答えるようになった。鐘下はかつてカガヤと雇用者と被雇用者のような関係にあり、しかし今は事情があって手を切った。鐘下はカガヤの居場所や連絡先については何も知らない。常にカガヤが非通知の電話で鐘下に指示を出してきただけで、鐘下の側からコンタクトを取ることはできないのだという。札幌市内にあるカガヤの仕事場に何度か雑用のために出入りしたこともあるが、その場所も頻繁に変わる上、所有者もカガヤではないらしく、とにかくカガヤという男は周到に自分の痕跡を隠している。

『ただ、ひとりだけカガヤに近そうな人間を知ってる。カガヤが自分の仕事の手伝いをさせてる女。あの女からたどれば、カガヤのことも何かわかるかも』

『それは誰。どこにいる？』

鐘下はすぐには答えず、錬を真っ向から見据えて言った。

『三つ条件がある。秘密を厳守すること、絶対俺を裏切らないこと。それから、俺を手伝うこと』

「──手伝う？」

　思わず春風は言葉をはさんだ。脳裏に、鐘下と連れ立って古びた貸しスタジオに入っていく錬の姿がよみがえる。

「手伝うって何を？　鐘下はあなたに何を要求したの？」

　錬は唇を引き結び、答えようとしない。

「錬くん。さっきのこと、覚えてるよね。すすきので私たちがカラオケから出てすぐに、あなたは男に襲われた。あの男はきっと暴力に慣れている人間だし、確実にあなたを狙ってた。どうして自分が狙われたのか心当たりがあるの？　もしかして、鐘下やカガヤと関係が？」

　錬はやはり黙っている。

「あきれた」

　サヨ子が低い声を発した。

「春風ちゃんのけがは、そういうこと？　やっぱり巻きこんだんじゃない。あなたがあんなことをするから」

　あんなこと？

「……その口閉じてもらえますか。できれば一生」

「ああら、人の秘密はあれほど頼んでもバラしたくせに、自分のことだと嫌なのね。今あなたが感じてるそれが、さっきの私の気持ちよ。ようやくわかった？」

サヨ子はもはや上品な老婦人ではなく、優位に立って生き生きと相手をやりこめる活発な娘のようだ。再び二人の間に火花が散る前に、春風は手を上げて両者に静粛を求めた。

「話して、錬くん」

長い間のあと、ようやく錬は口を開いた。

「……鐘下は、カガヤが名簿屋だって言ってた。上等なターゲットを載せた名簿を売って金をもうけてるって。鐘下は、理由は知らないけどまとまった金が必要みたいで、だからカガヤから盗んだ名簿を使って稼ごうとしてた。俺にも、それを手伝えって」

意味を理解するのに時間がかかった。

「手伝うって、まさか、鐘下と詐欺を？」

錬が視線を落とした瞬間、春風は思わず立ち上がった。

「何てことを！」

「落ち着いて春風ちゃん。あなた、けがをしてるんだから。この子のことは心配ないわ」

いったいどこが心配ないというのだ。青ざめたままサヨ子をにらむと、なだめるように腕をやさしくさすられた。

「この子は詐欺なんてやってないわ。フリだけよ。名簿から選んだ人に電話をかけるフリをして、この家にかけてくるの。そして私がこの子に合わせて騙されたフリをする。声とか口調なんかもその都度変えて、我ながらなかなかうまくやったと思うわ。『協力しないと昔のことを警察にバラす』ってこの子に脅されて、泣く泣く手伝ったんだけれどね。あなたが心配してるようなことを、この子はしてないわ」

本当なのかと春風が視線で問い詰めると、錬は、今度は目を合わせて言った。

「電話をかける時は、いつも俺が番号を打ちこむように誘導して、この家にかけてました。鐘下は打ちこまれた番号までは確認してこなかったし、かければ普通に相手が出るから、気づいてなかった。電話の相手も、なるべくこの人と歳の近い女の人を選んでたから」

それでも、そんな小細工はいつ鐘下にバレてもおかしくない。錬自身それは承知の上だったのだろう。危うい綱渡りのように、錬はその都度なんとかその場をしのぐ手を打ち続けていた。すべては、カガヤにたどり着くために。

「さっき襲ってきたあの男は――。カガヤが名簿を盗まれたことに気づいて、しかもそれを鐘下が使ってたことを知ったとしたら、まちがいなく報復に出ると思う。だから」

足もとから氷水が這い上がってくるような心地で、春風はソファに座りこんだ。

鐘下とその仲間への報復のために、錬は狙われた。

あの時、もし錬があのまま車に引きずり込まれていたなら、いったいどうなっていたのか。まったくわからないが、わからないだけに凄惨なイメージばかりが膨張して胃が痛んだ。紙一重だったのだ。たまたま今回は運よく逃げられただけで、あとわずかでもタイミングが違えば、錬は拉致(らち)されたまま帰ってこられなかったかもしれない。

「……錬くん、これ以上はもう無理よ。これはあなたの手に負える話じゃない」

不意に皐月が撮った金環日蝕の写真が脳裏によみがえった。中心は暗闇に沈んで何も見えないのに、その輪郭だけが強烈なかがやきを放つ。今、自分たちが相手にしようとしているのはそういう存在だ。

法や倫理に背を向け、目的を力ずくで遂げ、それを妨げようとする者は薙ぎ払うことを常としている。その力は直視すれば目を焼かれるほど強大だ。一介の高校生や大学生が太刀打ちできる相手ではない。

「私もついていく。だからすぐ警察に――」

そこまで言いかけ、自分はあまりに酷いことを言っていると気づいた。

仮に警察に届け出たら、どうなるのか。錬の証言で捜査が進み、やがて闇にひそむ人物が白日のもとに引きずり出されたら。六年前に錬とその家族を襲った悪夢が、再び彼らに降りかかる。北原家の人々と加々谷潤はすでに法的に関係を断っているが、そんなことにはかまわず、錬たちを加害者家族として糾弾しようとする人間は必ずいるはずだ。六年前の事件も掘り返されるだろう。蔑（さげす）みの声、迫害の暴力が再び彼らを襲う。

その悪夢をくり返させないためにこそ、この少年は、誰にも明かさず、誰にも助けを求めず、たったひとりで闘っていたのではないのか。

「――わかってます」

錬の声は、かなしいほど静謐（せいひつ）だった。

「もう俺の手には負えないってことは、わかってます。本当は鐘下が詐欺の話を持ちかけてきた時から、もう無理だったんだと思う。でもまだ大丈夫なんじゃないかって諦められなくて、後戻りできなくなって、あげくに春風さんのことも巻きこんで、ゆるされることじゃないってわかってます。でも、もう少しだけ時間をください。鐘下に紹介された人間からまだ話を聞けてない。それが終わったら、ちゃんとしますから。もし本当にあいつがまた罪を犯しているなら、俺が、ちゃんとしますから」

ちゃんとする——つまり彼は、その手で自分の父親を突き出すのか。

何も言えなかった。本当に何ひとつ。気まずくなったように、サヨ子が「お茶でもいれようかしら」と台所に立っていった。錬と目を合わせられないまま、春風は顔を覆って肺がつぶれそうなほど息を吐いた。

なんて夜だろう。

3

サヨ子がいれてくれた甘酸っぱいジャム入りの紅茶を飲んだあと、意識がとんだ。

次に目を開けた時、春風はソファに頰をつけて横たわっていた。いつの間にこんな体勢になったのか思い出せず、しばらくまばたきしてから、はっと跳ね起きた。

「逃げてません」

一人掛け用のソファに膝を抱いて座っていた錬が心を読んだように言った。ほっと春風は肩から力を抜いて、不可解な記憶の消失について考えた。

「私、まさか寝てた？」

「三十分くらいですけど。紅茶飲んだら、ふらふら横になってそのまま。あのおばあさん、落ち着かせるためにウォッカ入れたって言ってました。ちなみにあの人は、死んでも見逃せない韓国ドラマがあるからって別の部屋に行きました」

……完全にサヨ子のイメージが変わってしまった。衝撃的な過去を知った上に、毒、もとい、酒まで盛られようとは。

趣味のいい壁掛け時計に目をやると、夜八時半をまわるところだった。すすきのの貸しスタジオ前で錬を捕まえたのが六時半ごろで、あれからまだ二時間程度しかたっていないことが信じられない。五年くらい歳をとった気分だ、と思った直後、空腹に気がついた。

「錬くん、お腹はすいてない？」

錬が不意をつかれた顔をした。春風はソファに置いてあったバッグをとり上げ、小腹がすいた時のために携帯しているチョコレートを出した。色とりどりのセロファンで包まれた一口サイズのチョコレートは、育ち盛りの男子高校生の腹の足しには到底ならないだろうが、ないよりマシだろう。「どうぞ」と三個、手のひらにのせてさし出した。

錬は手を出さず、無言で個包装のチョコレートを見ていた。たっぷりと十秒間は。

「……何なんですか」

低い問いかけの意味がよくわからず、え？　と春風は問い返した。

「そんなにお人好しでどうするんですか」

「それは、私のこと?」

「ほかに誰がいるんですか。最初からそうだ。自分が被害にあったわけでもないのに猛ダッシュで引ったくり犯追いかける時点でおかしいし、俺がこれだけ嘘ついて世間様には言えないようなことやってたってわかったあとも普通にチョコとか出して。おかしいっていえば、さっき男に襲われた時も。なんであいつに向かってくんだ、普通逆だろ、逆方向に走って逃げてせいぜい交番に駆けこむくらいだろ。それでいいのに。何なんですか。そんな簡単に他人をゆるして、他人を信じて、そんな甘くてこれから世の中渡っていけると思ってるんですか」

春風は努めて冷静に言葉を返した。

「まず訂正させてほしいけど、私はお人好しでもないし、簡単に人を信じたりもしない」

「政治家の謝罪会見くらい説得力ないですね」

けっこうな言われようだ。

「俺がどんなやつなのか、もう十分わかったじゃないですか。それなのに、何なんですか」

言葉ほど錬の口調は乱れていなかったが、相当の力で感情を抑えこんでいるのはわかった。

春風はしばらく考えてから、パンツの右ポケットに手を入れた。いつでもすぐに抜きとることができるよう差しこんである、細長く硬質な物体の輪郭を確かめる。情けない話だ。これの出番にまたとなくふさわしい事態に遭遇したというのに、結局、ポケットから引き抜くことさえできなかった。

鈍い銀色に光る細長い物体を見せると、錬は怪訝そうに眉根をよせた。

「何ですか、それ」

「タクティカルペン。名前のとおりペンとしても使えるけど、キャップの反対側、この尖った部分が刺突用の武器になるの。アメリカのアーミーグッズ会社が作ったものだから殺傷能力は確か。うまく急所を狙えば襲ってきた相手を無力化することは十分可能だと思う」

錬の顔に当惑が浮かぶ。春風は自分の体温が移った武器を、これまで何度もそうしたように右手に握りこみ、その重みと感触を確かめた。

「私はいつもこれを持ち歩いてる。大学に行く時も、友達と遊びに行く時も、急にアイスが食べたくなってコンビニに出かける時も。いつどこで何が起きても自分の身を守れるように。私よりも強い誰かが悪意を持って襲ってきた時、もう二度と屈さずに済むように」

今までどんなに親しくなった相手にも、皐月にさえも明かしたことのない話を、自分はこの少年に聞かせようとしている。何のために？　自分がお人好しなどとは正反対の人間だと証明するためか。それとも進んで自己開示を行うことで、彼との心理的距離を縮めるためか。

依存と愛情、打算と真心、感情はいつも切り分けがたく絡み合って自分自身にも見極められない。今わかっていることがあるとすれば、ひとつだけだ。

自分は彼を知りたい。彼にも自分を知ってほしい。

「気づいてるよね、これ。あなたは、何も言わないでいてくれたけど」

いつも下ろしている前髪を持ち上げる。それではっきりと見えるはずだ。額を斜めに走り、眉間の寸前にまで達する、五センチほどの傷痕が。

錬は黒い瞳でこちらを見つめるだけで何も言わない。彼の自宅で手違いで陽に抱きつかれ、バランスを崩した拍子にこの傷があらわになった時も、彼は何も口にしなかった。心を痛めたような言葉も、哀れがる言葉も。それにひそかに救われた。

「長い話になるけど、聞いてくれるかな、この傷のこと。私が小学四年生の時、ちょうど今くらいの季節だったと思う。私は、男に誘拐されたの」

化粧で目立たなくさせることはできる、でも決して消し去ることはできない刃物で切り裂かれた痕を押さえ、脳にこびりついたあの日の光景をたどる。

「放課後、下校していたら、車が路肩に停まって、血相を変えた男が降りてきた。まったく見覚えのない人だったけど、彼はなぜか私の名前を知っていた。それだけじゃなくて私の両親の名前も。それでこう言ったの、『春風ちゃん、よく聞いて、夏海さんが会社で倒れてしまったんだ。僕は夏海さんの会社の同僚で、秋紀さんとも友達だ。秋紀さんに頼まれて迎えに来た。すぐに一緒に病院に行こう』って。それで私は彼の車に乗ってしまった。今振り返ればよくある手口なんだけど、あの時はおかしいと思うことができなかった」

「春風さんが悪いわけじゃない。そいつは春風さんだけじゃなく、両親の名前まで調べてた。耳に直接入ってくる生身の人間の声はすごく強いから、そこまでされたら両親の知り合いだって信じるのが当然だし、ショックを受けた状態で冷静に疑うのは大人だって簡単にはできない」

クールな男子高校生がそんなフォローをしてくれるとは思わなかったので、春風は面食らって、小さく笑みを返した。

「でも車に乗ってすぐ、おかしいと気づいた。車は病院とはまったく違う方角に向かって、高速道路に入ってしまったから。どこに行くのか訊いても、男は私の質問なんて聞こえなかったように、『これでも飲んで』とペットボトルのジュースを渡してきた。それは絶対に飲まなかった。彼の話がみんな嘘で、自分は今とてもまずい状況に陥っているとわかったから」

冷静でいるつもりなのに、指先から体温が失われていく。喉が渇き、脈が速くなる。冷たくこわばった指を、ゆっくりと組み合わせる。

「どうしたらいいか必死に考えて『トイレに行きたい』と私は頼んだ。それで車がパーキングエリアに入った時に車をとび出して逃げ出そうとしたの。この傷はその時につけられたもの。逃げようとした私を無理やり押さえこんで、彼は」

男は言った。息がかかるほど顔を寄せ、ぞっとする猫なで声で。

『逃げたってだめだよ』

あの時、なぜか痛みは感じなかった。あまりに激しい恐怖が痛みをかき消したのだろうか、額に氷塊(ひょうかい)を押し当てられたような冷たさとしびれを感じただけだった。

『しるしを付けたから、どこに逃げてもすぐに見つけるよ』

男がナイフを離すと、汗や涙よりも濃度の高い、生ぬるい液体が皮膚を伝い落ちてくるのがわかった。手足の力が抜けていった。絶対に両親と兄が待つ家に帰るのだという意志も、悪い人に負けたくないという思いも、血と一緒に流れてしまって、がらんとした空白だけが自分の中に残った。

今ならわかる、あれは絶望だったと。

「そこからは、記憶がないの。すごくぼんやりとした断片的な映像がいくつか頭に残ってるだけで、あとは警察に保護された翌日まで記憶がとんでる。この傷以外は何もされなかったから、たぶんおとなしくしてたんだと思う」

ただ「何もされなかった」というのは、保護されたあとまっ先につれて行かれた病院でさまざまな検査を受け、その結果を聞いた母から伝えられた言葉だ。それが具体的にどういう意味なのか、理解したのは小学六年生になった時だった。記憶を失っている自分には、それが事実なのか判断できない。母ならば娘にショックを受けさせまいと結果を偽ることもあるだろう。彼女は、そういう愛し方をする人だ。

「保護されたってことは、自力で逃げたんですか」

錬の声には、いたわりも同情もなかった。それに救われながら春風は首を横に振った。

「助けてくれた人がいたの。警察の人から聞いたことだけど、誘拐された翌日の昼、私は男と手をつないでドラッグストアにいたらしいわ。そしてたまたま近くに来た若い女性に、私は『助けてください』と言ったそうなの。その女性は困惑したと思う。それでも私の様子や額の包帯をおかしいと感じて、男に声をかけてくれた。そうしたら男はいきなり私を突き飛ばして逃げ出した。結局男は見つからなかったけど、私は保護されて家族のもとに帰ることができた」

じつは命や人生というものは綱渡りのような偶然の上に成り立っているのだと、この話を思い返すたびに思う。その時にその女性がいなかったら、その女性が勇気をもって男に声をかけてくれなかったら、自分は今ここにはいなかったかもしれないのだ。

そこだけ破りとられたように記憶が欠落している自分の中の空白を思いながら、春風は人の肉をつらぬくこともできる武器の、尖った切っ先を指でなぞった。

「家族も、警察や学校や病院の関係者も、いろんな人が念入りにケアしてくれたからPTSDも最小限で済んだし、とくに後遺症のようなものも残ってない。でも、これを持ち歩かないと外に出られないの。今もあの男が近くにいるんじゃないかという気がする。さっきあなたにも言われたみたいに無鉄砲だと言われることがたまにあるけど、あの男に今もおびえている自分を否定したくて、そういう行動をとってしまうのかもしれない」

引ったくり犯を追いかけた時も、自分は本当にサヨ子のために走ったのだろうか。本当は、いまだに消えない恐怖を打ち消すために、悪人を罰したかったのではないのか。あるいは、もはや叶わない復讐の代償行為として。

「あの男にはもう二度と会いたくない。一生私と関わることのない、ものすごく遠い土地に行ってほしい。そう思う反面、私はずっとあの男を捜しているような気もするの。捜し出して、これで刺して、そうして全部終わらせたいって」

こんなバラバラの精神を抱えているのは自分だけなのか、自分だけがおかしいのか、中高生の頃は悩んだ。すべてを忘れてやり直そうと思っても、鏡を見るたびに額の傷に突きつけられる。暴力で屈服させられた恐怖と屈辱を。身体の奥底に今もくすぶり続ける怒りと、かなしみを。

「私は、私も含めて、人間がわからない。私を誘拐した犯人がいる一方で、私を助けてくれた人がいる。私も、とてもやさしい気持ちになれる時があれば、殺したいほど誰かを憎む時もある。心って何なのか、どれが本当なのか、それを知りたくて心理学の勉強を始めた」

「……勉強して、わかったんですか？」

春風は、自嘲に近い苦笑を浮かべながら首を横に振った。

「いろんな講義を受けたし、自分でも論文や資料をたくさん読んだ。でも学べば学ぶほどわからなくなった。人間は残酷で醜い。人の心を壊すことなんて本当に簡単にできる。でも、どうしてそこまでと思うほど人に尽くしたり、命がけで誰かを助けようとすることもある。徹底的に心を壊されたはずなのに立ち上がる人がいる。全然わからない。わからない、ということだけが今の私にわかること」

タクティカルペンをパンツのポケットに戻し、春風はあらためて錬を見つめた。

「私はお人好しなんかじゃない。むしろ他人を信じることができない人間だと思う。あなたのことだって信じているわけじゃない。そうでなければ、あなたと一度も話し合うこともせずに追跡アプリを仕込んで居場所をさぐるなんて、乱暴なことはしない」

でも、とささやく。祈るような気持ちで。

「いつも、思ってもいるの。信じられたらって。信じたいって」

静かだった。つい数時間前までの衝撃的な出来事がまぼろしに思えるほど、静寂が自分たちをつつんでいる。

「――信じたい？」

錬の声は、夜の底にぽつりと降る雨のようだった。

「うん」

「俺のことも？」

「うん」

「正人が俺をどう思ってるかわかってて、だから俺が何を頼んでも断らないってわかってて、ずっと嘘つかせて利用してたとしても？」

錬がしあわせならそれでいいと言った、専門学校生の顔が浮かぶ。錬をかくまっていたことを打ち明けた時、長い前髪の奥で彼の瞳は濡れていた。

「そうだとしても、正人くんはあなたをゆるすと思う」

「自分より年下の小学生たちを嵌めたとしても？」

挑むような鋭さをおびた錬の目を、春風は見つめ返した。

「それは、陽くんと翠ちゃんを攻撃していた六年生グループのことよね。あなたは、意図的に彼らを陥れたの？」

「母さんもそう言ってたんじゃないですか」

「彼らは実名や住所もネットに暴露されたと聞いた。それはあなたが？」

「さあ。でも、世の中にはそういうのが大好きな人たちもいるでしょ。こいつは叩かれてもしようがないやつだって教えてやれば、そこから先は俺よりずっとうまくやってくれる」

錬は微笑した。人を人とも思わないように冷酷に。

これでもおまえはまだ信じたいなんて言えるのか？　挑発するように黒い瞳が問うている。

「でもあなたは、彼らを制裁する前に、まず事実を証言することと、陽くんと翠ちゃんに謝罪することを求めてる」

錬の露悪的な笑みが消えた。

「形だけですよ。そう言って応じるようなやつらじゃないのは初めからわかってた」

「わかっていたのに、それでも求めたんでしょう。彼らがちゃんと謝罪と証言に応じたら、あなたはそこで終わらせたんじゃないの？　そうなってほしいと願ってたんじゃないの」

錬が眉を逆立てた。

「あんたのそういうところ、最初から鼻についてた。自分がおきれいで正しいからって、他人にもそういう幻想押しつけんなよ」

「さっきも言ったけど、私は人を刺すつもりで武器を持ち歩いてるような女で、別にきれいでも正しくもない。ただ」

今より身体も小さく力も弱かった、かつての彼を思う。

「ただ私は、十三歳のあなたが、大切な人たちのために必死だったと思うだけ」

錬の瞳が、小さくゆれた。

「今もあなたは、その人たちを守りたくて精いっぱいなんだと思うだけ」

初めから、ただそれだけだったのだろう。

姿を変え、名を偽り、人を欺いた彼は、最初からたったひとつの願いのために動いていた。

低い、くぐもった振動音が聞こえた。ローテーブルに置かれていた錬のスマートフォンが震えている。発光した液晶画面に、電話をかけてきた相手の名前が表示されていた。

『陽』

けれど錬は手を出そうとしない。彼をこの世でもっとも慕う弟の名を、無言で見つめるだけだ。やがて留守番電話のアナウンスが流れると、着信はとぎれた。

一瞬暗転した液晶画面が再び発光し、不在着信の通知を表示させたロック画面が現れる。春風は画面の壁紙に目を吸いよせられた。

北原家の家族写真だった。

撮られたのは今よりだいぶ昔だろう。画面の中央に立って笑っている由紀乃は現在よりも若若しく、持ち前の華やかさがよりいっそうあざやかだ。そのとなりに立つ錬も母親の肩くらいまでの身長しかなく、あどけないという形容がぴったりの顔をしている。あまりに屈託のない笑顔に、春風は小さな感動を覚えた。

しかし、その中でもとりわけ雰囲気が違うのは、何といっても北原家の双子だ。

写真の錬の見た目から推測して、双子たちは小学校に上がるかどうかという歳ごろだろう。そんな幼い頃でも髪をおかっぱにした翠は目を惹く美少女だった。が、写真の彼女は犬歯を剥き出しにしてなんとも不敵な笑みを浮かべ、双子のかたわれの頭をむんずとつかんでいるではないか。陽のほうは、ふにゃふにゃの情けない顔で半べそ状態だ。

「あの、こっちが翠ちゃんで、こっちが陽くんなんだよね？　ずいぶん……二人の雰囲気が違うような」

「昔の翠は世界征服が将来の夢の小さい暴君で、陽は翠の背中に隠れて歩く泣き虫だった」

切り取られた遠い過去をながめ、錬がぽつりと言葉を落とす。

「陽は引っ込み思案でからかわれやすくて、そうすると翠がすっ飛んでって相手が男子でも年上でも喧嘩ふっかけるから、最後はいつも俺が呼び出されて注意された。二人していつも俺に引っ付いてくるからうるさくて、ひとりっ子がよかったってうんざりしてた」

――あの時、と声がかすれた。

「陽が突き落とされた時から、翠は別人みたいにおとなしくなって笑わなくなった。陽は反対に変なくらい明るくなって全然泣かなくなった。足のことなんかなんにも気にしてないみたいに、はしゃいで馬鹿ばっかりやるようになった。――なんでだ？　あいつらは特別いい子供でも何でもなかった、だけどあんな目にあわなきゃいけないほど悪いことなんてやってない。あいつらにあんな思いをさせたやつらは何の罰も受けないなんて、そんなことがあっていいわけない」

だから、十三歳の彼は、たったひとりで弟と妹を傷つけた者たちのもとへ向かった。

自分を擲って（なげう）でも、双子たちに押しつけられた理不尽を正そうとした。

「ひと言でよかった。『悪かった』って、あいつらが陽と翠にそう言えば。そうすれば――」

声をとぎれさせ、精も魂も尽き果てたように、錬が目もとを覆った。

彼は何度願いを引き裂かれ、希望が潰える思いを味わったのだろう。ようやくとり戻しつつあった平和と幸福が再びおびやかされるかもしれないと知った時から、どれほどの力を振り絞って孤独な闘いを続けてきたのだろう。

春風は立ち上がって、錬の肩にふれようとした。同時に、のどかなメロディのチャイムが鳴った。こんな時間に来客？　壁掛け時計は九時近くを指している。

「誰よ、こんな夜遅くに」

別室にいたサヨ子が忌々しげに言いながらリビングの前を通りすぎ、玄関に向かっていくのが見えた。ドアが開く音と、かすかな話し声のあと、あわてたような足音が戻ってくる。

リビングにやってきたサヨ子は、心底驚いた顔をしていた。

「潤さんの子供は、あなただけじゃなかったの？」

錬が目を大きくする。まさかと春風も驚き、玄関に向かった。

双子たちは、色違いのダッフルコートを着て、手をつないで立っていた。

毅然と顔を上げている翠とは対照的に、いつも元気いっぱいのはずの陽は力なくうなだれている。春風は、先ほど見た昔の北原家の家族写真を思い出した。

「二人とも、どうしてここが？」

錬については、まずは春風が追跡調査を行い、結果を二人に報告すると決めていた。ただ、まだ今起きていることの全容がつかめずにいたので二人に報告はしておらず、だから翠と陽は春風たちがここにいることなど知るはずもないのだ。

翠は春風に視線を据えて、短く答えた。

「アプリ使ったの」

「でも、あれは私のスマホでだけ結果が見られるように設定したはずで……」

「その設定って、春風さんが自分でやったんですか？」

遅れて玄関に出てきた錬は、もういつもの顔つきに戻っていた。翠が「錬にい」と眉を吊り上げ、陽も緩慢に顔を上げた。

「いいえ、私は正直そういう操作がよくわからないから、陽くんにやってもらって……」

「スマホのアプリ一覧、調べたほうがいいですよ」

春風はスマートフォンをとり出して、本体にインストールされているアプリの一覧を確認した。錬のスマートフォンに仕込んだ追跡アプリと同じものが、自分のスマートフォンにもインストールされているではないか。い、いつの間に？

春風の反応を見た錬が、ため息をついて「陽」と叱る時のトーンで弟を呼んだ。普段は日向を駆けまわる子犬みたいに明るい少年は、また力なくうなだれた。

「……翠が、やれって、言うから……」

「やれって言われたからって何でもやるな。翠、おまえも手くせの悪いことするな」

「春風さんはいい人だから、錬にいがどこで何やってるのか、すぐにはわたしたちに教えてくれないんじゃないかって思ったの。もし錬にいが危ないことやってても、わたしたちに心配させないように、話しても大丈夫なことしか話してくれないかもって」

ぐうの音も出ず、春風は肩をすぼめた。翠は鋭い目を兄に向ける。

「錬にい、なんでそうなの？　なんでいつも黙ってひとりでどうにかしようとするの？　わたしと陽、もう小学生じゃないんだよ。まだ大人じゃないかもしれないけど、もう、錬にいに何でも面倒見てもらわなきゃいけない子供じゃない」

知らないうちに春風のスマートフォンに仕込まれていたアプリは、GPSを使って所有者の位置を特定できるほか、音声録音機能も搭載されている。リアルタイムの盗聴まではできないが、タイムラグをはさんで転送されてくる所有者の会話データを受信者は聞くことが可能だ。春風はプライバシーの侵害がすぎると思い、その機能を錬の素行調査には使っていなかったが、もし翠と陽が春風のスマートフォンに入れたアプリのその機能を使ったとしたら。

うつむく陽の手を握ったまま、翠は赤くなり始めた目で兄をにらんだ。

「帰るよ、錬にい。言うこと聞かないならお母さんにあれもこれもバラすから。わたしたち、たくさん証拠握ってるんだから。これ以上陽のこと泣かせたら、錬にいでもゆるさないから」

翠は陽の手を放すと、行け、とばかりにベシッと背中を叩いた。よろっと右足を引きずりながら前に出た陽は、何か言おうと唇を開けたが、結局何も言えないまま、うーと声をもらして錬の腹に頭突きした。さすがの錬も後ろによろけて、途方にくれたように、頭を押しつけたましゃくりあげる弟をながめる。

そう――翠の言うとおりだ。

「帰って、鍊くん」

鍊が、途方にくれた表情のままこちらを見た。

「まだ訊かなきゃいけないことも、話さなきゃいけないこともたくさんあるけど、今日は翠ちゃんと陽くんと一緒におうちに帰って。あとのことは、休んでからまた考えましょう」

鍊は、自分の腹に頭を押しつけている弟を、次に目を赤くしている妹を見ると、陽の肩に手を置きながら、とても小さく頷いた。

春風は斜向かいの自宅に帰り、仕事帰りのワイシャツ姿のままビールを飲もうとしていた兄の夏夜から缶をとり上げて「何すんだこの愚妹！」とつかみかかってきた兄のわき腹に膝蹴りを打ちこんだあと、うずくまる兄に車を出すよう命じた。

「俺ちょー疲れてんだけど」だの「もー外出るのやだ」だのと文句をたれる兄を玄関に追い立てていると、頭をタオルでくるんだ母が浴室から出てきた。少し出かけてくると話すと母は眉を吊り上げ「出かけるってこれから？　こんなに遅く帰ってきておいてまた？　春風、あんた最近──」と戦闘態勢に入りかけたが、春風は今は急いでいるので話はあとで聞くと告げた。別に声を荒らげたつもりも怖い顔をしたつもりもないが、母は少々ひるんだ様子になって「早く戻りなさい」としぶしぶ了承した。わかっているのだ、ちゃんと。母の過干渉が始まったのは小学四年生の誘拐事件後からで、彼女もまた苦悩し、二度と誰にも子供を傷つけさせないと誓ったのだ。

「夜分にご迷惑をおかけしてすみません」

外に出ると、錬と翠と陽が玄関先で待っていて、そろって礼儀正しく頭を下げた。兄は高校生らしき少年と、もっと幼い少女と少年、最後に春風を順番に見やって、いったいどういう関係なのかとふしぎがるような顔をしたが、すぐにあっけらかんと笑った。

「そんなかしこまらんでいいよ。寒いから早く乗りな」

普段はまったくちゃらんぽらんで長所の三十倍は短所を挙げられる兄であるが、大人は子供の味方であるべきだというシンプルな信念の持ち主でもあり、春風はそこは評価している。

春風は助手席に乗りこみ、兄に錬たちの家までのルートを指示した。途中、信号待ちで車が停まった時、バックミラーをのぞいた。後部座席には、北原家の双子とその兄が座っている。

後部座席でも一番窮屈な真ん中に座らされた錬は、右手を翠に、左手を陽にしっかりと握られていた。双子は疲れてしまったのか、どちらも兄の肩に頭をあずけて眠りこんでいた。錬は二人を起こさないように窮屈な姿勢のままじっとしている。

春風は何か声をかけようとしたが、結局口を閉じ、フロントガラスに向き直った。

そして、幸福な北原家の家族写真を思い出し、それを写したはずの男のことを考えた。

第五章　対　決

1

目を覚ました朝、あたりがしんとしていると、雪が降ったんだとわかる。理緒は布団にくるまったまま、ほのかに朝陽を透かすカーテンをながめた。そろそろ大学へ行く支度をしなければならない時間なのに、起き上がる気力が出ない。

枕もとに手を伸ばし、放り出したままだった預金通帳をとり上げる。家計の口座とは別の、理緒個人の口座の通帳だ。毎週記帳している家計用口座とは違って、こちらは毎月十五日に記帳するだけなのだが、昨日がちょうどその日で、大学内のＡＴＭで記帳した。

一瞬目を疑うほどの大金が振り込まれていた。

振込人はスズキツカサ。カガヤから報酬が振り込まれる時、いつも使われる名前だ。

『おまえはもういい。これきりだ』

つまりこれが、退職金という名の手切れ金なのだろう。

カガヤが言ったとおり、振り込まれていたのは自分の今後三年間の学費を払い、この先奈緒が大学に通うようになった時の学費も賄うことができる額だった。金額がこれまで自分がしてきた調査への評価を表すなら、カガヤはずいぶん自分を買ってくれていたことになる。しかし、事情があったとはいえほかの男にたやすく腹を見せた飼い犬にカガヤはもう見向きしない。彼は自分を捨てたのだ。

視界がにじみ、目尻からしずくがすべり落ちた。理緒は通帳を放り捨てて目もとを押さえた。誰かに、寄りかかることがゆるされるやさしい誰かに泣きつきたい。でも母は例の男に呼び出されて昨日から帰ってこない。すべてがあまりにむなしくて、生まれてきた意味も、生きていく理由も見失いそうだった。五分刻みで設定してあるスマートフォンのアラームがまた鳴り出したが、指一本動かす力さえ出ない。

「お姉ちゃん……まだ寝てる?」

ふすまが開く音のあと、奈緒の声がした。理緒はなんとか力をふり絞り、アラームを切った。

「ごめん、寝坊した。すぐ朝ごはん作るから」

「ううん、大丈夫。もう作ったから」

え、と驚いて起き上がると、奈緒は高校の制服を着ていた。女子の冬服は地味な紺一色のセーラー服で、奈緒はプリーツスカートの下に黒いタイツを穿いている。声が出ない理緒に「卵焼き、冷めちゃうから早く来てね」と奈緒は言って引っ込んだ。

急いで着がえをして台所に行くと、本当に小さな食事用のテーブルに、卵焼きにウィンナーとミニトマトを添えた皿が二人分並んでいた。こんがり焼けたトーストと、理緒が好きなピーナッツバターも。コップに牛乳を注いでいた奈緒が、ふり向いて屈託なく笑った。

「お姉ちゃん、寝ぐせついてるー」

小さくめまいがした。まるで、あの事件の前に時間が巻き戻ったかのようで。

「時間ないから食べよ」と奈緒にうながされて、理緒もテーブルに着いた。ものすごく気をつけながら、何気ない口調を心がけて奈緒に声をかけた。

「今日……学校、行くの？」

「うん。そろそろちゃんとしなきゃって思って」

奈緒はパンにピーナッツバターを塗りながら頷いた。

「ほんとはね、勉強、今から戻ってついていけるかなとか、ちょっと怖いけど」

「そういうのはお姉ちゃんも手伝うよ。私、これでも学年十番だったから」

「あ、さりげない自慢。みっちゃんもね、昨日相談したら『いろいろ手伝うし協力するよ』って言ってくれたから。だから、がんばろうって思って」

奇跡だ――理緒は何でもない顔で牛乳を飲む努力を必死にしながら、それでもこみ上げる涙を抑えられなかった。どうやっても忘れることはできないあの夜から一年、ただの一日もやすらぐことのできない日々を奈緒は送ってきた。理緒もその姿をそばで見てきた。それは出口の見えないトンネルを二人で進み続けるような時間だった。この暗くて寒くて不安な時間が終わることはもうないのかもしれないとさえ思った。けれど今の奈緒は、光の中にいる。自分のこれからを見つめている。神様、という言葉が浮かんだ。普段はそんなあやふやで何もしてくれない存在のことなど、むしろ蔑んでいるのに。

「お姉ちゃん。今日、学校終わったら大学に遊びに行ってもいい？」

理緒は、まばたきで涙をごまかしながら顔を上げた。

「いいけど……どうして？」

「学食の、あれ、牛トロ丼。ひさしぶりに食べたいなって」

そういえば五月の連休が終わった頃に、奈緒を家からつれ出してキャンパスを案内したことがあった。学校を休みがちな奈緒の気晴らしになればと思ったのだ。奈緒はキャンパスの人の多さは苦痛だったようだが、学食で食べた牛トロ丼はすごく気に入って「おいしい」と笑顔を見せてくれた。それを思い出すと理緒も頬がほころんだ。

「いいよ、もちろんいいよ。お姉ちゃんがごちそうする。そうだ、学食で早めに夕飯食べたら、ひさびさにカラオケも行く？　隠れた名曲しばり百連発やる？」

「やるやる！　でもあれ、最後のほうはネタ切れで隠れざる名曲ばっかになるんだよね」

「なるなる」

二人で笑っていると、ずたずたに裂けて干からびた心にまた温かな血が通っていくような気がした。カガヤに捨てられ、もしかしたら母にも捨てられかけている、それでも奈緒のこの笑顔を守るためならまだ生きていけるかもしれないと思った。

けれど、理緒は小鳥のような声をたてて笑っている妹の異変に気づいた。奈緒が笑いながら涙を流していた。笑いすぎて涙が出たという感じではなくて、透明なしずくがあとからあとから、頬をつたい落ちていく。

「奈緒？　どうしたの？」

「お姉ちゃん。ごめん。ありがとう」

いったい何を詫びられ、何を感謝されたのか。奈緒はまた涙をこぼしながらほほえんだ。

「これからはわたし、ちゃんとするから。もう大丈夫だから。なにも心配いらないから」

何も言うことができずにいると、奈緒はチンと鼻をかんで「あ、遅刻しちゃう！　お姉ちゃんもほら！」と急いで卵焼きを食べ始めた。理緒もつられてトーストをかじり、後片付けは引き受けて「いってきます」と出かけていく奈緒を見送った。ガスと戸締まりを点検してから、通学用のバッグを肩にかけ、アパートを出た。

夜半から降り始めた雪はすでにやんでいたが、街は白く染まり、天然の雪細工になった街路樹の枝が太陽の光にきらめいていた。理緒はマフラーに顎をうずめ、地下鉄東西線に乗った。大通駅で南北線に乗り換え、大学の最寄り駅まで乗っていくのがいつものルートだ。車内は混雑していて、はなから座ることを諦めている理緒は車両の端のスペースに立った。スマートフォンをとり出し、メールアプリを起動させる。

『もうあのスタジオには行かないでください』

このアプリは相手がメッセージを閲覧したら既読マークが表示される仕組みだ。けれど一昨日送ったメッセージには既読がついていない。

鐘下は、まだこれを見ていないのだろうか。

カガヤに命じられ、再び例のすすきののスタジオで鐘下たちと合流したのが、三日前の土曜日だった。フジサキの連絡先は知らないので、彼への連絡は鐘下にまかせた。

そこで予想外のことが起きた。鐘下が寸前になって『片頭痛ひどくて動けない』とフジサキに連絡してきたのだ。フジサキからその話を聞いた理緒はすぐにスタジオを出た。カガヤに、鐘下は来ないと伝えようとして。

けれど、寒い外に出たとたん、頭が冷えた。伝えようと思っても、カガヤに連絡する手段が自分にはない。カガヤはスタジオの近くに待機しているのかもしれないが、少なくとも見回した限りでは見つけられなかった。

スタジオに置いてきたフジサキのことは気になったが、飄々とした彼なら自力で何とか切り抜けるはずだと無理やり思いこんで自宅に帰り、眠れない夜を過ごした。

翌日の日曜日、悩んだあげくに『もうあのスタジオには行かないでください』と鐘下にメッセージを送ったのだが、もうまる二日がたつのに、メッセージはいまだに閲覧されていない。もちろん既読マークをつけない技術もいろいろあるので、一概に鐘下がメッセージを見ていないとは言えないのだが、けれど、もし――

「理緒ちゃん、おはよー」

一講時目の教室に着くと、友人たちが手を振ってきた。きれいな髪ときれいな服装の彼女たちは、理緒にはほんのりと淡い光に包まれて見える。その光は、普通といえる家庭に生まれ、金持ちではないにしてもそれなりの生活を今日まで送ることができ、おそらくこれからも大きく道を踏み外すことはなくそれなりに幸福な人生を歩むことができる――そういうオーラだ。彼女たちといるのは楽しいが、理緒は彼女たちのそばにいると自分がひどくみすぼらしくて薄汚れた存在であるように思えることがある。

「見て見て。昨日これ見つけたんだけど、かわいいの」

「えー、何やってんの、かわいいー」

講義が始まるまでの空き時間に、子猫が金魚鉢に入り込む動画を頭をくっつけ合って視聴する。理緒も一緒に笑って画面をのぞいたが、現実味がなかった。彼女たちの周囲にあるぬるま湯のような平和な世界よりも、鐘下やカガヤとともに潜っていた暗く危険な世界のほうが、なぜか肌になじむような気さえした。

机の下でスマートフォンをとり出し、メールアプリを開いてみる。鐘下がメッセージを見た形跡はない。続けて経済学部のホームページを開き、在学生用のページに飛んで時間割を確認する。経済学部では、次の二講時目に金融経済学という三年生向けの講義があるようだった。

一講時目の講義が終わるとすぐ、理緒は「ごめん、ちょっと気分が悪いから」と友人たちに伝えて教室を出た。経済学部の講義棟は図書館本館のそばにある。図書館で時間をつぶして、二講時目終了まぎわに理緒は金融経済学の講義が行われている教室へ向かった。

講義終了の時間になると、教室から学生がぞろぞろと出てきた。三年生向けの講義なので、やはり受講者はみんな大人っぽい。最初に女子学生に声をかけてみたが「鐘下？　それ誰？」

と怪訝そうにされてしまった。同じ学部だからといってすべての学生を把握しているわけではないのだ。とはいえ鐘下は男子だから、同じ男子のほうがいいのかもしれない。

理緒は人ごみの中でもとりわけ目を引いた男子学生に「あの、すみません」と声をかけた。

「なんだ？　俺？」

背の高い柔道選手のような身体つきの男子学生は、声も野太かった。何となくだが部活の部長のような面倒見のよさが彼からにじみ出ており、この人なら迷惑がらずに話を聞いてくれるのではないかと思ったのだ。そういう人を嗅ぎ分ける勘については自信がある。

「突然すみません。三年生の鐘下さんって、ご存じですか」

「鐘下？」

男子学生の声のトーンは明らかに鐘下を知っていた。彼は太い眉をひそめる。

「何だ、あいつ。モテ期か？」

「え？」

「いや悪い、こっちの話だ。最近俺の後輩もあいつのことを気にしてたもんだから。鐘下は、まあ友達ってほどじゃないが、同じ学科仲間くらいには知ってるよ」

第一印象のとおり、彼は後輩に慕われる人物のようだ。就活でたくさん内定をもらいそうな人だな、と思いながら理緒は質問を続けた。

「今日、鐘下さんと会いましたか？　少し用があるんですが」

「用まで俺の後輩とそっくりだな……何だ？　まさか鐘下のやつ、女にうまいこと言って金借理緒はひるんで両手を振った。

「後輩さんのことはわからないですけど、私の用は全然そういうのじゃないので。あの、姿をくらましてるって、鐘下さんは大学に来てないんですか？」

「少なくとも俺はここ二週間くらい顔を見てないな。あいつ、その前も欠席多かったから出席もやばいはずなんだけど、あいつの同郷の友達が連絡入れてもまったく応答がないらしい」

嫌な予感が胸に広がった。

「……わかりました。どうもありがとうございます」

「なあ、あんた」

たくましい男子学生に頭を下げてきびすを返そうとした途端、呼び止められた。

「変なこと訊くようだけどさ」

「はい？」

「あんた、シミズリオじゃないか？」

心臓に杭を打ちこまれたような気がした。けれど内心と表情筋を切り離すことには慣れているから、動揺は見せなかったはずだ。

「違いますけど」

「そうか。変なこと訊いて悪かったな。じゃあ」

小さく手を上げながら、男子学生は人波の中に消えていった。

なぜ、あの男子学生は自分の名前を知っていた？

自分が知らない水面下で何かが動いている。けれど、ではどうすればいいのか、まったくわからない。苦痛な時間を、理緒は図書館でじりじりとやり過ごした。本当は家に帰って完全にひとりになりたかったが、奈緒との約束を破るわけにはいかない。

夕方四時前、ようやく奈緒から連絡が入った。『これから行くね』という内容で、理緒は早めに待ち合わせ場所の学食に行って席を取っておくことにした。

「私、小腹がすいたからラーメンを食べて帰る。また明日」

「この時間にラーメン？　あんたはどうしてそんな高校の野球部員みたいな食欲してるのに太らないんだ？　もしかして特別なラーメン分解酵素とか持ってる？」

学食の前で女子学生が二人、立ち話をしていた。一人はきっぱりと物を言いそうなショートヘアで、もう一人はすらりと背の高い女子だった。どちらも上級生だろう。理緒は小さく頭を下げて通った。

昼食にしては遅すぎ、夕食にしては早すぎる時間帯だったが、食堂内にはちらほらと学生がいた。奈緒は男性を恐れているから、ほかの利用者から距離を置ける端の席のほうがいいだろう。荷物を置いてから古い椅子のクッション部が裂けて中身がはみ出ていることに気づいたが、ため息をついてそのまま座った。テーブルの上にはポップスタンドが置かれており『心理学実験の被験者求む』とか『アイヌ文化体験講座受講者募集』というチラシ、あとは安い学生向けアパートの情報なども掲示されている。

「お姉ちゃん」

食堂の入り口に顔を向けると、制服にキャラメル色のコートを重ねた奈緒がいた。

思いがけないことに、奈緒はひとりではなかった。

となりに奈緒と同じ年頃の少年が立っている。真っ黒な詰襟の学生服に、スモーキーブルーのマフラーを巻いていた。同級生？　いや――奈緒の高校とは制服が違う。

奈緒が男性を連れていたことに衝撃を受けたあと、もしかして、と理緒は思い至った。彼は奈緒の特別な人なんだろうか。急に夕飯を学食で食べたいなんて言い出したのは、姉に彼を紹介するため？　え、待っていつの間に？　動揺を表に出さないよう苦労しながら奈緒に手を上げた時、横合いから誰かが近づいてくるのが視界の端に映った。

「志水理緒さん」

凛とした声だった。そちらを向くと、テーブルのすぐ横に青いコートを着た女子学生が立っていた。すらりとした長身で、染めていない髪を鎖骨にかかるまでのばしている。化粧っけは薄いが清潔な雰囲気の人だ。さっき学食の前にいた女子学生だ、と一拍おいて気づいた。

「突然ごめんなさい、私は森川春風といいます。文学部の二年生です」

「……何のご用ですか」

「少し話をさせてもらえませんか。鐘下さんと、カガヤという人について」

敵だ。

森川春風がその名を口にした瞬間、直感した。しかし逃げるような愚を理緒は犯さなかった。

森川春風を見上げ、とまどいの表情を作る。

「鐘下さんと、カガヤさん、ですか？」

「心当たりはありませんか？」

「はい、ちょっと……あとすみません、私、妹と約束があるんです。もうそこに来てて――」

「お姉ちゃん」

通路を進んできた奈緒が、いいタイミングで声をかけてくれた。理緒は意味のわからないことを言う他人をかわすために人がよく浮かべる困ったような笑みを森川春風に向け、「ほら」という意味をこめ奈緒を指した。すばやく立ち上がり、トートバッグとコートを座席からとり上げる。

「奈緒、今日は別のところに行こう。私、なんかオムライス食べたくなっちゃった」

「お姉ちゃん」

奈緒の腕を引きながら歩き出そうとすると、逆にコートの袖を握られた。

「奈緒？」

「お姉ちゃん。お願い。本当のこと言って」

本当のこととは、いったい何なのか。なぜ奈緒はたまらなくなったようにうつむき、肩を震わせ始めるのか。そのとなりに立つ眼鏡をかけた地味な少年は、どうして奈緒が泣いているのに少しも動揺を見せず、なぐさめようともしないのか。

そう、なぜそんな、人の心を見透かすような目をして――

「どう、して?」

声がかすれ、続きの言葉は喉の奥に引っかかったまま出てこなかった。男子高校生は無言で理緒を見返すだけで、代わりに森川春風が声を落として言った。

「ここは人が多い、場所を移しましょう」

人に聞かれたら困る秘密をおまえが抱えていることはわかっている、と言わんばかりの言葉だった。頷きたくなどなかった。この女は危険だ。それなのに。

奈緒がどうしても手を放してくれないから、彼女に従う以外なかった。

2

志水理緒は、利発な気質がよくあらわれた、力のある瞳をしていた。

ただ同時にその瞳には隠しようのない翳りがあり、どこか痛ましさがつきまとっている。まだ十代だというのに彼女がまとう悲哀と疲労の気配が、春風には印象的だった。

「何なんですか、あなたたち」

志水理緒は、今は疑いと怒りを剝き出しにして、春風と錬をにらみつけている。

春風は前もって図書館本館の四階にあるグループ学習室を予約していた。一室あたり八名まで入れる小部屋で、学内の者が代表になれば誰でも利用できる。カラオケボックスなどを使うことも考えたが、つい三日前にあんなことがあったばかりなので、より安全なこちらのほうを選んだ。

「突然ごめんなさい。さっきも言ったけど話を聞かせてもらいたいんです、理緒さん」

長机にキャスター付きの椅子、ホワイトボードがあるだけの簡素な部屋で、春風は理緒に慎重に語りかけた。彼女があらわにする敵意はやわらぐ気配もない。

「話とかする義務、私にありますか？　ないですよね。それに、あなた」

理緒がひときわ目つきを鋭くしてにらんだのは、学ラン姿の錬だ。

「フジサキだよね」

錬は無言で理緒を見つめ返すだけだ。理緒は怒りを沸騰させた。

「あんた何なの？　奈緒のこともどうやって？　なんでこんなことするのよ⁉」

「お姉ちゃん、違うよ」

声をはさんだのは奈緒だ。彼女は姉のコートの袖を握り、訴えるように言う。

「北原くんと春風さんに、一緒につれてってって頼んだのはわたしなの。ごめん、お姉ちゃん」

「奈緒？　何言ってるの……？」

「全部お姉ちゃんに押しつけて、何もしなかったわたしが悪い。何か考えたり、不安になったりするの嫌で、何も見ないようにしてたわたしが。だからこんな――ごめん、お姉ちゃん」

うつむいた奈緒の目もとから、ぱたぱたと水滴が落ちる。奈緒、と呟いたきり理緒は金縛りにあったように動かなくなった。

話を進める前に、春風はまず説明することにした。

「理緒さん、だまし討ちのようなことをしてごめんなさい。ただ、ほかに手掛かりがなかったんです。もしかすると、ほとんど猶予はない事態になっている可能性がある。だからあなたに早く会うために、奈緒さんに協力してもらいました」

途方にくれた顔をする理緒に、春風はこの四人が向き合うに至るまでの経緯の説明を始めた。


あまりにも衝撃的な出来事が連続した土曜日から二日後の月曜日。春風は普段どおりに大学で講義を受け、錬は高校に行った。錬にとっては、じつに二週間ぶりの登校だ。

前日の打ち合わせで、夕方に錬の自宅で落ち合うことを決めておいた。由紀乃は帰りが遅くなるらしく、話し合いの場としてはそこが一番よいということになったのだ。

今回のクリーンライフ事件に加々谷潤が絡んでいるのか、それを突き止めるために、錬はミナミという人物を調べると言っていた。錬がフジサキという偽名を使って鐘下と行動をともにしていた時、もうひとり一緒にいた若い女性だ。おそらく彼女も偽名を使っているだろうが、鐘下によるとカガヤに近しい人物だという。錬は彼女をさぐるための心当たりがあるらしく「放課後に調べてきます」と言った。春風は、サヨ子に過去のクリーンライフ事件についてもっと詳しく聞いてみると伝えた。

そして約束の夕方六時、春風は錬の自宅を訪ねたが、

「すいません。場所変えます」

出迎えるなり学ランの錬は、春風を玄関に待たせたままスニーカーを履き始めた。

「どうしたの？　まさか何か」

「ミナミの妹に、これから会います」

予想を数段階とばした急展開に春風が度肝を抜かれていると、靴を履き終えた錬の後ろから、こちらも中学の制服のままの翠と陽が駆け出してきた。「春風さん」「うぃっす」と口々に言いながら自分たちも靴を履き始める双子に、錬が眉を吊り上げる。

「ついてくるな。夕飯食べて勉強してろって言っただろ」

「錬にい、わたしたちにそんな生意気な口きいていいの？」

「おれたち証拠握ってんだかんね」

今まで絶対服従だった兄に双子は威勢よく言い返し、錬は心底うんざりした顔でため息をもらした。察するに、錬は土曜日以来ことあるごとに弟妹から脅迫を受けているもようだ。

お土産を買ってくることを条件に双子に留守番を承諾させた錬と移動しながら、春風はミナミの妹に会うことが決まるまでの経緯を聞いた。

「ミナミと妹の写真を手に入れてたんです。妹ってはっきりしたのは今日だけど」

錬がどうやってそんな写真を入手したのか気になったが「それはどうでもいいじゃないですか」と涼しい顔でかわされた。錬によれば、写真の二人は白石区のN高校の制服を着ていたらしい。写真がいつ撮られたかは不明なため、彼女たちがすでに高校に在籍していない可能性もあったが、錬は「少なくともどちらかは在籍している」という前提で調べを進めた。

「調べるって、でもどうやって？」

「『会いたい子がいるんだけどN高生ってこと以外わからない』って友達に相談しました」

友達、と春風が鸚鵡返しにすると「俺だっていますよ、友達くらい」と錬に軽くにらまれた。

それはそうだ。そうなのだが、びっくりしてしまった。

錬から相談を受けた友人たちは「錬が女の子に会いたい⁉」「錬がやっと勉強と家事以外のことに興味を！」「もしかしてずっと熱出してたのってそのせい？　まかしとけ絶対見っけてやっから！」と手放しで協力してくれたそうだ。彼らが人脈を駆使した結果、錬は放課後、N高校に通う一年生、二年生、三年生の数名と対面することができた。

この子を知らないか、とスマートフォンに保存した写真を見せること三人目。二年生の男子が「ああ」と呟きながら、髪を両耳の後ろで結った少女を指した。

「志水じゃん。志水奈緒。俺、同じクラスだよ。んで、となりは卒業した志水の姉ちゃん」

志水って前はすげえ明るかったんだけど、なんかいきなり口きかなくなってさ。だんだん学校も来なくなるし、不登校ってやつ？　たまに連絡はしてんだけど全然返事くれないし……と訊ねてもいないことを次々としゃべる彼はどうも志水奈緒に淡い想いを抱いているらしかったが、時間が惜しい錬は、彼に奈緒への伝言を頼んだ。

「伝言ってどんな」

「『お姉さんについて聞きたいことがある、俺のＩＤに連絡ほしい』って」

ただ、それで奈緒から反応があるとは錬も期待していなかったらしい。話を聞いた限りでは、彼女は他人との交流を望んでいない印象を受ける。とりあえずは、奈緒とその姉——ミナミこと志水理緒という身元はわかったので、今回知り合ったクラスメイトの男子ともう少し親しくなり、彼を通して距離を詰めていくことを考えていた。

ところが錬が自宅に帰り夕飯の米をといでいると、スマートフォンが突然振動した。

『あなたはお姉ちゃんとどういう関係？　お姉ちゃんのこと聞きたいって何を？』

奈緒は錬のＩＤにこんな文章を送ってきた。思わぬ反応に驚いた錬は、次に奈緒の強い警戒心を感じた。彼女にとって姉は格別の存在であるらしいことも。

錬は慎重に返答の文面を考えた。出方をまちがえた結果、連絡を断たれては困る。錬が返信に時間をかけていると、まるで焦れたように奈緒が再びメッセージを送ってきた。

『あなたはカガヤに関係あるひと？』

突然その名前を突きつけられた錬は不覚にも動揺した。とっさにアプリの無料通話機能を使って奈緒に電話をかけてしまったというから、相当だったのだろう。だがこれでは性急すぎると錬はわれに返り、すぐに通話を切った。しかしその一秒後だ。

今度は奈緒から電話がかかってきた。

もしもし、と錬は応答した。電話の向こうからは何も返ってこない。けれど、息をひそめる誰かの気配を確かに感じる。長い沈黙の果てに声がした。

『あなた、カガヤっていうひと、知ってるの？』

それが奈緒の第一声だった。春風が北原家の呼び鈴を鳴らす、わずか十五分前の出来事だ。

「それで会って情報交換することにしたんです。ただ、人っていうか、男をすごく警戒してる感じがしたので、女の人も同席するって伝えました」

「あ、それで私も」

「あれかな」

　錬が奈緒から指定されたのは、大通駅周辺の地下街にあるコーヒーショップだった。仕事を終えた勤め人や学生が街にぞくぞくと増える時間帯なので地下街は混み合っていたが、春風は約束の店の前に立つ少女にすぐ気がついた。まわりにはほかにも同年代の少年少女がいるというのに、一瞬でわかった。キャラメル色のコートを着てうつむき加減に立つ彼女が、周囲とは明らかに異質な、暗く沈んだ空気を背負っているように見えたのだ。

「北原錬です」

　錬は彼女に近づいて声をかけた。びくりと肩を震わせて顔を上げた少女——奈緒も、かぼそい声で名乗ると、錬のとなりにいた春風に視線を移した。

　自分が立っているこの世界の安全そのものを信じられないような強い不安が、奈緒の表情から伝わってきた。春風はなるべく声と表情をやわらげながら自己紹介をした。

「私は錬くんの共同調査人のようなもので、森川春風といいます。H大の二年生。彼は、平時は紳士なので安心してください」

「なら非常時の俺は何なんですか？　無鉄砲の権化の春風さんに言われたくないんですけど」

お互い横目でにらみ合ったが、それが奈緒にはおかしかったらしい。わずかに表情をやわらげた奈緒は、錬に確認した。

「お姉ちゃんのこと……何してるのか、知ってるんだよね？」

錬はすぐに頷いたが、春風はそこでやっとこの場における情報交換の意味を悟った。とっさに錬の腕をつかんで奈緒から離れ、彼女には聞こえないように声をひそめた。

「彼女のお姉さんは、つまりミナミなんでしょう？　ミナミはおそらく犯罪に関わっている。そんなことを教えたらあの子はショックを――」

「俺は、知らないほうが残酷だと思う」

錬の声は落ち着いていた。

「ショックを受けたとしても死ぬわけじゃないし、もっと状況が悪くなる前にどうするべきか考えられる。でも知らないことには手も足も出せない。あとになってわかった時、もっと早く知っていれば、って後悔することしかできない」

それが、父親が罪を犯したと知った時、彼の味わった思いだったのだろうか。

錬は私よりも潤に懐いてた――以前に由紀乃が語ったことを思い出した。そんな錬にとって、六年前に発覚した父の罪は、突然降ってきた隕石同然だったろう。避けることもできず、激しい痛みに打ちすえられ、それは今も消えていない。

「教えてください、全部」

はっとふり向くと、奈緒がすぐ後ろに立っていた。目に涙をため、それでもまっすぐに錬と春風を見つめ、切実な声で言った。

「北原くんが言うとおり、知らないと何もできないから。だめなんです。お姉ちゃんにいくら訊いても『大丈夫』としか言ってくれない。お姉ちゃんはいつもそうで、そうやってわたしのこと守ってくれてた。でもそれじゃだめなんです。このまま、何もできないままじゃ――」

お願い、と奈緒はまっすぐに錬を見つめた。

「わたしも知ってること話すから。そんなに多くないけど、全部話すから。だからあなたも教えて。お姉ちゃんが何をしてるのか」

その後、三人で店内に移動した。周囲のざわめきにまぎれる程度の声で、錬はミナミに関する情報を奈緒に明かした。詐欺によって金を手に入れようとしている鐘下と彼女が行動をともにしていたことも、おそらくはもっと大きな規模の犯罪を主導する人物と彼女の姉が深いつながりを持っていることも。

ひと言も発さず最後まで話を聞き終えた奈緒は、きつく唇を引き結んでうつむいた。ぽつりとテーブルに雨が降り、となりに座っていた春風は思わず彼女の肩にふれようとしたが、大丈夫だというように奈緒は小さく手をふり、深呼吸をして、顔を上げた。

「『三波（みなみ）』は、前の名字なの。お父さんとお母さんが離婚する前の」

十一月五日だったと思う、と奈緒はとつとつと続けた。

「金曜日だったから。変な男の人がいきなりうちに来たの。それがたぶん、鐘下って人じゃないかと思う。お姉ちゃんはその人のことすごく嫌がって、怖がってる感じだった」

その後、理緒は鐘下と思われる男を外につれ出したという。自分に話を聞かれたくないのだ、と奈緒は思ったが姉が心配でたまらず、遅れて二人を追いかけた。

「アパートの近くに小さい公園があって、そこに、お姉ちゃんとその男がいた」

揉めていることは二人の声の調子からわかった。尾行してきたことを悟られないように距離をおいていた奈緒には、はっきりと話を聞きとることはできなかった。しかし。

「名簿、って聞こえたの。なんか、あの男のほうがお姉ちゃんに、コスってるんだろ、とかって――あとカガヤっていう名前と、『写真を撮らせろ』って」

ああ、と錬が呟いた。どうしたのかと訊ねる春風に、錬は答えた。

「鐘下はカガヤの名簿を、彼女のお姉さん経由で手に入れたんだと思います。『擦る』っていうのは、名簿にリストアップされた人間のことを詳しく調べるって意味なんだと思う。鐘下の持ってた名簿は、家族でもなきゃわからないようなかなり細かい情報まで載ってた。カガヤに雇われてそういう情報を調べてたのが、お姉さんだったのかも」

これを聞いた奈緒は青ざめたが、思い当たることはあるという。公園で話していた理緒と鐘下は、やがてアパートに引き返してきた。理緒は「ごめん奈緒、ちょっと」と言って奈緒を寝室に行かせ、居間で鐘下と何かをしていた。鐘下はすぐに帰ったらしいが、その時に理緒は――おそらくは脅されて――鐘下に名簿を撮らせたのではないか。

「お姉ちゃん、それからずっと顔色悪くて――でも『どうしたの?』って訊いても『大丈夫だよ』しか言わない。お姉ちゃん、昔からそうなの。絶対わたしには『大丈夫』って言うの。お父さんがいなくなった時も、大丈夫だよ、お姉ちゃんがいるからって――」

しかし、一週間ほどたった頃、再び鐘下が彼女たちの住むアパートにやってきた。たまたまアパートの外に立っている鐘下に気づいた奈緒は、彼を追い返そうとした。詳しい事情はわからない、だがとにかくこの男を姉に会わせてはだめだと思ったのだそうだ。

「でも、途中でお姉ちゃんが帰ってきて、それからまたあの男とどこかに行った」

奈緒はいてもたってもいられず、再び二人を尾行した。しばらくアパート近くの公園で話しこんだ二人は、さらに移動してカラオケボックスに入った。奈緒は向かいのカフェに入って様子を見ていたという。すると、しばらくして鐘下と姉が外に出てきた。

「その時は男の人がひとり増えてた。髪が変わった色で、ギターのケースみたいなの持って」

それは確実にフジサキに変装した鍊なのだが、鉄仮面男子高校生はすました顔で奈緒の話を聞き続けるので、春風も黙っていた。

その後、三人は地下鉄ですすきのに移動し、奈緒もあとを追った。姉はまるで引き立てられる罪人のような顔をしていて、二人と行動するのが本意ではないことは明らかだった。三人は古い貸しスタジオに入っていったが、そこで母親から電話があって『今どこにいるの?』と問い詰められ、奈緒はやむなく自宅へ引き返した。

「お姉ちゃんが帰ってきたのは夜遅くで、疲れきって、青い顔してた。何してたのって訊いても答えてくれなくて。ううん、答えてくれるんだけど、あ、嘘ついてる、ってわかって――でも、お姉ちゃんが何をしてるのかは結局わかんなかった。だけど――」

すべらかな頰に涙を伝わせた奈緒は、やっとわかった、とささやいた。春風は姉が何をしていたかわかったという意味かと思ったが、奈緒は遠い時間をさかのぼるような目でカフェオレのカップを見つめ、かぼそい声で語った。

「わたしのうち、気がついたらお父さんがいなくて、お金もなくて、でもお母さんもお姉ちゃんもいつも笑ってがんばってるから、何もつらくなかったんです。二人が大好きで、わたしも早くお母さんとお姉ちゃんみたいになろうって思ってた。でも、あの時は──お母さんも倒れちゃって、ほかにも、すごく悪いことが──なんでわたしたちばっかりこうなんだろうって、これからどうなっちゃうんだろうって、毎日すごく怖かった。でも、大丈夫になったんです。お姉ちゃんが抱きしめてくれて『もう大丈夫だから。なにも心配いらないから』って言ってくれた。あの時のお姉ちゃん、高校生だったのに。ひとりで全部大丈夫にできるわけないのに。わたし、自分が苦しいからって、ずっと自分のことしか考えてなかった。お姉ちゃんがどうやってわたしのこと守ってくれてたのか、何も──」

奈緒の話し方は抽象的で、すべてを理解できたわけではない。しかし、経済的に困窮する母子家庭で唯一の大人である母親が倒れた時、子供たちが金という生々しい問題を突きつけられたことはすぐに想像がつく。その危機を理緒がひとりで解決した。当時まだ高校生であったはずの彼女が。そこにカガヤが絡んでいることは想像にかたくない。

「お姉ちゃんに、これ以上、悪いことしてほしくない」

痛々しく充血した目を、それでもまっすぐに上げて、奈緒は錬と春風を見つめた。

「そのカガヤっていう人が、お姉ちゃんを利用してるの？　わたしもその人に会いたい。もうお姉ちゃんに悪いことさせたくない。お願い、一緒に捜させて」

＊

春風が話し終えると、青い顔の理緒は、なんで、と怒りにかすれる声で呟いた。

「なんで勝手に人のことそんな踏みこんで……奈緒まで巻きこんで」

「奈緒さんを巻きこんだことは、本当に申し訳ないと思ってる。でもさっきも言ったけど、ほかに手掛かりがなかったんです。私と彼はカガヤの情報を手に入れたい。それも可能な限り早く」

春風はまず確認の意味で理緒に訊ねた。

「あなたは名簿屋であるカガヤに雇われて、彼の仕事を手伝っていたんですよね？」

「だったら何？　私はただ渡された名簿に載ってた人たちと会って話をしてただけ。鐘下に脅されて名簿の写真を撮らせただけ。そこのフジサキと鐘下が詐欺電かけてるの、そばで見てただけ。それって罪なんですか？　警察行けばむしろやばいのはフジサキだと思うけど」

「あなたがしていたことを追及したいんじゃない。さっきも言ったけど私たちはカガヤの情報がほしいんです。彼が何者で、どこにいるのか、あなたが知ってることを教えてほしい」

初めから挑戦的だった理緒が、さらに目つきを鋭くした。まるで敵と対峙するように。

「知りません」

何も教えるものかという強烈な意思を、春風は彼女の全身から感じた。「お姉ちゃんっ」と奈緒が姉の腕を引っぱった。

「その人、悪い人なんでしょ？　お姉ちゃんにずっと悪いことさせてたんでしょ？　もうやめて、その人に関わらないで。お姉ちゃん、その人のせいで――！」

「違う」

理緒の声は鋼のようだった。

「確かに悪いことしてる人なのかもしれない。でも違う、悪い人なんかじゃない」

「……お姉ちゃん？」

「悪人って、結婚して子供まで作ったくせに全部捨てて出てくようなやつのことだよ。何もしてない人を襲って痛めつけるようなやつのことだよ。あの人は違う。奈緒、助けてくれたんだよ、あの人は。私たちのこと救ってくれた」

妹の肩を強くつかみ、諭すように言った理緒は、妹の頭ごしに春風に視線を戻した。まるでナイフを突きつけるように。――思いもよらなかった。

理緒とカガヤは金銭でつながっているだけの関係だと思っていた。自分のしていたことを妹に知られた彼女は、観念してカガヤの情報を提供してくれるだろうと考えていた。だが違った。彼女は、カガヤに思慕を抱いている。それも彼を守るためなら身を捨てるほどの激しさで。

おそらくこのまま問い詰めても理緒は心を開いてくれない。アプローチを変えなければ。春風は、もうひとつの目的を打ち明けることにした。

「理緒さん。私たちがカガヤを捜しているのは、鐘下の安否を確認するためでもあるの」

理緒が、鐘下の名前に反応した。

「あなたは昼休み、経済学部に行って鐘下を捜していたでしょう?」

「……もしかしてあの男の人、あなたの仲間? 初めて会う人なのに私の名前を知ってた」

春風は昼休み、高校時代の先輩である関口から『シミズリオらしいのが来た』というメールを受け取っていた。昨日、鐘下が顔を出していないか関口のもとに確認に行った際、同じ大学の学生である理緒も同じことを考えないだろうかとふと思い、シミズリオという女子学生を経済学部で見かけなかったかと訊ねたのだ。その時の関口は「知らないな」と答えたが、今日になって鐘下を捜している女子学生に声をかけられ、律儀に連絡をくれたのだ。

「鐘下を捜していたということは、あなたも鐘下と連絡が取れてないんでしょう?」

理緒は答えないが、それは肯定と同じだ。

「私たちも同じなの。鐘下は先週の土曜日、あの貸しスタジオにあなたや錬くんを集合させたものの、錬くんに体調不良を知らせるメールを送ってきたのを最後に音信不通になっている。しかも昨日の朝、錬くんが彼に連絡しようとしたら、鐘下のメールアプリのＩＤそのものが削除されていた」

ＩＤの削除が発覚した時、春風と錬は鐘下の身に何か起きた可能性を考えた。何らかの理由で大金を必要とし、詐欺にまで手を出した鐘下が、目標金額を得る前に協力者の錬と手を切るとは思えないからだ。

「鐘下と親しい女性にも話を聞きに行ったけど、やっぱり彼女からの連絡にも鐘下は応答していない。帯広にいる彼のご両親も心配していて、これ以上彼の安否がわからなければ、捜索願を出すつもりでいるそうよ」

「……親御さんでも、連絡がとれないんですか」

「ええ。そしてもうひとつ、あなたに話しておきたいことがある。錬くん——あなたにとってはフジサキと言ったほうがいいかもしれないけど、彼は土曜日の夜、正体不明の男たちに拉致されかけたの。理緒さん、あなたとあの貸しスタジオで別れたあとに」

理緒が石のように頬をこわばらせ、錬を見た。

「私たちは、名簿を盗まれたカガヤの報復ではないかと考えてる。鐘下にも、同じことが起きたかもしれないと」

理緒の瞳がゆらぐ。彼女の心が傾きかけている。

「理緒さん、力を貸してください。あなたや奈緒さんには迷惑をかけないと約束する。カガヤに接触する方法を教えてくれたら、私たちが彼を助ける」

理緒はうつむき加減になり、声を絞り出すように言った。

「……知らないです」

「お姉ちゃん、どうしてごまかすの⁉　大変なことになるかもしれないのにっ」

「知らないの、ほんとに！」

理緒は顔をゆがめ、膝の上で手を握りしめた。

「連絡はいつも非通知で、あの人のほうから電話がかかってくるだけなの。こっちから連絡することはできない。それに――私、もう、切られたの。鐘下に名簿の写真を撮らせたのがバレて、もうおまえはいらないってはっきり言われた。だから、あの人から連絡がくることはもうない。もう一生、ない」

自分の言葉に切り刻まれたように理緒は目を閉じる。春風は唇をかんだ。――理緒が唯一の手掛かりだった。けれど彼女すら、カガヤにたどり着く方法を知らない。

「理緒さん、それなら、ほかにカガヤに関して知っていることは？　何でもいいの。彼がどのへんに住んでいるとか、誰と行動をともにしているとか」

「……そういうのも知らない。そういう自分の情報、あの人は絶対にしゃべらないから。私が知ってるのは、名簿屋だってことと、離婚してて私と同じくらいの息子がいるってことだけ」

動揺をこらえながら春風は錬を盗み見た。錬と理緒の歳の差は二年だ。「同じくらい」という形容は十分に当てはまる。

「それと……」

理緒はためらうような間をはさみ、言った。

「先週の金曜日、最後にあの人に会った時、言われたの。『土曜日にまたあのスタジオに鐘下とフジサキを呼び出せ』って」

春風は息をつめた。

急がなければならない。それがはっきりした。だが、手掛かりはもうない。どうすれば。

「――あなたは、カガヤに直接会ったことがあるんですよね」

それまでずっと沈黙を守っていた錬が、初めて声を発した。

「そいつは俺に似てますか？」

理緒は、よく意味がわからないというように眉をよせた。錬が機敏に立ち上がった。

「ありがとうございました。もういいです」

錬がスモーキーブルーのマフラーを首に巻き始めたので、春風は驚いた。

「錬くん、どこに」

「確実じゃないけど、もうひとつだけ当てがあるんです」

何だと？　そんなことは聞いていない。春風もあわててコートに袖を通していると、椅子を鳴らして理緒が立ち上がった。待って、とかすれた声で言う。

「当てって、あなた、あの人がどこにいるかわかるの――？」

「さっきも言ったけど確実じゃない。空振りになるかもしれない。けど、どれだけ時間がかかっても、そいつのことは絶対に見つける」

立ち去ろうとする錬を、理緒はわけがわからないという顔で見つめていた。

「どうしてそこまで――あなた、何なの？　あの人の何なの？」

錬がドアのノブに手をかけ、ふり向きざま、ひと言だけ答えた。

「俺もそれが知りたい」

3

「錬くん、当てってどういうこと？　どこに行くの？」

大学の正門を出たところで我慢できなくなり、春風は錬に訊ねた。急速に暮れ始めた空は冷たい青に染まっている。紫色の微光を抱いた、雪の予感がする色だ。ずっと無言のままだった錬が、足を止めて眼鏡の奥から視線を向けてきた。

「春風さんは、もういいです。ここから先は来ないでください」

春風は学ラン眼鏡少年を見つめた。彼と出会ってからまだ日は浅い。それでも何を思って急にそんなことを言い出したのか、察しがつく程度にはもう彼のことを知っている。

「錬くん。あなたは賢いくせに、バカみたいなことを言うのね」

「バカって」

「私が水くさい気遣いに応じる性分ではないことも、あなたに心配されるほどヤワではないことも、もうとっくにわかってもらっていると思っていたけど、そうじゃないならあなたは人間観察が足りないと思う。それにまさか忘れたの、約束したこと」

忘れてなどいないことは唇を引き結ぶ錬の顔を見ればわかった。あまりに多くの出来事があった土曜日の翌日、先に連絡してきたのは錬だった。けがの具合を訊ねる内容で、ちょうど春風も話したいことがあったので会うことにした。場所は春風が指定した。

「なんで回転ずし……」

「困った時はおいしいものを食べるのが一番だから。支払いは気にしないで。ちょうど兄の部屋を掃除して、一万円まきあげてきたところなの」

以前も二人で食事をした回転ずし店で錬は最初とまどっている様子だったが、「盛りすぎイクラ軍艦」がやってくると二人でいそいそと箸をとり、皿からこぼれんばかりの美しい海の宝石を頬張った。「北海道万歳……」「春風さんわりと語彙ないですね」などと言いつつひとしきりすしを味わったあと、春風は緑茶で喉を整え、切り出した。

「ひと晩考えたんだけど、今回のことは、やっぱり警察に届けるべきだと思う」

「春風さんは、そう言うと思ってました」

静かに応じた錬は、けど、と強い光を瞳に浮かべた。

「その気はないです。今はまだ。まだ、できることが残ってる。俺は何が待ってても、打てるだけの手を全部打って確かめに行く。それで最後に、俺が決着をつけます」

「うん。あなたはそう言うと思ってた」

春風は湯飲みを置き、正面から錬を見つめ返した。

「それなら私も、あの男に襲われて負傷した被害について警察に届け出ることはしない。あなたがしようとしていることを由紀乃さんに報告しない。約束する。その代わり、あなたにも約束してもらいたいの」

眉をよせる錬に、春風は続けた。

「もう何もかもひとりだけで解決しようとしないで。次から動く時は私も同行させて。どんな形であれ、決着がつくまで」

錬はしばらく黙ってから、小さく頷いた。

あれから自分たちは手をつくした。だから今、決着の時が近づいている。

「あなたは、何が待っていても行くと言った。だから私も、最後まであなたと一緒に行く」

こっちだって譲る気はないのだという気迫を込めて、春風はほぼ同じ身長の男子高校生を見据えた。錬は、指先でスモーキーブルーのマフラーをいじってから、白い吐息をついた。

「まず、家に行きます。認識されるようになんなきゃいけないんで」

意味がわからず問い返そうとする間にも、錬はすたすたと歩いていってしまう。どうしてこの子はこう説明を省きたがるんだ、と苦々しく思いながら春風はあとを追った。

北区のマンションに到着したが、錬は通学リュックを置いて眼鏡をコンタクトに替えただけですぐに外に出た。次に向かったのは、となりに建つ砂色のマンションだ。錬はエントランスのセキュリティボードから部屋の住人を呼び出し、ドアを開錠してもらった。

「錬くん。春風さんも、おひさしぶりです」

玄関のドアを開けた辻正人は、あいかわらず長すぎる前髪で両目が隠れてしまっているものの、歓迎の気持ちが伝わってくる笑顔で出迎えてくれた。チェック柄でそろえたシャツとパンツの着こなしが今日もおしゃれで、とくにハートやスペードやクローバーが散らばったトランプ柄の靴下が魅力的だった。

「どうぞ、入って」

あらかじめ錬が連絡を入れていたらしく、正人はすぐに暖房の効いた部屋に通してくれた。十畳くらいのワンルームは、あいかわらず個性的な服があちこちに吊るされている。

「お茶……はいらないかな？ 急いでるんだよね」

正人はシャツの袖をてきぱきと折って、デスクの上を片付け始める。「正人」と錬が呼んだ。彼がふり返ると、錬は黙りこんだあと、ぽつんと言った。

「――ごめん」

膨大な意味がこめられているはずの短い言葉に、正人は首をかしげた。

「何のこと？」

彼は「そうだ」と狭いキッチンスペースに行くと、大きな段ボール箱を抱えて戻ってきた。人参やジャガイモ、玉ねぎなどが山盛りに入っている。

「また実家から野菜と米が送られてきたんだけど、僕一人じゃ食べきれないから、また錬くんのうちに持ってってていいかな？ それで、また夕ごはん、ごちそうになっていいかな？」

彼がそうして伝えようとしていることは、春風にもわかったように、錬にも伝わったのだろう。「カレーがいいな」と照れくさそうに笑う正人に、錬は小さく頷いて、さらにとても小さく何かを呟いた。少し離れていた春風には聞き取れなかったが、正人がやさしくほほえんだので、きっと、そんなふうな言葉だったのだろう。

「それで、アレでいいんだよね？　じゃあ錬くん、座って」

デスクに本格的な三面鏡を立てた正人は、その前に錬を座らせると、くせのない髪を梳かし始めた。ベッドに腰かけさせてもらった春風は、美容師顔負けの正人の手つきを感心しながらながめた。まずは髪にワックスをなじませて全体のフォルムを変え、錬の黒い髪をひと房すくい取ってはカラーリングスプレーを吹きつけていく。髪がアッシュグレーに染まっていくたび、印象も変わっていく。物珍しく見ていたら正人に鏡ごしに笑われた。

「春風さんも何かやってみます？　錬くんに合わせてバンギャル風とか」

いいかも、とけっこう本気で考えていると「いや」と錬が鏡ごしに視線を投げてきた。

「春風さんはそのままでいいです」

「……似合わないと言いたいのね。わかりましたよ」

「じゃなくて、そのままのほうがいいんです」

髪のセットが終わると、正人はクローゼットにぎっしり詰まっている服の中から、Vネックニットと細身のレザーパンツを出して錬に着せ、さらにだぼっとした黒いモッズコートを重ねる。春風は最初から最後まで作業を見ていたにもかかわらず、あっけにとられた。アッシュグレーに染めた髪に細かい針のような毛束を作ってセットした錬に、もはや地味な眼鏡の男子高校生の面影はみじんもなく、だらけているのに飄々とした、うまく私生活が想像できない青年に変わっていた。まさにあのフジサキに。

「あの……錬くん」

錬と春風が玄関に向かおうとすると、正人が呼び止めた。錬が「なに？」と問いかけても正人はためらうようになかなか口を開かなかったが、小さな声で話し始めた。

「先週の金曜日、学校の友達と大通公園に行ったんだ。学内コンペの写真を撮りに。終わったあとにテレビ塔のカフェに入って、そこで、由紀乃さんを見たんだ」

「ああ、母さんの会社、あの近くだから」

「うん。それで由紀乃さん、男の人と一緒だったんだよ。その人……ちらっと見ただけなんだけど、錬くんによく似てたんだ。あんまりそっくりだから、僕びっくりしちゃって。もしかして、あの男の人って……」

正人が何と続けようとしたのか、聞かなくともわかった。春風が息を呑んでかたわらをうかがうと、錬は表情を消していた。――けれど由紀乃は、錬が彼の行方について訊ねた時「一度も連絡はないし、どこにいるかもわからない」と答えたのではなかったか？

「家族でもないのにこんなこと、ごめん。でもお父さんのせいでひどい目にあって絶縁状態だって聞いてたから、由紀乃さんがもし何か困ったりしてたらって心配になって……見た感じ、そういう雰囲気じゃなかったんだけど――」

「わかってる。ありがとう」

錬は静かに応えた。玄関まで見送ってくれた正人は、別れる時にまっすぐに錬の目を見た。

「危ないことは、しちゃだめだよ」

マンションを出た時はすでに六時をすぎ、外は完全に暗くなっていた。春風は地下鉄で移動するものと思っていたが、錬が「歩いてもいいですか」と訊くので、頷いた。そのうち冬の冷気に支配された空から、粉砂糖のような雪が降り始めた。すぐさま地面を覆ってしまうことはないが、視界が曇りガラスを透かしたように白く霞む。長い沈黙に春風は息苦しくなってきて、行きたくない場所に遠回りしながら向かうように黙々と足を動かす錬に、慎重に声をかけた。

「錬くん。さっき正人くんが話していたこと、由紀乃さんには——」

「小樽に出張中なんです。明日の夜にならないと帰ってこない。今電話しても出ないだろうし」

「でも、メールだったら送っておけるし、由紀乃さんも都合がついたら返事をくれるかもしれない。正人くんが見かけたのが誰なのか、確認だけでもしたほうが」

錬は答えず、春風も口をつぐんだ。呼吸のたびに、息が粉雪の中で白いもやに変わる。

気がつけばずいぶんな距離を歩いていて、前方に星屑のような光の群れがあらわれた。北三条広場のイルミネーションだ。赤煉瓦の旧北海道庁まで続くイチョウ並木にLEDライトが取りつけられ、青や白、緑や紫、無数の光が数十秒ごとに色を変える。今は降りしきる雪のなか、赤い光の群れがイチョウ並木を燃え上がらせ、怖いほどの美しさだった。

広場ではカップルや友人同士がスマートフォンでイルミネーションを撮影している。今までは春風も、たとえば皐月と一緒に笑い声の絶えないあちら側にいた。けれど今は、もう長いことやすらぎを感じられずにいるような横顔の錬と二人きり、こちら側に立ちつくしている。

「あいつは、出ていく時『元気で』って言った。これから俺たちを地獄に落とすくせに」

粉雪にさえ消されてしまいそうなほどかすかな声で、錬は言葉を紡ぐ。

「俺は息子なのに、あの時あいつの考えてることがわからなかった。きっとすぐに帰ってきて遊んでくれると思ってた。人間は隠し事もできるし、嘘もつける。何が本当かわからなくなるくらいすごくうまい嘘だってつける。最近は、翠や陽と話してても思うことがある。こいつらが言ってることって本当なのかなって。嘘なんじゃないかって。俺がそうしてるみたいに」

「……翠ちゃんと陽くんはあなたを騙したりしない。あなたが大好きだから」

「俺にはわからないんです、もう。自分が嘘をつきすぎたから、何もかもぜんぶ嘘みたいに思える。母さんにその男のことを聞いて、母さんがどう答えたとしても、俺は嘘じゃないかって思ってしまう。だから、いいんです。俺は自分で確かめる」

錬はまた歩き出した。高層ビルが建ちならぶきらびやかな通りを過ぎ、札幌テレビ塔を左手にながめながら大通公園を抜け、まっすぐ南へ。上級者向けといった雰囲気のセレクトショップの前を通りかかった時、ふと錬が足を止めた。彼が見つめるウィンドウには、何の変哲もない服装にトートバッグを持った女と、人を誘惑するオーラを発するまず堅気には見えない男が映っている。

「なんか、あらためて見ると変な取り合わせですね」

「そうね。どういう関係なのかまるで想像できない」

「でも土曜の夜もこうだった。こういう恰好の俺と、今と似た感じの春風さんが一緒に歩いてるのを、俺を襲った男たちは見てる。それはたぶん、あいつにも伝わってる。だから春風さんもいつも通りにしててくれたほうが、きっとあいつらの目に留まりやすい」

だから正人が春風にも変装をしてみるかと勧めた時、「そのままでいい」と言ったのか。

錬が強く光る瞳でこちらを見つめた。

「もう少しだけ、巻きこまれてください」

*

夜を迎えた北海道最大の歓楽街は、まばゆいばかりの光と喧騒であふれていた。四車線の国道三十六号線が通るメインストリートはさほどでもないが、ひとつ奥の路地に入れば、人間の欲望の深さと多様さにむせ返るような風景が広がる。わいせつな看板が並ぶ通りには客引きは違法だと呼びかける放送がくり返し流れ、そのそばからスーツ姿の男がにやつきながら通行人に声をかける。そんな夜の街を流れるように歩く錬は、さらに狭い路地の奥に進む。

たどり着いたのは、外壁のあちこちが黒ずんだ古い貸しスタジオのビルだった。

ここまで来れば、春風にも錬の思惑がわかった。この貸しスタジオは理緒がカガヤに命じられて鐘下と錬を呼び出した場所だ。ということは襲撃があった土曜日、彼はこの場所を見張っていた可能性が高い。

そしてその見張りは、今なお続いている可能性もある。

もちろん錬が言ったとおり空振りに終わることも十分あり得るし、この不確かな方法で彼に接触しようとするなら相当の根気がいるだろう。けれど根気については昔から自信がある。春風は気合いを入れてトートバッグを肩にかけ直し、錬に続いて小型ビルに入った。

「……おっ、来たのか」

小型ビルは横幅がない代わり奥行きのある設計で、汚れが目立つリノリウムのホールに受付のカウンターがある。そこでは人相の悪い老人がラジオを聞いていて、錬を見ると気心の知れた反応で利用票とペンをさし出した。錬がフジサキと偽名を記入する間、気難しそうな老人は春風をじろじろとながめ回した。

「このねえちゃん、美空ひばりの後釜か？　あの二人はどうしたよ」

「音楽に対する意見の相違から解散した。よくある話でしょ」

「まあな。音楽やるやつらってのは我が強いからこだわりを譲れないもんだ」

老人は春風に対して「あんた、歌がうまそうには見えんな」と失礼な評価をした。むっとした春風が何かを言う前に「ボーカルじゃなくてドラムなんだよ、この人。これから腕前見せてもらうんだ」と錬は感じのいい笑顔ですらっと嘘をつき、鍵を受け取った。

薄暗い階段を上がって二階へ行くと、錬は慣れた様子で突き当たりの部屋のドアを開けた。中に通された春風は、物珍しく室内をながめた。ドラムセットにスタンドマイク、ほかにも大きな機材がずらりと並んでいるせいで、決して狭くはない部屋は圧迫感がある。奥の壁にはめこまれた大きな鏡に、自分と錬が映っている。

ガチャン、と錬がドアを閉めた音がやけに大きく室内に響いた。

「このスタジオ、これで四回目ですけど、かなり古くて」

ノブに手をかけたまま、錬がこちらをふり向いた。

「だから音があちこち響くんです。誰かがスタジオから出入りするドアの音とか、トイレから出てきた音とか」

「そうなのね。ところで錬くん、これから――」

「だから、ここからは、なるべく音たてないでください」

唇の前に人さし指を立てた錬は、春風が口をつぐむのを見届けると、とてもゆっくりとノブを回し、ほぼ無音でドアを開けた。廊下の冷気が室内に流れこんでくる。そのまま錬は廊下に出ると、春風に目配せした。春風が足音をしのばせて廊下に出ると、錬はほんの小さな音さえしないよう慎重にドアを閉め、そっとノブから手を離した。

錬は階段を下りていく。猫が歩いているみたいに足音がしない。春風もかなり苦労して、ブーツの底がリノリウムの床と摩擦を起こさないようにそろそろと歩いた。それでも足の裏でキュッと小さな音が起こると、ぎくりとして心臓が縮んだ。

階段を下り切ると、薄暗い通路に出る。

その先には、さっき通りすぎた受付カウンターが、後ろからのぞきこむ形で見える。

受付カウンターの内側でパイプ椅子に座る老人は、背中をまるめ、何やらごそごそと作業をしていた。カウンターの内側の机のような平らなスペースに紙切れを広げ、備え付けの固定電話の受話器を取り上げる。どこかに電話をかけるようだ。

「――俺がここに来たら連絡しろって言いつけられた?」

背中に拳銃を突きつけられたみたいに、ぴたりと老人が動きを止めた。錬はもう足音を隠すのをやめ、軽やかにカウンターまで近づくと、白く塗られた平らな台に腕をついた。

「……何だ？　何言ってんだ、おまえ」

「おじさんさ、土曜日のこと覚えてる？」

口調まで別人のように変わった錬は、顔をこわばらせている老人に微笑する。

「俺が一人でこのスタジオに来た時、おじさん言ったんだよ。『なんだ、鐘下は一緒じゃねえのか？』って。あの時は聞き流したけど、よく考えると変なんだよね。俺たち三人がこのスタジオを使ったのは三回だけど、最初の二回は利用票に『田中』って書いたはずなんだ。もう知ってるとは思うけど、俺たち別にバンドやってるわけじゃなくて、人様に知られたらいろいろまずいことをここでやってたわけだから、偽名を使ってた。だからおじさんが『鐘下』って名前を知ってるのはおかしい。まあ土曜日はおじさんが美空ひばりって呼んでるあの人が最初に来て利用票を書いたから、そこに『鐘下』って書いちゃった可能性がないわけじゃないけど。現物見ればすぐにわかるね。見せてくれる？　土曜日に美空ひばりが書いた利用票」

錬が菓子でもねだるように手を出しても、老人は身動きしない。彼の額からだらだらと汗が流れ落ちるのを見て春風は衝撃を受けた。

「土曜日かその少し前、誰かがここに来て、俺たちがこのスタジオに集まったら連絡しろって言われたんじゃない？　その時に俺たちの名前も聞かされた。鐘下とフジサキ。あれかな、言われたとおり連絡したら金をもらえるとかそういうこと？」

「知らねぇよ、何言ってんだよ……！」

「そう？　土曜日、気合い入れて俺たちのこと待ってたのに、俺一人しか来ないもんだから心配になっちゃってつい訊いたんじゃないの？　鐘下は来ないのか、って。汗すごいな。大丈夫？　ティッシュあげようか？」

ほほえみ続ける錬を、老人はもはやおびえた目で凝視している。

「で、今日俺たちが来てすぐに電話かけようとしたってことは、その言いつけってまだ有効なんだ？」

「だから、俺は何も知らねぇって……！」

「いいよ、そんな隠さなくて。別に怒ってないから」

錬がひょいと顔をよせると、同じだけ老人は後ろにのけ反って硬直した。そんな彼に錬はけぶるような微笑を向け、形のいい顎を反らした。

「さっさと連絡してよ、そいつに。俺が来たって」


二階のスタジオに戻った錬は、内鍵をかけ、椅子を引っぱってきて座った。春風も向かいに腰を下ろした。しかしどうにも落ち着かず、錬の手もとのスマートフォンに目をやってしまう。

受付の老人に錬は、彼にこう伝えるよう命じた。

『名簿は俺も持っている』

それから錬は、自分の携帯電話番号と、『交渉したければ自ら電話をかけてこい』という要求も伝えさせた。

彼は応じるだろうか。あまりの緊張に、内臓を締め上げられるような心地がする。

「そういえば、おばあさんから話を聞いて、新しくわかったことってありましたか?」

錬の落ち着き払った問いかけに、春風はとっさに反応できなかった。一拍してから、六年前のクリーンライフ事件についてサヨ子からもっと詳しい話を聞いておくと伝えたことを思い出した。

「正直、目新しい情報はほとんどなかったんだけど」

春風はトートバッグを膝に置き、中から手帳をとり出した。

「最終的にあの事件で逮捕されたのは、加々谷のほかは、サヨ子さんたちの上司だった皆川、それと坂本敏也という男だった。新聞やネットニュースには載っていないことだけど、サヨ子さんの話ではこの坂本は税務署員の役をやったうちの一人で、元劇団員だったそうなの」

「劇団員……そうか。確かに演じることと騙すことって似てるかも」

「加々谷が懲役五年で一番刑が重いけど、この坂本も準主犯格として懲役四年の実刑判決を受けてる。皆川は少年院送致。でもこういうのは、錬くんも知ってるよね」

「いえ、そうでもないです。あいつが逮捕されてからは翠と陽がそういうニュースを見ないように見張ってて、それで自分も見ないようになってたし、江別の祖父母の家に引っ越したあとは、あいつの名前を出すのもタブーって感じだったから。でも、今思うと変ですね。だからって別に調べることを禁止されてたわけじゃないし、その気があればいくらでも調べられたのに、全然そういうことはしなかった。九月にクリーンライフのニュースを見るまで、あいつのことは頭から消えてた」

それは、と春風は思った。それは消えたわけではなく、封印していたのではないか。

「人には、自分を守ろうとする本能が備わってるの。指を切ったら血があふれてかさぶたを作るけど、同じように心も切り裂かれると、傷を修復するためにいろいろな防衛手段をとる。切られたこと自体なかったことにして、痛みから自分を守ろうとすることもある」

「なんかそれ、かなりかっこ悪いですね。春風さんは、逆に毎日傷をつつきまくって観察しそうですけど。今もこんなことに首つっこんでるし」

「言い方が少し引っかかるけど、否定はしないわ。——でも、そうやって過剰に克服しようとすることも、結局は囚われてる証拠だから。同じなんだと思う。あなたも、私も」

錬が自嘲の笑みを消してこちらを見つめた。さっきはあれほど老人を圧倒し、意のままに動かした彼が、今は青ざめた顔をしている。爪が白くなるほどスマートフォンを握りしめている。彼だって本当は緊張しているし、怖いのだ。

「錬くん、ひとつだけ覚えていて」

形は違う、けれど似た痛みを抱く少年に、そっと伝える。

「これから起こることの結果がどうであっても、それを、あなたがたったひとりで背負うことはない。あなたには由紀乃さんも、翠ちゃんも、陽くんも、正人くんもいるし、ついでに私もいる。どうかそれを忘れないで。これから何があっても、覚えていて」

人は孤独で、そばに誰がいようと誰にも頼れないことはたくさんある。むしろそんなことばかりだ。たとえば錬の痛みと、自分の痛みを、互いに分け合うことはできないように。

けれどそれでも、彼には忘れないでほしいのだ。今まで彼がしていた、闇の底をたったひとりで歩くような闘い方は、もうしなくていいのだと。

錬がゆっくりと睫毛を伏せる。スマートフォンを握りしめていた手の爪が、幾分血の通った色をとり戻す。それを見て春風も肩の力を抜いた、その時だった。

高い電子音が鳴り始めた。

春風は呼吸を止め、錬もすばやくスマートフォンを持ち直したが、よく見ると錬のスマートフォンは沈黙していた。春風は動悸をなだめながら自分のトートバッグをさぐった。内ポケットに入れてあったスマートフォンが振動している。

とり出してみると、液晶画面に『志水奈緒』と表示されていた。

「もしもし、奈緒さん？」

『……理緒、です』

春風は虚をつかれた。向かいでは錬が、どうしたと訊ねるように眉根をよせている。春風はスピーカー通話のボタンを押して、錬にも音声が聞こえるようにした。

「理緒さん、どうしたの？　何かあった？」

『あなたも、フジサキも、連絡先がわからなかったから、奈緒のケータイ借りました』

あの人に、と理緒はかすれた声で言った。

『あの人に、連絡とれましたか？　もしかして、あの人に、会えるんですか？』

――それが気にかかって連絡してきたのか。

春風が視線でどう答えるか問うと、錬は一拍おいてから口を開いた。

「連絡手段だけは何とか見つけた。今は、あっちからの電話を待ってる」

『……かかってくるの？』

「あいつがまだ名簿に執着してるなら」

『お願い、私にもあの人と話をさせて』

懇願するような声だった。

『少しでいいの。ひと言だけでもいい。お願い、どこに行ったらいい？』

「教えられない。あんたはあいつの指図で何かたくらんでるかもしれない」

『違う――言ったでしょ。私はもうあの人に切られたの。あの人は切った相手には二度と見向きしないよ。だから、これ逃したらもう――』

なぜ理緒が彼に対し、こんな恋情と忠誠がない交ぜになったような感情を抱くに至ったのか、春風は知らない。ただ、なりふり構わない涙まじりの声は聞いていて胸が痛くなった。

しばらく液晶画面をながめていた錬が、口を開いた。

「妹さんに替わってください」

『奈緒に？』

理緒はとまどった様子だったが、小さなノイズのあと『もしもし』という奈緒の声がした。

「今の話、聞いてた？」

『……うん』

「悪いけど、お姉さんはカガヤに入れ込みすぎてて信用できない。だから、彼女がおかしなことをしないように君がそばで見張っててくれるなら、こっちの場所を教える」

回線の向こうで奈緒は『わかった』と答えた。錬は通話を切り、奈緒にメールアプリで貸しスタジオにいることと、自分たちが待機している部屋番号を送った。

「彼女たちをここに来させていいの？」

「予定外ですけど、断ってもあの人はたぶん引き下がらないし、知らないところで変な動きをされるよりは、目の届くところにいてもらったほうがいい」

それから三十分ほどして、ドアがためらいがちにノックされた。

春風が立ってドアを開けると、志水姉妹が立っていた。奈緒のかたわらに立っている理緒は、ひどく思いつめ、憔悴しているようだった。そんな姉の背に奈緒がそっと手を当てて、スタジオの中に入らせる。

春風が壁ぎわから運んできた椅子に、姉妹は並んで腰かけた。部屋の中央で向かい合わせに座る錬と春風を、少し離れて彼女たちが見守る形になる。奈緒は錬の指示どおり、姉の手を握って寄り添っていた。

十分が経ち、二十分が経ち、三十分がすぎても、電話は鳴らなかった。

長時間の緊張のせいか、春風は喉にひりつくような渇きを感じた。確か階下のロビーに自販機があったはずだ。トートバッグをとり上げて、椅子から立ち上がる。

「何か飲み物を買ってくる。みんな、何が――」

語尾に、ヴー、という低い振動音が重なった。

瞬時にその場の誰もが息を殺し、同じ一点を見つめた。錬が持ったスマートフォンを。液晶画面を発光させながら小さな機械は振動を続ける。画面に表示されたのは『非通知設定』。

錬が画面に指先をすべらせ、スピーカー通話のボタンをタップした。

「もしもし」

『おまえがフジサキか?』

氷のような声が響いた。

4

『名簿を持ってるって?』

男は続けた。さすがの錬も表情を硬化させている。

それでも錬は冷静に理緒へ目を向けた。口もとを覆って硬直していた理緒は、錬の視線に気づき、自分が何を問われているかに気づく。彼女は小さく頷いた。――まちがいないのだ。

カガヤ。

「持ってる。カネやんが持ってた写真のコピーだけど」

『鐘下と引き換えに名簿を渡せ――と言ったら応じるくらいには、おまえらは仲がいいのか？』

春風は息を呑んだ。錬は動じずに液晶画面を見つめている。

「カネやん、あんたのところにいるの？」

『そうだとしたら、名簿を渡してあいつを取るか？』

「正直そこまでじゃない」

『薄情だな。あいつのほうはおまえをかばったってのに』

男は面白がるように言う。

錬は『非通知設定』と表示された画面を見つめ、無言を守る。再び相手が口を開いた。

『で、おまえの目的は何だ？　わざわざ俺を名指しした理由は』

「金」

錬は冷静に渡り合う。

『わかりやすいな。いくら欲しい』

「あんたが苦労して作った名簿だろ、あんたが値段をつけろ。ちゃんとこれに見合う値段を」

『は、こざかしいことを言うじゃないか。現金か？　受け渡しはどこでする？』

「大通公園。ただし、あんたが直接来い。そうすれば名簿のコピーを渡す」

沈黙が降りた。

やがて、声。

『――おまえは何だ？　何がしたい？』

「名簿を返してほしいなら言うとおりにしろ」

『勘違いするなよ、ガキ』

男はさっきまでの面白がる響きを消し去って、ぞっとするほど酷薄な声を放った。

『こっちは何も頼んじゃいない。おまえの言うことを聞いてやる義理があるか？』

「名簿は」

『強請りたいのか別の腹があるのかは知らないが、カモから望みのものを引き出したいなら、もっと相手と息を合わせるんだな。怪しませたら二流だし、冷めさせたら三流だ。出直せ』

かすかに声が遠のき、春風は思わず腰を浮かした。

連絡を絶たれたらコンタクトを取るすべはもうない。何か言葉を。彼を引き止めるものを。

錬が鋭い声を放った。

「あんたには息子がいるらしいな。そいつの名前は何ていう」

今度の沈黙は長かった。あまりに長いので、すでに通話は切られてしまったのではないかと思ったほどだった。今ここで何をしていたのかわからなくなりかけるほど、静寂は続いた。

『――錬？』

錬は動かない。息すら、していないように見えた。

『おまえ……錬なのか？』

声が変わっている。冷酷な王のように尊大だった声が、疑いと迷いをのせてゆらぐ。

父親が何年間も離ればなれになっていた息子と突然再会したなら、こんな声で名を呼ぶのだろうか。春風は不意にタイに単身赴任している父の温和な笑顔がよみがえり、手を握りしめた。

驚いた、と向こう側から呟きが聞こえた。本当に、言葉にならないほど驚いたように。

『六年ぶりか？　今は……高二か。元気だったか』

春風は喉を押さえた。

『元気なわけないか。大変だったよな、いろいろ』

錬は何も言わない。

『母さんはどうしてる？　元気か？』

錬はやはり黙っている。

『どうして何も言ってくれない？　錬、聞こえてるか』

錬は、深く、深く、全身の力を抜くようにため息をつき、言った。

「違う」

『違う？　何がだ？』

「おまえは加々谷潤じゃない。どこの誰だか知らないが、あいつじゃないことだけは確かだ」

春風はただ息を殺して錬と男の言葉の応酬を聞いていた。

「あいつは『母さん』なんて呼び方はしない。いつも名前で呼んでた。知らないんだろ、そもそも名前を」

『……たまたまだろ』

「それにあいつなら、これだけの時間話してれば、俺の弟妹のことも気にするはずだ。でもおまえはそうしない。言えるか？　俺の弟妹の名前を」

　錬はたたみかける。

「おまえはあいつのフリをしているだけの別の人間だ。さっき何て言った？　怪しませたら二流で、冷めさせたら三流？　本当だな──」

　春風はしびれるように思い出していた。さっきは錬の言葉に深い意味は感じず、すぐに忘れてしまった。奈緒の協力で理緒と会った時だ。錬が理緒に問いかけた。

『そいつは俺に似てますか？』

　あの時、理緒は質問の意味がわからないという顔をした。だがおかしいのだ。カガヤが加々谷潤だとしたら、理緒は気づいたはずだ。錬の容姿がその人物によく似ていることに。現にサヨ子は、いきなり加々谷潤の息子を名乗る少年が現れた時、彼があまりに父親に似ているからこそ錬の言葉を信じた。

　この男は加々谷潤ではない。錬と双子たちの父親では、ない。

　では、この男は誰なのだ？

　──はっ。

　異様な存在感で空気を塗りかえる笑い声が響いた。

『悪かったな。鐘下やおまえと違って、そっちのほうはさっぱりなんだよ。けど錬、おまえは潤にそっくりだ。やたらと目端が利いて生意気なところが』

「おまえは誰だ。何の目的で加々谷潤の名前を騙ってる」

鋉の声は刃で斬りつけるようだった。

けれど男は、そよ風にでもなでられたように笑う。

『ああ――つまりそういうことなのか。おまえは俺が誰なのか、加々谷潤であるかどうかを知りたかったのか。だから俺に直接電話をかけろと言い、姿を現せと言ったのか。父親がまた罪を犯そうとしているんじゃないかと心配して。泣けるな。いい子じゃないか、鋉』

「こっちの質問に答えろ。名簿が惜しくないのか」

愉快そうに喉を鳴らす音がした。

『そもそも持ってるのか？　本当に？　俺の気を引くにはそれが一番だと考えて言ってるだけじゃないのか』

「俺は鐘下と行動してた。コピーを取るタイミングはいくらでもあった」

『そうか。別にかまわない。名簿はおまえにやるよ、鋉。まだ騙されたことのない平和な金持ちばかり集めて、さらに優秀な調査人が念入りに擦った逸品だ。おまえならそのへんのチンケな詐欺グループとは桁違いの額を巻き上げてやれるだろう。並の人間には一生かかっても得られない金を手に入れて、こっちに来い』

鋉が、初めてあきらかな動揺を浮かべた。

「何を言ってる、おまえ」

『聞いてるぞ。たいした腕前らしいじゃないか。やっぱり潤の息子だな、血は争えない。いや、違うな。おまえは潤も超えられるよ、錬。おまえはあいつよりも冷酷だ』

錬の心のゆらぎを、何もかもを見透かしているように男は笑う。

『おまえは俺をおびき出そうとした時、さっさと鐘下を切り捨てたよな？　あいつがいたら、おまえが優位に立って事を進められなくなるから。いい判断だ。それでいい。それでこそ詐欺師だ』

「俺は詐欺師なんかじゃない」

『そうだな、まだ経験が足りない。技術も足りない。俺が教えてやる。おまえが大人になったら迎えにいく』

「黙れ」

『どうして否定する？　別人になって鐘下と電話をかけていた時、本当は楽しかっただろう？　細胞が開いて血が倍の速さで流れただろう。おまえは賢くすぐれていて、おまえの言葉に人は簡単に騙される。それを見るのは快感だっただろう？』

身を硬くする錬の姿が見えているかのように声がささやく。

『才能を否定しなくていい。使えばいいんだ。錬、俺と一緒に行こう。潤はだめだった。息をするみたいに嘘をついて、物を食うより簡単に人を騙すくせに、最後は情に転んで全部台無しにした。馬鹿な男だ』

「——黙れ」

『錬、おまえならあいつを超える一流の詐欺師になれる。おまえはそういう人間だよ』

唇を開いた錬は、けれど、対抗する言葉をひとつも発することができない。

状況が理解できていたとは言いがたい。錬と男のやり取りを、春風はもはや口を挟むことすらできず聞いていただけだ。ただ今、一秒一秒がすぎていくこの瞬間、何か手を打たなければ錬が男の張った罠に搦めとられる。それだけはわかった。

早く。

次の瞬間、天啓のように散らばっていた断片がつながった。

錬からスマートフォンを奪いとる。はじかれたように抵抗する錬の手首を押さえ、春風は液晶画面を自分に向けた。

「皆川怜（れん）」

沈黙が降りた。

長く、重く、無音の時間は一分は続き、それでも春風は待った。電話の向こうの男がこらえ切れなくなるのを。

やがて、地を這うように低い声がした。

『……誰だ、おまえは』

「否定はしないのね」

錬に加々谷潤の書いたメモの写真を見せられ、彼の名前を目にした時、『怜』は「れい」と読むのだと思い込んでいた。だが「れん」と読むこともできるのだ。

賢く、器用で、心配になるほどやさしい子だったと、サヨ子は彼のことを語った。

「あなたの言動からすると、あなたは加々谷潤とそれなりに近しい関係にある、六年前に彼が起こした詐欺事件の関係者のはず。そして、あなたは加々谷潤に強い負の感情を抱いている。彼の息子である錬くんへの発言からもそれが読み取れる。では詐欺事件の関係者の中で、加々谷潤を恨んでいる人物は？　加々谷潤が自首したことで結果的に逮捕されることになった元劇団員の坂本と、加々谷潤の上司だった皆川の二人」

そこで春風は息を吸った。身体中に心臓の音が響いている。錬の手首をつかんだままだったことに気づき、そっと手を離した。錬の手首に、薄赤く指の痕が残る。

「では、二人のうち、あなたはどちらなのか？　あなたが錬くんの名前を呼んだことがヒントになった。小佐田サヨ子さんを覚えているわよね？　あなたのかつての仲間だった人だから。彼女は加々谷潤と親しかったのに、つい最近まで錬くんの存在を知らなかった。彼に子供がいることも、それどころか結婚していたことも。加々谷潤は親しい仲間にさえ自分に関する情報をほとんど明かしていなかったそうよ。それが特殊な生き方をしてきた彼の生き抜く知恵だったのかもしれない。それなのに、あなたは錬くんのことを知っていた。それはどうしてなのか。これは推測だけれど――クリーンライフであなたと加々谷潤が初めて顔を合わせた日、彼の上司となるあなたは、誰もがそうするように自己紹介をした。それを聞いた加々谷潤は、主義に反して思わずこう言ってしまった。『息子と同じ名前だ』って」

息子と同じ名前だと言われた彼は、自然な会話の流れとして加々谷潤の息子の歳を訊ねた。それに加々谷潤も答えた。そんなことがあったのではないか。けれど加々谷潤が明かしたのはそこまでで、だから彼は、錬の名前と年齢は知っていても、加々谷潤の妻の名前や錬の弟妹については知らなかった。

『全部おまえの妄想だろうが』

「違う。その妄想を確信にしてくれたのはあなたよ。正直に言うと、さっきあなたの名前を呼んだ時はまだ半信半疑だった。あなたの情報は加々谷潤や坂本敏也に比べて格段に手に入りにくいし、あなたのフルネームに至ってはたった一度しか目にする機会がなかった。なぜなら六年前の事件当時、あなたは十九歳で、逮捕後もあなたの氏名は公表されなかったから」

ガタン、と音がした。理緒がぼうぜんとした顔で椅子から立ち上がっていた。

「十九歳……？」

「あなたは、加々谷潤の名を騙るだけじゃなく、離婚歴や息子がいるというプロフィールもその通りに口にしていたようね。でも本当のあなたは、まだ二十代半ばのはずよ」

電話がつながる先はいったいどこなのか、物音が一切聞こえない。完全な静寂の向こうから、死神のように不穏な声が響く。

『おまえはこの前、錬と一緒にいた女か？　さっきから何をわけのわからねぇことをベラベラしゃべってる』

「私の言っていることが的外れなら、どうぞ笑って聞いていて。電話を切ってもかまわない。私がこれからあなたに対して何をするのか、興味がなければ」

一秒が経ち、二秒が経ち、そして五秒が経過しても、通話が切れる気配はなかった。春風は高校の格技場で相手と組み合う前にそうしていたように、深く呼吸し、腹に力をこめた。

「皆川怜。私はあなたが誰かを知っている。あなたが今何をしているのかも知っている。あなたもよく知っていると思うけど、再犯者が受ける罰は格段に重い。私は決定的な証拠を持っているとは言いがたいけど、あなたの名前とあなたの行状をしかるべき機関に届け出れば捜査は始まるはずよ。つまり、私はあなたを苦境に追い込むカードを持っている」

『まわりくどい女だな。何が言いたい』

「取引しましょう」

取引、と男が呟く。

「まずはあなたのもとにいる鐘下を無事に解放して。そして今後、鐘下と、錬くんを始めとする加々谷潤の関係者、志水さんに関わらないと誓って。もちろん、加々谷潤の名を使うこと、彼であるかのように振る舞うことも一切やめてもらう。あなたが約束を守る限り、私もあなたのことは警察に言わない。でも、もしあなたが錬くんたちに対してわずかでも悪意ある動きをとれば、私は即座に通報する。これに時効はない、私とあなたが死ぬまで有効とする」

即座に低い嗤い声が返った。

『条件におまえは入ってねぇな。なら、おまえはどうしようがかまわないのか』

「そう——そこを含めなかったのは私のミスね。家族や友人に手を出されるのは我慢ならないから、その場合もやはりカードを切らせてもらうことにする。ただ、あなたが狙うのが私ひとりだというのなら、その時は受けて立つわ」

また沈黙が返った。けれど今度のそれは短い。微笑を含んだ声が、詩を詠むように言う。

『この商売をやってると、本当にいろんな人間を見る。そこらにあふれ返ってるそこそこ卑怯な俗物も、聖人づらした悪党も、初めからぶっ壊れて生まれてきたとしか思えないような怪物も。それでな、時々いるんだよ、おまえみたいなやつが』

「……私みたいな？」

『そいつらは大抵、それなりのきれいな環境で育ってきてる。頭もいいし良識と常識を持って社会にとけこんでる。あれだな、困ってる人間を見たら一番に駆けよってくのも多い。だがそいつらは、腹の底じゃ飢えてるんだ。汚くて醜くて凶暴なものに。本当は道を踏み外したくて仕方がない。そうだろう？　おまえが俺に狙えと言ったのは、潔さからだけじゃない。おまえも飢えてるからだ。せいぜい気をつけろ。一番深く堕ちるのは、騙されやすい間抜けじゃなく、血塗れになりたがるおまえみたいな人種だ。おまえ、いずれ痛い目を見るぞ』

「そうかもしれない。でも私は、たぶんそれを待ってるのよ。痛い目にあわせようとやってきた者を、返り討ちにする時を」

男はまた嗤った。おまえも相当イカレてる——ささやく声がわずかに遠のき、通話を切られる気配を感じた春風は「もうひとつ答えて」と声を強めた。

「あなたは、どうして加々谷潤の名前を騙っていたの」

『今もどこかでのうのうと生きてるあいつが、もし俺のそばに来た時、通りすぎないように』

それは今までの人を人とも思わない声とは違う、静かな声だった。まだ彼自身の本当の名前で生きていた頃、この男はそんなふうに話したのかと思わせるような。

『そして、あいつを捕まえたら、何もかも奪って殺してやれるように』

今度こそ男が通話を切ろうとする気配を感じた。

「――待って！」

喉が裂けるような声と一緒に体当たりされ、春風はバランスを崩した。スマートフォンを奪いとった理緒が、必死な声で呼びかける。

「待って。切らないで。お願いします、そばにいさせて」

奈緒が「お姉ちゃん……」とぼうぜんと呼びかける。それすら耳に入らないように、目に涙をためた理緒は訴える。

「もう、今までしていた仕事はできません……とても、できなくなってしまった。でも別の形で必ずあなたの役に立ちます。都合のいいことを言ってるのはよくわかってます。でも、もう絶対に、あなたを裏切ったりしない」

「お姉ちゃん！」

「何もいらない。私を好きにしていい。あなたがどんな人でもかまわない。だから、お願いします。あなたのそばにいたい」

『何をうぬぼれてんだか知らないが、仕事のできないおまえに何の価値があるんだ？』

空気が音を立てて凍りつくような声だった。ひるんだように理緒は口をつぐむ。

『おまえは人の懐に入り込むのがうまかった、だから名簿を擦らせるために雇った。それはもうできないと抜かすやつを飼い続けて、俺に何の得がある？　それでも俺のために働くっていうなら、覚悟を見せろ。そこの小僧が持ってる名簿を使って五百万、明日までに作ってこい。騙すのはおまえの十八番だろう』

青ざめた理緒は唇を震わせるばかりで、そんな彼女を人の情や絆というものすべてを蔑むような声が切り捨てる。

『その程度の覚悟もねぇ小娘が、いったい何の役に立つって？　もっとうまく立ちまわるやつかと思ってたが見込み違いだ。おまえみたいに情で動くやつが一番信用ならねえ。せいぜい真っ当な世界で真っ当に働いて生きろ』

限界まで見開いた目に涙をあふれさせた理緒が、力を失ったようによろめいた。奈緒がその肩を抱きとめ、姉の手に自分の手を重ねてスマートフォンを引きよせた。

「あなたに言われなくても、お姉ちゃんはちゃんとしたところで、ちゃんと生きてく。今まではお姉ちゃんに守ってもらってばっかりだったけど、これからはわたしがお姉ちゃんを守る」

奈緒の声は反撃にしてはとても静かで、春風には憐れみさえこもっているように聞こえた。彼女にとってこの男は、姉を悪い道に引きずりこんだ敵のはずなのに。

『錬』

奈緒の言葉など聞こえなかったように彼が呼ぶと、奈緒はスマートフォンを錬に向けた。錬は黙ってそれを受け取る。

『潤は触媒だ。簡単にとりついて、気づかないうちにそいつを変えていく。サヨ子だって、あの時は祭りの準備でもするみたいに楽しそうだった。あいつはそうやって関わった人間を穴の底に引きずりこむ。——おまえはどうだ？　あいつの血を引いて生まれ、あいつに育てられたおまえは、錬、自分の才能を誰かを騙すことに使ったことはないのか？　その快楽をもっと味わいたいと思うことは？』

　錬が唇に隙間を作るのを見た春風は、とっさにスマートフォンをとり上げた。通話を切る前に、手の中から意外なほど静かな声がした。

『そのうちそっちにいられなくなる時が来る。その時は呼べ。迎えにいってやる』

　プッと音を立て、今度こそ通話が切られた。

　機材でいっぱいの部屋に、理緒の嗚咽(おえつ)だけが哀しく響いている。お姉ちゃん、と呼びながら奈緒が姉の背をさする。春風は、錬を見た。

　立ちつくす錬は、時間が止まったように動かない。

　同じ名を持つ男の問いかけに、彼は何と答えようとしたのだろう。

終章　勇気

翌日、春風が鐘下の病室を訪れたのは午後四時ごろだった。空に射す陽の光は飴色に変わり、夕暮れの気配をおびている。前日に降ったまま道のそこかしこや木々の枝の間に残った雪が、陽に染まってシャンパン色にかがやいていた。

鐘下は、集中治療室からナースステーション近くにある個室に移動していた。受付で看護師に氏名を伝えると、看護師が病室へ連絡し、間もなくふくよかでやさしげな中年の女性が病室から足早に出てきた。彼女は昨夜最終の列車で帯広から札幌に来た鐘下の母親で、春風たちに何度も頭を下げて礼を言った。それから病室の中へうながし、自分は一階の食堂で食べそびれた昼食と早い夕食を一緒に取ってくると言って笑った。

「――あんた」

鐘下は、ゆるい角度で起こしたベッドにもたれていた。昨夜はまっ赤に腫れあがっていた彼の顔は、今は本来の顔だちがわかるようになっている。ほっと春風は息をついた。

「ご気分、どうですか?」

「よくもないけど、最悪ではない」

目を合わせないままぼそっと答えた鐘下は、観念するようにため息をついた。

「あんたに追っかけられた時、めちゃくちゃ足速くてビビったな」

「ありがとうございます。毎日走りこみしてるんです」

「サークル棟で声かけられた時も心底ビビったし。——正直、なんであんたが助けてくれたのかよくわかってないんだけど、ありがとう。おかげで命拾いした」

昨日の夜九時半すぎ、意識を失った鐘下を発見した。場所は豊平区のウィークリーマンションで、鐘下は部屋の中で倒れていた。

昨夜、皆川との通話を終えたあと、三十分ほどして錬のスマートフォンに見知らぬ番号からショートメールが届いた。そこに記されていたのは、鐘下が借りていたウィークリーマンションの住所と部屋番号だった。ショートメールを送ってきた番号は、すぐに通じなくなってしまった。

意識のない鐘下は、顔や身体の至るところに打撲や傷を負い、しかも顔面全体が異常に腫れあがっていた。春風はすぐに救急車を呼び、救急センターに運びこまれた鐘下の容体が判明するまで待機していたが、そこで彼が意識を失った直接の原因がアナフィラキシーショックであることを聞かされた。

「そばアレルギーなんだよ。今回くらいひどいことになったのはガキの頃以来だけど、ほんと、そばの花の蜜がまじった蜂蜜舐めただけで喉がかゆくなったりするくらいで」

相槌を打ちながら、春風は思い出していた。錬と鐘下について調査していた際に、そばアレルギーがあることは耳にしていた。聞きかじりの知識だが、そばは食物の中でも抗原性が強く、少量でもアナフィラキシーショックを誘発しやすいという。

それでも治療の甲斐あって回復した鐘下に、春風はどんな経緯で自分が彼を発見するに至ったかを説明した。だいぶ端折ったところもあったが、鐘下は黙って耳を傾けていた。

「今度は鐘下さんのお話をうかがえますか？　何があったんですか」

春風の問いかけに、鐘下は小さなため息をついてから答えた。

「日曜日の、日付が変わったばかりの頃だった。コンビニに食料調達に行こうと思って外に出た途端、殴られて車に引きずり込まれた」

車はありふれた黒のミニバンで、彼を襲ったのは黒い服を着た大男だったという。春風は錬を拉致しようとしたあの男と、走り去った車を思い出した。

「つれて行かれたのは、場所はわかんないけど、普通のマンションみたいな部屋だった。そこにカガヤと、本気でヤバい感じの男と、そいつの手下って感じの若い男がいて、その手下にしこたま殴られたり蹴られたりして……初めは俺、カガヤに捕まったんだと思ってたけど、俺に用があったのは、その本気でヤバい世界に住んでる男のほうだったんだ。あいつはたぶん、そこらで詐欺やってる集団をずっと上のほうで仕切ってる人間なんだと思う。警察がいくら捜査したって絶対に捕まらない、雲の上から何人もの人間あやつってるやつ。カガヤは、そいつのビジネスパートナーって立ち位置なんだと思う」

鐘下は疲れたように息を吐き、点滴のチューブを少しいじった。

「俺が盗んだ名簿は、どうも俺が考えてた以上に価値があったらしい。でも俺が下手な詐欺電に使ったから価値がガタ落ちして、それでもその男は諦められなくて、誰と誰に電話したのか吐かせるために俺を捕まえた。何回も、何回も、頭がおかしくなるくらい同じことを訊かれたよ。俺が撮った名簿の写真、あんなの簡単にコピーできるから、ほかに流出させてないのかってことも何回も尋問された。ないっていくら答えても、とにかく何をどう答えても、嘘つくなって殴られる。それがああいうやつらのやり方なんだろうな。徹底的に痛めつけて、搾りかすみたいにして、作り話なんかできない状態にする」

よみがえった嫌な記憶を押し戻すように、鐘下はしばらくきつく目を閉じていた。

「カーテンは閉め切られてたし、時計みたいなもんもなかったし、途中で何回か意識がとんだから、時間の感覚が完全にだめになってたけど、日曜日から火曜日まであそこにいたことになるんだな。火曜日に尋問が終わって、替わりに俺をどうするかって話が始まった。その男は『殺せ』って笑いながら言ってた。こいつは前にもやったことあるんだな、ってわかったよ。だけどカガヤが『殺せば死体の処理が面倒になるし足がつく』って言い出したんだ。『そば湯でも飲ませておけばいい。こいつはアレルギー持ちだから、放っておけば自然死で片がつく』って。で、さっそく若い男がそば粉買ってきて、ガブガブ何杯も飲まされた」

その後、鐘下はウィークリーマンションに放り捨てるように戻されたが、これが幸いした。

「いくら気をつけても、たとえば知らないで食った菓子にそば粉が入ってたとか、そういうことって起こるからさ。俺、小さい頃からエピペン持ってるんだよ」

エピペンとは、アレルギー患者がアナフィラキシーを起こした場合に備えて携帯する注射薬だ。それで発作自体をおさめることはできないが、薬中のアドレナリンが気管支を広げ、血圧を上昇させて、ショック症状をやわらげることができる。鐘下は意識が朦朧とするなか、部屋に置いていたエピペンを注射した。鐘下はかなり重篤なアナフィラキシーショックを起こしていたらしく、エピペンを注射していなければ命にも関わっていたかもしれない。

「無事でよかったです。本当に」

話を聞いているだけで寒気に襲われた春風は心から言った。けれど鐘下は、なんだか釈然としないような表情で点滴につながれた自分の腕をながめていた。

「どうしました?」

「いや……俺さ、カガヤと飯食ったことがあるんだ。その時に、そばアレルギーがあるからって何かの料理を断って、あいつはそんな俺がちょっと口にしたことを覚えてたんだと思う。けど俺、その時いつもエピペンを持ち歩いてるってことも話したと思うんだよ。捕まった時はコンビニに行ってすぐ戻るつもりだったから部屋に置いてったけど、あいつ、それは忘れてたのかなってのがふしぎで。あんな何でも覚えてて、何でもやり通すやつが」

春風はそれについては意見を言わなかった。

それから鐘下は、驚くべき事実を明かした。

「クリーンライフって会社、知ってるか? しばらく前に倒産して、そこの社長が自己破産する前に資産隠ししてたのがバレて捕まったって事件。——あれ、俺も噛んでたんだ」

鐘下の説明によると「自己破産の時に資産を残す方法を教える」とクリーンライフの元社長に持ち掛けてきた弁護士や会計士は、カガヤが手引きした詐欺グループの人間で、そこに鐘下も端役として参加していたのだという。ただし、何も詳しい事情は知らされずに。カガヤの頭脳、その手法のあざやかさに心酔して彼に従ってきた鐘下は、ニュースを見て自分があまりにも大きい犯罪の駒にされていたことを知り、慄然とした。事が明るみに出たら自分はいったいどうなるのか。鐘下が問い詰めようとすると、カガヤはどこまでも冷たい目をして言い放った。

「金が欲しいと俺に頼んできたのはおまえだろう。だから俺はおまえの能力を買って、その対価を払った。不満か？　だったら消えろ。替えはいくらでもいる」

それから彼はカガヤの名簿を横取りし、それを使って大金を得る計画を考えた。カガヤに打撃を与えてやりたい、という思いもあった。

表向きはそのままカガヤに従いつつ、鐘下は機をうかがった。市内にあるカガヤの仕事場で、彼が緊急の電話を受けて席を立った隙に、カガヤのパソコンを盗み見た。極めて用心深いカガヤは名簿をパソコンに保管してはいなかったが、代わりに妙なものを発見した。数名の人間の、住所から現在の暮らしぶりまでが詳細に記された調査書だった。小佐田サヨ子の情報もその中にあった。調査書に共通して登場するのがクリーンライフという会社名。奇妙に思った鐘下はネットを使って調べ、六年前の詐欺事件のことを知った。調査書の数名は詐欺事件の関係者であり、主犯格の加々谷潤という男がカガヤであると鐘下は思いこんだ。当時逮捕されなかった関係者なら、詐欺によって手に入れた金を持っているのではないか。そう考えた鐘下は、計画の元手を手に入れるため、カガヤの代理を名乗ってサヨ子に現金を要求した。調査書の複数人の中からサヨ子を選んだのは、高齢女性なら接触する際、一番危険がないと判断したためだそうだ。そして電話を取ったサヨ子に、六年前の事件とカガヤの名前を出し、思惑どおり金を渡すことを承諾させた。その後は、十月最後の木曜日に春風が目撃した通りだ。

理緒からカガヤの名簿を手に入れた経緯についても鐘下は春風に打ち明けた。

「七月の半ばだと思う。その頃はまだカガヤの指示であちこちの店に行って助っ人のプレイヤーをやってた。さっきカガヤに飯つれてってもらったことがあるって話したけど、その時だ」

鐘下の働きで大きな成果があり、カガヤはめずらしく笑みを見せて彼をねぎらった。カガヤは人前に姿を現すことを好まず、基本的に仕事相手とも電話やネット上でしかやり取りをしない。だが自分は目をかけられていると感じ、鐘下は誇らしい気分になった。

食事は早めの時間から始まったので夜七時頃にはカガヤと別れた。いつもは車を使うカガヤが地下鉄の駅のほうへ歩いていくのを見て、鐘下は興味を抑えきれず、慎重に彼のあとを追った。謎めいた彼のプライベートを知りたいという強い気持ちがあった。

地下鉄を乗り継いでカガヤが訪れたのは新札幌のカフェだった。店内に入れば確実に気取られるので、窓から中をうかがった鐘下は、カガヤがひとりの少女の待つテーブル席に腰を落ち着けるのを見た。少女は花のような笑顔をカガヤに向け、カガヤも常になくやわらかな表情で少女に頷く。鐘下はかなり驚いた。まさか恋人？　けど、それにしては歳が離れている気がする。

カガヤと少女が一緒にいた時間は長くなかった。どちらもスマートフォンをとり出して何かしたと思うと、あとは茶を飲みながらしばらく話し、カガヤが支払いをして二人は店を出た。

彼女が同じ大学に通う学生だと知ったのは偶然だ。学期末試験が近づいた七月の終わりの頃、試験勉強のために北図書館のフリーブースを訪れた鐘下は、そこで真剣な顔でテキストを読んでいるあの少女を見かけた。驚いたあと、気づかれないように動画を撮って、それを演劇部の友人たちに見てもらうとすぐに素性はわかった。志水理緒、文学部の一年生。

その後、プレイヤーの仕事が突然終わったり、詳しいことを知らされないまま参加したクリーンライフの一件の下準備に追われたりと忙しくしている間に、理緒のことは頭から消えていた。思い出したのは、カガヤに利用されていたと気づき、彼と手を切ることを決めた時だ。

質の高い情報が詰まった、誰もが欲しがるカガヤの名簿。だがその在り処も、情報の出所も、一切は謎につつまれている。カガヤ自身のように。だが、誰にも出所がつかめないのは、誰も予想できない方法を取っているからではないか？　たとえば、恋人というにはカガヤと歳が離れている、しかしカガヤに重きを置かれている雰囲気だった、あの少女は？

その後、鐘下は理緒の住所を突き止め、彼女の行動を見張り、確信を深めていった。計画は練り上がった。カガヤが自分の動きに気づいた時に備えて学生アパートを引き払い、今後の元手を得るために小佐田サヨ子を脅迫した。そしてサヨ子から金を奪った同日、理緒を尾行し、カガヤとの会合を終えて出てきた彼女に声をかけた。

「……疲れたな。ほんと」

すべてを話し終えると、鐘下は身体を絞るようなため息をついた。淡い金色の光が病室の窓から射しこみ、彼の頰の産毛を照らしていた。外を見れば、夕暮れの風景にちらちらと雪が舞っている。地についたそばから溶けてしまう、儚い雪だ。

「てかさ、さっきから気になってたんだけど」

虚脱した様子でマットに頭をあずけていた鐘下がこちらを見た。正確に言えば、春風のとなりで、ずっと黙っていた学ラン眼鏡の男子高校生を。

鐘下はどうしてもうまく焦点が合わないものを見ようとするように目を細めていたが、不意に深々とため息をつくと、ぐったりとベッドのマットに頭を押しつけた。

「……マジか。詐欺だろ」

自分の言葉がおかしかったらしく、むせるようにふき出した鐘下は、すぐに息を詰まらせた。彼は肋骨も何本か折られていた。全身のけがと合わせると全治一カ月の重傷らしい。

わき腹をさする鐘下を見ていた錬が、初めて口を開いた。

「カネやん」

「……その呼び方もうやめろ。寒いわ」

「あんたにメールを送ろうとしたら、IDが削除されて、できなくなってた。カガヤは、あんたが俺をかばったって言ってた。——なんで?」

ようやく痛みがおさまったらしく、鐘下は息を吐いた。

「別にかばったとかじゃねえよ。おまえの話持ち出したら、余計ややこしくなりそうだったし。

だから言わなかっただけだ」

「けど、俺の名前出しておけば、あんただけボコボコにされることもなかったんじゃないの」

「だからそういうんじゃねえって。俺のこと買いかぶんな」

　天井を見上げる鐘下の顔が、苦くゆがんだ。

「ミナミがもう一回仲間になるからって言ってきた日あっただろ。土曜日。俺が片頭痛で動けないってドタキャンした日。あの時、ほんとはスタジオの近くまで行ったんだよ。けど、たまたま車に乗ってるカガヤを見かけて、やばいって思って逃げたんだ。ミナミはカガヤ側の人間だから大丈夫だろうけど、おまえはそうじゃない。カガヤに見つけられたらたぶんまずいことになる。そうわかってたのに逃げたんだ。ライオンから逃げる時に餌の肉放り投げるみたいに、おまえのこと囮（おとり）にしたんだよ。自分が助かるために」

「だったらもう一回やればよかったのに。同じこと」

「そう思ったよ。何回も。おまえが首謀者ってことにしたら俺助かるんじゃないかなって」

「じゃあ、なんで」

「さあ。なんかもう途中からうまく物も考えられなくなってたし――そうやって万が一助かっても、それじゃ、もう生きる価値ってないだろ」

　宙をながめていた鐘下は、緩慢に顔を動かし、あらためて錬を見た。彼の顔立ちだけではなく、彼がどんな人間なのか、ちゃんと見つめようとするような目で。

「名前。フジサキじゃなくて、ほんとのやつは？」

錬は一拍置いてから、静かに名乗った。

「北原錬」

「賢そうな名前じゃん」

鐘下の笑い方は唇の端が曲がったところが皮肉っぽく、けれど思いのほかやわらかかった。

「おまえさ、消えてほしくないものってある？」

錬は問われたことの意味を考えるように沈黙する。

「俺は小学生の時に友達のノリに流されて駄菓子屋で万引きしたこともあるし、親に高い学費払わせて大学入ったくせにこんなことしてるし、ほんとゴミだけど、それでも消えてほしくないものってある。もう死ぬんだって思った時、その人を思い出した。けど、カガヤの下で働いて金を手に入れれば入れるほど、俺はそいつのそばにいられなくなった。嘘みたいに金が手に入って、俺すげえって思うのに、いつもどこか怖いんだ。そいつに俺が本当はどうしようもなく弱いクズだってことを知られるのが」

つかの間、遠い目をした鐘下は、また錬を見つめた。

「おまえは俺に手伝わされてただけだし、たいしたことはやってない。だから全部忘れてもとの自分に戻れ。これからは二度とああいうことにも、ああいうことをする人間にも近づくな。消えてほしくない人と、ちゃんと目を合わせていられる自分でいろ。別に立派なことなんてしなくても、金とかなくても、ほんとそれだけでいいんだと思う」

まあ、俺が言っても説得力皆無だけどさ。自嘲する鐘下を、錬は黒い瞳で見つめていた。

「カネやん」

「だからその呼び方やめろって……」

「あんたのこと、わりと嫌いじゃなかった」

目を大きくした鐘下が、どういう顔をすればいいか困ったように眉を八の字にした時、病室のドアがノックされた。

ノックした人物は鐘下が返事をする前にドアを開けて病室に踏み込んできた。よほど急いで来たらしく、肩で息をする河西すみれは髪も乱れ、外の冷気のせいか鼻が赤かった。

鐘下は声を失ったようにすみれを凝視して、それから春風を見た。

「すみません。帯広同盟のことをうかがっていたので伝えました」

春風は、すみれに椅子を譲るために立ち上がった。しかし、すみれは春風がどうぞと言う前にのしのしとベッドに近づくと、不動明王のような形相で手をふり上げ、いい音をさせて鐘下の頭を叩いた。全身打撲に骨折多数のけが人への暴挙に春風はぎょっとした。

「いてぇ!」

「実くん、馬鹿なの? 馬鹿だよね。この大馬鹿!」

カナリアのように細い彼女の声は震えていて、終わりのほうはすでに涙がまじっていた。顔を覆ってうつむいてしまった彼女のことを、鐘下は途方にくれたように見上げ、彼女のほうへ手をのばしかけたが、ひるんだように途中で動きを止める。

空中でさまよった鐘下の手を、すみれが両手で握りしめた。そのまま椅子に座りこんだ彼女は、鐘下の手に額を押しつけ、馬鹿じゃん、馬鹿でしょ、と涙声でくり返した。

錬がそっと立ち上がったので、春風もバッグをとり上げ、足音をしのばせてドアに向かった。

鐘下は先ほど長い話の終わりに、サヨ子に二百万円を返したいので、その際に立ち会ってもらえないかと春風に頼んだ。大学は退学し、警察に出頭するつもりであることも聞かされた。確かに彼は特殊詐欺のプレイヤーとして働いていた上、クリーンライフの事件にも関わってしまっている。何もなかった顔をして普通の生活に戻れとは、春風にも言えなかった。

鐘下のしたことを、すみれはまだ知らない。これから鐘下が話すだろう。すべてを聞いた時、彼女は鐘下に何と言うのだろうか。

廊下に出て、ドアを閉める時、春風は一度だけ後ろをふり向いた。

すみれは涙をぬぐいながらまだ鐘下の傷だらけの手を握りしめていて、昔から肩を貸し合って生きてきた二人をあたためるように、窓から冬の淡い光がさしこんでいた。


病院の自動ドアを抜けて外に出ると、冷たく澄んだ風が吹きつけた。陽の沈んだ空は駆け足で暗くなり、宇宙を透かし見るような深い青に染まっている。その空から降ってくる雪は、白い大きな鳥の羽根のようだった。

春風は錬と地下鉄の駅に向かって歩き出したが、黙りこくっているのも変なので、到着するまでいろいろと報告することにした。

「今日、大学で理緒さんと会ったの。元気とは言いがたいけど、予想以上にしっかりしてた」

「そうですか」

昨日別れた時の理緒は、奈緒に支えられなければ歩くことさえおぼつかないほど憔悴していた。正直、彼女はもう立ち直れないのではないかと思えるほどに。けれどひと晩たって会った理緒は、病み上がりのような顔色ではあるものの、目にはいっそ鋭いくらいの光があった。

「心配してもらわなくていいですよ。これくらいで折れるほどヤワじゃないですから。割のいい仕事がなくなったから、これからお金のことも考えなきゃいけないし」

春風は学内のカフェテリアにでも行こうかと誘ったのだが、理緒は「無駄なお金使いたくないんです」ときっぱりと言い、イチョウ並木のそばのベンチで話をすることにした。風景を染めていた黄色の落ち葉はもうどこにもない。そのうち雪が大地を白く染め、春まで溶けることのない根雪となり、長く厳しい寒さとともに生きる季節がやってくる。

「奈緒さんは元気？」

「五時に起きて洗濯しながら朝ごはんと私と母と自分のお弁当作って、ハムスターのケージも掃除して、友達と学校に行きました。……知らなかったな。あんな強い子だったなんて」

「あなたは？」

大丈夫かと、そういう意味で訊ねた言葉だった。理緒はゆるりと顔をこちらに向けると、今までの彼女とはイメージの違う、あだっぽい笑みを唇に含んだ。

「あの人と電話してる時のあなた、すごかったですね。あんな怖い人と平然と話して取引までしちゃって。ねぇ、あなたも本当は思ってません？　大学とか友達とか、生ぬるくて退屈だなって。あっち側のほうが、もしかしたら自分に合ってるんじゃないかって」

春風は答えなかったが、理緒はかまわずになまめかしい微笑のまま続けた。

「私、たぶんそこそこ才能があるんだと思います。人を騙してお金を得る才能。鐘下さんって野心はあるくせに甘いとこあったから結局失敗しちゃったけど、私はその気になったらちゃんとできる。仕事はあの人にもすごく褒められたし」

「理緒さん」

懸念を覚えて呼んだ春風を「でも」と理緒は強い声と眼光で黙らせた。

「私はやらないです。できないんじゃなくて、やらない。あの人が生きてる世界とは正反対の場所で、私はちゃんと生きてみせる。どれだけお金に困っても一生」

それから理緒は淡々と続けた。「もうこんなふうに会いにくるのやめてください。正直あなたのこと好きじゃないんです」わかった、と春風は答えた。理緒はさっさと立ち上がって、そのまま去りかけたが、足を止めた。

でも、と彼女はひとり言のように呟いた。

「どうしてなんだろうって、わからないことがあるんです。人を騙して生きてるような人でなしなのに、どうしてあの時、私と奈緒を助けてくれたのか」

青い薄闇の降りた道路を、何台もの車のヘッドライトが光の河のように流れていく。地下鉄駅まではあと数分歩かなければならない。春風はマフラーに顎の先をうずめた。

「――皆川は」

錬が小さく肩をゆらしたのが横目に見えたが、春風は続けた。

「事情があってクリーンライフの社長に引き取られたという話だったけど、彼の両親は彼が中学に入った年に事故死したようなの。過去の新聞記事が残ってた。だから彼にとっては、妹が残されたたったひとりの家族だった」

「妹……確か、病気で入院してたんでしたっけ」

「うん。彼女は皆川とは七歳離れていて、年齢を計算すると、理緒さんと同い年だった。彼女はクリーンライフの事件で皆川が少年院に収容されている間に亡くなってる」

駆け足で気温が低下しているせいか、歩道のコンクリートや通りすぎるマンションの生垣の葉、街路樹の枝、角灯形の街灯に、うっすらと雪が積もり出していた。そこへまた、純白の羽毛のような雪が音もなく降る。

「皆川に言われたことを気にしている？」

錬は足を止め、眼鏡ごしに春風を見た。万華鏡みたいな子だ、と思う。あまりにたくさんの顔を持っている。鉄の心を持っているように振る舞ったかと思えば、こんな、少しの衝撃でひびが入りそうな顔を見せる。

「あの時は、とにかく彼から主導権を奪わなければいけなかった。だからあなたは鐘下についても言葉の上でああ言っただけで、仕方なかったと思う」

「そうじゃないのは、春風さんが一番わかってるんじゃないですか」

錬の声は感情を消したように平坦だった。

「俺はあの時、本気で鐘下のことはどうでもよかった。ただあいつをおびき出すことができれば、正体を確かめられれば、鐘下がどうなったっていいと思ってた」

迫る夜の暗さと雪が、少年の姿を霞ませる。理緒が「あっち側」と呼んだ場所、皆川がつれて行ってやると言ったほうへ彼が吸いこまれてしまいそうな気がして、春風は声を強めた。

「皆川は加々谷潤に強い執着を持ってる。だから彼の息子であるあなたにも強く反応した。皆川が言ったことは予言じゃなくて、ただあなたを揺さぶるためだけに使われた言葉よ。あなたは皆川が言ったような人間ではないし、そうなることもない」

「春風さん、世界最古の職業って何だと思いますか？　娼婦っていわれてるけど、俺は詐欺師じゃないかって思う。人間が狩りとか火を使うことを覚えた時には、たぶんもう人を騙すやつがいて、それが今でもずっと続いてる。どうしてだと思いますか」

錬の頬にふれた雪が、透明な水になって伝いおちていく。

「楽して金が欲しいっていう人間がいるのも確かだけど、それだけじゃなくて、人を騙すのが楽しいからですよ。面白くて、好きで、やめられない。俺は、父親に財布の抜き方を教えてもらって、それを試すのが好きだった。電話番号しかわからない人から住所を聞き出すやり方を考えて、それがうまくいくと面白くて仕方なかった。あいつの言ったことは当たってる。俺は、そういう人間なんです」

錬は上向けた自分の手のひらを見つめた。

「こういう人間がいる限り、詐欺ってなくならない。きっとこれからも」

――そうなのかもしれない。

人が騙し騙されることは、きっと永久になくなることはないのだろう。

人が欲望を捨てられない限り、そして、誰かを信じようとする限り。

「それでも、あなたは皆川が言ったような人間にはならない」

錬がこちらに目を向ける。おまえに何がわかるのかと問うように、視線が尖る。

「あなたは、そうして自分を恐れている。自分を恐れているあなたは、自分を律しようとする。鐘下が言ったように、あなたには消えてほしくないものがある。だからあなたは、あなたが恐れるような人間にはならない」

錬の唇が開きかける、それをさえぎって春風は彼の肩をつかんだ。

「信じて」

それはとても脆(もろ)く、潰えやすい想いだ。人の持つ不満に、怒りに、憎悪に、欲望に、たやすく呑みこまれてしまうものだ。

それでも、そのちっぽけな想いが、願いも目的もバラバラな人々をかろうじてつなぐ。人を害する能力を持っていながらそうはせず、嘘をつく能力を持ちながら真実を語り、他者を押しのけてでも欲望を果たそうとする自分を戒める人々の祈りが、なんとか今日も世界を成り立たせている。

舞い散る雪のなかで、錬の黒い瞳がゆれた。彼の頭上、雪にかすむ暗い空に、目を凝らさなければ見失うほど小さな光が灯っていた。名前も知らないちっぽけな星は、風に震えるようにまたたきながら、闇の中で白く光る。

「あ、発見」

「兄ちゃーん！」

出し抜けに聞こえた声に春風と錬はそろって目を見開き、シンクロしてふり向いた。歩道の向こうからほぼ同じ背丈の人影がふたつ、小走りにやってくる。彼らが街灯の光の輪の中に入ると、色違いのダッフルコートを着ているのがはっきりとわかった。奇妙なことだ。錬は今日、鐘下の見舞いに行くことを二人には話していないと言っていたのだが。

「春風さん、翠と陽に仕込まれたアプリ消しました？」

「……忘れてた」

「信じらんねぇ……普通そういうのってわかった時点で消しませんか」

そんなことを話している間に、北原家の双子の後ろからスタイルのいい人影が現れた。ゴージャスなファー付きのコートを着ているのが遠目にもわかり、それは彼女の持つパワフルな華やかさによく似合っている。どうやら双子たちは、最強元帥の案内をしてきたらしい。

「春風ちゃん、ひさしぶり」

由紀乃は、夕闇の中でもかがやくような笑顔を見せた。その明るさにつられて春風もほほえみ、おひさしぶりですと挨拶した。

「出張だったと聞きましたが」

「ええ、そう。もう忙しかったー。でもがんばって早めに帰ってこられたから、みんなでジンギスカンでも食べに行こうと思ったのに、長男が行き先も言わずにどこか行ったたっていうじゃない。だから仕方なく迎えに来たのよ」

そう言いながら由紀乃は茶目っ気をこめた笑みを息子に向けたが、錬は笑わなかった。

「母さん。あいつに会った?」

それは、少し離れた場所にいる双子たちには聞こえないくらいの、あたりの喧騒に溶けてしまうような声だった。

冷たい風が口笛のような音を立てて吹き抜けた。

風に乱された髪を耳の後ろにかき上げながら「ええ」と由紀乃は答えた。

「会ったというか、出くわしたんだけどね。あの日は部下の子が担当してる案件でトラブルがあって、残業になりそうだったから休憩をとって大通公園に行ったの。いつも息が詰まったらそこでちょっと休憩するのよ。そうしたら、いたの。鳩にパンを千切ってあげてた」

その時の光景を思い浮かべているのだろう、由紀乃のまなざしが遠くなった。

「ずっと、どこかで野垂れ死んでるんじゃないかって思ってたけど、思ったより普通だった。やつれてもいないし、汚くもないし、普通の服を着て、やっぱり嘘みたいに若く見えた。こっちは声も出ないのに、あっちは『元気?』って昨日も会ったみたいに笑うのよ。ほんとふざけた男よね。それで、テレビ塔のカフェに入って、お茶を飲んだ」

由紀乃は淡々と語る。

「本当に当たり障りのない話しかしなかった。今どこに住んでるのか、何をしてるのか、いくら訊いても笑って何も答えなかった。代わりにあなたや翠と陽の話を聞きたがった。去年、あなたと翠と陽の入学式がいっぺんにあったから、みんなで記念写真を撮ったでしょう？　私、あれを仕事用の手帳にはさんで持ち歩いてたのよ。それを見せたらすごく喜んでた。笑ってずっとその写真を見てた」

彼女の小さな吐息が、宙で白いもやになる。

「それから『ちょっとトイレ』って言って席を立って、それきりだった。コーヒーとナポリタンとチーズケーキまで食べた伝票、しっかり置いてったわ。手帳に戻したはずのあなたたちの写真も、いつの間にか盗まれてた」

錬はひと言も発することなく、黒い細木のように立っていた。母親が何と答えようとそれが本当か自分にはわからない、と彼が言ったことを春風は思い出した。信じろと言うべきだろうか。何が真実なのか本当にはわからないのだとしたら、せめて自分たちは、真実であってほしいと願うものを信じると決めるしかないのではないかと。

けれど春風が口をはさむまでもなく、由紀乃が動いた。

ヒールの踵を鳴らしながらひと息に錬との距離を詰めた由紀乃は、いっぱいに背伸びをして息子のうなじに両腕をまわし、抱きすくめた。

「錬、愛してる。ほかはどうだっていい。これだけは覚えてて」

さらに強く息子を抱きしめ、彼女はもう一度同じ言葉をくり返す。

錬は反射的に彼女を押しのけようと突っ張った手から、じょじょに力を抜いて、力なく両腕を身体の脇にたらした。

春風は慎重に二人から距離をとり、駅の方向に歩き出した。もう自分の出る幕はない。離れたところから母親と兄を見守っていた双子たちは、もの言いたげな目を向けてきたが、春風が小さく手を振ると、手を振り返してくれた。

風向きが変わり、冷たい風と雪が正面から吹きつけてくる。春風はマフラーに顔の下半分をうずめるようにして足を速めた。反対側から男性が歩いてくると、意識しないうちに手がパンツのポケットにすべりこむ。人間の肉をたやすくつらぬく、細長い銀色の武器を握りしめる。

「春風さん」

背後から聞こえた声に驚き、春風はふり返った。

走ってきた錬は、出し抜けに言った。

「柔道ってもうやらないんですか？」

目が点になったとしても、致し方ないのではあるまいか？　しかし錬はかまわず続けた。

「高校の部活でやってたんですよね、マネージャーじゃなくて選手として。二人で鐘下のこと挟み撃ちした時も、春風さんそういう動きで鐘下のこと捕まえようとしてたし」

「ああ……うん、ブランクはあるけど、とっさに身体が動いて」

「また始めたらどうですか。それで、もしその男とばったり会ったら、投げ飛ばせばいい」

反射的に、額の傷痕にふれていた。

「春風さんがそいつを投げ飛ばしてる間に、俺が警察呼びます。もし二人で足りなかったら、翠と陽も駆り出します。刺すよりも、そっちのほうが、スカッとすると思う」

すました顔で言い切った錬を、ぽかんとながめた春風は、はしたないほどふき出してしまった。脳裏にあざやかに浮かんだその光景は、確かに、スカッとした。

「そうだね、いいかも。また始めようかな。考えてみる」

「じゃあ」

きびすを返そうとした錬の頬に、ふわりと羽根のような雪がふれた。その冷たさにひかれたように錬は一瞬足を止め、白い冬の使者たちが降りてくる空を見上げる。

見入るように頭上を仰ぐ姿、その整った横顔を見た瞬間、頭の中で鈴の音が鳴った。

「錬くん、待って」

錬が、こちらをふり返る。春風は、少しずつ速くなる脈を感じながら問いかけた。

「今、身長ってどのくらい？」

「え？……百七十一ですけど。今のところは」

少々不本意そうに錬は答えた。そう、そのくらいだろう。錬と向かい合う時や並んで歩く時、いつも視線の高さは同じくらいだった。

けれど、皐月が撮ったあの写真の人物は？

大学のクラーク像は全長約二・五メートル。写真の男性は、上の台座とほぼ同じ高さ、胸像のてっぺんから五、六十センチ下に頭があった。もちろん遠近による誤差もあるし、きちんと計測したわけではないから正確な数値はわからない。けれど少なく見積もっても、あの男性の身長は百八十センチを超える。

それに、そう、あの日鐘下と会うために大学に足を運んだ錬は、フジサキに変装してあの頭に霜が降りたようなアッシュグレーの髪をしていたはずだ。けれど、錬とそっくりなあの男性は、黒髪だった。

「どうかしたんですか?」

錬が眉根をよせる。春風は口を開き、呼吸だけくり返した数秒後、小さく笑った。

「少し聞いてみただけ。きっとあなたは、これからもっと大きくなると思う」

錬は、おかしなことを言い出す女子大生だなと思っているに違いない表情を浮かべたが、少しゆるんでいたスモーキーブルーのマフラーを巻きなおすと、きびすを返しながら言った。

「来週、またふるさと納税の返礼品が届くんです。今度は福岡のもつ鍋。正人も食べにくる予定だし、春風さんも、来たかったら来てもいいですよ」

うん、ぜひ。しなやかに走って家族のもとへ帰る少年の背中を、春風は見送った。

やわらかな雪が、戯れるように舞いながら降り続く。地下鉄の駅へ向かうはずだったが、春風は思い直して別の道に足を向けた。街には一日の仕事を終えた人々があふれ、買い物袋を片手に急ぐ人、電話をしながら歩く人、友人と楽しそうに話しながらどこかへ出かけるらしい人、さまざまな一コマが目に映っては過ぎ去っていく。しばらく歩くと、やがて大きな川に渡された橋に出た。札幌の中心を流れる豊平川だ。春風はパンツのポケットに手を入れ、鈍い銀色に光るタクティカルペンを抜きとった。

体温と同じぬくもりを持つ武器を見つめる。もう長いこと肌身離さず持っていたので、自分の一部のようにさえ思える。春風はそれを握りしめ、橋のふちに寄った。川面が黒い鏡のように光っている。腹に力をこめ、腕を振り上げた。

武器を投げ捨てようとした瞬間、身体の奥底から冷たい震えが起こった。今まさにあの時間に放りこまれたように記憶がよみがえる。路肩に停まった車から降りてきた男。その車に乗る自分。押さえつけられた苦しさ、屈辱、恐怖、額に感じたしびれるような冷たさ。しるしを付けたから、どこに逃げてもすぐに見つけるよ——耳に吹き込まれた、ぞっとするほどやわらかい声。

糸が切れたように腕を下ろした。これまで積み重ねてきたことすべてを呑みこむ自分の内の空白をまざまざと感じ、途方にくれる。——錬にはあれだけ大層なことを言いながら、そして錬からあれだけの言葉を贈られてもなお、私は、変われないというのか。

胸まで凍りつく心地で橋にたたずんでいた。ちらつく雪が頰に、唇にふれて、肌を冷え切らせる。どこまでも暗い穴の底へ落ちていくような気持ちに心を塗りつぶされかけた時、春風はきつく目を閉じた。毎朝鏡の中の自分を見つめてそうするように、深くゆっくりと息を吸う。冬の冷気が肺を刺す。その痛みに意識がクリアになり、まぶたを上げると、川の向こう岸に人人が紡ぐ営みの明かりが星空のように広がっていた。

私は弱い。私は囚われている。私はそれを認める。

けれど弱く脆い人間が、その弱さと脆さによって、立ち上がることができると私は信じる。私は学び、努力し、時にゆらぎ、それを克服しようとあがきながら、私が変われるということを証明する。証明すると決意する時、私の未来はどんな鎖からも自由になり、無限の可能性をもって広がる。

錬にもそう言えばよかった。あなたのこれからはどこまでも自由なのだと。あなたが彼の息子であることも、罪を犯したことも、あなたの切り離せない一部ではあっても、それはあなたの未来を縛りはしない。あなたはこれからいくらでも、あなたの願う自分になれるのだと。

ちらちらと舞う雪のなかで、春風はペンをポケットにしまった。深呼吸と一緒に背すじをのばし、歩き出す。

また会った時に言えばいい。

それでもきっと、鉄仮面高校生は、すました顔しかしないだろうけど。

解説

瀧井朝世

『金環日蝕』は阿部暁子がはじめて、デビュー版元である集英社以外の出版社から発表した長編である。ミステリの老舗でもある東京創元社の編集者から執筆を依頼された際、特にジャンルを指定されたわけではなかったが、著者本人が「せっかくだからミステリを書きたい」と思ったそうだ。その時に頭に浮かんだ題材が、「詐欺」だったという。

　大学生の森川春風（はるか）はある日、斜向（はすむ）かいの家に住む老婦人がひったくりに遭う現場に出くわす。咄嗟（とっさ）に走って犯人の男を追跡、その場に居合わせた高校生の北原錬（れん）も加勢するが取り逃がしてしまう。しかし男が落としたストラップには見覚えがあった。それは、春風が通う大学の写真部が作品展で数十個だけ販売したオリジナルグッズだったのだ。写真部の友人から情報を得た春風は錬とともにストラップ購入者たちを訪ねていく。それが危険な詐欺グループに近づいてしまう行為だとも思わずに。

無鉄砲な春風とクールな錬がいいコンビ。第一章はバディものの探偵小説のような読み心地だ。だが、第二章で経済的苦境から詐欺に加担してしまう大学生、理緒(りお)の視点に移ってから物語の様相は変わっていく。もちろん読者は春風と錬コンビと理緒がどこかで接点を持つだろうと予想しながら読み進めるわけだが、やがて発覚する予想外の事実に唖然(あぜん)とした人も多かったのではないだろうか。

個性際立つ人物造形や彼らのテンポのよい会話にはユーモアが滲(にじ)むが、重く切実な問いを投げかけてくる作品である。主人公の春風も含め登場人物はみな、なにかしらの事情を抱えている。犯罪行為に走る人々も多々登場するが、みな根っからの悪人とはいいがたい。そのなかには、本人にはどうしようもできない苦境に立たされた人もいれば、理不尽な出来事に遭遇して怒りにかられた人もいる。自分だって置かれた状況によっては、彼らと同じような行動をしていたかもしれないと思わせる。

また、詐欺に遭う側についても考えさせられる。現実社会でも毎日のように詐欺事件のニュースが流されている。本書にもいくつかの詐欺パターンが描かれているが、その手口の巧妙さを知ってもなお、「自分は絶対に騙(だま)されない」と言い切れる人は少ないのではないだろうか。

悪に手を染める人と踏みとどまる人、騙される人とそうでない人。それらの境界線はじつに曖昧(あいまい)だ。本作では、どんな理由があってもやってはいけないことはあるという主張をこめつつも、罪を犯した人を糾弾するのでなく、誰もが境界線を越えてしまう可能性を突き付けてくる。

なんらかの困難や痛みを抱えた人たちが、それでも前を向いていこうとする姿は、著者の他の作品にも通じるモチーフだ。

タイトルの「金環日蝕」の意味は、物語の途中に浮かび上がる。〈中心は暗闇に沈んで何も見えないのに、その輪郭だけが強烈なかがやきを放つ。今、自分たちが相手にしようとしているのはそういう存在だ〉。

詐欺を働く者たちの周辺で起きたこと、つまり被害の輪郭は見えるが、彼らがどのように暗躍しているのかは見えないことを表現している節である。ただ、読者はこの表現が他の人々にも当てはまることと感じるはずだ。春風や錬、他の愛らしく魅力的な人々も、心の中に他者には見えない傷や怒りや秘密といった暗部がある。さらにいえば、闇の深さに濃淡はあれど、それはあなたにも、あなたの隣人たちにも言えることではないだろうか。

悲観する必要はない。中心に闇があったとしても、人はその闇に呑み込まれないよう自分を戒め(いまし)ながら歩いていくことができる。そう勇気づけてくれる展開が待っているのが、この作品なのである。

著者の阿部暁子は岩手県花巻市出身。二〇〇八年に『屋上ボーイズ』(応募時のタイトルは「いつまでも」)で第十七回ロマン大賞を受賞し、コバルト文庫からデビューを果たした。

著者には以前、WEB本の雑誌「作家の読書道」でロングインタビューをしたことがある。

その際、小説を書き始めたきっかけやデビュー後の経緯についても話を聞いているので、ここでも駆け足で紹介しておく（インタビュー記事は現在でもネット上で読むことができる）。

小説を書き始めたきっかけは歴史の参考書だったという。中学生時代、受験勉強のために開いた参考書で源義経が藤原秀衡を頼って岩手県の平泉に落ちのびたことを知った。そこから興味が広がり、高校一年の時に頼朝と義経が登場する短編小説を書いて全国高等学校文芸コンクール小説部門に応募したところ入選。小説を書く面白さに気づき、二年次、三年次も同じ賞に応募した。二年生の時は浅井長政とお市の方と信長の話を書いて県内の最優秀賞、三年生の時はウィーンの宮廷音楽家と身寄りのない少年の話を書いて全国で最優秀賞を受賞。その際に東京での授賞式に出席、講評で「書き続けていたらいつか小説家になるかもしれない」と言われたのを機に、職業としての小説家を意識するようになった。

大学生時代は雑誌Cobalt短編小説新人賞に応募。この賞を選んだのは、自身もコバルト文庫作品をよく読んでいたことと、このレーベルなら観阿弥・世阿弥の話を書かせてもらえるかもしれない、という期待があったからだという。

大学四年生の春に応募短編が入選。それに励まされ、就職活動の傍ら長編「いつまでも」を執筆して第十七回ロマン大賞に送り、受賞に至った。

デビュー後は、コバルト文庫から時代ものの『室町少年草子　獅子と暗躍の皇子』（二〇〇九年）、『戦国恋歌　眠れる覇王』（二〇一〇年）、咲坂伊緒の人気漫画『ストロボ・エッジ』や『アオハライド』のノベライズを刊行した。新たに創刊された集英社オレンジ文庫ではミステリ要素のある『鎌倉香房メモリーズ』（二〇一五年〜二〇一七年、全五巻）、SF要素のある『どこよりも遠い場所にいる君へ』（二〇一七年）、『また君と出会う未来のために』（二〇一八年）を発表、並行して集英社文庫から『室町繚乱　義満と世阿弥と吉野の姫君』（二〇一八年）、車いすメーカーで働く新米エンジニア・百花を主人公にした『パラ・スター〈Side 百花〉』と、百花の友人で車いすテニスの競技者・宝良を主人公にした『パラ・スター〈Side 宝良〉』（ともに二〇二〇年）を発表。

そうした執筆活動の流れで、なぜ東京創元社で現代社会の問題も盛り込んだミステリ『金環日蝕』を書くこととなったのか。この経緯がなかなか面白い。

オレンジ文庫の創刊に合わせ「ミステリ要素のあるものを書いてほしい」という要望があって生まれたのが『鎌倉香房メモリーズ』だが、著者はそれまでミステリはほとんど読んだことがなかったという。鎌倉で祖母が営む香専門店を手伝う高校生の香乃と、店を手伝う大学生の雪弥のコンビがさまざまな事件に遭遇していくこのシリーズは第一巻刊行時から好評を博した。だが、著者はミステリの書き方が分からず悩んでいたという。そんな折、当時の twitter 上で東京創元社の編集者、アカウント名〈K島氏〉が「鎌倉香房」第一巻に言及していることを知る。その〈K島氏〉が、「個人的なミステリー講座めいたものをしてきました」といった投稿をしているのを見て、面識もないのに思わず「私も受けたいです！」とリプライした。幼い頃から大変な人見知りな性格だというから相当な勇気が要ったと思うが、ご本人いわく「必死だったんです」。熱心に頼みこんだ結果、K島氏も了承。岩手から東京に足を運び、K島氏からミステリの基礎知識を教わる時間を得ることができた。K島氏が書いてくれたメモを壁に貼り、それを見ながらシリーズの続きを書いたという。じつはK島氏こと桂島浩輔氏は伊坂幸太郎氏や米澤穂信氏、梓崎（しざき）優氏らを担当してきた編集者で、ミステリ通の間では有名な存在だということは後になって知ったらしい。

「鎌倉香房」シリーズの第四巻に取り掛かっている頃に桂島氏から小説の執筆依頼があったが、最初はリップサービスだと思ったそうだ。正式な依頼だと知った時に、先述のように「せっかくだからミステリを書きたい」と思い、そして桂島氏担当のもと書き上げ二〇二二年に発表したのが、『金環日蝕』なのだ。

二〇二四年には、高校のクラスメイトとなった少年と車いすの少女の成長を描く青春小説『カラフル』（集英社）、弟を亡くした女性と弟の元恋人という女性二人が家事代行サービスの活動を通し距離を縮める『カフネ』（講談社）を発表している。後者は二〇二五年の本屋大賞にもノミネートされた。

どの作品にも共通するのは、活き活きとした、時にコミカルな会話。著者に聞いたところ、これは『ハウルの動く城』シリーズなどで知られる作家、ダイアナ・ウィン・ジョーンズの影響だそうで、彼女の作品から掛け合いの面白さを学んだという。

現代社会のシリアスな問題を盛り込んだ作品でも明るさが保たれているのは、若い世代をメインターゲットとした作品を多く書いてきたことも大きいだろうが、人を信じていたい、希望を持っていたいという著者自身の思いがこめられているように感じる。本書を読めば、その姿勢が伝わってくるはずだ。

安易な綺麗事は書かないけれど、読者に絶望はさせない。阿部暁子はそんな、信頼できる書き手なのである。ぜひ、他の著作も手にとってみてください。

本書は二〇二二年、小社より刊行された作品を文庫化したものです。

著者紹介　岩手県出身。2008年、『屋上ボーイズ』（応募時タイトルは「いつまでも」）で第17回ロマン大賞を受賞しデビュー。著書に『鎌倉香房メモリーズ』（全5巻）や『カフネ』『カラフル』『パラ・スター〈Side 百花〉』『パラ・スター〈Side 宝良〉』『室町繚乱』などがある。

金環日蝕

2025年3月21日　初版

著　者　阿部暁子

発行所　（株）東京創元社
代表者　渋谷健太郎

162-0814 東京都新宿区新小川町1-5
電　話　03・3268・8231-営業部
03・3268・8201-代　表
URL　https://www.tsogen.co.jp
組　版　キャップス
晩印刷・本間製本

乱丁・落丁本は、ご面倒ですが小社までご送付ください。送料小社負担にてお取替えいたします。

ISBN978-4-488-44421-1　C0193

第三回鮎川哲也賞受賞作

NANATSU NO KO◆Tomoko Kanou

ななつのこ

加納朋子

創元推理文庫

短大に通う十九歳の入江駒子は『ななつのこ』という
本に出逢い、ファンレターを書こうと思い立つ。
先ごろ身辺を騒がせた〈スイカジュース事件〉をまじえて
長い手紙を綴ったところ、意外にも作家本人から返事が。
しかも例の事件に対する“解決編”が添えられていた！
駒子が語る折節の出来事に
打てば響くような絵解きを披露する作家、
二人の文通めいたやりとりは次第に回を重ねて……。
伸びやかな筆致で描かれた、フレッシュな連作長編。

堅固な連作という構成の中に、宝石のような魂の輝き、
永遠の郷愁をうかがわせ、詩的イメージで染め上げた
比類のない作品である。　——**齋藤愼爾**（解説より）

スペース
加納朋子